ELAINE EVEREST

AS GAROTAS DA WOOLWORTHS

A verdadeira amizade pode vencer as batalhas mais difíceis ...

1ª Edição

Leabhar
Ribeirão Preto/SP
2021

Direitos Autorais

Título original: The Woolworths Girls
Woolworths Livro 1
Copyright © Elaine Everst, 2016
Copyright da tradução©2021 Leabhar Books Editora Ltda.

Tradução: Eduarda Graciano
Revisão: Ricardo Marques
Diagramação Regiane Moreira
Capa: Labellalluna Web®

DADOS INTERNACIONAIS DE CATALOGAÇÃO NA PUBLICAÇÃO (CIP)

FICHA CATALOGRÁFICA

E93lbe

Everest, Elaine

Título: As Garotas da Woolworths Leabhar Books Editora Ltda. 2021 - Ribeirão Preto - SP

Tradução de: The Woolworths Girls 2016

Formato: Papel

Veiculação: Físico

ISBN 978-65-88382-53-0

1. Romance de época. 2. Série I. Graciano, Eduarda. II. Título

88382

CDD 82-32
CDU 134-3

Todos os direitos reservados, no Brasil e língua portuguesa, por Leabhar Books® Editora Ltda.
14025-200 — Rua Sete de Setembro, 1851 conj 1 - RP/SP — Brasil
E-mail: leabharbooksbr@gmail.com
www.leabharbooks.com

Para meu marido, Michael,

por sua paciência em viver com uma escritora. Beijos.

Elaine Everest

Prólogo

SARAH **C**ASELTON **ALCANÇOU** sua bolsa e tirou dela uma pequena carteira de couro. Ignorando o frio cortante vindo do rio, procurou algumas moedas, jogando-as na lata de coleta dos cantores natalinos. "*Silent Night*" sempre fora sua canção de Natal preferida. Por alguns momentos ela parou, de olhos fechados, e deixou as ricas notas tomarem conta de si, levando-a de volta para quando apresentou a tão amada canção na peça de Natal da escola. Sem pensar, se juntou ao refrão final, sua doce voz soando alta e clara acima dos tons graves dos homens:

— *Dorme em paz, ó Jesus.*

— Deus a abençoe, querida — e um Feliz Natal.

Sarah pensou no quão corajoso era o coral por ficar ali fora em um dia tão frio. O céu ameaçava neve também. Não fosse pela entrevista para o cargo de vendedora assistente na Woolworths, teria ficado em casa com a avó. Um senhor, com uma fileira de medalhas sobre o peito, deu uma palmadinha em seu braço. Fora ele quem segurara a lata de coleta à sua frente quando ela parou em meio à agitação dos compradores de Natal.

— Por derreter o coração de um velho em um dia tão amargo, pode escolher a próxima canção. Do que gosta?

Sarah considerou a pergunta, aquecendo as mãos em um braseiro posto em frente ao diversificado conjunto de membros do coro. As brasas reluzentes eram mais que convidativas naquele dia frio de dezembro. A neve agora caía incessantemente, começando a abrandar os passos dos compradores que passavam na movimentada cidade ribeirinha de Erith. Sarah estremeceu e puxou seu cachecol para mais perto das orelhas. Erith era um lugar tão bonito no verão, com os jardins abaixo do rio, onde você podia se sentar vendo a vida passar. Quem imaginaria que logo mais acima no Rio Tâmisa estaria a movimentada Londres, e do outro lado do rio, as cidades litorâneas do norte de Kent? Não era de se admirar que sua querida avó nunca tivesse tido vontade de se mudar de sua amada Erith.

Enquanto pensava em qual canção escolher, Sarah notou que o coral era composto apenas por homens: um em uma cadeira de rodas, outro se inclinando pesadamente sobre uma bengala de madeira e alguns em velhos sobretudos que já haviam visto dias melhores. Uma placa apoiada na tabacaria indicava que eles eram da Marinha. Seu avô amava a vida no mar e foi um marinheiro mercante durante a Grande Guerra. Talvez até tenha conhecido alguns desses ex-marinheiros. Uma lágrima ameaçou cair por seu rosto. Isso não adiantaria, pensou consigo mesma. Vovó Ruby estava sempre dizendo que ele teve uma boa vida e partiu sem dor. E, além disso, se a avó não estivesse sozinha, Sarah talvez não tivesse a chance de escapar de sua vida em Devon para viver com ela aqui em Erith.

— Por que a carranca, querida? Parece que perdeu um xelim e encontrou um centavo. Precisa aproveitar a vida e ser feliz. Afinal, poderemos estar em guerra no próximo ano, se acreditarmos no que dizem os jornais. Ninguém acredita naquela conversa absurda de Chamberlain de "paz para o nosso tempo".

Sarah encolheu os ombros. Não podia contar a esse velho e corajoso marujo o motivo de sua tristeza.

— Estou bem. Apenas com um pouco de frio. — Ela sorriu.

— E a canção? Qual será?

— Hm, não sei. Que tal *"The Twelve Days of Christmas"*?

O velho marinheiro se virou para seu colega no acordeão:

— Ernie, pode tocar *"The Twelve Days of Christmas"*?

Seu companheiro fez uma careta e riu. Apoiando o instrumento musical sobre o joelho, remexeu no bolso do casaco e, com a mão livre, tirou de lá um balão de quadril:

— Antigamente talvez pudesse, mas depois de tanto entornar isso para afastar o frio, não tenho certeza de que me lembro da letra.

Sarah riu. Certamente eram um grupo alegre. Ela checou o relógio:

— Meu Deus, vejam só a hora. Preciso correr.

— Indo a algum lugar agradável, querida? — um deles perguntou, tomando outro gole do frasco.

Sarah deu um sorriso nervoso:

— Uma entrevista de trabalho como vendedora assistente. — Acenou com a cabeça em direção à loja com fachada de vidro nas proximidades. — Na Woolworths.

— Onde tudo custa um curtido, — Ernie proclamou.

Sarah ficou confusa. Do que ele estava falando?

— Sinto muito, não entendi.

— É um fato. Conte a ela, Fred.

O homem com a lata aquiesceu:

— É verdade. Houve um tempo em que tudo custava três pence ou um curtido em todas as lojas deles — e são várias. Vieram da América. Têm lojas por todo o continente — ele acenou sabiamente.

— Um curtido?

— Seis pence para você, querida.

— Oh, sim, é como a vovó chama, acabo de me lembrar.

— Cá entre nós, os preços não são tão bons agora. Começaram a cobrar seis pence por um sapato quando os preços subiram. Lembre-se disso se te colocarem no balcão de sapatos, — Fred disse, cutucando-a com o cotovelo.

Sarah riu. Parecia engraçado.

— Tentarei me lembrar, mas preciso conseguir o trabalho antes.

— Ora, é só dar a eles um de seus adoráveis sorrisos e estará comandando o lugar até o final do dia.

Ela riu e acenou em despedida para o coral.

Parou um momento para encarar o prédio onde tinha esperança de estar trabalhando em breve. As vitrines brilhantes de cada lado das portas duplas de mogno escuro estavam abarrotadas de brinquedos e presentes, chamando clientes para entrar e abastecer para o Natal. Pelas portas, podia ver equipes de vendedoras ocupadas atendendo clientes por trás dos balcões altos. Todas estavam vestidas de forma idêntica, em um macacão marrom abotoado até o pescoço, com mangas cheias e punhos minúsculos. Parece um lugar adorável de se trabalhar, Sarah pensou, animada ao se dirigir a uma porta lateral com o aviso "Somente funcionários", seguindo um grupo de mulheres até o interior da F. W. Woolworth Company. Enquanto a pesada porta de madeira se fechava atrás dela, Sarah pôde ouvir Fred e seus companheiros iniciando "*We Wish You a Merry Christmas*".

Sarah tirou o chapéu de lã. Tirando um pente de sua bolsa, passou-o rapidamente por seus cabelos castanho-escuros cortados na altura do ombro antes de checar o rosto em um pequeno espelho compacto. Não estarei mais pronta que isso, pensou.

01

FREDA ESTREMECEU, PUXANDO o casaco mais próximo ao corpo. O tecido já gasto não conseguia evitar o frio. Se apenas pudesse ter vestido seu melhor casaco, mas o padrasto saberia que estava tramando algo. Não que o outro casaco fosse muito melhor. Custara apenas dois trocados na barraca de segunda mão do mercado, mas era mais apresentável do que o trapo que usava. Pelo menos conseguiu colocar algumas roupas em uma mala surrada que encontrou por um bom preço e escondeu no depósito de carvão até que conseguiu escapar de casa.

Estremeceu ao pensar na semana anterior, esforçando-se para fingir que nada estava errado. Na manhã em que os policiais bateram à porta, quase desmaiara com o choque. Saber que seu irmão de dezesseis anos tinha fugido da prisão era ruim o suficiente, mas quando a polícia perguntou se ela sabia onde ele estava, surgiu o temor de Deus. Nunca se metera em problemas na vida e ali estavam eles perguntando sobre seu irmão e se ela conhecia um tal Jed Jones que fugira com ele. Como se ela fosse contar!

Felizmente a carta de Lenny chegara cedo e seu padrasto ainda dormia pelos excessos da noite anterior. Freda puxou a carta para fora do bolso e examinou as palavras, procurando por mais pistas de onde ele poderia estar. Lenny não disse onde estava, mas o carimbo do correio dizia claramente: "Erith". Freda teve que ir à biblioteca e pedir ajuda para descobrir onde era. A bibliotecária fora muito gentil, pegando um mapa da Inglaterra e alguns livros que listavam as cidades. Pôde ver que era às margens do Tâmisa, em Kent, e em uma área movimentada, com fábricas, pubs e várias lojas.

Foi quando viu quantos bares havia ali que se lembrou quando ele mencionou um companheiro de cela chamado Jed, cujo pai era o dono de um bar chamado Ship, ao lado do Tâmisa. Se Lenny tivesse cumprido sua sentença de oito anos, ele poderia estar recomeçando sua vida.

Freda e Lenny sempre cuidaram um do outro, por isso precisava encontrá-lo. Ele era apenas treze meses mais novo. Sua mãe amaldiçoava até hoje o fato de ele tê-la pegado de surpresa, chegando tão próximo da irmã. Não que ela tivesse se incomodado muito com qualquer um deles tão logo puderam se defender sozinhos. Logo ela estava de volta ao pub, seguindo seu trabalho como garçonete. O pai sempre tivera tempo para eles, mesmo trabalhando por um longo período na fundição. Ela sabia que não deveria pensar tais coisas, mas às vezes desejava que a mãe tivesse morrido durante a epidemia, e não o pai. Ele nem havia esfriado na cova quando a mãe se juntou com o homem a quem eles agora chamavam de padrasto. Ela não se lembrava do casamento. Tendo apenas dez anos, sua memória daquela época não era clara. Na verdade, mal se lembrava das feições do pai. Se fechasse os olhos e esquecesse como sua vida era agora, quase conseguia se lembrar dele. O cheiro oleoso do macacão quando chegava do trabalho todas as noites e o tabaco específico para cachimbo que usava. Sim, se ela se esforçasse, conseguia se lembrar dele. Era só cheirar uma barra de sabão carbólico para ser lembrada das vezes em que ele arrastou a bacia de metal para dentro de casa e tomou banho em frente à lareira. O pai gostava de ficar sozinho então, lendo notícias de corrida enquanto estava submerso. Era sempre divertido ajudá-lo a esvaziar a banheira no quintal depois. Freda sorriu para si mesma. Eram bons tempos.

Freda se perguntou se Lenny estava com Jed. Talvez seu pub fosse em Erith. Ela traçou a linha azul do Tâmisa até esta se transformar num estuário e no mar aberto, reconhecendo as cidades litorâneas de Margate e Whitstable. Os trens saíam de Londres também e Freda sabia que poderia chegar à capital de sua cidade nas Midlands. Ela iria a Erith, procuraria por Lenny e ficaria lá até saber que ele estava seguro. A bibliotecária lhe disse os nomes de algumas lojas e fábricas, e Freda pensou que seria fácil encontrar trabalho e alojamento quando chegasse. Afinal, trabalhos brotavam do chão de onde ela vinha, e não deveria ser tão diferente em uma cidade tão perto de Londres, especialmente tão próximo do Natal. Talvez quando o clima esquentasse e tivesse algum dinheiro, poderia pegar um trem para o litoral ou até mesmo ir com uma excursão. Seria empolgante.

O TREM PAROU na estação de Woolwich Dockyard, deixando um aglomerado de trabalhadores matutinos. Freda esfregou a janela amarela e coberta de fumaça com o punho do casaco e espiou pela brecha limpa. Talvez, com alguma sorte, visse Lenny. Ele devia estar em algum lugar por ali. Quem sabe encontrara trabalho aqui, afinal era onde passava o trem vindo de Erith. Ela sabia que ele encontraria trabalho e acomodações para tentar se manter. E novamente, talvez Woolwich fosse bem longe de Erith. O porteiro na estação Charing Cross lhe disse quantas paradas faltavam para Erith. Então não havia sentido em procurar por Lenny ainda.

Freda bocejou. Fazia tempo desde que deixara sua casa e pegara o trem para Londres. Ela se perguntou como seria Erith. Uma pena se fosse um lugar deteriorado: havia cortado os laços e precisava focar no presente. Isto é, até encontrar Lenny, e ter certeza de que ele estava seguro. O padrasto nunca a aceitaria de volta quando descobrisse que ela surrupiara cinco trocados de seu bolso quando ele chegou bêbado de novo. Não, ela ganharia uma cintada na orelha, no mínimo.

Contanto que fosse corajosa e fiel aos seus planos, logo encontraria Lenny, o repreenderia e tudo ficaria bem. Franziu a testa enquanto olhava suas palavras na página amassada.

Perdoe-me, Freda, eu não aguentava mais. Vi a chance e dei no pé com outro cara enquanto a gente tava fazendo jardinagem. Só queria que soubesse que eu tava fazendo tudo certo. Assim que os policiais pegarem Tommy Whiffen, eu serei livre. Se cuide.

Livre? Ela bufou. Ele não passa de uma criança com ideias bobas, e foram essas ideias que o colocaram com as pessoas erradas para começar. E veja só agora. Ela teria que passar o resto da vida resolvendo os problemas do irmão caçula? Precisaria parar de se preocupar com Lenny até ter uma cama para dormir e um emprego. Os poucos trocados em seu bolso não durariam muito.

Suas pálpebras começavam a pesar quando afundou no assento, descansando a cabeça na borda da janela. O trem a vapor seguiu em direção a Erith e à sua nova vida. Flocos de neve começaram a cair. Ela podia ver um rastro branco se fixar nas margens altas da ferrovia. Que bom, talvez seja um Natal Branco, pensou enquanto fechava seus olhos.

— **A PRÓXIMA ESTAÇÃO** é Erith, querida. Precisa de ajuda para tirar sua mala do compartimento?

Freda esticou os braços e bocejou. A mulher mais velha sentada à sua frente tinha sido de grande ajuda quando Freda embarcou, sem ter certeza de que estava indo na direção certa.

— Obrigada, creio que consigo alcançar, mas cuidado com a cabeça. — Ela puxou a mala, que deslizou para o assento com um baque.

Um carregador pegou sua mala enquanto descia do vagão.

— Obrigada. Onde posso encontrar a High Street?

— Saia pela porta, senhorita, e suba por ali. A senhorita verá as primeiras lojas do outro lado da rua.

— Há algum lugar onde posso comprar um jornal local?

— No final da rua. Há uma loja de jornais e revistas que também é um café. Eles têm um bom sanduíche de salsicha, se estiver com fome.

Freda agradeceu o carregador e se dirigiu para a cidade. Poderia beliscar algo, mas precisava cuidar de seu dinheiro até encontrar um emprego e ter seu primeiro salário.

Altos e elegantes prédios vitorianos apareciam conforme subia pela rua. Lojas de todos os tipos estavam lado a lado com bancos e outros escritórios de aparência importante, seus nomes gravados nas janelas de vidro das fachadas deslumbrantes. Fileiras de casas voltadas para a ferrovia com caminhos de azulejos ornamentados, seus degraus levando a grandes portas com aldravas de latão polidas. Mesmo em meio aos espirais de neve e fumaça dos trens, Freda via que era mais elegante do que sua cidade. Esperava que isso não significasse que as acomodações eram caras. Cruzou os dedos torcendo para que existisse uma área mais pobre na cidade que se adequasse a seu bolso. Era bonito de se olhar, mas gente como ela não podia pagar por casas chiques com aldravas de latão. Ela esperava ter tomado a decisão certa ao vir para Erith.

Por fim, foi ao café. Conseguiu uma cópia do *Erith Observer* e precisava de um lugar para analisar os quartos para alugar e os anúncios de emprego. O lugar estava quase deserto, o que era bom para Freda, que se sentia desalinhada e desarrumada para uma cidade tão elegante. Contudo, olhando ao redor do deteriorado café, com suas paredes manchadas de nicotina e mesas arranhadas, talvez fosse se sentir mais acolhida do que imaginava. A mulher que a havia servido limpava mesas vagarosamente para passar o tempo.

— Eu nunca vi a senhorita aqui. É nova em *Eariff*, é?

Freda sorriu para si mesma. Então era assim que os moradores pronunciavam "Erith". Soava estranho.

— Acabo de chegar de trem. Nunca estive aqui. Parece um lugar agradável de se viver.

— Tem coisas boas e coisas ruins. Só tem que saber onde procurar. — A mulher disse, enxugando as mãos no avental sujo. — O que posso trazer para você, querida? um cafezinho da manhã?

Freda checou as moedas em sua bolsa e depois leu as poucas palavras escritas com giz em uma lousa atrás do balcão.

— Vou querer apenas uma xícara de chá, por favor.

A mulher olhou para a garota magra à sua frente.

— Que tal um pedaço de bread and scrape? Saboroso e completo — e por conta da casa. Embora esteja meio velho, eu estava para fazer um pudim de pão com ele. Posso dispensar um pedaço.

Freda franziu o nariz.

— Scrape?

— Sim, banha. Não sabe o que é isso? Acabei de assar um pedaço de carne; é o molho e a gordura da lata.

Freda sorriu. Ela conhecia bem os sumos e gorduras ricos da assadeira que sua mãe guardava em uma tigela esmaltada. Eles comiam com torradas e uma pitada generosa de sal todas as segundas-feiras na hora do chá. O estômago dela roncou audivelmente.

— Ah, sim, conheço. Chamamos de "bread and dripping" de onde eu venho. Muito obrigada.

— Bom, pode se sentar e eu trago para a senhorita.

Freda tirou o casaco. Não estava tão quente no café, mas ela sabia que não sentiria as vantagens da roupa extra quando saísse na neve que caía rapidamente se a mantivesse enquanto comia.

Quando a mulher voltou com o chá quente e um prato de bread and scrape, ela espiou a página do jornal que Freda estudava cuidadosamente:

— Está procurando um lugar para ficar, querida? — ela perguntou enquanto colocava a comida na mesa.

Freda, confusa com os nomes de rua desconhecidos, anuiu. Sua boca se encheu d'água quando olhou para a comida:

— Sim, mas não posso pagar muito.

— Quem pode, querida? Mas eu conheço o lugar certo. Não é longe daqui. Uma senhora aluga quartos na Queens Road. Barato.

Freda anotou o endereço conforme a mulher ditava.

— É limpo?

— Não saberia dizer, querida, mas a cavalo dado não se olham os dentes. Você precisa de uma cama e ela tem uma. Não poderia dizer mais que isso. Ah, se está procurando trabalho, os Woolies estão contratando vendedoras para as Festas. Dê um pulo lá essa tarde. Ouvi uma moça boa-pinta falando sobre isso quando ela estava aqui. Mas se apronte, porque acho que haverá um monte de garotas atrás de empregos lá.

Freda sorriu para a mulher.

— Obrigada. Woolworths é o melhor lugar para se trabalhar em Erith?

— Nah, você estaria atrás de Hedley Mitchell pelos melhores empregos em lojas. — Ela olhou Freda de cima a baixo. — Mas eles são exigentes com quem pegam.

Freda sorriu para si mesma enquanto comia seu café da manhã. Isso certamente a colocara em seu lugar.

SARAH BRINCAVA NERVOSAMENTE com a corrente de ouro em seu pescoço. Estava dentro da Woolworths, mas o que faria a seguir? À frente estava uma porta dupla, enquanto do outro lado estava uma menor. Qual, ela pensou, levaria à loja? Segundos depois, a porta externa se abriu novamente quando duas jovens apareceram no longo corredor. A mais alta parecia ter saído direto da tela de um cinema. Sarah admirou sua roupa estilosa. Por que ela estaria aqui? Seu penteado era perfeito, sem um único fio de cabelo fora do lugar, e suas sobrancelhas eram desenhadas de maneira uniforme. Sarah apenas encarava. Uma gola em forma raposa cobria um casaco que provavelmente custara uma fortuna. Sarah sentiu-se automaticamente desajeitada e jovem em seu melhor casaco de domingo. Um rastro de perfume invadiu o espaço entre elas. Sarah inalou profundamente.

— É Chanel? — perguntou. Reconhecera a essência favorita de sua mãe, mas ficara surpresa com alguém que passava pela porta dos funcionários da Woolworths usando um perfume tão caro, e durante o dia. Um perfume exótico como aquele só era usado por pessoas com dinheiro, e ainda assim com moderação. Sabia bem disso, pois a mãe dizia com frequência para qualquer pessoa que comentasse sobre sua fragrância.

A mulher assentiu.

— Adorável, não é? Meu velho pega pra mim. Ele trabalha nas docas. Eu consigo um frasco, se você quiser. — Ela deu uma piscadela. — Não conte a ninguém.

Sarah ficou surpresa ao ouvir o modo de falar dos moradores locais, vindo de alguém que ela imaginava ter acabado de desembarcar de um navio da América.

— É aqui que vamos ver sobre o trabalho?

Sarah assentiu.

— É no fim do corredor. Algumas garotas entraram há pouco. Acho que é lá que devemos ir. — Ela quase não acreditava que essa mulher estilosa queria trabalhar para a Woolworths.

— E vocês, doçuras? Estão aqui por emprego também? — a mulher perguntou à garota que acabara de entrar, enquanto arrumava sua gola e dava tapinhas na cabeça da raposa.

A mais nova acenou timidamente. Ela parecia amedrontada a ponto de se virar e fugir.

— Sim, se me aceitarem, — sussurrou.

— Bom, Deus ajuda quem cedo madruga — vamos conseguir nossos empregos, — a mais velha declarou, marchando à frente delas.

Sarah sorriu para a mais nova:

— Meu nome é Sarah. Você é daqui?

A garota negou tão violentamente que precisou agarrar sua boina marrom, que escorregou de sua cabeça, deixando escapar seus fios castanho-claros.

Sarah notou que seu cabelo não estava muito limpo e que suas roupas estavam gastas.

— Não, eu acabei de me mudar. Sozinha. — Completou rapidamente. — Fiz o melhor para me preparar pra essa entrevista, mas minha hospedagem não tem água quente. Meu nome é Freda, — acrescentou.

Sarah queria abraçar a garota. Ela parecia tão assustada e era muito magra.

— Está adorável, Freda. Gostei do seu chapéu. Foi você quem costurou?

Freda assentiu:

— Gosto de tricotar.

— Bem, talvez coloquem você no balcão de lãs. Não seria bacana?

Freda sorriu.

— Nunca pensei nisso. Só quero um emprego. Não cheguei a pensar nas tarefas que nos dariam.

Um assobio estridente veio do final do corredor:

— Ei, vocês duas. Vocês vêm ou não?

Sarah entrelaçou seu braço no de Freda e as garotas riram juntas enquanto se dirigiam à entrada dos funcionários.

— Trabalhar com ela será uma gargalhada por minuto.

— Ela é muito esperta. Parece uma estrela de cinema, — Freda disse em concordância. — Nunca vi alguém tão bem-vestida antes.

— Apesar disso, duvido que ela seja uma, especialmente aqui em Erith e com esse desejo de trabalhar na Woolworths. Será divertido descobrir, não?

— Aí vêm as novatas. Andem logo, garotas, ou "Chefinha" Billington fará ligas com suas entranhas.

Um rapaz baixo de cabelos ruivos em um casaco marrom que quase tocava o chão sorriu enquanto levantava uma grande vassoura e varria em volta das pernas das jovens que esperavam para serem entrevistadas. Isso fez com que Sarah sabiamente se esquivasse antes de ter seus sapatos recém-engraxados cobertos de pó. Ela resmungou em desaprovação.

Outro rapaz, com um casaco igual, deu um soco no ombro dele.

— Deixe, Ginger. Afugentará as pobrezinhas antes que elas assinem na linha pontilhada. — Ele se virou para encarar Sarah e sorriu para ela. — Está procurando o escritório da Srta. Billington?

Sarah assentiu. Teria que admitir que as afrontas de Ginger não estavam acalmando as borboletas em seu estômago. Sentia-se extremamente nervosa.

— Sim, estou. — Olhou para as outras seis garotas na fila. — Acho que todas estamos.

— Mostrarei a vocês ou nunca acharão o caminho. Ginger, você está no comando da vassoura até que eu volte.

O rapaz alto e loiro parecia exalar autoridade, uma vez que Ginger pegou a vassoura que lhe fora oferecida e começou a varrer o chão empoeirado com gosto.

Sarah sentiu-se aliviada por ter alguém para lhe mostrar o caminho. A filial de Erith da F. W. Woolworth, ou Woolies, como era carinhosamente conhecida, era um verdadeiro labirinto.

— Obrigada. Tudo parece tão estranho. Erith é muito diferente do lugar onde eu vivia.

— E que lugar seria esse? — o simpático rapaz perguntou enquanto conduzia as jovens ao escritório.

Sarah olhou-o com o canto dos olhos. Era uma cabeça mais alta do que ela e tinha um brilho nos olhos azuis. Seu cabelo loiro rebelde parecia que nunca se comportaria. Ele parecia bacana.

— Devon. Me mudei para viver com minha avó. Meus pais são daqui e minha avó viveu aqui toda a vida.

— É o suficiente para torná-la uma nativa, então, — disse, indicando que haviam chegado ao destino, e estendeu a mão. — Sou Alan, a propósito. Alan Gilbert, gerente estagiário. Bem-vinda a Woolworths.

Sarah pegou sua mão e ficou imediatamente mexida pelo calor e força que ressoaram de simples boas-vindas. Ele segurou sua mão por apenas mais um instante. Minha nossa, pensou, eu devo estar nervosa se um simples aperto de mão pode me afetar assim.

— Prazer em conhecê-lo. Sou Sarah Caselton, — gaguejou, olhando-o nos olhos.

— Então, Sarah, tem família trabalhando aqui?

Ela balançou a cabeça:

— No momento, não. Minha mãe e minha tia trabalharam na filial de Dartford quando tinham minha idade. Só descobri isso quando contei à vovó que eu tinha uma entrevista. Não sei muito sobre a companhia. Ainda assim, parece um bom lugar para se trabalhar — acrescentou em conclusão. Sarah estava ansiosa para causar uma boa impressão, e com Alan sendo um gerente estagiário, ela não queria começar com o pé esquerdo com alguém que talvez um dia fosse seu chefe. — Acabam de me contar sobre quando tudo custava um curtido. Sabia disso?

Alan riu.

— Pensei que todo mundo soubesse disso! Ainda vendemos muitas coisas por um curtido, — complementou com um sorriso largo.

Alan bateu à porta do escritório enquanto a abria, e anunciou:

— As novatas estão aqui, Srta. Billington. — Sorrindo para Sara, apertou seu braço. — Boa sorte, Curtida. Vejo você depois, — ele sussurrou para que só ela ouvisse antes de voltar ao depósito.

Sarah corou. Ficara bastante encantada por Alan e ainda podia sentir a pressão da mão dele sobre seu braço, mas afastou todos os pensamentos sobre o jovem de sua mente quando, juntamente com as outras seis garotas, foi chamada para dentro do escritório.

O grupo ficou apertado. Sarah se viu presa entre um grande cofre de metal e um arquivo ao lado de Freda. Ela esperava que a Srta. Billington a aceitasse. Relanceando o olhar para o grupo de mulheres esperançosas, se perguntou quantas delas teriam experiência suficiente para preencher as vagas. Sarah sabia que sua própria experiência era mínima. Ajudar no correio e no mercado da vila não parecia suficiente. Sentiu-se muito perdida.

A Srta. Billington olhava a lista de nomes à sua frente.

— Bem-vindas, senhoras. Primeiramente, gostaria que preenchessem um formulário de inscrição e fizessem um breve teste de aritmética. Srta. Freda Smith?

Freda ergueu a mão e pegou o formulário e a caneta que lhe eram oferecidos, sussurrando um agradecimento enquanto arregalava os olhos para o número de questões.

— Sra. Maisie Taylor?

A mulher elegantemente vestida acenou e estendeu a mão enluvada para os papéis.

Sarah olhou para Freda e ambas sorriram. Ela tinha um nome normal. Uma tosse da responsável fez com que elas olhassem para baixo em segundos. Era como voltar para a escola, Sarah pensou.

— Sou eu, doçura. Pode dispensar o "senhora" e me chamar de Maisie; nomes longos não são comigo. E Sra. Taylor é minha sogra. — Ela riu da própria piada.

Sarah mordeu o interior de sua bochecha para segurar o riso. Parecia ser espirituosa e não exatamente do tipo que ligava para autoridades.

Srta. Billington olhou por cima de seus óculos, silenciando qualquer observação que Maisie ainda tivesse.

— Aqui a senhora será Sra. Taylor. Espero certo respeito entre os funcionários e não permito que fumem no escritório, — acrescentou enquanto Maisie tirava um maço de cigarros Camel da bolsa.

— Tá bom, doçura.

— Meu nome é Srta. Billington. Por favor, lembre-se disso.

— Tá bom, doçura — digo, Srta. Billington, — a graciosa Maisie respondeu.

A funcionária do departamento pessoal olhou feio para Maisie. Sarah se perguntou se isso significaria que Maisie não conseguiria o emprego na Woolworths. Com sete candidatas, não haveria vagas suficientes?

Sarah recebeu formulários juntamente com as outras moças.

— Levarei todas para o refeitório dos funcionários, para que possam responder seus formulários. Preciso atender uma emergência do pessoal. — Ela deu uma olhada em seu relógio de pulso. — Volto em meia hora e poderemos conversar sobre seus encargos.

— Então todas nós conseguimos trabalho? — Freda perguntou esperançosamente.

Srta. Billington se virou para encarar a jovem à sua frente. Sabia que várias das candidatas ali tinham responsabilidades e precisavam ganhar um salário. Contudo, procurava uma equipe que trabalhasse duro pela empresa e não necessitasse de vigilância a cada cinco minutos.

— Há três vagas. Quem for admitida trabalhará um mês como experiência. Isso depende de como se sairão no teste de aritmética. Faltam apenas três semanas para o Natal, a época mais movimentada do ano. Estamos com pouco pessoal. Eu preciso de três extras na loja amanhã de manhã. Espero que encontremos candidatas adequadas entre vocês. — Ela olhou para Maisie e suspirou.

AS TRÊS GAROTAS encontraram uma mesa longe das outras e tiraram seus casacos. A sala estava quente. As janelas acumulavam o vapor vindo da cozinha, que ficava atrás de um balcão, e o cheiro vindo do forno fez o estômago de Sarah roncar. Ela estivera muito nervosa para comer o sanduíche que a avó preparara para seu almoço.

As garotas examinaram os papéis à sua frente.

Maisie mastigava a base do lápis.

— Pelo menos sei escrever meu nome. — Ela pensava que havia afastado qualquer chance de conseguir uma das três vagas. Sempre fora do tipo que se vestia para impressionar, mas talvez, dessa vez, tivesse exagerado. Era óbvio que a Srta. Billington não aprovava sua vestimenta ou seu jeito de falar. Olhou de relance para as garotas sentadas com ela. A que se chamava Freda parecia sem sorte. As mangas de seu casaco surrado eram muito curtas e gastas nos punhos. Lembrava-lhe muito de sua irmã caçula, Tessa, depois que... Maisie estremeceu. Era inútil evocar memórias tristes. Ela tinha um novo marido e uma nova vida agora. Não havia motivo para olhar para trás. No entanto, tomaria para si o trabalho de cuidar da criança. Isso não faria mal a ninguém.

Examinou o formulário mais de perto:

— Caramba, eu não sabia que precisava ser tão inteligente para apenas trabalhar em uma loja.

Sarah riu para si mesma.

— A Woolworths espera que sua equipe seja capaz de contar e realizar aritmética básica, já que precisamos somar e dar o troco correto. Era o que dizia no anúncio no jornal.

— Eu não vi nenhum jornal, — Freda falou. — Alguém me contou sobre as entrevistas. Ajudei em barracas na feira desde muito pequena e posso fazer qualquer soma de cabeça e dar o troco certo. Apenas não sei o que colocar nesse papel.

— Que nem eu, doçura. Sou perita em somar pontos de dardos e servir atrás de um balcão, bem como em cobrar o preço certo por uma rodada de bebidas, mas toda essa papelada me dá dor de cabeça.

Sarah pensou por um momento.

— Vejam, por que eu não leio as perguntas em voz alta e vocês me dizem as respostas? Então eu posso mostrá-las como escrever da forma correta.

Freda abriu um sorriso.

— Faria isso por nós? Eu ficaria muito grata.

— Eu também, — Maisie acrescentou. — Valeu, querida. Te devo uma.

As garotas passaram os dez minutos seguintes somando libras, xelins e pence e trabalhando na conversão de notas de dez trocados e uma libra. Sarah ficou feliz ao ver que sua ideia funcionou e antes de chegarem à última soma, tanto Maisie quanto Freda estavam escrevendo suas próprias respostas nos papéis.

Elas ainda estudavam o formulário quando Freda deixou escapar um suspiro tão alto que fez Sarah erguer os olhos enquanto checava se havia respondido corretamente.

— O que foi? Parece que você está carregando todo o peso do mundo sobre os ombros.

— Tenho um problema com a parte que pede referências. Sabe, eu não tenho nenhuma. — Freda esfregou os olhos com as costas da mão conforme lágrimas se formavam. — Preciso muito do emprego. Não sei o que fazer, — fungou.

Sarah apertou o braço da jovem. Ela era pele e osso sob o cardigã fino:

— Tenho certeza de que podemos pensar em algo. Onde trabalhou antes de vir para Erith?

Freda tremeu. A última coisa que queria fazer era contar a essas garotas gentis sobre sua vida. Era melhor manter segredo. Precisava de um trabalho para pagar suas acomodações, ainda que não fosse por muito tempo. Além disso, gostava da cidade, com a grandiosa High Street cheia de lojas e ruas cheias de casas vitorianas. Ao pegar o trem em Londres, vira um cartaz anunciando viagens para o litoral. Freda não conhecia o mar, então se ainda estivesse aqui no verão, faria questão de tirar uma folga.

— Prefiro não dizer. Eu vivia nas Midlands e quis vir para começar do zero. Se eu colocar o endereço dos meus pais no formulário, é provável que meu padrasto venha e me arraste de volta. Mesmo se eu colocar que às vezes ajudava na feira, talvez leve a eles, já que os feirantes os veem quase todos os dias.

— Por que veio a Erith? Tem família aqui? — Sarah questionou. Certamente ninguém vinha a Erith por escolha. Não era como se fosse um lugar especial. Ela amava Erith, já que era onde sua avó crescera e suas raízes eram aqui, mas uma estranha poderia amar da mesma forma?

— Não, estou sozinha. Decidi que era um lugar bom como qualquer outro. — Freda girou o lápis entre seus dedos, sabendo que deveria se acostumar com essas perguntas se pretendesse construir uma vida em Erith. Nunca deixaria que soubessem que estava aqui por um motivo.

Maisie ergueu as sobrancelhas. Sabia que a menina não estava dizendo a verdade. Sua intuição geralmente estava certa. Essa garota fugia de algo ou de alguém.

— Olha, doçura, não é da minha conta, mas duvido que a Senhora Calçolas Exigentes irá atrás de suas referências. Ela não disse que tinha pressa? É provável que quando ela resolva nos checar, já tenhamos trabalhado o mês de experiência. Se não gostar de nós, estaremos no olho da rua. Se ficar feliz com nosso trabalho, ela não se incomodará em verificar o que escrevemos aqui. Caramba, minhas referências são alguns pubs no leste de Londres. Isso irá impressioná-la. É só colocar alguns endereços. Pode sempre dizer que cometeu um erro, se ela perguntar.

Freda parecia chocada:

— Um pub? Pensei que fosse fina, com essas roupas elegantes e tudo mais.

Maisie caiu na gargalhada:

— O quê? Eu? Fina? Meu Deus. Apenas tenho talento com agulha e linha, só isso. Admito que gosto de me vestir bem, mas fina? Céus! — ela enxugou os olhos, continuando a rir.

Sarah olhou admirada para Maisie.

— Por que não está trabalhando como costureira? Pelo que ouvi, várias fábricas estão contratando moças.

Ela gostava das duas, mas pelo pouco que ouvira, a vida delas era muito diferente da sua. Sarah pensava que era corajosa ao se mudar para Erith de sua casa confortável em Devon usando a avó como desculpa, quando a verdade é que ela não aguentava mais um dia vivendo com as expectativas de sua mãe. Graças aos céus, seu pai entendia.

Maisie balançou a cabeça.

— Isso não é pra mim. Tentei algumas vezes, mas é demais trabalhar sendo explorada e mandada o tempo todo. Gosto de fazer o que me agrada. Então, se der errado, só posso culpar a mim mesma.

Ela enfiou o lápis atrás da orelha e se inclinou na cadeira.

— Ora, eu poderia fazer algumas roupas para vocês, se quiserem. Trouxe minha Singer quando vim morar com meus sogros. Ficaria muito feliz em escapar da morcega velha e costurar um pouco. Ela faz minha cabeça doer com tanta fofoca. Por isso quero um emprego. Guardar uns trocados embaixo do colchão pra eu e meu velho alugarmos uma casa antes que as crias cheguem.

Os olhos de Freda se arregalaram e ela corou:

— Está grávida?

— Meu Deus. Não, ainda não, mas se depender do quanto eu e o marido praticamos, não vai demorar muito.

Sarah não sabia para onde olhar. Não queria insultar Maisie ao dizer que nunca ouvira alguém falando desse jeito antes. Estava muito envergonhada.

— Um bebê seria adorável, — foi tudo o que conseguiu dizer.

Maisie cravou o olhar nas duas.

— Então, o que acham?

Sarah engasgou. Maisie queria sua opinião sobre começar uma família? Sua mãe nunca falara sobre essas coisas. Sarah não sabia o que dizer ou para onde olhar.

Maisie pareceu magoada.

— Bem, alguma das duas vai querer roupas novas ou não? Não me incomodarão em nada.

Sarah sentiu uma onda de alívio:

— Ah, roupas. Sim, seria ótimo. E você, Freda?

— Eu adoraria aceitar, mas quando tiver pagado o aluguel, não terei muito mais dinheiro para gastar comigo. Obrigada pela oferta, mas é melhor recusar.

Freda encarou melancolicamente o casaco de Maisie, pendurado casualmente nas costas da cadeira.

— Não aceito não como resposta, minha menina. Mal vai custar um centavo para colocar um tecido novo nas suas costas. Vê esse casaco? — as duas assentiram quando Maisie acenou com o casaco elegante para elas. — Bem, eu fiz com um sobretudo masculino que comprei numa liquidação. Vocês acham que eu tenho dinheiro para gastar com roupas caras como essa? Desfiz todos os pontos e copiei o estilo que vi em alguma atriz em um filme no Pathé News.

Sarah correu os dedos pelo tecido e suspirou:

— Mas nos conhecemos há cinco minutos.

Maisie bufou.

— Querida, vamos passar muito tempo em companhia uma da outra se conseguirmos esses empregos, então é melhor nos darmos bem. Minha maneira de fazer isso é fazendo roupas e sendo um ombro para chorar quando precisarem. O que me dizem?

Sarah concordou com entusiasmo. Ela gostara do comportamento pé no chão de Maisie. O pensamento de já ter amigas no trabalho parecia ótimo.

Freda parecia igualmente satisfeita.

— Também quero ser sua amiga. Das duas. Nunca tive amigas de verdade antes. Meu padrasto não gostava.

Sarah perguntou-se novamente por que Freda deixara sua casa. Pelo que havia escrito no formulário, tinha apenas dezessete anos. Sentiu que havia uma razão, e provavelmente não uma boa.

— Amigas, então, mas é melhor terminarmos de responder esse questionário ou nem concorreremos à vaga.

As garotas voltaram aos papéis, concentradas conforme revisavam se todas as perguntas haviam sido respondidas, alheias ao que acontecia ao redor delas no agitado refeitório.

— Olá, senhoritas. Como foram as entrevistas?

Sarah levantou os olhos e encontrou Alan próximo à sua cadeira.

— Ainda não terminamos. Temos que terminar o teste de aritmética. Acho que um gerente estagiário não precisa de tais coisas, não é? — ela acrescentou, em tom de brincadeira.

— Isso e muito mais, — Alan respondeu seriamente. — Temos que saber cada aspecto da Woolworths se quisermos chegar à gerência.

— É o que quer? — Sarah perguntou, encarando sua expressão austera. Alan poderia gostar de risos e piadas, mas ao mesmo tempo parecia sério no que dizia respeito a seu trabalho. Seu pai o aprovaria.

— Todos temos sonhos, Curtida, — disse, olhando em seus olhos como se os planos dele a incluíssem.

— Posso lhes trazer um chá enquanto estou aqui? — Alan ofereceu, trazendo Sarah de volta à Terra com um sobressalto. Conhecera Alan há menos de uma hora e ele já estava fazendo-a sonhar.

Quando a Srta. Billington voltou ao refeitório, as garotas haviam completado a longa lista de questões. Sarah mordia o lábio nervosamente, perguntando-se se haveria respondido corretamente questões suficientes para conseguir um emprego em tempo integral. Tinha suas economias, e seu pai lhe dera um envelope com cinco libras para que não fosse um fardo para a avó, mas ainda assim ela gostaria de trabalhar e se sustentar. Atrás dela, uma Freda bastante pálida encarava o chão. Maisie tirara um compacto dourado da bolsa e estava ocupada empoando seu nariz.

— Tudo parece em ordem. Levarei esses papéis ao meu escritório para ler, as chamo quando estiver pronta.

Srta. Billington olhou para seu relógio:

— Está quase na hora do intervalo para o chá dos funcionários, então tomem uma xícara enquanto esperam. Checarei suas referências quando tiver tempo. Só Deus sabe quando será isso. — A mulher mais velha murmurou para si mesma enquanto levantava. Ajeitou a saia de tweed com uma mão, se assegurou de que os botões da jaqueta combinando estavam bem presos e marchou para seu escritório. Embora estivesse no começo dos quarenta, a Srta. Billington exalava um ar de autoridade que os funcionários da Woolies não ousariam questionar.

— Sigam-me, senhoritas. Eu lhes mostrarei o andar da loja e onde trabalharão.

Sarah e Freda sorriram uma para a outra. Haviam sido chamadas por último ao escritório. Sarah pensou que haviam falhado na entrevista, mas não, foram as candidatas aprovadas. Maisie havia sido chamada primeiro e elas não a haviam visto desde então.

A Srta. Billington olhou para as garotas animadas:

— Deverão se apresentar aqui para o trabalho amanhã de manhã, às 8h. Serão entregues a vocês uniformes e uma lista com seus deveres e as regras da equipe. Mantenham o uniforme limpo e estejam sempre apresentáveis ou isso irá para o relatório. Agora, sigam-me.

Sarah olhou em volta de si enquanto andava apressada, tentando acompanhar a funcionária do departamento pessoal. Os rumores de guerra e a indisposição geral no país não haviam impedido os clientes de tentarem pechinchar para iluminar o Natal e encherem as meias de seus filhos para a entrega do Papai Noel. Balcões de madeira polida estavam cheios de produtos. Sarah avistou uma pilha alta de porcelana brilhante em um balcão, enquanto em outro, caixas de vidro com biscoitos tentavam os compradores. Os clientes apontavam para seus biscoitos favoritos e a equipe de vendas se ocupava em pesá-los em grandes quantidades antes de colocá-los em sacos de papel pardo, torcendo o topo de cada saco com segurança. Sarah teria gostado de parar para olhar, mas a Srta. Billington acenou para que acompanhasse antes de se perder na multidão agitada. Pararam em um comprido balcão que ficava no centro da loja, embaixo de correntes de papel coloridas. Ela adoraria trabalhar no balcão principal, cheio de decorações natalinas e embrulhos alegres, mas imaginou que apenas funcionários experientes eram colocados lá. Cruzou os dedos atrás das costas e olhou para a Srta. Billington em expectativa.

A mulher olhou para uma de cada vez.

— Preciso de duas empregadas em tempo integral para trabalhar aqui. É um trabalho duro e espero que minha equipe se empenhe e atenda os clientes o mais rápido possível. Não queremos filas e nem clientes insatisfeitos indo para outro lugar. Sarah e Freda, vocês ficarão nessa seção. Há seis funcionários aqui. — Ela acenou para uma mulher alta ali perto, que colocava peças brilhantes e coloridas de presépio em um saco de papel pardo. — Daphne lhes mostrará os laços e as ajudará a se familiarizarem com o estoque. Se apresentem aqui após pegarem seus uniformes, amanhã cedo.

Sarah e Freda pararam para se apresentar à Daphne, conforme Srta. Billington desaparecia na multidão de clientes. Daphne deu boas-vindas às duas e explicou que trabalhava na Woolies há apenas dois meses. Mostrou-lhes um pequeno anel de diamantes no dedo anelar da mão esquerda e contou que esperava trabalhar ali apenas até a primavera, quando iria se casar. Ambas suspiraram enquanto a mulher mais velha explicava a uma intrigada Freda que as mulheres nunca trabalhavam depois de casadas, já que teriam uma casa e, com sorte, uma família para cuidar. Sarah já estava ansiosa para a preparação para o Natal, e a nova colega parecia muito gentil. Pelo grande sorriso no rosto de Freda, sabia que a nova amiga pensava o mesmo.

De volta ao escritório da Srta Billington para pegar os casacos, as cabeças zumbindo com todas as regras que Daphne tinha listado, Sarah e Freda perguntavam-se se Maisie fora admitida.

— Eu acredito que ela estará no balcão de cosméticos. Ou talvez nos dos lenços e joias, — suspirou Freda. — Combinaria muito com ela.

Sarah não estava tão certa:

— Creio que nossa Maisie não causou uma boa impressão à Srta. Billington. Ela pode ter passado no teste de aritmética, mas não faz o tipo vendedora assistente. Eu não ficaria surpresa se ela tiver sido colocada em algum lugar que não combine com sua aparência chique, ou talvez sequer tenha conseguido o emprego.

Freda levou a mão à boca:

— Oh, não diga isso. Ela é tão divertida. Estava ansiosa para trabalhar com ela. Até pensei que algum dia ela poderia costurar um novo casaco para mim.

— Que pena não termos trocado endereços. Acho que vi aquela moça alta de óculos andando pela loja. Talvez seja ela a terceira contratada.

— Acertou, Curtida. A Srta. Billington colocou a moça de óculos para vender batatas na seção de vegetais. Eu estava ensacando cenouras lá embaixo e vi as duas conversando perto dos repolhos.

Sarah se virou para ver Alan atrás delas. Ela corou e gaguejou ao responder o belo jovem:

— Pobre Maisie. Pensei que a contratação dela fosse certa. Espero que possamos vê-la de novo. Conheço-a há algumas horas e já gosto muito dela.

Alan se apoiou no carrinho que empurrava e enxugou a testa com um lenço.

— Não se preocupe — ela está no refeitório recebendo atenção de alguns funcionários. Esses tipos sempre caem aos seus pés.

Sarah franziu as sobrancelhas: — O que quer dizer com "esses tipos"? Não deveria julgar um livro pela capa. — Ela não gostara de seu tom. Maisie parecia decente.

Alan riu.

— Não quis dizer que não gostei dela. Ela é o do tipo que apazigua tempestades. Não precisa se preocupar. A veremos de novo, tenho certeza. E você, Curtida? Onde a verei trabalhando todos os dias?

Sarah ficou repentinamente calada. Não conseguiu pensar em nenhuma palavra para dizer e apenas ficou ali, corando. Alan deve tê-la achado uma boba por não responder uma pergunta tão simples. Ela se sentiu tão idiota, em um minuto o estava reprovando, e no outro, quando se mostrou interessado, ficou quieta.

— Estamos as duas no balcão de Natal, — Freda declarou.

— Se não te encontrar antes, vejo você lá, Curtida.

Ele piscou para Sarah e saiu assobiando.

— Acho que ele gosta de você, — Freda falou rindo enquanto elas continuavam subindo as escadas.

— Ele é muito atrevido, — Sarah respondeu, embora estivesse emocionada por ele tê-la notado.

Na ala dos funcionários, encontraram Maisie passando batom e se olhando num pequeno espelho na parede.

Sarah a abraçou.

— Sinto muito em saber que não foi contratada.

— Não me importo nem um pouco. Ouvi dizer que estão contratando no Odeon. Pelo menos poderei ver filmes de graça. Se não for o caso, tem um trabalho na mercearia ao lado da sogra. Mesmo assim, teria sido divertido trabalhar aqui. Muito mais meu estilo vender coisas no balcão, e eu preferiria não ter que estar *"lavando"* a cada poucos minutos ou trabalhar no escuro.

Fechando o batom e jogando na bolsa, Maisie entrelaçou seus braços aos de Sarah e Freda.

— Alguém topa uma xícara de chá? Ainda podemos nos reunir depois do trabalho, se quiserem.

03

SARAH TREMIA NO caminho para casa enquanto a tarde de dezembro escurecia. Uma rajada de neve soprou em seu rosto enquanto tentava ver o caminho à sua frente. Felizmente tinha apenas algumas ruas para cruzar e aí estaria em casa. Pensou em Freda e desejou que a jovem já estivesse aquecida em seus aposentos.

Apertando seu cachecol com mais força em volta do pescoço para afastar o frio, Sarah estava feliz pelas luvas verde-floresta combinando, já que estas faziam um ótimo trabalho ao manterem seus dedos aquecidos. O conjunto tricotado à mão tinha sido um presente da avó por seu vigésimo aniversário, em setembro. Podia estar congelante, mas internamente sentia-se animada por estar logo em casa e poder contar à vovó as novidades sobre o trabalho.

Um vento cruel soprou do Rio Tâmisa conforme cruzava a deserta High Street em direção à sua casa. O coral natalino tinha ido embora há muito, assim como a maioria dos compradores. Nesse clima, o melhor lugar para estar era em frente ao fogo rugindo no carvão. Vovó havia dito que seria um inverno rígido e ela raramente errava. Ao menos não era uma caminhada longa até o trabalho, e ela poderia fazê-la, ainda que tivesse que cavar através de montes de neve.

O estômago de Sarah roncou quando ela inspirou o delicioso cheiro de peixe e batatas do restaurante próximo. Estaria mais do que pronta para o ensopado de carneiro e os bolinhos da vovó quando chegasse. Os bolos com chá no Mitchell's, com Freda e Maisie, parecia ter ocorrido há eras agora. Elas queriam celebrar os novos empregos e a possibilidade de Maisie encontrar trabalho na cidade. Conversaram sem parar, como se se conhecessem há anos, mas, com a piora rápida do tempo, decidiram ir para suas casas. Planos foram feitos para se presentearem com uma noite no cinema assim que tivessem o primeiro salário em mãos. Até mesmo Freda, que precisava controlar cada centavo, estava ansiosa para essa noite fora.

Sarah sorriu ao se lembrar da conversa; estava animada com suas novas amizades. Maisie fora inflexível quanto a fazer um casaco novo para Freda assim que visitassem um brechó para comprar algumas roupas velhas que pudessem ser transformadas em novas, e Freda estava ansiosa para comprar alguns suéteres descartados para que pudesse tricotar um casaco. Ela explicou como o fio, uma vez desenrolado, seria passado no vapor de uma chaleira para tirar qualquer torção e então ficaria como novo. Sarah desejou saber tricotar e costurar. A maioria das garotas de sua idade eram hábeis com uma agulha, mas sua mãe preferia roupas prontas e virava o nariz para roupas caseiras. Bem, agora ela pediria à avó que a ensinasse a tricotar, assim seria útil com as mãos como suas novas amigas.

Sarah não sabia por que a mãe era desse jeito. Afinal, era uma garota nascida e criada em Erith, e pelo que ouvira a avó dizendo à tia Pat, era como todas as outras até seu pai ser promovido e se mudar para Devon com a família. Isso aconteceu quando Sarah era muito jovem. Ela só conhecia sua mãe como uma senhora elegante que estava sempre impecável e tinha alguém que " vinha " para fazer as tarefas domésticas. Não entendia que sua mãe queria subir no mundo. Era o pai quem era o provedor, e o verdadeiro guardião da família, e não era nada esnobe. Tinha muitas lembranças felizes de papai brincando com ela no jardim e levando-a para a praia em Devon quando era criança. Podia confiar no pai mais do que jamais pudera na mãe. Ele até a levara à Erith para que ela não tivesse de carregar uma mala pesada no trem. E passara alguns dias com vovó antes de finalizar negócios na Vickers, perto de Crayford. Não sabia ao certo o que o pai fazia no ramo da engenharia, mas conforme os rumores de guerra aumentavam, ele ficava cada vez mais ocupado.

As luzes da rua piscaram na escuridão do final da tarde, riscadas pela neve caindo, enquanto ela cuidadosamente atravessou a rua movimentada até a casa de sua avó, na Alexandra Road, 13. Amava a longa fileira de casas com fachadas vitorianas e sempre gostou de visitar a avó. Estava tão feliz por viver ali. Puxando uma corda na caixa de correio, entrou usando a chave pendurada na outra extremidade. A avó estava lá dentro, conversando com a Sra. Munro, do final da rua. Pela altura, parecia que estavam tendo outra discussão sobre se haveria ou não uma guerra. Existia algum momento em que as pessoas não falavam sobre guerra?

Ela entrou na cozinha cheia de vapor.

— Cheguei — anunciou.

Ruby Caselton levantou-se e atravessou a cozinha limpa para envolver a neta em um abraço de urso. Uma mulher baixa e gorda, com o cabelo grisalho preso em um coque, que sempre tinha um sorriso para qualquer criança em sua casa e um caramelo no bolso para as que encontrasse na rua. Ruby era muito querida pelos vizinhos.

— Agora, sente e me conte sobre sua tarde. Presumo que a contrataram?

— Sim! Precisei passar por um teste com algumas garotas. Éramos sete. Eu não sabia se seria escolhida. Três de nós conseguimos empregos. Começo amanhã. — Sarah atirou as notícias enquanto se sentava, as bochechas vermelhas do frio lá fora.

Ruby colocou uma xícara de chá na frente de Sarah e se sentou para ouvir.

— Viu, eu não disse que a escolheriam? Estou muito orgulhosa de você, querida.

Vera Munro arqueou as sobrancelhas com desdém e fungou de sua poltrona próxima ao fogo:

— Se fosse minha neta, eu estaria ainda mais orgulhosa se ela estivesse trabalhando em um escritório em vez de em uma loja. Minha Sadie trabalha em Londres. *Em um escritório*. É mais adequado para uma moça do que trabalho de loja.

Ruby levantou-se, o rosto queimando:

— Mais adequado? A Sarah aqui encontrou um bom trabalho, pelo qual está ansiosa, e você está desdenhando?

Sarah fechou os olhos. Ah, não, aqui vamos nós de novo. Sua avó e a Sra. Munro poderiam discutir drasticamente em um minuto e serem melhores amigas no outro. Sarah apenas não gostaria de ser a razão da próxima briga. Lágrimas fizeram seus olhos arderem.

— Por favor, não se preocupe comigo. Gosto do meu novo emprego.

Vera estava irritada, ignorando o apelo de Sarah.

— É claro que ela se deu bem. Apenas poderia se dar melhor, se tentasse. Minha Sadie está se dando muito bem e será uma ótima esposa um dia.

— Bem, não somos esnobes nesta casa, Vera Munro, e vários bons empregos talvez não signifiquem fazer um bom casamento. Nosso jantar está quase pronto, então sugiro que vá para casa e coloque sua própria comida na mesa. Sua Sadie estará faminta quando voltar para casa do emprego chique em Londres.

Sarah suspirou enquanto Vera saía apressada da cozinha. Ouviu a porta bater enquanto secava os olhos na ponta do guardanapo que a avó passara para ela.

— Gosto da ideia de trabalhar na Woolworths. Acha que eu deveria estar treinando para outra coisa, como mamãe sugeriu?

Ruby foi mexer o guisado que fervia no fogão. Parecia pensativa.

— Sempre haverá um lugar aqui para você, meu amor, e tendo o emprego que quiser. A vida é para ser feliz. Enquanto tiver uns centavos no bolso e comida na mesa, a vida não é tão ruim. Os Caselton não são de andar de nariz empinado e acompanhar os nobres. Ainda que sua mãe ache que devamos ser assim.

Sarah começou a cortar pedaços de pão que estavam na tábua para acompanhar a refeição.

— Obrigada, vó. Acho que apreciarei trabalhar na Woolworths. Já fiz amizade com duas moças que foram entrevistadas junto comigo. Uma delas vem das Midlands.

Ruby interrompeu a tarefa de colocar bolinhos por cima do molho borbulhante:

— Por que ela veio tão ao Sul, até Erith? Tem família aqui?

Sarah franziu a testa.

— Disse que não. Ela é uma coisinha engraçada. Muito tímida e parece não ter dois centavos. Está vivendo em alojamentos aqui por perto.

— Ora, pode trazê-la para jantar aqui quando quiser. Sempre há comida na despensa. Nós tomaremos conta da menina. E a outra? É daqui?

— Veio do leste, mas o marido é daqui. Ela não conseguiu o trabalho na Woolies, já que tantas pessoas se candidataram. Acabaram de se mudar para a casa da sogra. O marido trabalha nas docas. Talvez os conheça. O sobrenome é Taylor.

Ruby pensou por um momento.

— A única Taylor que conheço é aquela velha intrometida da Doreen Taylor. Ela vive no final da Manor Road. Acho que tem um filho crescido. Céus! Menina, sua amiga está feita se aquela é a família dela. Diga às suas duas amigas que elas são bem-vindas a qualquer momento. Essa é sua casa agora e quero que seja feliz.

Sarah deixou o pão na mesa e jogou os braços em volta da avó.

— Ei, para que isso? Vai me fazer derramar o ensopado se der uma de emocionada pro meu lado.

Sarah riu. Sua avó fingia ser severa, mas Sarah podia ver as lágrimas brilhando em seus olhos.

Sarah estava contando a Ruby sobre as habilidades de costura de Maisie quando ouviram a porta da frente abrir.

— É seu pai. Vá dizer a ele que a sopa não vai demorar. Deve estar cansado. Saiu ao amanhecer. Ele disse alguma coisa sobre o trabalho, querida?

Sarah enxugou as mãos em uma toalha pendurada num gancho sobre a pia e balançou a cabeça.

— Não. Apenas sei que foi chamado até aqui para um trabalho importante. Nem a mamãe sabe sobre o que é. Acha que tem algo a ver com os rumores de guerra?

Ruby pareceu preocupada.

— Não gosto das pessoas falando sobre guerra. Eu estava dizendo isso à Vera ainda agora. Há muito tempo para se falar quando for a hora. Deus nos ajude, se acontecer. A última foi ruim o suficiente. Perdemos muitos amigos e familiares. Não queremos isso de novo. Estou certa de que seu pai irá dizer em seu próprio tempo. Agora se apresse e fale sobre a comida, ou ele vai dormir na poltrona como ontem à noite.

— **NOS FAÇA UMA** xícara de chá, Sarah, meu amor.

Sarah olhou para a expressão preocupada no rosto do pai enquanto ele tirava o casaco e entrava na silenciosa sala da frente. Era usada somente em feriados e dias sagrados, e continha um piano em um canto, ainda que seus avós nunca tenham tocado. Ruby não teve coragem de se desfazer dele quando se mudaram para a casa. A rua era conhecida como "Piano Street", devido aos vários habitantes, comerciantes em sua maioria, que mantinham um piano à vista na grande janela que dava para a frente.

— Qual é o problema, papai? Recebeu más notícias?

— Não, não más para mim, amor, mas sua mãe não ficará feliz. Aparentemente meu trabalho demandará que eu saia de Devon com frequência no futuro. É provável que haja uma guerra em pouco tempo e necessitarão de mim onde posso fazer melhor o meu trabalho. Estou certo de que sua mãe entenderá.

— Isso significa que voltarão para cá de vez?

— Não consigo ver isso acontecendo por agora, querida. Acho que ela não gostaria. Criou raízes em Devon. Sou necessário na fábrica em Plymouth, mas reuniões na Vickers significam que poderei ver minha filha favorita com mais frequência.

Sarah abraçou o pai e riu:

— Eu tomaria como um elogio se não fosse filha única.

Após dizer ao pai que o jantar estava pronto, Sarah se dirigiu à cozinha para preparar o indispensável chá. Ela não estava tão certa de que a mãe veria as coisas como o pai dissera. Não estava nem um pouco certa. Contudo, isso significava que aproveitaria mais o trabalho em Woolworths sabendo que veria pelo menos um dos pais mais vezes. Não é como se fosse poder ir a Devon regularmente com um dia e meio de folga por semana. Pelo menos, poderia passar tempo com as novas amigas, e talvez ver Alan mais vezes. Se abraçou quando o pensamento a fez se arrepiar.

04

FREDA ENCAROU DESLUMBRADA o envelope amarelo claro.

— Nosso primeiro pagamento. Mal posso acreditar.

— Você vai acreditar quando estiver vazio e tiver que esperar uma semana pelo próximo — Maisie disse enquanto abria seu próprio envelope e despejava o conteúdo no bolso.

— E eu ainda não acredito que você acabou trabalhando aqui — Sarah exclamou — e apenas três dias depois de começarmos. Quem imaginaria que a garota alta de óculos iria embora tão rápido? Acham que é porque ela não gostava de trabalhar na seção de vegetais?

— Ouvi dizer que foi porque ela passava muito tempo conversando com os rapazes em vez de atendendo os clientes, e alguém reclamou. — Freda fez uma careta. — Há um nome para garotas assim.

— Seja qual for o motivo, estou feliz pra caramba por estar aqui. Poderiam ter me derrubado com uma pena quando chegou a carta da *chefinha* Billington. Vim para cá como um flash, fiquei tão surpresa.

Sarah assentiu. Também ficara surpresa. Havia ouvido a voz de Maisie antes de vê-la quando ela berrou do outro lado da loja.

— Ei, o que acha que está fazendo, rapaz? — Sarah se virou para ver Maisie no uniforme da Woolworths levando um garoto pela orelha para a porta da frente. — E não volte aqui até ter aprendido boas maneiras.

Aparentemente, Maisie pegara o rapaz rolando seu trem de madeira no traseiro de uma mulher corpulenta usando um casaco de tweed que se curvava sobre o armarinho contador. Maisie pegara o garoto ao mesmo tempo em que a mulher gritara surpresa.

Maisie fechou a bolsa.

— Depois que tiver dado à sogra a parte dela e guardado o resto para uma emergência, ainda vou ter um trocado. Graças aos céus.

Freda assentiu.

— Terei de pagar minha senhoria pelo quarto, mas pelo menos posso pagar dinheiro extra para ter mais água quente e tomar um banho decente.

— Acho um desaforo ela te cobrar tanto dinheiro extra. Quem já ouviu falar de uma senhoria querendo mais dinheiro para água quente e um pedaço de torrada? Se eu fosse você, falaria para ela se virar e arrumar outro inquilino.

Sarah ficara tão chocada quanto Maisie quando soubera das exigências da senhoria para a jovem inquilina:

— Concordo com Maisie. Estou certa de que poderia encontrar um local mais adequado. Vovó disse que procuraria para você.

Freda guardou o pagamento em segurança no bolso do macacão.

— É o suficiente por agora. Quando tiver um emprego permanente, posso planejar o futuro. Pensarei mais sobre isso no ano novo. É melhor voltarmos para o balcão ou não teremos pagamento para buscar na semana que vem. Vejo você depois, Sarah. Não se atrase.

Sarah observou as amigas voltarem ao trabalho. Ela havia começado sua pausa depois delas. Estava surpresa com o quanto Freda havia florescido em apenas uma semana. A jovem agora estava corada e parecia muito mais feliz do que quando se conheceram. Ela terminou o chá e se levantou para levar a xícara de volta ao balcão.

— Ei! Cuidado, Curtida. Quase me derrubou.

Sarah se virou para ver Alan Gilbert cambaleando de forma exagerada. Ela riu da brincadeira.

— Não seja tolo. Nem encostei em você.

Alan se aprumou e sorriu de volta enquanto colocava uma caneca de chá e um pão viscoso na mesa da qual Sara saía.

— Nenhum dano causado. Como foi a primeira semana? Vi você apenas à distância e não consegui parar para conversar. Não sei quanto a você, mas ficarei feliz quando o Natal acabar.

— Amo o Natal. Esse ano mais ainda, com tanta angústia e melancolia no ar. Pelo menos, está distraindo as pessoas. A neve também ajuda.

— Repita isso. O Sr. Benfield me mandou limpar os pavimentos lá de fora a cada meia hora para que os clientes não escorreguem e possam entrar para gastar dinheiro.

Sarah não mencionou que avistara Alan do lado de fora e o observara trabalhar. Na verdade, em alguns momentos, ficara tão ocupada observando-o que os clientes tiveram que chamá-la. Graças aos céus a Srta. Billington não a flagrara. Alan parecia ter uma palavra e um sorriso para qualquer um que entrasse. Ele era mesmo um jovem encantador.

— Ora, Alan, não incomode essa moça; não queremos ela metida em problemas por voltar ao balcão depois do horário, — uma voz feminina desconhecida disse. Nesse momento, uma campainha ecoou pelo prédio.

— Aí está — este é o sinal para o fim do intervalo.

Alan fez uma careta para Sarah.

— Não consigo escapar dessa mulher.

A mais velha puxou sua orelha brincando antes de dizer à Sarah:

— Sou a mãe do Alan, Maureen. Ele não vai dizer, então eu mesma digo.

Sarah podia ver uma semelhança entre Maureen e Alan.

Embora o cabelo de Maureen fosse escuro como a noite, eles compartilhavam os mesmos olhos brilhantes e o mesmo sorriso caloroso.

Maureen acrescentou pensativamente,

— É a neta da Ruby Caselton, não é?

Sarah confirmou.

— Sim, moro com a vovó. Me mudei de Devon.

— Então George deve ser seu pai. Frequentei a escola com ele. Até conheci sua mãe dos dias em que trabalhamos juntas na Woolworths de Dartford. Isso foi há muito tempo. Trabalhamos lá na mesma época. Mande minhas lembranças a eles. Bem, devo voltar à cozinha, há muito para se fazer lá.

Sarah sorriu para si mesma ao se despedir da mãe de Alan. Passaria as saudações à mãe na próxima carta, mas tinha a impressão de que Irene Caselton não as apreciaria. Aquela parte de sua vida parecia ter sido varrida de sua memória.

— Então somos quase família, Curtida?

Sarah franziu as sobrancelhas.

— O que quer dizer?

— Minha mãe foi à escola com seu pai e trabalhou com sua mãe. Isso deve significar algo.

Sarah corou e se virou rapidamente. Não queria que Alan visse que ficara tão agitada com suas palavras. Estaria apenas brincando? Esperava que não, já que gostava de falar com ele.

— Preciso voltar ao trabalho — sussurrou, antes de sair correndo do refeitório.

— **COMAM, MENINAS. TEM** muito mais de onde esses vieram, — Ruby disse enquanto colocava os pratos de bife e pudim de rim na frente de Freda e Maisie.

— Meu Deus, Sra. C., tem o suficiente pra um exército, — declarou Maisie. — Se comer tudo isso, eu durmo durante o filme.

— Está deliciosa, — Freda falou entre garfadas.

— Preparei uma tigela para você levar, querida. Temos muito aqui e seria desperdiçado. Sarah contou que não tem uma boa cozinha onde você mora.

Sarah lançou um olhar grato a Ruby. Ela parecia saber exatamente como ajudar alguém sem fazer disso um evento.

— Estará nos fazendo um favor, Freda. Nesse ritmo, vovó logo estará me dando isso no café da manhã.

— Culpe sua mãe, Sarah. Se ela não tivesse chamado seu pai de volta a Devon no fim de semana para algum baile chique, eu não teria tanto sobrando. Confie nele para esquecer de avisar algo.

Sarah riu.

— A senhora sempre faz muita comida, vó.

Ruby colocou uma torta de maçã fumegante e uma jarra de creme no centro da mesa.

— Gosto de fazer as pessoas felizes.

Maisie enfiou o dedo na jarra e lambeu com vontade:

— Isso com certeza me fez feliz, Sra. C.

Ruby deu uma palmadinha na mão de Maisie:

— Coma o jantar ou vão perder o começo do filme. O que vão assistir?

— É um musical com a Jessie Matthews no Odeon, vó.

— Ah, ela é boa. Poderia assisti-la o dia todo. Uma atriz tão linda, e é britânica. Nada daquelas americanas para mim.

Freda deu uma olhada para Sarah, sabendo que ela também se lembrava de quando ambas acharam que Maisie era uma estrela de cinema no dia em que se conheceram. Apenas duas semanas depois, elas bem sabiam que não.

— Não a conheço, Sra. Caselton. Ela é cantora?

Ruby largou o pano de prato e se curvou para as garotas antes de começar a cantar:

— *"Over my shoulder goes one care. Over my shoulder goes two cares..."* — finalizando com uma jogada de perna para o alto, embora não tão alto quanto a popular cantora.

Freda não acreditava no que via e engasgou com a comida.

— Tussa, querida, para não se engasgar — Maisie disse enquanto batia em suas costas. — Foi uma performance e tanto, Sra.C. Por que não vem conosco? Uma noite no cinema lhe faria bem.

Ruby endireitou o avental e se abanou com o pano de prato.

— Pare com isso, Maisie. Vocês não querem uma velha como companhia. Além disso, preciso lavar a louça.

— Se apronte, Sra. C., que nós lavamos a louça. Não vai demorar. Podemos deixar as panelas de molho até voltarmos.

— Nesse caso, farei isso. — Ruby se virou na porta da cozinha e sorriu para Sarah e as amigas. — Mudou minha vida ter você aqui, Sarah, de verdade.

— Ela é bacana, sua avó, — Maisie disse, pegando um pedaço de torta. — Deu a ela a mensagem da Maureen Gilbert?

— Sim. Ela conhece a Maureen. Acredito que a mensagem era de fato para meus pais. Vovó é um amor. Ela é mais como uma mãe para mim, para ser sincera. Estou feliz por viver aqui agora. Fiquei preocupada no início, mas com o papai indo e voltando de Devon, é como se eu ainda estivesse em casa. — Ela não disse que algumas centenas de milhas entre Erith e sua mãe deixavam as coisas menos estressantes.

— Fico tão feliz por ouvir isso. Quando nos disse que sua mãe pensava que o trabalho de seu pai os faria se mudar para Londres, fiquei preocupada que se mudaria com eles.

— Pensei o mesmo, Freda, querida. Então eles ainda estão indo para Londres, Sarah? — Maisie perguntou enquanto passava pratos para Freda colocar na pia.

— Não, o papai está viajando entre Devon e Vickers. Mamãe está muito nervosa, já que imaginava que estariam vivendo em Londres, visitando teatros e tudo o mais, e voltando a Devon aos finais de semana. Vovó disse que posso viver com ela, não importa o que aconteça. Por isso, papai voltou a Devon nesse fim de semana para um baile. Ele pensou que animaria mamãe um pouco.

— Não sei por que ela gosta de viver no meio do mato. Erith tem mais do que o suficiente para aproveitar, e podemos ir para Londres quando dá vontade.

Sarah suspirou. Não queria explicar às amigas que a mãe torcia o nariz para todos que viviam em Erith, isso incluía os sogros e amigos do passado.

— Mamãe está muito envolvida com clubes e outras coisas onde mora. É próximo a Plymouth, então não estamos tão isolados assim.

— Bem, fico feliz que tenha decidido se mudar para Erith. Formamos um bom time, não é? — Maisie declarou.

Freda acenou entusiasticamente:

— Concordo!

Sarah sorriu:

— Eu também. Não posso imaginar melhores amigas para ter... é melhor nos apressarmos, ou quando chegarmos ao Odeon, já será o intervalo e os lanterninhas estarão vendendo sorvete. De minha parte, não tem espaço para mais nada aqui. Nem um saco de batatinhas na volta.

—GOSTARIA QUE ESSAS sirenes parassem de tocar. Juro que consigo ouvi-las durante o sono. — Maisie esticou os braços e bocejou.

— Cuidado ou terá problemas — Sarah sibilou. — Só temos mais dez minutos. Pelo menos finja estar fazendo algo.

Maisie sacudiu preguiçosamente um espanador sobre uma pilha de enfeites da árvore. Fora transferida para o balcão natalino para ajudar nos dias antes da véspera de Natal.

— Pra que tantas sirenes tocando na loja?

Sarah suspirou. Estava tão cansada. As garotas estavam trabalhando sem parar e ficavam gratas pela pausa para o chá.

— Para que saibamos a hora e para que os clientes saibam que estamos fechando. Se não fossem as campainhas, como saberia que poderia sair para tomar um chá ou se arrumar para ir embora?

— Bom argumento, querida. Eu odiaria ficar presa aqui durante a noite com o velho Benfield.

Sarah riu. Todos sabiam que o gerente, Sr. Benfield, era o último a sair e o primeiro a chegar todas as manhãs. Elas se perguntavam se nem sequer ia para casa, já que ele parecia um ornamento na loja.

— Aqui, qual desses calendários devo comprar para minha sogra de Natal?

Sarah examinou os dois que Maisie segurava. Havia tantas cenas para escolher. Todo mundo em Erith, e também nas redondezas, teria um calendário da Woolworths. Cada peça larga mostrava uma bela figura que enfeitaria as paredes de vários lares por todo o ano de 1939.

— Gosto da imagem do chalé, mas talvez sua sogra prefira a imagem da praia.

Maisie deu de ombros, fazendo beicinho com seus lábios perfeitamente pintados.

— Ela vai reclamar de qualquer um. Vou comprar o que eu gosto. Afinal, provavelmente vou ter que olhar para ele pelo resto do ano.

— Sem chance de encontrarem um lugar para vocês até lá? — Sarah perguntou enquanto tirava um pano de debaixo do balcão após outra campainha soar indicando que todos os clientes haviam ido embora e que a equipe poderia começar a fechar a loja.

— Nah — e agora Joe está falando em se alistar. Ele acha melhor entrar agora antes que comecem a recrutar. Diz que é mais seguro se eu ficar com a velha. Seguro de quê? Vou ficar louca presa sozinha na casa com aquela morcega velha. — Maisie correu os dedos pelo calendário que mostrava uma cabana de palha. — Se eu tivesse um lugar desses para viver, seria o paraíso. Gostaria de ter galinhas e algumas crianças correndo pelo jardim — disse, suspirando melancolicamente.

— Vou comprar o calendário com a cabana de palha para minha mãe, — Sarah disse. — Meus pais têm uma bela casa, mas ela sempre quis viver em um chalé com telhado de palha.

— Como está ela, doçura? Sua vó disse que ela não estava muito feliz com você aqui e seu pai viajando tanto.

— Não está bem, Maisie. Vovó disse que quando mamãe e papai saíram de Erith, o mundo de mamãe mudou. Eu era apenas um bebê na época, então não me lembro de nada. Mamãe gostou de associar-se a clubes e conhecer pessoas novas, sendo a maioria empresários bem-sucedidos. Vovó disse que isso mexeu com a cabeça dela e a deixou orgulhosa. Aparentemente, minha tia Pat não falava com ela quando vínhamos para Erith visitar, e mamãe empinava o nariz para todo mundo.

— Ela parece um pouco arrogante, né?

Sarah assentiu. Odiava falar da mãe assim, mas Maisie era sua amiga agora.

— Pelo menos seu pai é bacana. Vai ser bom vê-lo quando formos à casa da sua avó. Bacana da parte dela deixar a gente se arrumar para a festa de Natal na casa dela. Ela é divertida.

Sarah sorriu:

— Ela é. Fica sempre feliz quando a casa está cheia de gente.

— Anda, pareça concentrada — a Chefinha Billington está vindo esvaziar as caixas. Se não formos ágeis, ela nos dará mais trabalho e nunca sairemos a tempo. Cadê a Freda?

— Foi ao armazém com uma pilha de caixas vazias. Disse que nos encontraria no bengaleiro. Ela está muito animada para hoje à noite.

Maisie jogou o último dos panos sobre o balcão e, agarrando Sarah pelo braço, conduziu-a para longe para que pudessem escapar.

— Pobrezinha. Não acho que ela tinha uma vida antes de vir para cá. Queria que ela se abrisse e nos contasse, mas nem eu consigo fazê-la falar. Sabia que ela ficou emocionada de verdade quando a Srta. Billington contou que teríamos uniformes feitos sob medida para o ano novo? Não é por nada não, vai ser melhor do que vestir esses trapos de segunda mão.

— Bem, é um sinal de que teremos um emprego permanente. Maureen disse que os chefes não se incomodariam com uniformes se não planejassem nos manter.

— Vocês estão bem íntimas, né?

— Ela é bacana. Gosta de conversar sobre minha família e sobre o passado quando está me servindo no refeitório.

— Ficando ou não, eu estou feliz de ganhar um uniforme novo. Pareço um saco de batatas nessa coisa velha.

Sarah sorriu para Maisie enquanto a seguia para a sala dos funcionários. Não importava o que Maisie vestisse, parecia valer um milhão de dólares. Considerando que descosturara e refizera todo o macacão para se ajustar à sua forma magra, não havia do que reclamar. Ela era mais bonita do que todas as outras funcionárias juntas. Sarah mal podia esperar para ver o rosto de todos quando vissem o que Maisie estaria vestindo na festa de Natal dos funcionários naquela noite.

— ESTÁ PARECENDO UMA princesa, querida. — George Caselton abaixou seu jornal vespertino e levantou-se quando Sarah entrou na sala da frente em seu novo vestido de festa — cortesia das habilidades de costura de Maisie. Sarah rodopiou para o pai, o *chiffon* verde claro balançando em volta de seus tornozelos. Com um simples corpete justo e mangas bufantes curtas, o vestido realçava a figura magra de Sarah. Ela lavara o cabelo naquela tarde, prendendo para trás as ondas suaves que batiam em seus ombros.

Sarah beijou-o no rosto.

— Obrigada, pai. A Maisie não é talentosa?

— Com certeza. É um dom raro ser capaz de criar algo tão belo. Falando nisso, onde estão suas amigas?

— Terminando de se arrumar. Freda precisou de outro ponto na bainha, então Maisie está arrumando agora. — Sarah sentou-se no braço da cadeira e inspirou o aroma, conforme George fumava seu cachimbo. Era a isso que ela relacionava o pai: o característico cheiro de tabaco e o fato de que poderia falar com ele em qualquer momento sobre qualquer coisa que a incomodasse.

— Pai, estou preocupada com a mamãe. Ela está bem, sozinha em Devon? Com o senhor viajando tanto, ela fica só. Pensei que talvez ela pudesse vir e ficar aqui às vezes.

George fez uma careta.

— Acho que ela não gostaria, querida.

— Por que a mamãe não gosta de viver em Erith? Sei que vieram daqui, e sempre visitamos a vovó, mas a mamãe mudou tanto, pelo que me disseram, e estou preocupada.

George deu uma tapinha em seu joelho.

— Não se preocupe com sua mãe, Sarah, ela está bem. Tentarei trazê-la para o Natal. Ouço suas colegas descendo as escadas. Elas parecem animadas. Gostaria de ir a essa festa também!

— Por que não vem, pai? Seria mais do que bem-vindo.

— Acho que não, querida. Dessa vez, não. Não estou no clima. Foi um dia difícil. Terminarei as palavras cruzadas e logo irei me deitar.

Sarah curvou-se para que ele beijasse sua testa, perguntando-se por que sempre podia se abrir com o pai, mas não com a mãe.

— Agora, vejam só vocês. Não são um colírio para os olhos?

Freda sorriu para George e fez uma reverência em resposta.

Sarah nunca a vira tão bonita. Um banho de loja caía-lhe bem, como diria a avó. Em um vestido de veludo vermelho escuro, com decote em formato de coração, estava a milhões de milhas de distância daquela jovem assustada que Sarah conhecera quando começaram a trabalhar na Woolworths. Isso mostrava o que a amizade podia fazer, se Freda florescera com apenas algumas semanas dessa sua nova vida. Sarah perguntou-se novamente do que sua amiga fugira. Ela parecia ter segredos que ainda não estava pronta para dividir.

O vestido de cetim pérola de Maisie era igualmente lindo; evidenciava seus quadris e caía em dobras suaves que flutuavam enquanto ela se movia pela sala. O cabelo loiro estava puxado para trás em um firme coque banana, que deixava à mostra as pequenas pérolas presas em suas orelhas. Uma infinidade de pequenos cachos cobria o coque, dando ao visual um toque sofisticado e seguro.

— Fez um trabalho incrível, Maisie — disse George. — Você tem um talento raro.

Maisie ficou vermelha. Sarah nunca a vira corar antes.

— Obrigada, Sr. Caselton.

— Ora, ora, não parecem umas pinturas? — disse Ruby. — Ela se virou para Vera Munro, que a seguira pela porta da frente. — Olhe para essas garotas todas arrumadas para a festa de Natal. Parecem uma obra de arte, as três.

Vera zombou:

— Uma pena desperdiçarem tudo isso com uma festa da Woolworths. Não concorda, George? Acredito que sua Irene não gostaria de ver a única filha vestida para uma festa de loja.

— Não vou tolerar isso na minha casa, Vera. As garotas estão lindas, e quem não gostar, pode pegar o casaco e ir para outro lugar.

Vera bufou:

— É apenas minha opinião. Contudo, algumas deveriam considerar um pouco menos de exagero. Sem marido essa noite, Maisie?

Sarah estava horrorizada. Sua amiga estava em pé, com as mãos nos quadris, encarando Vera.

— Sinto muito, Maisie. Estou certa de que a Sra. Munro não quis dizer isso.

— Tudo bem, querida. Não é responsável pelo que os outros dizem. Meu marido está trabalhando até mais tarde, Sra. Munro. Pelo menos ele não precisa ir para o pub todas as noites para escapar da esposa ranzinza.

Vera abria e fechava a boca, lembrando um peixe.

— Francamente!

Ruby pegou o braço de Vera.

— Muito xerez, Vera? É melhor irmos para o bingo antes que alguém mais se magoe. Vejo vocês mais tarde — divirtam-se, meninas.

Ruby pôde ser ouvida repreendendo a colega depois que a porta da frente se fechou atrás delas.

George dobrou o jornal.

— Agora, garotas, aproveitem e, hm... cuidado com o que bebem, está bem?

Sarah abraçou o pai.

— Está certo de que não quer vir conosco?

— Por favor, Sr. Caselton. Preciso que alguém me ensine a valsar — Freda implorou.

George pegou a filha pelos ombros e a virou para a porta.

— Agora vão e divirtam-se. Freda, haverá uma infinidade de jovens esperando para conduzi-la à pista. Não precisa de aulas. Agora, vão antes que eu mude de ideia.

Do lado de fora, as garotas deram-se os braços. Aconchegadas em seus casacos, caminharam com cuidado pelo caminho recém-varrido pelos vizinhos nas calçadas cobertas de neve. A noite estava clara e as estrelas brilhavam sobre o trio animado enquanto elas andavam a curta distância até onde aconteceria a festa, no salão Prince of Wales.

— Nunca pensei que veria Vera tão relaxada — Sarah disse. — Sei que a vovó foi à reunião da esposa do vigário esta tarde e Vera foi com ela, mas ainda assim...

— Provavelmente por isso ficou tão mal após apenas um copo de xerez, — Freda acrescentou de forma prestativa. — A bebida faz coisas esquisitas com as pessoas. Sei que foi assim com meu padrasto.

— Tenho a impressão de que foi mais de um que afrouxou a língua dela, — Maisie disse enquanto atravessavam a rua.

— Mesmo assim, ela estava esbanjando grosseria, considerando que a própria vida não é um exemplo.

— Como sabia sobre o marido dela? — Freda perguntou.

— Se algo vale a pena saber, minha sogra sabe. Por que acha que costuro tanto? O barulho da minha máquina de costura bloqueia o falatório dela.

Sarah riu do comentário, embora estivesse surpresa com o que acontecia dentro das casas das pessoas.

— Chegamos. Graças a Deus não é tão longe. Estou congelada até os ossos, — disse Sarah, conforme se aproximavam do pub, onde a música podia ser ouvida no salão de eventos atrás do bar principal.

— Temos que passar pelo bar? — Freda perguntou nervosamente.

— Não, há uma porta lateral. O convite diz para entrarmos por ela. — Sarah abriu a porta e as garotas entraram, batendo os pés no chão para remover a neve de seus sapatos. Uma onda de conversa e uma banda tocando um *quickstep* receberam-nas, juntamente com a poderosa fumaceira de cigarro.

Sarah acabara de tirar o casaco quando Maureen Gilbert a abordou:

— Aí está você, querida; estava me perguntando ainda agora. Seu pai e avó não estão com você? Os funcionários podem comprar ingressos para familiares.

— Não, papai teve um dia cheio. Ele só sabe com um dia de antecedência se trabalhará aqui ou em Devon. Vovó saiu com as amigas hoje, então creio que queira uma noite calma depois do bingo.

Agora seria calma mesmo, com Vera naquele estado, pensou Sarah com um sorriso.

— Bem, tire o casaco e aproveite. Meu Alan está por aí. Ele estava procurando por você — Maureen disse com um sorriso atrevido, no momento em que se virava para receber os ingressos de um grupo de funcionários que entrava.

Sarah se juntou a Maisie e Freda após deixar o casaco e conferir o cabelo no bengaleiro. Elas encontraram assentos com outras vendedoras, que elogiaram seus lindos vestidos.

Sarah estava se virando, mostrando o vestido, quando alguém tocou seu braço.

— Gostaria de dançar?

Sarah girou e viu Alan estendendo a mão. Ignorando os risinhos das colegas, deu-lhe a mão e seguiu-o para a pista de dança lotada. Alan puxou-a para mais perto. As luzes diminuíram, e a banda começou a tocar a famosa "Isn't It Romantic"?

Sarah fechou os olhos e Alan a abraçou com mais força. Os casais se misturavam ao redor, mas Sarah via apenas Alan. Ele era um dançarino competente e parecia tão mais maduro que do que o rapaz jovial do trabalho que estava sempre pronto para uma piada com a equipe. Sentia-se segura em seus braços. Parecia certo. Sentia a mão dele na parte de baixo de suas costas; sua pele formigava sob seu toque, conforme a segurava mais perto. Sarah desejava correr os dedos pelos cabelos dourados em sua nuca, em vez disso, se concentrou em desfrutar a música enquanto inspirava seu cheiro masculino. Poderia ficar em seus braços para sempre.

Quando a música acabou, os dançarinos aplaudiram educadamente. Alan segurava sua mão, esfregando a palma com o polegar. A sensação enviava arrepios de prazer por seu corpo. Era quase insuportável. Alan começou a falar enquanto a banda iniciava "The Hokey-Cokey". Os dois riram. O feitiço fora quebrado. Ele a levou de volta a seu assento.

Alan não dançou com ela pelo resto da noite, embora Sarah quisesse muito. Ainda não esquecera como ele a segurara, podia sentir o cheiro fresco e limpo de seu sabão de barbear e a firmeza dos ombros sob suas mãos enquanto dançavam. Fora como se o tempo parasse e não houvesse mais ninguém no salão até a música terminar.

Ainda assim se divertira, pulando para se juntar às garotas que dançavam "The Lambeth Walk", e também dera uma volta no salão com o gerente da loja, Sr. Benfield, para dançar o Gay Gordons. Eles até mesmo ganharam um prêmio por uma dança, para divertimento geral. A banda parou de tocar de repente e anunciou que haveria um prêmio para o primeiro casal a chegar no palco com uma escada. O Sr. Benfield parecia perplexo, mas Sarah agarrou sua mão e correu para a frente do salão, trombando com Maisie, que estava dançando com o colega de Alan, o jovem Ginger. Levantando a barra da saia, ela mostrou um pequeno desfiado nas meias, para a diversão de todos. Ficara muito feliz ao ganhar três novos pares de meia e decidiu, na hora, dividi-los com suas duas amigas. O Sr. Benfield ficara mais do que satisfeito com um saco de tabaco.

Durante a noite, Sarah observava Alan. Ele parecera ocupado o tempo todo, dançando com as funcionárias mais velhas e ajudando a servir as bebidas. Fora até mesmo chamado para ajudar Maureen quando uma mesa cheia de sanduíches e bolos tinha sido descoberta. A gerência certamente deixara a equipe orgulhosa com o aumento e não havia um único rosto infeliz.

Sarah checou o delicado relógio em seu pulso. Eram quase onze horas. Sem chance de outra dança com Alan. Logo ela estaria pegando seu casaco e enfrentando o ar frio para caminhar a curta distância até sua casa com Freda, que passaria a noite com ela. Pensou que poderia muito bem já buscar o casaco, para evitar a fila. Afastando-se da mesa, onde estivera sentada com as amigas, cuidando para não pisar nos dedos dos pés das pessoas próximas, Sarah esbarrou em alguém. Olhando para cima, viu Alan parado à sua frente.

— Não me negaria uma última dança, não é?

Sem palavras, Sarah deixou que Alan a conduzisse para a pista e a abraçasse novamente. Ao redor deles, as pessoas se juntavam a Maureen, que acabara de subir no pequeno palco para cantar com a banda:

— *Goodnight, sweetheart, till we meet the morrow...*

— Esperei por esse momento a noite toda, — Alan disse suavemente.

Sarah sentiu-se tremer quando os lábios dele roçaram sua orelha.

— Você esteve ocupado. Eu não esperava...

— *...Goodnight, sweetheart. Sleep will banich Sorrow...*

Dançarinos se acotovelavam perto do casal. Ela escorregou a mão pelo colarinho de Alan. Percorrendo os dedos por seu cabelo, encostou a cabeça no peito dele, sentindo a aspereza de seu paletó. Novamente, o tempo parecia suspenso.

— *...Tears and parting may make us forlorn, but with the dawn, a new day is born...*

— Não porque eu não quisesse — murmurou. — Estamos juntos agora.

Sarah fechou os olhos conforme se moviam lentamente, sentindo o toque de Alan em sua lombar, a outra mão segurando a sua, como se não quisesse soltar. Ela esperava que não soltasse. A luz diminuiu e uma bola de glitter girando sobre suas cabeças transformou uma noite já inesquecível em uma noite mágica.

Enquanto todos à sua volta juntavam suas vozes a de Maureen, Sarah percebeu que a canção chegava no final.

— ...*Goodnight, sweetheart, goodnight.*

Alan segurou Sarah perto até o último momento.

— Posso acompanhá-la até em casa?

Ela olhou em seus olhos:

— Sim, por favor.

SARAH CONTORCEU-SE SOB os cobertores quentes e espiou por cima do edredom. De sua cama aconchegante podia ver a neve fresca acumulada no parapeito da janela através da fresta entre as cortinas floridas. Seu quarto estava gelado, e a garrafa de pedra aos seus pés havia esfriado. Talvez sua avó estivesse certa. Devia ter usado um gorro de lã para dormir também.

Pelo menos não precisaria se preocupar em caminhar para o trabalho nas calçadas até a manhã seguinte. Os dias anteriores ao Natal seriam ocupados, mas pelo menos veria Alan.

Sarah abraçou-se com alegria ao pensar em Alan, na festa de Natal e na maneira como ele a segurara durante a última dança. Ele a tinha acompanhado até em casa também. Não foi tão romântico como imaginara, pois Freda passaria a noite, então Alan conduzira as duas na curta distância a Alexandra Road, oferecendo o braço a ambas.

Sarah podia ouvir a avó na cozinha preparando o café da manhã. Domingo era sinônimo de ovo e bacon com pão frito. Pelo som das panelas e frigideiras chacoalhando no andar de baixo, logo teria que se aventurar pelo quarto frio e se vestir. Enquanto pensava em deixar seu quente refúgio, houve uma batida na porta e Freda entrou segurando duas xícaras de chá fumegante.

— Aqui está. Ruby disse que o café da manhã logo estará pronto e é melhor você se apressar ou não sobrará pão frito. A Sra. Munro apareceu para pedir uma xícara de açúcar e se convidou para o café da manhã também. Parece que não come há uma semana. Brr... está um pouco frio aqui. Há gelo na janela. Chegue para lá.

Sarah se afastou para que a amiga entrasse embaixo do edredom quente.

— Obrigada. Beberei isso e me vestirei. Suponho que tenha nevado novamente durante a noite?

Os olhos de Freda brilharam.

— Devo dizer que sim. Está lindo lá fora. *"Profunda, fresca e uniforme"*, como diz a canção. As crianças do final da rua construirão um boneco de neve mais tarde. Quer ajudar?

Sarah olhou para Freda de lado. Ela não era muito mais que uma criança.

— Tem certeza? Você irá congelar lá fora.

Freda sorriu:

— Será divertido. Vamos. Diga que irá.

Sarah cedeu:

— Está bem, mas só por um tempo. Tenho alguns presentes para embrulhar e não terei muita chance quando voltarmos ao trabalho amanhã. Dois dias trabalhando até mais tarde e depois é Natal. Ficaremos loucas.

— Mal posso esperar. Adoro ver todo mundo comprando seus presentes, suas decorações e poder ajudá-los a tomar decisões. — Freda inflou o travesseiro atrás dela e se aninhou. — É uma época tão alegre. Gostaria que durasse para sempre — completou melancolicamente.

Sarah colocou a xícara e o pires na mesa de cabeceira.

— Não pode ir para casa visitar sua família por uns dias?

Freda balançou a cabeça, temerosa.

— Não. Prefiro ficar em Erith. Sua avó acaba de me convidar para o Natal. Disse que posso dormir aqui novamente. — Ela olhou para Sarah. — Não se importa, não é? Por favor, me diga se for o caso. Com você saindo com o Alan e tudo mais.

— Claro que não me importo. De qualquer forma, não estou saindo com Alan. Ele só me acompanhou até em casa noite passada.

Freda riu.

— Creio que seja mais do que isso. Espiei pela caixa de correio após deixar vocês na porta e ele a estava beijando.

Sarah bateu em seu braço. Freda parecia uma irmã caçula petulante.

— Sua atrevida. Ele me beijou, mas apenas para dizer boa noite. Não foi nada especial.

— Nada especial. Você estava quase flutuando ao entrar. Sua avó precisou pedir duas vezes para que tirasse o açúcar do armário, e você entregou o molho.

Sarah sentiu-se corar e começou a levantar da cama para esconder a vergonha. Era verdade. Ela sentira como se flutuasse aos céus após o beijo de Alan. Se fechasse os olhos, conseguia sentir os braços dele à sua volta e seus lábios roçando nos dela. Gostaria de ter ficado lá na fria porta de entrada, com a neve caindo ao redor deles, por toda a eternidade, mas o momento passara logo. Ele acariciara seu rosto com um dedo e simplesmente disse:

— Vejo você no trabalho, Curtida, — antes de embrenhar-se na noite.

Não queria dizer a Freda como se sentia com relação a Alan. Bem, não ainda. Queria saborear seus sentimentos e esperar para ver o que aconteceria. Talvez tenha sido o clima mágico natalino e a bela música na festa. Os próximos dias mostrariam se Alan realmente gostava dela ou se deixara-se levar pelo momento.

— Chega dessa conversa boba. Melhor me vestir ou a Sra. Munro terá comido todo o bacon também.

FREDA NÃO GOSTAVA dessa parte de Erith. Estava há um universo de distância de onde Sarah vivia, na Alexandra Road, e das ruas do centro, com suas várias lojas e pessoas cuidando de seus negócios. Levara um tempo para descobrir onde em Erith ficava a taberna Ship, já que Freda não queria que as novas amigas soubessem por que ela procurava o lugar. Teria que explicar sobre Lenny e por enquanto gostaria de manter em segredo a razão pela qual viera para o Sul. Foi o jornal local que lhe dera uma pista sobre a localização do pub, noticiando uma briga violenta com um homem esfaqueado. O pub era na West Street, descendo ao lado do rio.

Freda passou pela soleira e dirigiu-se ao bar. O ar estava pesado com o cheiro de cigarros e cerveja. Ela franziu o nariz; isso a fazia se lembrar dos pubs em sua cidade. Tentando não olhar ao redor, já que não queria chamar atenção para si, Freda se perguntou o que fazer a seguir. Estava ciente de que as mulheres que frequentavam tabernas o faziam por uma razão. Não queria ser confundida com uma dessas mulheres.

Notando uma mulher mais velha atrás do balcão, acenou discretamente para ela:

— Com licença. Será que poderia ajudar...

A mulher tragou um cigarro e olhou Freda de cima a baixo.

— Depende do que você quer.

— Procuro por um homem chamado Jed Jones. Acredito que seja o filho do dono.

— Talvez. O que quer com ele?

— Meu irmão, Lenny, estava na... esteve com Jed por um tempo. Preciso contatar meu irmão.

A mulher a encarou por um momento sem dizer nada antes de pegar um pedaço de papel embaixo do balcão.

— Se eu o vir, falo que você teve aqui. Escreve seu endereço e eu vejo se posso passar. Não tô prometendo, tá?

Freda escreveu rapidamente o endereço de suas acomodações e devolveu o papel à mulher, que o enfiou no bolso.

— Obrigada, — Freda sussurrou, quase com medo de falar.

A mulher assentiu e se virou. Freda deixou o pub e voltou apressadamente para a segurança da Woolworths e suas novas amigas.

A PREPARAÇÃO PARA o Natal estava movimentada na loja. Sarah quase não tivera chance de falar com Maisie e Freda, muito menos com Alan. Ela pensou que após a festa estariam mais próximos de alguma forma, mas não parecia ser o caso. Enquanto trabalhava duro, atendendo filas de clientes, embalando compras e sugerindo os melhores presentes, Sarah procurava Alan. Quando o via, ele estava lutando com caixas de mercadorias ou empurrando pesados carrinhos pela loja para manter os estoques cheios. De vez em quando, acompanhava o Sr. Benfield ou um dos assistentes seniores enquanto tiravam dinheiro dos caixas. Foi enquanto ajudava com a coleta do dinheiro que finalmente falou com Sarah.

— Esperava te encontrar.

Após dias se perguntando se o beijo de Alan fora algo do momento, e questionando seus sentimentos por ele, Sarah não sabia o que dizer e abaixou a cabeça a fim de não o olhar nos olhos. Se pedisse desculpas por beijá-la, ela choraria. Sabia que sim.

— Ei, não há necessidade de se comportar como se eu estivesse prestes a mordê-la — Alan disse, segurando sua mão por baixo do balcão de mogno polido atrás do qual estavam.

—Pensei que... bem...

— Continue. Pode me dizer — ele pediu, uma expressão preocupada no rosto.

Sarah engoliu em seco. Que tolice. Se Alan estivesse brincando com ela, então não deveria deixá-lo segurar sua mão como agora. Ela puxou, mas ele segurava com firmeza.

— Algo errado, Sarah?

— Como eu não o vi para conversar, pensei que não gostasse mais de mim. — Pronto, ela dissera. Se ele risse de suas palavras, saberia a verdade. Partiria seu coração, mas ao menos ela saberia.

Alan riu de fato.

— Sua bobinha. Gostar de você? Curtida, eu "gosto de você" até demais. Sempre que estou no piso da loja não consigo me concentrar em nada, já que fico muito ocupado tentando ter um vislumbre seu. Quase derrubei alguém com o carrinho de mão ontem quando te vi.

Foi a vez de Sarah rir.

— Olha, é um inferno trabalhar aqui nesta época do ano. Quando termino meu trabalho, estou exausto e caio na cama. Sente o mesmo?

Sarah assentiu. Alan estava certo.

— Vamos esperar o Natal passar e veremos como as coisas vão, que tal? Não se esqueça que amanhã trabalhamos até tarde para que os velhos soldados venham fazer compras. Alguns eram velhos demais para servir na última guerra, acredita? Mas as histórias que contam! É sempre uma boa noite. Mais diversão que trabalho, e temos a chance de cantar e alguma comida na sala dos funcionários. Se voluntariou para ajudar?

— Não tivemos muita escolha. A Srta. Billington encarou a nós todas quando veio com sua prancheta pedindo por voluntárias. Não que eu não queira ajudar, — Sarah acrescentou rapidamente, caso ele pensasse que era uma má pessoa.

Ela mal podia esperar para ajudar no evento anual. Era sempre realizado na antevéspera do Natal, e pelo que as outras garotas disseram, tão divertido que as incentivava no tão agitado dia de compras. Haveria um presente para cada convidado e comida disposta no refeitório dos funcionários. Ouvira dizer que até um piano seria trazido, assim como um barril de cerveja para que pudessem entreter os velhos soldados e brindar o espírito natalino. Porém primeiro cada funcionário acompanharia um dos convidados mais velhos enquanto eles faziam suas compras na loja. Sarah e Maisie seriam colocadas juntas para auxiliar um homem na cadeira de rodas. Sarah mal podia esperar pela noite. Seria uma boa mudança.

— Sr. Gilbert, pode me dar um minuto, por favor? Srta. Caselton, há clientes esperando.

Sarah e Alan se sobressaltaram. Absortos, ambos haviam esquecido seus deveres, até que um colega mais velho os chamou.

Alan apertou sua mão antes de soltá-la:

— Vejo você depois.

Sarah assentiu e se virou com um sorriso para a fila que havia se formado do outro lado do balcão. Suas preocupações quanto a Alan, seriam infundadas? Seu coração palpitou ao imaginá-lo novamente segurando sua mão e permanecendo tão perto.

— Posso ajudá-la, madame?

O restante do turno passara voando. Sarah, com o pensamento em Alan, não descia das nuvens nem quando o mais rabugento dos clientes tentou ao máximo irritá-la. Apressou-se para ir embora na intenção de lavar o cabelo e se certificar de que teria meias sem desfiados para o dia seguinte. Embora toda a equipe tivesse que usar os uniformes durante a noite, ela queria ter o aspecto limpo e apresentável, mesmo após um dia inteiro na loja.

O DIA DA FESTA para os velhos soldados amanheceu iluminado, embora ainda houvesse neve no chão. Ouvira dizer que os homens seriam apanhados pela equipe para garantir que estivessem na Woolworths quando as portas se fechassem para os outros clientes às cinco e meia. Eles poderiam perscrutar as prateleiras com a ajuda dos funcionários antes do chá.

Durante sua pausa, Sarah foi convocada ao escritório da Srta. Billington. Olhou ao redor enquanto entrava no cômodo. Fileiras de caixas cobriam as prateleiras, todas etiquetadas com uma caligrafia elegante. A papelada encontrava-se empilhada ordenadamente em bandejas organizadoras sobre a escrivaninha e, ao lado dela, uma fileira de lápis pontiagudos prontos para uso. A Srta. Billington certamente tinha tudo sob controle.

— Sente-se, Sarah. Não quero tomar muito tempo do seu almoço. Gostaria de lhe dar uma palavrinha para perguntar se tem sido feliz trabalhando para a F. W. Woolworth.

Sarah franziu a testa. Teria o colega denunciado ela e Alan por conta dos poucos minutos que passaram de mãos dadas durante o expediente no dia anterior?

— Sou muito feliz aqui, Srta. Billington. Espero não ter sido motivo de queixas.

Ela mordia nervosamente o lábio enquanto a Srta. Billington olhava para a folha de papel sobre a mesa. Ter um emprego permanente negado agora seria horrível. Não poder trabalhar com Maisie e Freda, e não ter a chance de ver Alan todos os dias, partiria seu coração. Estava consciente do fato de que Alan ainda não a convidara para sair, mas perder a emoção de vê-lo na loja, a ansiedade por uma troca de palavras, o toque de sua mão, um sorriso ou uma simples piscadela atrevida parecia insuportável. Talvez, se implorasse, a Srta. Billington mudasse de ideia. Mas o que poderia dizer?

A Srta. Billington limpou a garganta.

— Sei que havia dito que estava sendo testada até janeiro, mas tenho motivos para mudar de ideia.

Sarah fechou os olhos e retesou os punhos na antecipação de ser mandada embora, ficando sem emprego e sem ver Alan novamente.

— Sarah, estou mais do que feliz com seu trabalho, ao ponto de achar que tem condições, com o tempo, de se tornar supervisora. Você está ciente de que estou adquirindo uniformes para os estagiários em janeiro, mas gostaria de falar a sós sobre seu futuro na Woolworths.

Sarah arfou. A espera pela dispensa e ouvir que a gerência estava contente com seu trabalho havia lhe tirado o fôlego. Estava determinada a mostrar que era digna da confiança da Srta. Billington.

— Obrigada. Prometo fazer o melhor para deixá-la orgulhosa.

A Srta. Billington sorriu e checou seu relógio.

— Estou certa de que irá, Sarah. Tenho fé em você. Agora, termine seu almoço e volte ao balcão antes que tenhamos filas dando a volta na loja. Não preciso lhe dizer que essa é a época mais movimentada do ano e que nós da filial da F. W. Woolworth em Erith nos orgulhamos do serviço prestado aos clientes.

— Eu irei, Srta. Billington. Obrigada, oh, obrigada.

Sarah saiu apressadamente do escritório e estava a meio caminho do andar da loja quando se lembrou que havia deixado sua bolsa na sala dos funcionários, juntamente com seu almoço pela metade. Virando-se rapidamente, repreendendo-se por sua estupidez, esbarrou em Maisie.

— Ei, olha por onde anda! — Maisie disse, agarrando os ombros de Sarah para contê-la.

— Meu Deus, me desculpe. Nem sei se estou indo ou voltando.

— Você parece agitada, querida. Não esteve no armário trocando beijos com aquele Alan, esteve?

Sarah corou. Maisie certamente tinha um jeito de descrever as coisas.

— Deus, não. Fui chamada para ver a Srta. Billington e esqueci para onde ia quando saí do escritório, isso é tudo.

Maisie cutucou-a com o cotovelo.

— Só estou brincando. Mas aposto que não recusaria se ele pedisse. Eu vi como dançaram na festa. Ele não conseguia tirar os olhos de você.

— Eu gosto dele.

— E é óbvio que ele gosta de você. — Maisie entrelaçou seu braço ao da amiga. ——Agora, para onde vamos?

— Estou indo à ala dos funcionários terminar meu sanduíche e depois voltarei para a loja.

— Vou com você. Tenho tempo para uma xícara rápida.

As garotas se dirigiram para a sala dos funcionários e encontraram Freda sentada na mesa que Sarah deixara vaga mais cedo. Ela ergueu a bolsa de Sarah.

— Imaginei que voltaria. Esqueceu isso. Também pedi uma xícara de chá para você. O seu já estava gelado. Você quer, Maisie?

— Eu mesma pego. Pode começar a interrogar essa aqui. Deve haver um motivo para ela estar com essa cara de quem viu passarinho verde.

Sarah riu.

— Estou muito feliz.

— Vá em frente, conte. — Freda pediu. — Tem a ver com Alan?

— Você também não. Já suportei Maisie fazendo todo tipo de sugestões. Ele nem me convidou para sair.

— Ele irá. — Freda disse convicta. — A mãe dele pensa o mesmo.

Sarah olhou para onde Maureen Gilbert servia o chá de Maisie.

— Não sabia que eu era o assunto das conversas de todo mundo.

Freda pareceu chateada.

— Desculpe. Não fiz por mal. Gosto do Alan. Sua avó também gosta.

— Sei que não fez por mal. Gosto do Alan também.

As garotas riam enquanto Maisie se juntava a elas, equilibrando sua xícara e pires em uma mão e um prato com fatias de torta na outra.

— O que é? — Freda perguntou, olhando atentamente para a massa com recheio marrom cremoso.

— Torta cigana. É um bolo típico de Kent. Você vai amar — Sarah disse, passando uma fatia a Freda.

Freda mordeu o recheio doce, limpando as migalhas de seus lábios.

— É deliciosa — declarou — Não temos nada parecido de onde eu venho.

— Haverá muito mais. É a especialidade da Maureen, juntamente com pudim de pão, pelo que fiquei sabendo, — Maisie disse, sentando-se e pegando seus cigarros. — Então anda, desembucha. Sei que tem novidades.

— Não é nada, de verdade. A Srta. Billington queria dizer que tenho condições de me tornar supervisora, apenas isso. Nada decidido.

— Nada decidido? Isso é maravilhoso. Muito bem, garota! — Maisie comemorou, e precisou ser repreendida pelas outras duas, já que cabeças se viraram para elas no cômodo lotado.

Freda apertou o braço de Sarah.

— Estou preparada para você. Estaremos sob seu comando logo, logo. Talvez devamos celebrar?

Sarah balançou a cabeça.

— Não. Não é como se eu tivesse uma oferta real de emprego. Pode levar anos para que eu chegue ao cargo. Além disso, temos celebrações o suficiente, com o Natal daqui a dois dias e entreter os idosos essa noite. Tem certeza de que você e seu marido não podem se juntar a nós, Maisie? Vovó disse que o convite permanece.

— Não, desculpa. Temos que passar um tempo com a morcega velha. Obrigada mesmo assim. Para ser honesta, eu preferia passar o Natal com vocês do que como planejamos, mas família é uma questão de dever. Agradeça sua avó por mim, certo? Mas passaremos para tomar uma ou duas taças no ano novo.

— Claro que agradeço. Não mudou de ideia e gostaria de visitar sua família, Freda?

Freda sacudiu a cabeça e estremeceu.

— Não. Prefiro passar na sua casa. Isso é, se ainda estiver tudo bem?

— Claro que está, — ela assegurou a Freda. Mas Sarah se perguntou por que uma moça jovem não gostaria de estar em casa passando o Natal com a família. Freda tinha um segredo e Sarah imaginava que não fosse nada bom.

Naquela noite, Sarah imediatamente se apaixonou por Alfie, o mais velho ex-soldado que ela escoltava pela Woolworths. Os homens exclamaram com alegria ao contemplar a árvore de Natal na entrada da loja. Quase tocando o teto, representava o ambiente prazeroso da loja quando os visitantes passavam pela soleira. Sarah tinha de admitir: o próprio balcão, repleto de caixas de cartões, calendários de 1939 e vários papéis de embrulho, parecia adequadamente festivo, coberto de correntes de papel e lanternas chinesas. Maisie empurrava a cadeira de rodas de Alfie, e Sarah selecionava livros, pacotes de caramelos e latas de doces como possíveis lembranças para seus netos. Ela perguntou sobre eles e tentou ao máximo encontrar presentes que combinassem com as personalidades descritas por ele. Embora tivesse as pernas envoltas em um grosso cobertor,

Sarah podia ver que ele vestira seu melhor traje e uma fila de medalhas no pescoço. Reconheceu uma como a mesma que seu avô orgulhosamente guardava. Quando criança, sentava-se nos joelhos do avô e tinha permissão para ver suas medalhas, expostas em uma caixa forrada de veludo. Sabia que uma havia sido ganha pelo serviço muito antes da Grande Guerra.

— Então me diga, minha querida, por que está auxiliando um velho quando deveria estar fora se divertindo com amigos? Está namorando?

Maisie riu.

— Você não dorme no ponto, Alfie.

Alfie balançou sua bengala na direção de Maisie.

— Pode ficar de bico fechado, minha jovem. Pergunto porque ela é uma coisinha linda que não deveria estar por aí com um velhote como eu. É Natal — deveria estar com o rapaz dela. Agora, responda minha pergunta, mocinha.

Sarah ergueu os olhos de onde estava embrulhando uma pequena garrafa de perfume. Alfie era adorável. Lembrava-lhe de seu avô Eddie — sem papas na língua, como muitos de sua geração.

— Não tenho namorado, Alfie, e ainda que tivesse, eu não trocaria essa noite nem por cem libras. Estou adorando ajudá-lo com as compras.

Alfie olhou para Maisie.

— Ela está brincando comigo? Nenhum jovem?

Maisie sorriu para Sarah.

— No momento, não, Alfie, mas fiquei sabendo que há um cortejando nossa Sarah.

O velho homem gargalhou e Maisie juntou-se a ele.

Sarah se esforçou para não compartilhar da alegria ruidosa. Mas por mais que tentasse, teve que rir.

— Agora, há mais alguma coisa de que necessita? Devemos subir para o refeitório logo ou não sobrará comida.

— Não se preocupe comigo, querida. Posso não ser capaz de andar essa distância, mas com uma de vocês, jovens, segurando meu braço e minha fiel bengala, as escadas não me deterão.

Sarah sorriu para si mesma. Que amável ele era. Era um prazer ajudá-lo. A noite estava tão divertida.

Alfie segurou sua mão quando ela se abaixou para colocar suas compras na bolsa.

— Escute, meu amor. Saia e se divirta. Se há um rapaz que faz seu coração disparar, leve-o para a igreja para que coloque um anel em seu dedo o mais rápido possível. Não confio nessa conversa de "paz para o nosso tempo". Marque minhas palavras: haverá outra guerra e vocês jovens perderão entes queridos e sentirão falta de crescer entre família e amigos, como aconteceu com a geração passada. Tive sorte — meus filhos voltaram inteiros, assim como eu quando servi meu país. — Ele bateu a bengala na perna. — Mesmo minhas pernas nunca mais tendo funcionado direito, pelo menos eu voltei. Vários não voltaram. Agarre sua felicidade enquanto pode, meu amor. Enquanto pode.

Alfie ficou em silêncio por um momento, com um olhar vago nos olhos.

— Agora, chega de divagar. Vamos comer, que tal?

Sarah ficou olhando enquanto Maisie levava Alfie. Um arrepio a fez estremecer, como se a energia do aposento mudasse repentinamente.

A festa estava a todo vapor quando as garotas empurraram Alfie pelas portas do refeitório. O gerente, Sr. Benfield, vestido de Papai Noel, completava sua fantasia com uma almofada realçando sua já corpulenta feição. Pratos cheios de presunto, picles e pão crocante eram servidos enquanto um grande bolo de Natal, no centro da mesa, esperava para ser fatiado. Maureen, auxiliada por Freda, estava ocupada servindo xícaras de um forte chá. O barril de cerveja seria disposto logo, quando a animação começasse.

Sarah podia ver Alan na cozinha, com um pano de prato na cintura enquanto ele começava a trabalhar na já alta pilha de louças. Os ex-soldados podiam ser velhos, mas ainda podiam aguentar uma grande quantidade de comida, pensou consigo mesma. Estava pensando em ajudá-lo quando avistou a Srta. Billington acenando para ela do piano.

— Sarah, faria a gentileza de virar as páginas enquanto eu toco? Já faz um tempo e estou sem prática. Felizmente, Maureen Gilbert assumirá quando terminar de servir o chá.

Sarah espremeu-se no longo banquinho ao lado da chefe.

— Claro que sim, Srta. Billington.

— Não precisa ser tão formal, Sarah. Pode me chamar de Betty, não estamos em serviço.

— Obrigada, Srt... Betty. É um nome muito bonito.

Betty Billington sorriu.

— Obrigada. Na verdade, é Elizabeth, em homenagem à minha avó, que morreu muito antes da última guerra. Mas você sabe como os nomes são encurtados pela família. Tenho vagas lembranças dela, mas o tempo mexe estranhamente com nossa memória. Que tal começarmos com "By a Waterfall"? Tenho certa preferência por Busby Berkeley.

Era a primeira vez que Sarah pensava na chefe como uma pessoa com gostos e desgostos. Betty Billington provavelmente não tinha mais que quarenta anos, mas o cabelo amarrado em um coque severo e os trajes de tweed faziam-na parecer mais velha.

— É minha canção favorita também. — Sarah anunciou e pegou a partitura, pronta para virar a página à indicação da chefe. Os participantes da festa começaram a cantarolar e bater os pés ao som da música. Enquanto as mesas eram limpas e os charutos passavam, o Sr. Benfield entrou, de saco sobre o ombro e vários "ho" enquanto encenava o papel. Era o Noel perfeito.

Betty parou de tocar para que o Papai Noel pudesse ocupar o palco, sob vários gritos e aplausos da equipe. Ele entregou um pequeno embrulho para cada convidado, que o rasgava com gosto, exprimindo admiração. Sarah assistia com alegria conforme os homens demonstravam sua gratidão, apertando as mãos dos funcionários que se sentavam ali perto.

— É assim todos os anos? — perguntou a Betty.

— Sempre há uma festa, mas esse ano a fizemos mais especial, quem sabe o que estará acontecendo no próximo Natal. Estes homens sabem melhor do que ninguém o que o país enfrentará. É justo mostrarmos algum respeito. Além dos charutos e do tabaco que empacotamos para cada um, há também uma pequena cesta com comidas natalinas que será entregue quando os levarmos para casa. Para alguns, essa será a única celebração de Natal, e aqui na F. W. Woolworth sentimos que devemos agradecer a esses corajosos homens.

Sarah imaginava que não conseguiria falar, pois sua garganta se apertava e lágrimas começavam a se formar. Esta noite, estava vendo outro lado da chefe e do trabalho que começava a apreciar.

— Acho maravilhoso que possamos trazer esses homens a uma festa tão linda — disse eventualmente. — Minha avó me contou que perdeu vários amigos e familiares na última guerra. Deve ser terrível para os mais velhos, que sabem que pode acontecer de novo. Não suporto pensar que poderia perder familiares e pessoas amadas para a guerra. — Seu olhar viajou para onde Alan estava conversando com um grupo de velhos soldados. O conhecia há tão pouco tempo. Seria insuportável nunca mais vê-lo em tais circunstâncias. — Como as mulheres superam a perda do amor de suas vidas? — murmurou.

— Seguimos em frente, Sarah. É tudo o que podemos fazer, mas nunca esquecemos.

Sarah podia ver as mãos de Betty tremendo.

— Buscarei uma xícara de chá para nós. Gostaria de uma fatia de bolo para acompanhar?

— Obrigada. É uma boa menina, Sarah. Espero que não precise enfrentar a tristeza que minha geração suportou.

Sarah entrou na cozinha, onde encontrou Freda e Maisie cortando bolo e colocando em uma bandeja para ser servido aos convidados.

Maisie lambeu o açúcar de confeiteiro dos dedos. — Está ficando íntima da Chefinha Billington, né?

Sarah deu de ombros. — Ela não é tão ruim. Estava ficando um pouco chateada falando da última guerra. Eu disse que viria pegar uma xícara de chá para animá-la. Acho que ela perdeu alguém próximo, e ver os velhos soldados aqui esta noite mexeu com ela. É bem triste pensar sobre isso, não é?

— Imagino que várias mulheres percam seus amados durante uma guerra — Freda disse continuando a cortar o bolo, inconsciente de Maisie e Sarah, que haviam parado de trabalhar e se encaravam receosamente.

— Poderia acontecer conosco se Hitler chegar, — Maisie sussurrou.

— Deus, por favor, não, — foi tudo que Sarah pôde dizer.

08

—*...DOWN AT THE Old Bull and Bush, la, la, la, la, la...*

— Isso é divertido — Freda exclamou ao parar de cantar e se sentar ao lado de Sarah. — Nunca ouvi tantas canções antigas sendo cantadas ao mesmo tempo. Os velhos soldados parecem estar se divertindo.

O barril de cerveja caíra bem e vários dos homens agitavam suas canecas enquanto cantavam. Alguns cantarolavam próximos ao piano. Alfie apresentara uma versão um tanto longa de "The Man Who Broke the Bank at Monte Carlo", seguida de uma interpretação empolgante de "Take Me Back to Dear Old Blighty".

Maureen bateu palmas chamando a atenção de todos.

— Chegamos à parte da noite em que a equipe do Woolie os entretém. Primeiro temos a Sra. Maisie Taylor, com sua performance de "Hello, Hello, Who's Your Lady Friend?" Uma salva de palmas para Maisie, por favor.

Freda e Sarah aplaudiram até suas mãos doerem, e Maisie fazia uma reverência, com abanadas de seu boá de penas e piscadelas para os homens mais velhos. Eles então riram incontrolavelmente quando o Sr. Benfield, com o rosto vermelho em sua roupa de Papai Noel, marchou pela sala berrando desafinadamente "On the Road to Mandalay".

Sarah aplaudiu ruidosamente quando Maureen se curvou ao fim de sua versão de "When Father Papered the Parlour".

— Devo dizer que estão todos muito festivos. Nunca pensei em ver todos os funcionários cantando.

Freda cutucou-a e Alan caminhou para o centro do salão com um grande bigode falso grudado no rosto.

— Senhoras e senhores, para seu deleite, eu gostaria de dedicar a próxima canção a todas as mulheres bonitas aqui hoje. E solicitarei os serviços de certa dama.

Alan deu um passo adiante e pegou a mão de Sarah, conduzindo-a de volta ao centro do cômodo. Se ajoelhando, convidou-a a sentar-se em seu joelho. Maureen, ao piano, tocou uma grande abertura, e ele começou a cantar:

— *"If you were the only girl in the world..."*

Sarah sabia que deveria estar envergonhada. Não era de seu gosto ser o centro das atenções. Mas aqui, sentada no joelho de Alan, os braços dele ao seu redor, ela sentia de fato como se fossem o único rapaz e moça no mundo.

Cedo demais a canção chegou ao fim e os dois se levantaram. Sarah fez uma reverência para o público antes de Alan conduzi-la de volta a seu assento, beijando sua mão enquanto fazia uma mesura. Novamente os velhos soldados aplaudiram.

Maisie se inclinou e cochichou alto no ouvido de Sarah, o boá de penas que ainda usava fazendo cócegas na bochecha dela:

— Olha lá, eu disse que não precisava se preocupar. Esse Alan está com os quatro pneus arriados por você.

— Eu diria que está. — Freda disse, fingindo se abanar. — Foi tão romântico. Eu poderia desmaiar só de pensar.

— Foi romântico, não foi? Mas não nos deixemos levar... vamos ajudar os homens com seus casacos. Parece que a noite acabou, — ela riu. Contudo, no fundo do coração, Sarah se apegou à emoção de estar próxima a Alan enquanto ele demonstrava seu amor por ela. Devia ser real. Tinha que ser.

Sarah encontrou o casaco de Alfie e o ajudou a vesti-lo, certificando-se de que seu cachecol estava bem enrolado em volta do pescoço. A neve ainda caía e o ar estava congelante.

Alfie puxou seu braço para que ela se inclinasse.

— Agora lembre-se do que eu disse mais cedo. Case-se com seu rapaz antes que ele vá para a guerra.

— Alfie, ele não é meu rapaz. É só um amigo.

Sarah não poderia explicar que eles ainda nem haviam saído.

— Não diga isso, pois eu percebi. Vocês foram feitos um para o outro — qualquer tolo pode ver. Apenas digo para que não espere muito, só isso, ou se arrependerá.

Ela beijou sua bochecha, desejando um Feliz Natal e prometeu visitá-lo no ano novo, antes de seguir para a cozinha e ajudar com o resto da louça.

Enquanto deixava a água quente escorrer por uma tigela onde espalhava sabão, a porta abriu atrás dela. Ficara deliciada ao ver Alan ali.

— Ah, Alan. Pensei que estivesse levando o pessoal para casa.

Alan parecia um pouco acanhado, sem sinal da espirituosidade demonstrada durante sua performance.

— Estou. Apenas queria lhe dar isso. Você provavelmente terá ido embora quando eu voltar.

Ele estendeu uma caixinha quadrada embrulhada em papel verde com um laço vermelho.

— Não abra até o Natal. Não estarei em Erith no feriado, pois levarei a mamãe para ver a família de papai. É um convite prolongado. — Acrescentou desculpando-se.

Sarah pegou a caixa.

— Obrigada. Não precisava. Não tenho nada para você.

Ele levantou a mão para interrompê-la.

— Não há necessidade. Espero que não pense tão mal de mim por eu ainda não a ter convidado para sair. Eu quero. De verdade. Talvez em janeiro, quando não estivermos trabalhando o tempo todo?

Sarah sorriu.

— Eu gostaria muito.

Alan deu um passo à frente. Sarah prendeu a respiração. Ele iria beijá-la?

Neste momento, a porta abriu com um baque e Freda e Maisie entraram.

— Ops! Desculpe. Interrompemos algo? — Maisie perguntou. — Meu marido está aqui. Ele disse que nos levará para casa.

— Não, eu já estava de saída — Alan disse. — Tenham um ótimo Natal, meninas. Não trabalhem demais amanhã.

Sarah deslizou a pequena caixa para o bolso, desejando que as festas passassem logo para ficar novamente a sós com Alan e ser sua namorada de verdade.

O NATAL PASSOU com uma enxurrada de visitantes. Ruby sempre mantinha a casa aberta para familiares e amigos e esse ano não fora exceção. A jovem Freda passara a noite após vir direto do trabalho na véspera de Natal. Ambas as garotas, cansadas depois de trabalharem até as dez horas, comeram com gratidão os sanduíches preparados por Ruby e saborearam um chocolate quente antes de se deitarem.

Sarah esperava ver os pais durante o curto feriado, mas não foi possível. Ela ligara para a mãe do orelhão no final da rua durante o almoço na véspera de Natal, torcendo para que a convencesse a vir de carro ou pegar um trem para Kent. Porém Irene Caselton se recusara veementemente a viajar com o mau tempo. Além disso, haveria uma festa no clube de golfe no *Boxing Day,* a qual ela não poderia perder. Sarah ficara triste por não ver nenhum dos dois, mas o pai assegurou que estaria de volta a Erith a trabalho no começo de janeiro e que tinha uma pilha de pacotes para ela. Podia ter vinte anos, mas o pensamento de abrir um pacote ainda a entusiasmava. Ela mal podia esperar para abrir o presente de Alan. Na hora de dormir, escorregou a mão por baixo do travesseiro, para onde havia colocado a caixinha. Um suspiro de felicidade escapou de seus lábios enquanto caía em um sono profundo.

— **CARAMBA, MEUS PÉS** estão me matando — Ruby declarou enquanto se abaixava na poltrona estofada da sala da frente.

— Não estou surpresa, vovó. Está a todo vapor desde cedo. Que tal eu lhe servir um copo de cerveja preta? Ou prefere um porto com limão?

— Sarah, amor, um copo de cerveja preta seria um sonho, juntamente com um pedaço de bolo de Natal, se tiver sobrado. As crianças da Pat parecem albatrozes. Nunca vi tanta comida sumir de uma vez. Acho que alguns deles têm vermes.

Sarah riu. Sua avó sempre dizia o que pensava. Era verdade. Os filhos de sua tia Pat conseguiam comer muito.

— Escondi um pouco na despensa, juntamente com o presunto e o frango da ceia. Então, não se preocupe, ainda não passaremos fome.

— Acho que não comerei por uma semana.

Freda exclamou enquanto arrumava as almofadas e endireitava os enfeites nos braços das poltronas.

— É uma ótima cozinheira, Sra. Caselton. O frango assado e o pudim de ameixa foram os melhores que já provei. Adorei brincar com as crianças também. Quantos netos tem?

— Sete. A Sarah e os seis da Pat. Bom, eu acho que são seis. O número nunca se mantém por tempo o suficiente para que eu conte.

Freda assentiu.

— Acho que contei seis, a menos que algum estivesse escondido. — Ela começou a olhar atrás do sofá e embaixo da mesa, o que fez Ruby rir até a barriga doer.

— Freda, você é um bálsamo. — Deu uma batidinha no lugar vazio a seu lado. — Sente-se aqui e me conte sobre sua família. Suponho que uma jovem como você ainda tenha pais vivos?

Sarah prendeu a respiração. Ela e Maisie haviam desistido de fazer perguntas a Freda, já que ela se esquivava quando questionada.

Freda sentou-se perto de Ruby e torceu as mãos enquanto falava:

— Eu tenho família. Uma grande, por sinal, mas se não se importar, prefiro não falar sobre eles. É melhor não falar. Parecerei ingrata depois de quão boas foram comigo, todas vocês — ela sorriu para Sarah — mas por enquanto prefiro aproveitar o presente e não pensar no passado, se estiver tudo bem.

Ruby deu uma batidinha no joelho da jovem.

— Tudo bem por mim, mas lembre-se que pode contar conosco a qualquer tempo, noite ou dia, se precisar de ajuda ou apenas quiser conversar. Agora, e aquele pedaço de bolo?

Freda ficou de pé num pulo.

— Obrigada, Ruby. Tenho sorte em tê-la conhecido. Você também, Sarah. Buscarei o bolo, está bem? Depois preciso voltar para meu alojamento. Não gosto de ficar muito tempo fora para o caso de minha senhoria pensar que fugi e desocupar o quarto. Já volto com o bolo.

Ruby franziu a testa quando Freda deixou o cômodo.

— Ela não a expulsaria, não é, Sarah?

— Não sei, vovó. Não parece um lugar muito agradável de se viver pelo que ela diz. Veja, vou acompanhá-la até em casa; assim posso lhe contar como é. Não é longe. Descendo a Queens Road.

— Ela é uma boa menina. Vou empacotar umas porções para que ela leve pro jantar de amanhã. Gostaria que ela ficasse. Pelo menos até amanhã. A garota é teimosa. Estou pensando em oferecer o quarto de hóspedes. Podemos colocar uma cama na sala frontal quando seu pai vier.

Sarah abraçou Ruby.

— A senhora é um diamante, vovó. Tentarei convencê-la a viver conosco.

— Sabe, Sarah, essa é a primeira chance que tivemos de conversar hoje, com todas as visitas. Pensei que a Sra.

Munro ficaria até a garrafa de xerez estar vazia. Aquela mulher aguenta muito. Queria perguntar sobre o lindo broche que está usando. Nunca havia visto. É um presente dos seus pais?

Sarah correu os dedos pelo pequeno ramo de flores feito em vidro colorido fixado em seu vestido azul-marinho. As pedras reluziram à luz do fogo. Ficara deliciada ao abrir a caixinha e encontrar o broche em meio ao algodão.

— Não, é presente de um amigo.

Ela corou quando a avó ergue uma sobrancelha.

— Amigos não costumam fazê-la corar dessa forma. É do jovem Alan? Ele está interessado em você?

Sarah assentiu.

— Sim, Alan me deu. Vovó, ele quer me levar para sair quando o Natal passar. Acha que tudo bem?

Ruby pensou por um momento.

— Você tem vinte anos, e ele é um bom rapaz. Não vejo problema. Mas pense no que sua mãe diria, e não faça nada que a magoe, certo?

— Ah, vovó, acha que eu faria isso?

— Não, não acho, querida, mas parece apaixonada por ele, e o amor pode nos levar a fazer bobagens às vezes. Apenas vá devagar. Não há pressa. Vocês são crianças.

Sarah concordou enquanto a avó falava, mas se lembrou das palavras de Alfie e se perguntou: sua geração teria o luxo do tempo para se apaixonar?

— **NÃO PRECISA ME** ajudar, Sarah. Posso ir sozinha para casa.

Freda parecera preocupada quando Sarah sugeriu ajudá-la a carregar a pequena mala e o recipiente de comida que Ruby lhe entregara quando estava saindo. Pedaços de frango e presunto com batata cozida fria e repolho, que ela só precisava esquentar, bem como algumas tortas de carne moída e uma grande fatia de seu bolo de Natal caseiro.

— Não me importo. É bom caminhar um pouco depois de comer tanto hoje. Além do mais, não pode carregar tanta coisa sozinha. Aqui, deixe-me carregar a caixa.

Freda passou a caixa e elas andaram em um silêncio amigável. A neve caía há muito tempo e parecia brilhar na luz dos postes. O mundo estava em perfeito silêncio enquanto as duas amigas criavam pegadas frescas na neve intocada.

Sarah olhou os dez degraus até a porta da frente surrada de uma casa vitoriana com terraço. Houve uma época em que a rua deveria ter abrigado os ricos habitantes de Erith, mas agora várias das casas eram lares de muitos habitantes ou alojamentos para os mais pobres. Quando Freda empurrou a porta destrancada, Sarah foi atingida pelo cheiro de repolho cozido, misturada a algo que não conseguia distinguir muito bem. Ela tentou não franzir o nariz em aversão, caso a jovem amiga notasse.

Freda foi até o fim da ampla escada.

— Temo que seja uma subidinha. Estou no último andar.

Ainda não haviam passado da metade do primeiro lance de escadas quando uma voz ecoou atrás delas. Uma mulher em um avental que já vira dias melhores, cabelos encaracolados, estava parada com os braços cruzados sobre os seios fartos, olhando para elas.

— Srta. Smith, peço que não dê mais nenhum passo.

Freda franziu a testa.

— Boa noite, Sra. Carter. Algum problema?

Sarah prendeu a respiração, o que era fácil considerando que o cheiro do repolho agora era acompanhado do cheiro acre de cebolas queimadas que exalava da porta aberta. A Sra. Carter devia viver no porão, pois degraus levando para baixo estavam à vista. Seria essa a proprietária gananciosa que Freda mencionara, que cobrava seus inquilinos por cada pequena comodidade que a maioria tinha como garantida? Talvez Freda estivesse com o aluguel atrasado. Pelo olhar consternado no rosto da mulher, era algo sério.

— Pode-se dizer que sim. Entendo que não esteve dormindo em seu quarto...

— Eu avisei que estaria passando a última noite na casa de minha amiga na Alexandra Road, caso se preocupasse por minha ausência.

Sarah duvidou que a proprietária se preocupasse com qualquer um dos inquilinos.

A mulher bufou.

— Pode ser, mas não espero dispensar visitantes do sexo masculino em seu nome. — Ela puxou a gola da blusa mais próxima ao pescoço. — Ele era um tipo desagradável e temi por minha vida.

— Sinto muito, Sra. Carter. Não entendi.

Freda colocou a mala no degrau à sua frente e se inclinou sobre o corrimão para encarar a senhora.

A Sra. Carter estava agitada.

— Estive pronta para chamar a polícia. Perguntei se ele queria alugar um quarto, mas ele disse que apenas a procurava.

Sarah se perguntou se a Sra. Carter seria mais acolhedora com o estranho se ele tivesse oferecido dinheiro para um quarto. Mas quem estaria procurando por Freda?

— Ele me assustou muito. Esquisito, quieto. Malvestido, com uma cicatriz na bochecha. Um mau elemento, eu diria.

Freda fez menção de descer, mas foi impedida por Sarah, parada às suas costas ainda segurando o recipiente de comida.

— Uma cicatriz, a senhora disse? Onde ele está agora?

A Sra. Carter olhou para baixo.

— Então o conhece? Fico surpresa por se relacionar com esse tipo. Mandei-o embora, é claro. Disse que mandaria meu velho chamar a polícia. Isso o preocupou. Logo foi embora.

Freda levou a mão à boca, parecendo preocupada.

— Ele disse alguma coisa?

— Fechei a porta na cara dele. Não quero essa gente na minha soleira, e pediria que fizesse o mesmo. Não gosto desse tipo, então não quero a senhorita sob meu teto também.

Sarah sentiu que era hora de se manifestar. Talvez isso tivesse a ver com o fato de Freda não querer falar sobre o passado, mas agora a amiga precisava de seu apoio.

— A Srta. Smith tem um novo lugar para viver, Sra. Carter. Na verdade, voltamos apenas para buscar seus pertences.

— Sarah? — Freda parecia confusa.

— Venha, Freda — vamos pegar suas coisas.

Ela entregou a caixa à Sra. Carter.

— Aqui está um presente para a senhora. Espero que seja aceito em nome do espírito natalino. — Ela enrugou o nariz. — Em boa hora, pois parece ter queimado seu jantar.

— Francamente! — foi tudo o que a Sra. Carter pôde dizer enquanto as duas garotas subiam as escadas juntas.

Ruby encarou o claro céu noturno pela janela da cozinha enquanto secava as últimas xícaras e pires. Fora uma boa festa, considerando que não haviam planejado celebrar a chegada de 1939. Nessa época, no ano anterior, havia enterrado seu Eddie há não muito e não estava muito disposta a pensar no futuro. Agora, com Sarah tendo feito do número treze seu lar, a vida estava seguindo seu curso, como deveria. Ela suspirou pensativa enquanto punha as xícaras viradas para baixo em seus respectivos pires antes de colocá-los cuidadosamente em uma prateleira no armário. A noite fora divertida. Esperara se sentir triste pensando no passado, mas não, as jovens incluíram-na em suas alegrias, e sim, foi contagiante.

Maisie chegara com o marido. Ruby o vira de longe enquanto ele crescia em Erith, mas devia admitir que ele não era nada como a bocuda da mãe. Apesar disso, gostava de uma cerveja, e sem dúvida virara alguns copos antes de passar pela soleira do número treze. Dito isso, era um rapaz quieto e só mostrava animação quando alguém mencionava a chance de uma guerra, momento em que Ruby tirou os pés da poltrona e anunciou que faria um chá para si, perguntando se mais alguém gostaria.

Mesmo com as máscaras antigás guardadas em segurança no armário embaixo da escada, não queria pensar no que viria. Aqueles políticos que se resolvessem. Era o trabalho deles. O dela era criar um lar para sua família.

Com a jovem Freda vivendo agora sob seu teto, Ruby não se preocupava tanto com a garota. Ela era bem-vinda a ficar o tempo que quisesse, embora continuasse repetindo que não ficaria por muito tempo e que continuaria a procurar por um lugar. Era tão jovem para ficar sozinha. Ruby fez uma nota mental para ter uma conversa com ela. Foi estranho quando Sarah chegou com Freda na noite de Natal. A garota não queria falar muito e garantiu que o homem estranho não era algo sobre o qual gostaria de conversar. Enfiara-se na cama com uma garrafa de água quente, mas Ruby a ouvira chorar baixo antes mesmo de fechar a porta.

O mundo estava ficando louco, mas ela ignoraria tudo isso e se concentraria naqueles sob seu teto. Tempo para tudo mais depois. Até mesmo para fechar a porta.

09

— **SENTE-SE, ALAN. ELA** não vai demorar. Gostaria de uma xícara de chá?

— Não, obrigado, Sra. Caselton.

Ruby secou as mãos no avental e sentou-se em frente a Alan. Seu rosto geralmente animado, pela primeira vez, não mostrava traços de um sorriso.

— Agora, rapaz. Vou lhe perguntar antes que Sarah desça. Não quero que ela ache que estou me preocupando à toa.

Alan afrouxou o cachecol de lã ao redor do pescoço. Sentia-se repentinamente quente. Era incomum ver a avó de Sarah tão séria. O único som na sala era o crepitar na lareira e o tique-taque do relógio enquanto esperava que Ruby falasse. Esperava que o pai de Sarah perguntasse sobre suas intenções, não sua avó.

— Agora, talvez ache que eu estou preocupada sem motivo, mas aquela sua engenhoca na calçada. É segura?

Alan relaxou. O início de uma manhã fria de março não era o momento certo para conversar sobre seus sentimentos por Sarah. Falar sobre qualquer outra coisa, deixava-o mais do que feliz. Como dizia sua mãe: havia um tempo e lugar para tudo.

— Não é uma engenhoca, Sra. Caselton; aquela é Bessie, o amor da minha vida.

— Seja lá como chame aquilo, rapaz, não parece nem um pouco segura para mim e ainda assim aí está você, prestes a colocar minha neta em cima dela e dirigir sabe lá Deus para onde.

— É tão segura quanto uma casa. Não há moto mais segura no mundo — Alan disse orgulhosamente — Deixei-a perfeita e cada parte é valiosa.

— Bem, apenas se certifique de trazê-la com todas as partes. Só digo que você não me colocaria em cima de uma dessas coisas. Meus pés ficarão firmes no chão. Muito obrigada.

— Não há motivos para se preocupar. Eu não machucaria um fio do cabelo da Sarah. Ela é preciosa demais para mim para que eu a coloque em perigo.

O semblante duro de Ruby suavizou. Ela assistira o casal enquanto se conheciam melhor desde o Natal. A mãe de Alan, Maureen, crescera com o pai de Sarah, George. A família toda era trabalhadora e decente.

— Sei disso, rapaz. Qualquer um que olhe, vê que vocês têm algo especial. Meu coração se enche de orgulho por saber que Sarah conheceu um garoto que tomará conta dela.

Alan sentiu-se corar. A avó de Sarah era ótima. Mesmo assim, tinha vergonha de discutir seus sentimentos com alguém quando ainda não os discutira com Sarah. Ele limpou a garganta.

— Mamãe e papai fizeram seu cortejo na Bessie. Lembro-me de papai sempre polindo e reparando-a quando eu era pequeno.

— Era um bom homem, seu pai, e foi levado muito cedo. Você se parece muito com ele.

Alan sorriu.

— A senhora acha? Ele morreu quando eu tinha dez anos e às vezes minhas lembranças dele não são muito claras. Tenho sorte por várias pessoas terem-no conhecido.

Ruby deu uma batidinha em seu joelho antes de se levantar.

— Há muitas pessoas que o conheceram, Alan, então fique tranquilo, pois nunca ficará sem pessoas por perto que lhe contem sobre seu pai. Agora, deixe-me apressar aquela minha neta ou será hora do chá quando saírem.

Ruby deixou Alan sentado próximo ao fogo do carvão, foi para o pé das escadas no corredor estreito e gritou para uma porta fechada:

— Sarah, desça aqui ou colocarei meu casaco e irei dar um passeio com seu namorado! Freda, desça também antes que o chá esfrie!

Ela olhou por cima do ombro para onde Alan encarava o fogo pensativamente, torcendo nervosamente um par de luvas de couro. Parecia pensar em algo. Ruby gostava do garoto. Sarah poderia fazer pior do que começar uma vida com Alan, mas não agora. Ela o conhecia há pouco tempo e era melhor que os jovens aproveitassem e se divertissem antes de pensar em se acomodar, ter bebês e coisas do tipo. Sim, haveria tempo para isso no futuro, e esperançosamente não por alguns anos. Ruby preferia não pensar em seus bisnetos chegando por ora.

— **Então, para onde** vão hoje? — Freda perguntou enquanto se olhava no espelho da penteadeira de Sarah, aplicando um pouco de batom vermelho nos lábios antes de fazer uma careta e limpar com um lenço. — Não podem ir dançar com toda essa roupa que está vestindo.

Sarah passou um segundo suéter pela cabeça antes de se olhar no espelho.

— Levante-se e me passe o batom. Alan me levará para um passeio em sua moto. Não sei se estou vestida adequadamente, mas ao menos estarei aquecida. — Fez beicinho ao colocar um pouco de vermelho nos lábios, puxando alguns cachos sob uma boina vermelha bem-disposta sobre sua cabeça. — Terá que bastar.

Freda olhou-a de soslaio.

— Você fica bem em qualquer coisa. Parecia que eu havia sido arrastada de cabeça para baixo em uma cerca viva após cinco minutos na moto do Alan, e ele só me deu uma carona por um quarteirão. Então, aonde estão indo?

— Não tenho certeza, mas ele fala de me levar em um lugar especial há tempos. Agora que a neve derreteu, disse que era o momento. Não é um bom momento para ir ao litoral, embora eu tenha insinuado muito. Papai sempre me contou sobre seus passeios a Margate e em barcos a vapor para Southend quando era criança. Eu adoraria ir quando esquentar.

Freda concordou.

— Eu também. Vivendo nas Midlands, nunca estive no litoral. Vamos quando tivermos uma folga no verão, que tal?

— Combinado. Podemos levar a vovó para se divertir. Ela tem nos apoiado muito.

— Gostaria de falar com você sobre isso. — A expressão de Freda agravou-se repentinamente. — Procurarei por novos lugares assim que possível. Ruby foi ótima me acolhendo desde o Natal, mas não quero incomodar demais. É melhor que eu encontre outro lugar. Maisie disse que perguntaria por aí e encontraria algo para mim.

Sarah sentou-se na beirada da cama olhando para baixo.

— Não há necessidade. Você não está tomando o lugar de ninguém. O papai ainda tem um lugar para dormir quando vem a Erith e a vovó diz que você é uma boa companhia. Ninguém quer que se mude. Por favor, não vá. É como viver com uma irmã.

Freda quase desistiu e concordou, mas sabia que não podia arriscar trazer problemas à porta de Ruby. Por mais que tivesse se acostumado ao cotidiano dessa cidade ribeirinha, precisava se lembrar que estava aqui por uma razão: encontrar seu irmão. Se mudar era o melhor.

— Não estarei longe. Afinal, ainda preciso ir para o trabalho. Ora, é sua avó chamando. É melhor descer ou Alan não esperará muito e você acabará nem andando na motocicleta dele.

— Não sei se ainda quero ir. Eu não estava tão ansiosa, e agora que você me contou suas novidades, preferiria ficar em casa.

Freda sorriu e cutucou suas costelas.

— Não seja tola. Apenas se segure em Alan — ficará bem. Tenho certeza de que irá se divertir.

Sarah cutucou suas costas.

— Pare com isso, por favor! — contudo, secretamente não conseguia pensar em nada melhor do que estar próxima a Alan. Exceto ser abraçada por ele enquanto a beijava. Ultimamente, seus beijos haviam sido mais apaixonados, mais urgentes. Sarah sabia que ele se dominava, mas às vezes perguntava-se o que aconteceria depois. Estava cada vez mais curiosa para descobrir, mas sabia que decepcionariam suas famílias se algo mais acontecesse dessa intimidade. Ela suspirou. Ah, estar casada e poder ficar com Alan como sua esposa. Sentiu as bochechas corarem com o pensamento e se levantou para sair caso Freda houvesse notado.

— O que planeja fazer na sua folga?

Freda encolheu os ombros.

— Talvez eu vá visitar Maisie, ver se ela quer ir ao cinema. Seu Joe está trabalhando até mais tarde, então ela está presa em casa com a sogra.

— Bem, divirta-se e diga à Maisie que a vejo no trabalho amanhã. Quero saber o que ela está achando de trabalhar no setor de louças.

As garotas foram mantidas na Woolworths depois do Natal e na semana anterior receberam deveres permanentes em diferentes partes da loja. Freda estava ocupada no balcão de utensílios domésticos, e Sarah fora transferida para o balcão de livros e papelaria.

Freda afirmou que o faria e não contou que o real motivo pelo qual visitaria Maisie era para ver um quarto que estava em um anúncio na janela do jornaleiro. Maisie poderia analisar e não deixaria que Freda fosse intimidada a pagar muito caro. Sentiria falta de seu quarto aconchegante na casa de Ruby, mas precisava se ater aos planos que fizera em dezembro, quando se mudou para Erith.

— **ESTÁ BEM AQUECIDA?**

Sarah assentiu enquanto bebia o chocolate quente que Alan entregara a ela. Não queria dizer que suas bochechas estavam paralisadas de frio e que desconfiava não ser capaz de falar nunca mais. Bela ideia de romance a que ela tinha de se segurar a Alan enquanto dirigiam para o interior de Kent. Sentia que cada osso de seu corpo doía dos solavancos nas estradas pedregosas, e sua cabeça ainda zumbia com o ronco do motor. Haviam parado em um pequeno café à beira da estrada e Alan deixara Sarah sentada perto do discreto fogo enquanto buscava suas bebidas.

— Estamos quase chegando, mas pensei que fosse gostar de comer algo antes de chegarmos ao nosso destino. — Ele olhou em volta da cafeteria, que estava vazia exceto por uma jovem, cigarro pendendo de um canto da boca, fritando ovos atrás do balcão. — É bacana aqui, não é?

Sarah não sabia o que dizer. Certamente não era o que esperava quando Alan disse que a levaria para passar o dia fora. Sabia que ele estava animado para mostrar algo de sua vida a ela, mas ainda assim não gostava dessa cafeteria. Decidiu não responder, apenas para o caso de dizer a coisa errada.

— O lugar costuma estar cheio de motociclistas e ciclistas, mas acredito que esteja um pouco frio para vários deles saírem. Estou certo de que conhecerá alguns da próxima vez — ele sorriu.

Sarah suspirou internamente. Haveria próxima vez?

— Será divertido — ela disse, apenas para ser educada.

A mulher colocou um prato em frente aos dois, e Alan mordeu seu sanduíche de ovo frito com gosto.

— Manda ver. São os melhores da região. As pessoas andam milhas por um dos sandubas de ovo da Milly.

Ela mordiscou o sanduíche, sentindo o ovo frito gorduroso movendo-se em sua boca. Foi difícil engolir. Segurou a respiração e forçou-o a descer.

— Não estou com muita fome, Alan. Vovó fez um café da manhã farto hoje. — Ela deslizou o prato pela toalha de mesa rasgada. — Aqui, coma você. É uma pena desperdiçar boa comida.

Alan pegou o prato e encheu de molho por entre as fatias de pão.

— Comeremos apenas isso e voltaremos para a estrada. Devemos estar lá no meio do dia.

Não pode ser a costa, então, Sarah pensou consigo, embora não conseguisse encarar o tempo que levaria para chegar à costa de Kent na moto.

— Para onde estamos indo?

Alan riu.

— Tudo no seu tempo. As únicas pistas que vou dar é que passei vários finais de semana lá, e foi papai que me deixou interessado.

Sarah não sabia muito sobre o pai de Alan, exceto que ele morrera há quinze anos, quando Alan tinha só dez anos de idade, por lesões sofridas durante a Grande Guerra. Ruby mencionara que Burt Gilbert nunca fora rico, mas havia sustentado Maureen e o filho consertando motos e bicicletas em uma pequena oficina atrás da casa deles, na Crayford Road, onde Maureen e Alan ainda viviam. A casa quase fazia fundo com a de Ruby na Alexandra Road, apenas com os pequenos trilhos ferroviários entre os jardins do fundo que levavam às docas de Erith. Quando o sono a ludibriava, Sarah frequentemente olhava através dos trilhos escuros do trem para a casa de Alan e o imaginava dormindo em seu quarto.

— Certo, vamos andando ou nunca chegaremos a tempo.

— A tempo para quê? — Sarah perguntou enquanto pegava o casaco e verificava se os grampos que prendiam sua boina estavam no lugar.

Alan piscou:

— Logo verá.

— **TEM CERTEZA DE** que podemos entrar aqui? — Sarah olhou para a placa da Força Aérea Real, em Gravesend, orgulhosamente posta do lado de fora da entrada do aeródromo. — Parece que há muitas pessoas de uniforme. — Segurou-se ao braço de Alan enquanto ele empurrava a motocicleta em direção a uma portaria onde um oficial checava nomes em uma prancheta. Não ousava soltar, já que não apenas estava assustada por entrar em uma zona oficial, mas também tentando manter o bocado de sanduíche de ovo no estômago. A estrada irregular e a comida gordurosa não fizeram sua primeira viagem de motocicleta ser agradável.

— Está tudo bem. Eles me conhecem aqui — Alan disse seguramente enquanto acenava para o aviador com a prancheta.

— Olá, Alan. Não o vemos há um bom tempo. Pode passar. Você encontrará Syd perto da pista de pouso. — Ele acenou com a cabeça para Sarah. — Anotarei apenas seu nome, senhorita. A segurança tem sido rigorosa ultimamente — completou quando Alan o olhou de cenho franzido. — Pode estacionar sua moto atrás do hangar.

— As coisas definitivamente estão rigorosas — Alan disse enquanto guiava a moto em direção a um galpão.

Sarah podia ver alguns aviões do lado de dentro e outros na grama lá fora. Sob circunstâncias normais estaria interessada no que se passava à sua frente, mas as palavras do aviador sobre segurança e ver tantos homens em uniformes da RAF deixaram-na preocupada.

— Por que estamos aqui, Alan?

Alan apoiou a moto no lado de metal do hangar e acenou para que Sarah o seguisse. Pegou sua mão e a apertou.

— Meu pai foi piloto na guerra e seu amigo, Syd, que você está prestes a conhecer, é meu padrinho. Trabalhou aqui intermitentemente durante anos e agora é um instrutor de voo. Ele também conserta aviões. Mesmo a RAF tendo assumido o campo da aviação, Syd foi mantido. Quando posso, venho ajudá-lo. Ele me ensinou a voar.

Sarah arfou.

— Sabe pilotar essas coisas? — ela apontou para onde um avião fazia um pouso irregular na grama. Podia imaginar o frágil avião facilmente se partindo em pedacinhos e os passageiros morrendo. Sarah prendeu a respiração ao sentir uma onda de enjoo. Por que Alan desejaria arriscar a vida em tal engenhoca?

— E também consigo montar e desmontar um — Alan disse orgulhosamente, alheio ao fato de que Sarah não ficara impressionada.

— Na verdade, é por isso que estamos aqui. Quero te mostrar mais do meu mundo e como ele afeta meu futuro. — Ele apertou sua mão. — Nosso futuro, espero.

Sarah perdeu o fôlego com as palavras de Alan sobre o futuro deles juntos. Ela esperava que isso significasse casamento, mas ao mesmo tempo não podia evitar se preocupar sobre como ele conciliaria um bom trabalho na Woolworths com pilotar aviões e ainda cuidar de uma família. Não fazia sentido.

— É tudo uma grande surpresa. Eu não fazia ideia... — era tudo que conseguia dizer. Foi salva de mais comentários por exclamações de dentro do hangar.

— Alan, aqui, camarada.

Sarah olhou em volta para ver de onde vinha a voz. Alan apontou para uma pequena aeronave.

— É Syd, no Tiger Moth. Venha, vamos vê-lo. Quero muito que o conheça.

Sarah não fazia ideia do que era um Tiger Moth, mas seguiu Alan enquanto ele corria para a pequena aeronave e cumprimentava o homem mais velho com um aperto de mão caloroso. Ela se afastou quando o homem segurou Alan à certa distância, rindo.

— Está cada dia mais parecido com aquele seu pai. Como está sua mãe? Não a vejo há algum tempo.

— Está bem, Syd, está bem. Mamãe manda seus cumprimentos e disse que você precisa jantar lá qualquer dia. — Ele se virou para onde Sarah estava parada nervosamente olhando o homem mais velho sorrir para Alan como se não o visse há anos. — Syd, essa é Sarah. Gostaria que se conhecessem, já que os dois são muito importantes para mim.

Syd enxugou as mãos engorduradas no macacão antes de sacudir a pequena mão de Sarah.

— Ouvi muito sobre você. É mais bonita do que esse rapaz contou.

Sarah sorriu para o homem. O entusiasmo dele era contagiante.

— Não sabia que eu havia virado assunto — ela riu. — Na verdade, não sabia que você ou o aeródromo existiam.

Foi a vez de Syd rir.

— Já vi várias jovens fugirem dos namorados ao descobrirem que perdiam o posto para essas belezuras. — Ele bateu a mão na lateral da aeronave.

Sarah franziu a testa.

— Perdiam o posto? Não entendi.

— Quando um rapaz tem a chance de pilotar um Tiger Moth, prefere estar no ar em vez de ficar no chão, mesmo com a mais linda das garotas. Alan é um de nossos melhores pilotos. Isso vem de passear por aqui desde criança. Ele cresceu entre aviões. É um talento natural. Na verdade, Alan, pode levar este para um teste. Deve voar como um pássaro.

Alan riu.

— Gostaria de vir comigo, Sarah?

Sarah sentiu a cabeça girar ao ouvir essas palavras.

— Se eu o quê?

— Voe comigo. Há dois lugares — acrescentou rapidamente. — Não terá que se sentar na asa.

Os dois homens riram da piada.

A cabeça de Sarah girou novamente. Dessa vez, ela realmente sentiu um enjoo e saiu do hangar quando o conteúdo de seu estômago balançou. Estava enxugando o rosto com seu lenço quando Alan e Syd alcançaram-na. Alan parecia preocupado. Syd afastou-se um pouco, imaginando que teriam que conversar.

— Você está bem, Sarah? Está muito pálida. — Alan colocou um braço em volta de seu corpo para segurá-la. — Não tem que ir, Sarah. Fiquei empolgado. Esqueci que algumas pessoas não têm interesse em aviões. — Ele parecia desapontado.

Sarah inspirou. Não queria decepcionar Alan. Queria se interessar por seus hobbies. Afinal, se eles se casassem, teria que se acostumar com ele fora o dia todo para visitar o aeródromo. Um homem precisava de um hobby. Não era por isso que sua mãe tentava encorajar seu pai a jogar golfe?

— Ficarei bem, Alan. Já me sinto melhor. Veja, por que não vai e pilota o avião? Eu espero até que volte. — Olhou em volta procurando por algum lugar para se sentar e esperar.

Syd se aproximou:

— Cuidarei bem dela, Alan. Vá procurar um macacão e colocar essa beldade no ar. Por que não vamos até a mesa e te levo uma xícara de chá? — ele disse, virando-se para Sarah.

— Seria ótimo, obrigada.

Alan beijou seu rosto.

— Tem certeza?

Ela o empurrou de brincadeira.

— Vá brincar com seu avião. Ficarei bem.

Alan não precisou de uma segunda oferta, já que logo correu para uma fileira de armários e começou a tirar macacões e um capacete.

— Vamos, querida, acho que o perdemos por enquanto. —— Syd conduziu Sarah em direção a um prédio de um andar na extremidade do campo de aviação, onde ela podia ouvir vozes altas por trás das janelas embaçadas. — Pode ser meio barulhento aqui às vezes, mas os rapazes têm bom coração, e você tomará uma boa xícara de chá e talvez terá algo para comer.

Sarah estava ansiosa por uma bebida quente, mas pensou que seria melhor evitar comida por enquanto.

FREDA ENCAROU A casa à sua frente quando parou no portão.

— Certamente é diferente do último lugar que aluguei nessa rua.

— Não podia ser muito pior, pelo que Sarah me contou — Maisie disse enquanto espiava o portão pela única janela. — Você poderia comer seu jantar naquela porta.

— As janelas estão cristalinas, e veja essa aldrava de latão brilhante. A dona mantém tudo reluzente.

Maisie franziu a testa.

— Olha, a mulher pode ser uma tirana. Provavelmente faz você tirar os sapatos à porta e orar antes de comer. Quer ver agora?

Freda gostara da fachada da casa. Parecia limpa e respeitável. Sentia-se mal por deixar a casa de Ruby após os Caselton terem-na acolhido, mas ela sabia que precisavam do quarto para quando George viesse para pernoitar. Não era justo que George dormisse na cama dobrável na sala frontal.

— Não, eu gosto dessa casa, e seja lá como for a senhoria, posso lidar. Afinal, estou no trabalho a maior parte do tempo ou fora com você e Sarah, então não é como se eu fosse ficar presa aqui o dia todo, não é?

Maisie deu de ombros e bateu na porta.

— Bem, o funeral é seu. Sarah e eu sempre podemos vir e resgatá-la se ela te obrigar a tricotar guardanapos ou alimentar a lareira e coisas do tipo.

— Não seja boba — Freda riu enquanto passos se aproximavam da porta.

A porta foi aberta por uma mulher de bochechas rosadas que secava as mãos em um pano de prato. Ela sorriu para as duas.

— Olá, queridas. O que posso fazer por vocês? Estão coletando doações para a igreja? Tenho uma sacola guardada.

A mulher se virou para pegar uma bolsa entupida de roupas enquanto Maisie tentava segurar o riso.

— Não — Freda protestou. — Vim pelo quarto. Isto é, se ainda estiver disponível. Vi seu anúncio na janela do jornaleiro. É a Sra. White, não é?

— Ora, por Deus. Aqui estou eu dando uma mala de roupas velhas e vocês querendo um quarto. Céus. — Ela riu antes de enxugar os olhos como o pano de prato. — Entrem, senhoritas, e vamos ver o quarto. Tirei um bolo de frutas do forno há não muito, então talvez possamos comer uma fatia e tomar uma xícara de chá enquanto as conheço. Também está procurando um quarto, querida? — perguntou enquanto acenava para Maisie entrar na sala da frente.

— Acho que meu marido e minha sogra teriam algo a dizer se eu estivesse, Sra. White — Maisie riu. — Veja, se o bolo da senhora for bom, darei um aviso prévio a eles e virei morar aqui. A sogra pode queimar minhas coisas.

— Meu Deus — a Sra. White exclamou para Freda. — Sua amiga é engraçada, não é? Agora, sentem-se aqui — cheguem meu tricô para lá — e fiquem à vontade. Vou colocar essa chaleira no fogo.

Maisie olhou em volta enquanto abria espaço nas poltronas com forro de chita. O cômodo era muito confortável, com um tapete de pano na frente de um fogo crepitante e um longo aparador coberto com estatuetas de porcelana.

— Caramba, você caiu de pé aqui. É o paraíso do tricô.

Freda apenas assentiu. Suas amigas sempre caçoavam dela pela quantidade de tricô que fazia, mas passando os olhos pelos novelos e pilhas de padrões na mesa ao lado, a Sra. White devia estar administrando uma loja de lã na sala da frente.

— É maravilhoso — Freda suspirou, antes de acrescentar — Me belisque, devo estar sonhando.

Entre o chá e fatias quentinhas de bolo de fruta, a Sra. White contou a elas sobre sua casa. Freda ficara encantada ao ouvir que de fato a Sra. White e sua filha administravam uma loja de lã na cidade, mas fecharam o estabelecimento quando a filha se casou e mudou-se para o País de Gales.

— Era hora de pensar em aposentadoria, mas ainda faço algumas vendas e tenho o encontro semanal das tricoteiras para me fazer companhia. Agora, vamos ver os cômodos. Deve estar morrendo de curiosidade.

— Cômodos? — Freda pareceu pesarosa: ela só poderia pagar por um pequeno quarto. — O anúncio dizia um quarto. E se eu não puder pagar e tivermos passado a tarde toda comendo o bolo dela? — Freda sussurrou para Maisie enquanto seguiam a Sra.White pelos degraus do porão.

— Vejam, não é muita coisa, mas é limpo e quente. Meu marido usava o porão como oficina quando estava vivo. Ele era relojoeiro — completou com orgulho. — Me digam o que acham.

Freda entrou em um pequeno cômodo com paredes brancas, uma poltrona e uma mesinha com duas cadeiras. Do outro lado, uma pequena fogueira com um tapete brilhante estendido.

— A vista dá para a estrada principal. Há um pequeno espaço para plantas na janela, o que compensa o aposento no nível do porão. Embora tome bastante sol no período da tarde. Agora, passando por aquela porta, está o quarto.

Freda ficou sem palavras. O quarto era um pouco menor que a sala, mas havia espaço para uma cama de solteiro, assim como uma cômoda e espaço para pendurar coisas. Novamente, as paredes eram brancas, e a única janela dava para uma pequena área rebaixada com degraus para um jardim.

— Este quarto tende a ser um pouco escuro no inverno — a Sra. White disse — mas é para dormir, mesmo, então qual o problema?

— Eu o acho adorável, mas não tenho certeza de que posso pagar por dois cômodos. Acabei de conseguir o emprego na Woolworths e não recebo pagamento integral antes dos vinte e um anos.

A Sra. White disse um valor e as duas garotas engoliram em seco com surpresa.

— Certamente não está certo, Sra. White. A senhora deve querer mais dinheiro pelos dois cômodos. — Freda não acreditava no que ouvira.

— Estou satisfeita com esse tanto e, afinal, teremos que dividir o banheiro, embora eu esteja mais do que contente em preparar uma refeição à noite por esse preço. Há uma chave para a porta, então você pode ir e vir como desejar, e se quiser se juntar ao meu grupo de tricô, será mais do que bem-vinda. Vejo que é tricoteira: estive admirando seu casaco. Vamos nos dar bem. Agora, vamos comer outra fatia de bolo?

SARAH SUSPIROU E olhou para o relógio na mesa. Alan se fora há mais de duas horas. Ela não sabia ao certo quanto tempo levava para pilotar um avião, mas certamente ele logo estaria de volta.

Syd deslizou outra xícara de chá pela mesa.

— Ele não deve demorar muito, querida. Deve ser entediante ter que esperar.

Sarah não queria ofender Syd, embora quisesse bocejar e esticar os braços. Fora interessante ouvir sobre a família de Alan e como Syd os conhecia desde a guerra. Aparentemente, Syd cuidara de Alan como o filho que nunca tivera, já que perdera a esposa no parto quando Alan era um bebê.

— Pilotar é demorado? Digo, para onde ele vai, e a que horas deve voltar?

Syd riu, fazendo com que Sarah se sentisse boba por fazer tais perguntas.

— Uma vez que está entre as nuvens, querida, você perde a noção do tempo. Alan é um aviador natural. Rapazes como ele serão procurados em breve.

Sarah não entendeu.

— Perdão, procurados para quê?

— Lutar contra o inimigo. Quando a guerra começar, e é apenas questão de tempo, todos os rapazes treinados para voar estarão nos céus protegendo a Inglaterra contra os alemães.

— Mas Alan só voa por diversão. Ele tem um emprego. Um bom emprego. Certamente não desistiria de tudo e arriscaria a vida?

— Perdão, querida. Pensei que soubesse.

— Soubesse o quê?

Syd pareceu desconfortável e se concentrou na xícara à sua frente, girando-a em suas mãos e evitando contato visual com Sarah.

— É melhor conversar com Alan, querida. Acho que falei demais. Se soubesse que ele não havia contado, teria mantido minha boca enorme fechada.

Sarah sentiu uma raiva que nunca sentira antes agitar-se dentro dela. Como Alan ousava manter tal segredo? Pensou que ele a amasse, mas obviamente não, se estava fazendo modificações em sua vida que não a incluíam. Já era ruim o suficiente esperar essas poucas horas por sua volta, quanto mais uma vida sem saber se ele cairia e morreria, e então nunca mais vê-lo. Não, não concordaria com isso. Alan deveria mudar seus planos ou se afastaria dele para sempre. Olhou a seu redor para os homens no cômodo. As únicas mulheres eram as que serviam atrás do balcão. Era uma reserva masculina e ela não se sentia parte daquilo. Sem dúvidas, por esse motivo Alan não contara como se sentia ou a incluíra em seus planos para o futuro.

Syd parecia triste. Não era sua culpa, ela pensou. De certa forma, deveria ser grata por ele ter deixado escapar que Alan planejava passar a vida no ar e não no solo com ela.

— Estou com uma leve dor de cabeça. Acho que vou tomar um ar fresco.

Syd pegou a jaqueta.

— Não, fique aqui no calor, Syd. Ficarei bem.

— Tem certeza, querida? Preciso voltar logo para o trabalho. Tenho aviões para consertar e mandar para o céu. — Syd podia ver o terror no rosto de Sarah e sabia que havia falado demais novamente. Deu uma batidinha em sua mão. — Ele ficará bem. Alan sabe o que está fazendo.

Sarah puxou a mão e chegou do lado de fora bem antes que as lágrimas jorrassem por suas bochechas. Soluçou até pensar que seu coração se partiria. Conforme suas lágrimas diminuíam, tomou uma decisão. Era muito cedo para dizer a Alan. Precisava de tempo para pensar. Só poderia fazer isso em casa e sozinha. Voltou correndo para onde o aviador com a prancheta ainda estava, perto da cancela.

— Sinto muito por incomodá-lo, mas preciso chegar em casa o mais rápido possível. Onde fica a estação de trem mais próxima?

O aviador coçou a cabeça.

— Seria Gravesend, mas é uma boa caminhada. Alan não voltará com você?

— Não, não, ele ainda está voando. Preciso ir agora. Se me mostrar o caminho, posso ir andando.

— Posso fazer melhor do que isso. — Ele assobiou para onde um homem descarregava caixas com vegetais de um caminhão. — Jack, pode dar a essa jovem uma carona até a estação?

Jack assentiu.

— Ele cuidará de você, ok? Está aqui quase todos os dias e mora por perto. Tem certeza de que não quer esperar por Alan? Acredito que aquele seja seu avião aterrissando agora.

— Não, irei com Jack. Na verdade, pode dizer a Alan que não pude esperar e que o verei no trabalho? — Sarah correu para o caminhão, onde Jack se preparava para sair.

Queria se afastar desse lugar e de Alan o mais rápido possível.

10

RUBY LEVANTOU-SE DA poltrona. Quem quer que estivesse batendo em sua porta a essa hora da noite arrancaria a pintura da madeira se não parasse logo.

Fora um dia peculiar. A jovem Freda estava uma pilha de nervos ao chegar em casa. Nem Maisie ficara por muito tempo, recusando uma refeição e dizendo que precisava ir embora. Freda brincara com a carne fatiada e com as batatas cozidas, empurrando-as pelo prato até Ruby perguntar o que a perturbava. Dava para derrubá-la com uma pena quando Freda soltou que se mudaria. A garota quase chorou. Ruby a abraçara e dissera que ela era livre para fazer o que quisesse. Assegurou-a de que sempre teria um lugar na casa Caselton e que se não viesse jantar ao menos duas vezes por semana, Ruby a procuraria.

Freda se acalmara após isso e contou a Ruby tudo sobre a Sra. White e os cômodos. Ruby se lembrava da família White e sabia que Freda estaria em boas mãos. Ainda tinha uma incômoda sensação de que Freda escondia algo, mas enquanto fosse amiga de Sarah e Maisie, sabia que a garota teria quem dela cuidasse.

Estavam lavando a louça quando Sarah entrou na cozinha.

— Teve um dia agradável? — Ruby perguntou. — Alan não está com você? — Ela achou que Sarah parecia cansada e que tinha os olhos inchados. Sem dúvidas a motocicleta tivera algo a ver com isso.

— Não. Acho que vou me deitar cedo. Estou com um pouco de dor de cabeça.

— Espere por mim, vou subir e contar tudo sobre minhas novas acomodações. — Freda disse, esquecendo-se completamente de que Sarah não sabia nada sobre sua procura por uma nova casa.

Sarah piscou.

— Vai se mudar?

— Sim, no final da semana, mas não é tão longe. — Freda estava muito animada e alheia à expressão no rosto da amiga.

Sarah começou a chorar e saiu correndo da sala. Freda fez menção de segui-la.

— Deixe-a, Freda. Acho que não é com você que ela está chateada.

— Ah, não, espero que ela não tenha terminado com Alan. São um casal tão perfeito. Igual Jeanette MacDonald e Nelson Eddy em *Rose Marie* — Freda suspirou.

— Ai, você e suas estrelas de cinema, — Ruby riu.

ENQUANTO RUBY PUXAVA o ferrolho da porta, pensou que não havia um momento entediante no número treze esses dias.

— Oh, Alan, o que o traz aqui tão tarde?

Alan estava parado na porta com a expressão preocupada.

— Sarah está em casa?

— Claro que está, rapaz, e abrigada em segurança na cama. Ruby perscrutou seu rosto. — Não a trouxe para casa?

Alan pareceu constrangido:

— Não, não a encontrei no aeródromo depois de pousar o avião que eu estava pilotando. Muito antes de alguém me dizer que ela havia ido embora sozinha. Depois um pneu furou e tive que empurrar minha moto pelas duas últimas milhas. Fiquei o tempo todo preocupado com Sarah, então vim ver se ela está bem.

Ruby não diria a ele que Sarah havia se deitado em meio às lágrimas. Seja lá qual fosse o problema, logo seria resolvido e eles não gostariam de uma velha metendo o nariz em suas vidas. Sarah logo falaria com ela se quisesse um ombro para chorar.

— Posso ver a Sarah, Sra. Caselton? Preciso muito falar com ela.

— Rapaz, já passa das nove. Deixe para amanhã, quando a vir no trabalho. Você parece abatido. Melhor dormirem para clarear as ideias.

Alan se virou.

— Acho que a senhora está certa. Desculpe-me por incomodar tão tarde.

— Não é incômodo, rapaz. Incômodo nenhum.

Enquanto deslizava o ferrolho de volta para o lugar e apagava a luz da sala, esperava que tudo estivesse bem entre sua neta e Alan. Eles combinavam, e Ruby pensou novamente que Sarah poderia fazer pior do que começar uma vida com Alan.

SARAH ENCAROU O Sr. Benfield. Estava ciente de que todos os olhares estavam pousados em si, mas não se lembrava do que ele havia dito. Estava longe, pensando em Alan e no que acontecera no aeródromo dois dias antes. Podia ouvir algumas das Woolies dando risinhos.

— A bomba, dorminhoca — Maisie sibilou, fazendo as funcionárias rirem novamente. — Ele pediu que você passasse a bomba de estribo para mim.

Sarah se recompôs e entregou o aparato a Maisie, que a segurou com o braço esticado, como se fosse levar uma mordida. Ela sabia que deveria parar de evitar Alan e contar por que fugira. A surpresa de quando descobriu que ele pretendia se alistar à Força Aérea Real e pilotar aviões ainda a deixava enjoada quando pensava nisso. Não queria um futuro no qual temesse que todas as batidas na porta fossem para avisá-la de um acidente. Ela não conseguia pensar nele tão alto no céu quando ele poderia estar seguro no chão, trabalhando na Woolworths e ao lado dela. Se a ameaça de guerra, que parecia mais real a cada dia, se os jornais dissessem a verdade, se aquilo se tornasse realidade, o pensamento de que ele poderia morrer em combate era insuportável. Não, ela diria que se ele se juntasse à RAF, estava tudo terminado. Se a amasse, ele não faria tal coisa e suas vidas poderiam voltar ao normal. Satisfeita por ter tomado uma decisão, Sarah se concentrou no que estava acontecendo à sua frente.

— Senhoritas, por favor, prestem atenção. Temos apenas meia hora antes de abrir nossas portas para os clientes. A matriz quer que usemos o tempo antes de abrir para saber como apagar um incêndio, se um começar durante o expediente.

— E a única maneira disso acontecer é se alguém não enterrar suas bitucas corretamente no recipiente com areia. — Maisie murmurou. Estava gostando da pausa de vender xícaras e pires para os clientes e desempacotar pratos de jantar padronizados aninhados em palha em grandes embalagens. Cada um devia ser polido e exposto nos balcões de mogno. Maisie gostava de deixar o balcão perfeito e murmurava furiosamente quando os clientes queriam algo do meio de suas louças cuidadosamente dispostas.

O Sr. Benfield bateu palmas.

— Agora, senhoras... e senhores — completou ao ver Alan e alguns homens do armazém de pé no fundo da multidão de funcionários, — para este treinamento, não colocaremos água no balde, mas realizaremos todo o procedimento com a ajuda da Sra. Taylor, da Srta. Smith e da Srta. Caselton. Senhoras, se puderem continuar, por favor, mas não se esqueçam do primeiro alarme.

Freda deu um passo à frente balançando um grande sino com as duas mãos.

— Fogo, fogo! — gritou. — Fogo, fogo!

Passando o sino para a colega ao lado, fingiu derramar água de uma fileira de jarras em um balde de incêndio, o tempo todo lutando para manter uma expressão séria. Deu um passo atrás e fez uma reverência enquanto as colegas aplaudiam.

Era a vez de Maisie.

— Para trás, pessoal. — Ela arregaçou as mangas do avental e colocou a bomba de estribo no balde.

— Pronta, Srta. Caselton? — perguntou de forma dramática.

Sarah ergueu a mangueira anexada à bomba e apontou para uma pilha de gravetos que o Sr. Benfield colocara no piso de madeira polida. Supostamente representava um fogo crepitante.

— Quando estiver, Sra. Taylor.

Maisie, para divertimento dos colegas, bombeou a engenhoca para cima e para baixo como se sua vida dependesse disso. Parou para enxugar a testa enquanto Freda avançava para adicionar mais água ao balde.

— Com mil demônios, isso sim é trabalho duro. Por quanto tempo devemos manter a brincadeira, Sr. Benfield?

Sr. Benfield tentou não rir.

— Até que o fogo seja apagado, Sra. Taylor, ou até que os bombeiros cheguem. Devo dizer que fez um ótimo trabalho. Desçam daí, senhoras, e sigamos até os fundos da loja. Sigam-me, pessoal. — Ele acenou, e a equipe do Woolies o seguiu obedientemente. Sarah, Maisie e Freda ficaram para trás para arrumar o local.

— Acham que realmente teremos que apagar incêndios? — Freda perguntou.

— Me parece um pouco exagerado — Maisie disse, arregaçando as mangas e dobrando os punhos. — Provavelmente são só os figurões da matriz se preocupando com essa conversa de guerra e pensando em suas preciosas lojas sendo queimadas.

Sarah estava pensativa.

— Não estou tão certa. Tudo parece estar levando a isso, e estou começando a acreditar.

Freda concordou com a cabeça.

— O tal Sr. Hitler parece mau. Havia algo no jornal outro dia sobre ele invadindo algum país e fazendo discursos agressivos.

— Qual país? A sogra não aceita rádio em casa, então não tenho ouvido as notícias. Teremos que contar com você para nos atualizar, Freda! — Maisie disse enquanto checava o rosto em um espelho próximo ao balcão. — O que mais o jornal dizia?

— Não sei. Era o embrulho das minhas batatinhas e não tinha o resto da página.

Maisie soltou uma gargalhada.

— Terá que comer mais batatinhas, então. Falando nisso, acho que vou comer um saco no jantar. O que me diz, Sarah?

Sarah deu de ombros.

— Não estou com tanta fome e estou certa de que a vovó terá feito o jantar, então é melhor não. Por que não se junta a nós, Maisie? Joe também, se não estiver trabalhando.

— Valeu. Vou aceitar a oferta. Joe está trabalhando essa noite. Só Deus sabe como posso ficar grávida estando nós dois trabalhando em turnos opostos.

Sarah corou. Por mais que amasse a amiga, sua linguagem podia ser exagerada.

— Vejam, aí vem o Sr. Benfield. Melhor voltarmos ao trabalho.

Naquele momento os sinos tocaram e Sarah virou-se para ver Alan abrindo as portas para os clientes que esperavam pacientemente do lado de fora.

— Srta. Caselton, pode fazer seu intervalo. Precisamos nos organizar para o caso desses treinamentos de incêndio serem regulares. — O Sr. Benfield se afastou, checando o relógio e conversando consigo mesmo, não escutando quando Sarah respondeu que poderia esperar até mais tarde. A última coisa que queria era esbarrar em Alan agora. Ainda que estivesse decidida com relação ao futuro deles, se houvesse um futuro, não estava pronta para falar sobre isso no intervalo. Olhou ao redor. Ele desaparecera, então talvez ela conseguisse escapar para o refeitório dos funcionários, se fosse rápida.

Sarah acabara de chegar ao fim da escada e estava se virando para o refeitório quando Alan saiu de uma sala.

— Alan, você me assustou!

Alan parecia não dormir há uma semana. Sua pele estava acinzentada, e tinha sombras sob seus olhos.

— Sarah, preciso falar com você.

Sarah se afastou quando ele fez menção de pegar sua mão.

— Agora não, Alan. O trabalho não é o lugar para falar sobre algo tão sério.

— Onde é o lugar certo, e por que tem me evitado? Faz dois dias que me deixou no campo de aviação. Não sei o que aconteceu. Nem sua avó pôde me dizer.

— Vovó? Quando falou com ela? — Sarah não contara a Ruby sobre o que acontecera no sábado, embora tenha visto Ruby encará-la de modo questionador algumas vezes.

— Fui à sua casa no domingo à noite para ver se havia chegado sã e salva.

Sarah não conseguia entender.

— Mas o recado que deixei — não o recebeu?

Ele encolheu os ombros.

— Não na hora. Não pensei em perguntar se havia deixado recado. Procurei você por toda parte. Syd disse que achava ter passado dos limites contando sobre meus planos de voar. Ele passou, porém isso não vem ao caso.

— Mas por que não me contou, Alan? Você é um gerente estagiário na Woolworths. Pensei que isso significasse que gostaria de permanecer na empresa e um dia gerenciar sua própria filial.

— Eu gostaria. Eu vou. Quero dizer, bem, quando a guerra começar, não posso ficar aqui. Tenho um dever. Eu ia contar, mas você fugiu, depois um pneu da moto furou. Ah, que confusão. — Alan correu as mãos pelo cabelo. — Estou implorando que me deixe explicar. Por favor, Sarah?

Sarah empurrou-o quando ele tentou abraçá-la. Um soluço escapou de seus lábios enquanto corria pelo corredor. Virando em uma passagem, esbarrou na Srta. Billington, saindo de seu escritório.

— Meu Deus. Sarah, qual o problema? Entre, criança.

Colocou o braço ao redor da agora chorosa Sarah e guiou-a até o escritório, fazendo com que se sentasse antes de dar batidinhas em seu ombro para confortá-la. Ela trancou a porta e sentou-se, observando até as lágrimas de Sarah diminuírem.

— Qual o problema, Sarah? Algum cliente a chateou?

— N-não, é o Alan. Ele quer se juntar à RAF e lutar se houver uma guerra. Não posso deixá-lo fazer isso. Não posso. — Ela se dissolveu em lágrimas novamente.

Betty Billington deslizou a própria xícara de chá pela mesa

— Beba. Se sentirá melhor.

Sarah procurou por um lenço no bolso do macacão.

— Aqui, fique com esse — Betty tirou um branco e delicado lenço feminino da gaveta. — Está limpo. Mantenho um estoque para emergências.

Sarah deu um sorriso fraco e enxugou os olhos.

— Obrigada. Lamento incomodar. — Ela fez menção de se levantar. — Voltarei ao meu balcão.

Betty Billington ergueu a mão para impedi-la.

— Não, Sarah. Sente-se. Quero saber por que está tão chateada. Disse que é o Alan?

Sarah confirmou.

— Sim, ele me levou ao aeródromo de Gravesend no domingo e descobri que pretende se juntar a RAF e... e não consigo suportar a ideia dele indo embora e estando em perigo. — Começou a chorar de novo. — Havia decidido que deveríamos parar de nos ver. Não suporto a ideia de perdê-lo. Só preciso dizer a ele...

Betty sentava-se pensativamente observando Sarah enquanto ela fungava no lenço umedecido pelas lágrimas, antes de pegar sua bolsa. Pegou um pequeno e antigo envelope, tirando dele uma fotografia de um jovem de uniforme, juntamente com uma carta amarelada. Deslizou-os pela mesa.

— Nunca mostrei isso a ninguém.

Sarah pegou a fotografia e viu a dor nos olhos de Betty.

— Conhecia esse jovem?

— Ele era meu noivo. Namoramos por um ano antes de ele ir para a guerra. Ele queria se casar antes de ir, mas eu disse que era muito cedo. Devíamos esperar. Eu só tinha dezessete anos. Queria um casamento apropriado, com um vestido de renda e uma caixinha decorada. Sonhei com isso a vida toda. Vi minhas amigas se casarem, eu queria o mesmo.

— Nunca se casou? — Sarah perguntou enquanto pegava a carta e olhava as poucas linhas escritas.

Betty parecia triste.

— Como pode ver, quase conseguimos. Sentia tanto sua falta que escrevi para dizer que mudara de ideia e que quando viesse de licença, me casaria com ele. Mas era tarde demais. Encontraram a carta após sua morte. Tantos jovens morreram aquele dia em Ypres. Dizem que um político falou, no começo da guerra, que luzes se apagaram em toda a Europa. Para mim, nunca mais se acenderam.

Sarah arfou pelo horror do que a Srta. Billington havia contado e releu as poucas palavras.

17 de agosto de 1917

Minha querida Betty,
Suas palavras me animaram infinitamente, meu amor. Quando essa batalha sangrenta terminar, pegarei uma licença e nos tornaremos marido e mulher. Comprei o anel e o colocarei em seu dedo no momento em que desembarcar...
Com amor,
Charlie

SARAH PODIA LER apenas aquelas poucas linhas, conforme a tinta se apagava, mas o nome de Charlie ainda podia ser lido claramente no final da página. Ela olhou para Betty.

— Ele nunca voltou para casa?

Betty pegou a fotografia e a carta de volta e as colocou no envelope. Segurando junto ao coração, olhou Sarah nos olhos.

— Estou tentando aconselhá-la para que agarre sua felicidade enquanto pode. Ninguém sabe o que o futuro reserva. Você ama Alan, então aceite-o pelo que ele é. Não o questione. Não tente mudá-lo. Apenas aproveite o tempo que têm juntos, seja um ano ou cinquenta.

Sarah enxergava o brilho de uma lágrima no olho de Betty.

Betty ergueu a mão direita.

— Nunca subimos ao altar, mas uso o anel que ele colocaria em meu dedo. Posso não ter seu nome, mas em meu coração sou a Sra. Charlie Mann. Não seria correto usá-lo na minha mão esquerda, então o mantenho seguro aqui até que nos encontremos novamente. Sou tão viúva quanto as mulheres que tiveram a sorte de se casar com seus namorados. Honro a memória de Charlie não arranjando um marido.

Sarah então soube que não poderia deixar o que acontecera a Betty e seu Charlie acontecer a ela e Alan. Seja lá o que o futuro trouxesse, estaria com ele.

— Obrigada por compartilhar uma parte tão íntima de sua vida.

Betty sorriu.

— A maior parte da equipe acha que sou uma solteirona mal-humorada. — Ela ergueu a mão quando Sarah tentou protestar. — Sem dúvidas é o que parece e é conveniente que as pessoas pensem assim. Mas minha vida não é tão ruim. Não sou diferente das milhares de mulheres da minha idade. Tenho minhas lembranças.

Querendo algo para fazer, Sarah levou a xícara aos lábios. A esse ponto o chá já esfriara.

Betty se levantou, enfiando o envelope no bolso.

— Buscarei uma xícara de chá quente para nós duas.

— Eu deveria mesmo voltar ao meu balcão.

Betty acenou para que ela ficasse onde estava.

— Haverá tempo para isso depois. Mais dez minutos não farão mal. Se recomponha. Estará fazendo grandes modificações em sua vida logo, então melhor começar com uma xícara de chá no estômago.

Sarah sorriu.

— Você soa como minha avó. Ela sempre diz o mesmo.

— Então é uma mulher sensível — Betty disse enquanto saía da sala.

Sarah secou os olhos. Deveria parar de chorar. O que sua chefe devia estar pensando? Notou um pequeno espelho na parede e foi checar o rosto. Os olhos estavam vermelhos e o nariz começava a combinar. Se fosse Maisie, teria pó compacto e batom na bolsa para fazer alguns reparos. Mas não era. Deveria ir rapidamente ao banheiro e lavar o rosto com água fria antes de voltar à loja e se juntar às colegas — todas deveriam se perguntar onde ela estava. Depois que a Srta. Billington trouxesse o chá, claro. Ela era boa, e da próxima vez que Sarah ouvisse uma das garotas rindo da chefe, se certificaria de fazê-las parar.

Ouviu um barulho no corredor. A Srta. Billington devia estar tentando abrir a porta. Impossível com duas xícaras e pires nas mãos. Ela abriu a porta, abrindo um sorriso ao mesmo tempo para que a chefe visse que estava superando as lágrimas. Alan estava parado parecendo ansioso.

— Alan?

— Estava preocupado, Sarah. Você estava tão nervosa. A Srta. Billington me viu e me disse para vir falar com você.

Sarah sorriu para si mesma. Estaria a chefe tentando juntar ela e Alan?

— Só estava um pouco chateada, Alan. A Srta. Billington me permitiu sentar em seu escritório por um tempo. Não fique aí parado. Entre.

Alan parecia desconfortável. O escritório da Srta. Billington não era um lugar que costumava frequentar. Reuniões e pedidos de folga vieram à sua mente.

— Olhe, Sarah, sobre domingo. Sinto muito não ter lhe contado sobre pilotar e tudo mais. Não estava pensando direito.

Sarah observava Alan. Parecia tão chateado. Ela sentiu uma onda de amor por ele no coração.

— Sinto muito também, Alan. Não devia ter fugido daquela forma. Deve ter ficado tão preocupado. É só que foi demais para mim.

Alan segurou sua mão.

— Algum dia me perdoará?

— Oh, Alan, sou eu quem deveria estar pedindo perdão. Sou tão idiota. Se você tem um hobby perigoso, eu não deveria reclamar. Afinal, fazia isso muito antes de me conhecer.

— Sarah, é muito mais do que isso. Tenho tentado lhe contar que caso haja uma guerra, e é muito provável que sim, me alistarei. Percebe que é algo que preciso fazer?

— Mas, Alan, haverá muitas pessoas para pilotar e se juntar à RAF. Você tem um bom emprego aqui. Por que mudar as coisas?

Alan guiou Sarah a uma cadeira e se ajoelhou à sua frente quando ela se sentou. Pegou suas mãos.

— Acha mesmo que eu gostaria de lutar contra o inimigo e possivelmente matar outros camaradas da minha idade e que também têm namoradas esperando em casa? Preferiria ficar aqui e vê-la todo dia e ir ao cinema e rir no trabalho. Mas você gostaria que seu namorado fosse um covarde?

Sarah puxou as mãos.

— Jamais poderia ser chamado de covarde, Alan. É uma pessoa boa. Eu não ficaria com um covarde.

Alan suspirou.

— Por isso preciso me alistar. Se tudo der certo, esses políticos resolverão entre si e não precisaremos ir à guerra, mas se não for o caso, preciso fazer minha parte. Quero viver para ver meus filhos crescerem e ver meus netos... nossos netos vivendo em um mundo sem tiranos como aquele Hitler.

Sarah acariciou sua bochecha ternamente.

— Oh, Alan, também quero isso, mas não suportaria perdê-lo.

— Suportaria que eu ficasse marcado como um covarde? Porque é o que acontecerá se não fizer minha parte. Anos atrás foram dadas penas brancas às famílias dos covardes. Quer que isso aconteça às nossas famílias?

— Não, claro que não — Sarah suspirou. Percebeu que deveria desistir. Não ganharia essa batalha. Amava Alan por seus princípios e sua determinação, ainda que isso significasse que poderia perdê-lo. Dominaria esse medo. Talvez nunca acontecesse.

— Alan, vá com minha benção, mas prometa nunca fazer nada que coloque sua vida em risco e que, o mais rápido possível, voltará para mim.

— Farei o melhor que puder, meu amor. A RAF pode nem me aceitar. Acabei de preencher o formulário de requerimento. Os caras de Gravesend falarão bem de mim, mas talvez eles não queiram um vendedor de Erith pilotando seus aviões. Costumam ter vários mauricinhos para esses trabalhos. Posso não ser bom o bastante.

Sarah estava indignada.

— Agora chega dessa conversa, Alan Gilbert. Estou certa de que é o melhor piloto que existe. Teriam sorte em ter você. Diga que eu falei isso. — Ela, então, ficou quieta por um momento, antes de acrescentar — Mas como eu disse, se cuide e volte para mim o mais rápido possível.

Alan puxou Sarah para seus braços.

— Prometo, meu amor. Nada nos manterá separados um minuto mais que o necessário. — Alan silenciou as próximas palavras de Sarah quando seus lábios reivindicaram os dela.

A porta abriu discretamente e Betty Billington entrou com uma bandeja contendo duas xícaras de chá e um prato de biscoitos. Ela sorriu. Foi bom ver que Sarah resolvera as coisas com Alan. Tempos perigosos se aproximavam. Esperava de todo o coração que esse casal os superasse e que estivesse lá para vê-los celebrar um futuro feliz juntos.

Ela limpou a garganta.

— Bebam isso, vocês dois, e depois voltem à loja. O Sr. Benfield estará se perguntando aonde foram todos os seus funcionários. Tomarei meu chá na ala dos funcionários. Lá pelo menos terei a chance de bebê-lo.

— **Onde raios esteve?** — Maisie olhou para Sarah. — Pode estar sorrindo, mas seus olhos estão inchados. Aconteceu alguma coisa. Está estranha há um par de dias. O que foi?

— Sshh! Estou certa de que Sarah nos dirá quando fizermos uma pausa — Freda disse enquanto puxava Maisie de volta para o balcão. — E estaremos em maus lençóis uma se nos pegarem conversando. — Podia dizer pela expressão feliz de Sarah que o que quer que estivesse incomodando a amiga já fora resolvido. Ela atendera ao pedido de Ruby de não falar com Sarah quando esta chegara em casa chorando no final de semana, e agora também queria saber. Contudo, a loja Woolworths não era o lugar certo. Não quando havia tantos clientes e elas já estavam com tarefas atrasadas por conta do treinamento de combate a incêndio das terças-feiras.

— Bem, pule para a hora do jantar, porque minha barriga está roncando e não vou fazer nenhum serviço até saber o que está acontecendo — Maisie murmurou enquanto passava um espanador de pó sem entusiasmo por uma fileira de bules de cerâmica marrom.

Sarah voltou ao balcão e concentrou-se nos clientes que esperavam pacientemente por atendimento. Não estava há muito tempo trabalhando no balcão de papelaria e estava gostando de ter que manter o estoque arrumado e ajudar os clientes com seus numerosos pedidos. Podia ver Maisie do outro lado do corredor, formando lindas exibições com as xícaras e os pires e sabia que Freda estava há apenas alguns metros trabalhando em seu balcão.

— Que raios é isso? — Maisie perguntou, esfregando a cabeça quando uma campainha começou a soar muito alta do outro lado da loja. — Estava embaixo do balcão pegando umas sacolas e bati em cheio a cabeça com o susto.

— É o alarme de incêndio — Sarah disse enquanto colocava o troco na mão de uma cliente e a agradecia.

— Não sinto cheiro de fumaça. Por que alguém estaria tocando isso?

Freda se precipitou e pegou Sarah pela mão.

— Você precisa vir agora. É o Alan.

As duas garotas seguiram Freda para o meio da loja, onde Alan, de pé em uma cadeira, tocava o alarme de incêndio como se sua vida dependesse disso.

— Deus, o que ele está aprontando? — Maisie bufou enquanto empurrava Sarah para a frente dos clientes que pararam para ver. Algumas moças se adiantaram para as portas da frente, alarmadas com a possibilidade de um incêndio. O Sr. Benfield segurava a porta aberta e tentava explicar que até onde sabia nada de estranho estava acontecendo. Não estava sendo muito bem-sucedido.

Sarah contorceu-se através dos últimos clientes e foi para até onde Alan havia descido da cadeira para um balcão com uma pilha alta de panelas.

— Alan — cochichou enquanto puxava a bainha de seu macacão marrom.

Não havia motivo para gritar, já que ele não a ouviria sobre o barulho do alarme.

— Alan, o que está fazendo?

Alan parou de tocar o alarme ao ver Sarah. Pulou para o chão, deixando o sino para trás. Os ouvidos de Sarah ainda zumbiam.

— Sarah, meu amor, sente-se. — Conduziu-a para a cadeira que usara para subir no balcão, antes limpando o assento com a manga.

— Pelo amor de Deus, Alan, o que está fazendo? — Sarah sentiu as bochechas queimarem enquanto dúzias de clientes em um semicírculo encaravam com olhares confusos. Colegas deixaram seus balcões para ver do que se tratava a agitação. Sarah podia ver a mãe de Alan, Maureen, em um canto. Ela devia ter descido do refeitório para ver o que causara o barulho. Sarah não entendia por que ela sorria. Certamente o Sr. Benfield demitiria Alan por causar uma perturbação dessas, não?

— Veja, Alan, acho que temos que voltar a trabalhar, não acha?

— Fique aqui, Sarah.

Para maior constrangimento de Sarah, Alan se abaixou em um joelho à sua frente. À sua volta, podia ouvir pessoas suspirando. Sarah só queria abrir um grande buraco e se esconder. O que o Sr. Benfield diria sobre isso? Alcançando o bolso, ele puxou uma caixinha quadrada. Tirando um anel da caixa, estendeu-o para ela.

— Srta. Sarah Caselton, faria a honra de aceitar minha mão em casamento? Posso não ter muito a oferecer, mas juro amá-la por toda minha vida e nunca dar motivos de desconfiança.

— Já eu ficaria alarmada se um homem me surpreendesse na Woolies assim — alguém gritou no fundo da aglomeração.

— Ignore-os — diga sim — Maisie incentivou mais de perto.

— Sim, sim, sim! — Freda exclamou.

Sarah fechou os olhos. Isso estaria acontecendo mesmo? Fora um dia estranho e ela não dormia direito desde o final de semana. Talvez fosse um sonho? Ela abriu os olhos. Alan ainda estava ali, esperando uma resposta. Não era um sonho, afinal.

— Ah, Alan, é claro que me casarei com você.

Enquanto a multidão aplaudia, Alan pegou Sarah nos braços e a girou antes de beijá-la ternamente. Uma tosse do Sr. Benfield fez o casal feliz se separar.

— Desculpe, Sr. Benfield. Não sei o que me deu. Sabia que se não pedisse à Sarah aqui e agora, perderia a confiança.

— Não esteja tão certo, Alan. As amigas dela o encorajariam — Maisie arrancou muitas risadas dos clientes.

Sr. Benfield deu um passo à frente da multidão alegre.

— Ora, ora. Não estou certo quanto ao protocolo quando um homem propõe à sua jovem dama numa filial da F. W. Woolworth. Contudo, sendo uma empresa visionária, estou certo de falar pelos donos quando desejo a nossos funcionários o melhor para o futuro. Além disso, como nosso balcão de panelas teve uma participação tão importante nessa auspiciosa ocasião, me certificarei de que o feliz casal seja presenteado com um jogo completo com os cumprimentos de seus empregadores.

— Meu Deus — Maisie exclamou. — É uma pena que a Woolies não tenha um balcão de diamantes!

11

— **FELIZ, QUERIDA?**

Sarah aconchegou-se em Alan quando ele colocou os braços ao seu redor. Embora ainda fosse o meio da tarde, o sol se escondia atrás de algumas nuvens cinzentas e o ar estava frio enquanto deixavam a Woolworths e se dirigiam a Alexandra Road.

— Não estaria mais feliz se tentasse. Quero me beliscar para ter certeza de que não estou sonhando.

— Se você está sonhando, então também estou. Devo dizer que foi muito bacana da parte do velho Benfield nos dar a tarde de folga, não acha?

— Ele é um amor. Quantos outros patrões consentiriam com o que aconteceu na loja hoje e ainda nos dariam o resto da tarde de folga?

— Não se esqueça do jogo de panelas.

Sarah riu.

— Nunca me esquecerei das panelas. Foi um dia peculiar.

— Espero que sim. Com que frequência um homem pede sua garota em casamento?

— Não quis dizer isso, bobo. Estava pensando sobre a Srta. Billington. Sabia que ela quase se casou, mas seu pretendente foi morto na guerra? Ela me disse que nunca se casaria com outro homem e sempre respeitaria sua memória. Isso é amor verdadeiro... você faria isso?

— Se eu faria o quê? Se eu me casaria com a Chefinha Billington?

— Não, se casar com outra pessoa se algo me acontecesse.

— Mas ainda não somos casados, bobinha. Falando nisso, quando quer se casar?

Sarah parou e se virou para Alan:

— Sabe do que eu gostaria de verdade?

— Outro beijo? — Alan disse, puxando-a para seus braços.

Sarah o empurrou, mas segurou sua mão.

— Não aqui na rua. As pessoas falarão. Falo sobre quando gostaria de me casar.

— Amanhã não seria cedo o suficiente para mim — Alan disse enquanto a conduzia através da rua agitada ao número treze.

— Nem para mim — Sarah suspirou quando chagaram ao portão — mas precisamos ser práticos. Casamentos precisam ser planejados. O que eu adoraria seria me casar no meu vigésimo primeiro aniversário.

Alan franziu as sobrancelhas.

— Acho que nunca perguntei quando é seu aniversário. Espero que seja logo.

— É dia 3 de setembro, e ela fará vinte e um, então é melhor não fazer nenhum plano até falar com o pai dela, meu jovem.

Sarah teve um sobressalto e virou para ver Ruby de joelhos esfregando o degrau da porta.

— Não te vi aí embaixo, vovó. Quer uma mão?

Ruby se levantou, segurando-se na ampla borda de concreto da janela para se apoiar. Acho que vocês têm outra pessoa com quem deveriam conversar. Não?

— Vovó?

— Seu pai está lá dentro. Não se esqueça que há maneiras de as coisas serem feitas, Alan. Pelo que ouvi, suponho que estejam fazendo planos. Estou feliz pelos dois, mas você deveria ter falado com o pai de Sarah antes. É melhor fazer isso agora antes que ele saiba por alguém na rua. Basta olhar para vocês para adivinhar o que está acontecendo. Agora, entre e peça a mão de Sarah, e depois que eu sacudir esse capacho, buscarei o xerez.

Alan empalideceu, mas se dirigiu à porta da frente. Sarah fez menção de segui-lo.

— Fique aqui, minha menina. Essa é uma conversa de homens. Pode me ajudar a limpar o parapeito da janela. Malditos sejam aqueles pombos. Por que homens querem mantê-los no quintal, eu nunca saberei. Apenas dá mais trabalho para nós mulheres.

GEORGE DEU UMA baforada em seu cachimbo pensativamente.

— Me colocou em um tipo de dilema, Alan.

Alan correu os dedos por seu colarinho. Sentia como se sufocasse, e o cômodo parecia extremamente quente para março.

— Sinto muito, senhor. Amo Sarah e não faria nada para machucá-la.

— Estou certo de que não, filho, mas temos outro problema.

— Senhor?

George bateu o cachimbo no cinzeiro no braço da poltrona.

— A mãe de Sarah é o problema.

Alan franziu a testa.

— Não entendo.

— Pode ser o costume pedir a mão da namorada em casamento para o pai, mas na realidade a mãe tem a palavra final. A Sra. Caselton, como sabe, está em Devon. Ela ficaria muito magoada em saber que uma decisão tão importante na vida de sua única filha está sendo discutida sem ela. — George sabia que sua vida seria insuportável se Irene não controlasse a situação.

Alan deu um suspiro de alívio. Ao menos George não o mandara embora com a pulga atrás da orelha. Já ouvira dizer que a mãe de Sarah sempre queria o melhor para a família. Ela gostaria de ter ele, um vendedor de Erith, como genro?

George limpou a garganta.

— Acho que é hora de chamar Sarah e a avó. Elas estão esfregando aquela janela há dez minutos. Se ainda não estiver limpa, nunca ficará — ele sorriu enquanto acenava para Ruby através da pesada cortina.

Ruby enfiou a cabeça pela porta.

— Devo pegar o xerez?

— Em um minuto, mãe. Entre e sente-se. Você também, Sarah.

Sarah entrou atrás de Ruby. Olhava de Alan para o pai, mas não sabia ao certo se devia rir ou chorar. O que fora dito para deixar o pai tão sério? Sentou-se na extremidade do sofá, próxima a Alan. Ele pegou sua mão e deu um leve aperto. Ruby pegou uma cadeira enquanto mexia com o pano de polir que ainda segurava. Sentia que sabia o que George estava prestes a dizer.

George olhou para Alan e para o quão afetuosamente ele segurava a mão de Sarah. Sabia que esse homem cuidaria de sua filha quando ele e sua esposa já não estivessem aqui.

Ruby acenou, encorajando George a falar.

— Anda, filho, desembucha.

— Estou feliz, muito feliz que Alan queira se casar com nossa Sarah.

— Ah, pai, não diga como se nunca tivesse imaginado que eu teria um marido — Sarah exclamou.

Alan silenciou Sarah.

— Deixe que seu pai fale, amor.

— Como dizia, estou feliz que Alan queira se casar com Sarah. Fico grato por ter vindo pedir sua mão. Não há nada de errado em fazer as coisas do jeito certo. Contudo, precisamos pensar na sua mãe, Sarah. — Ergueu a mão pedindo silêncio quando Sarah tentou interrompê-lo. — Sarah, um dia você será mãe. Como se sentiria se sua própria filha ficasse noiva e você estivesse há milhas de distância, sem poder participar da discussão? Então, tomei uma decisão.

Sarah mordeu e lábio e esperou que George falasse. Por favor, que ele não recuse.

— Decidi que devemos manter seu noivado em segredo até que tenham visitado sua mãe e feito o pedido a nós dois. Acham que conseguem? Eu odiaria que sua mãe se sentisse excluída.

— Parece justo para mim — Ruby concordou. — Não quer deixar sua mãe de fora, quer? Por que não ir até lá no domingo, visitar sua mãe por algumas horas e voltar no final da tarde? Podemos fazer uma festinha aqui na próxima semana e contar aos seus amigos ao mesmo tempo.

Sarah e Alan se entreolharam.

— Parece uma boa ideia, Sra. Caselton, mas há um problema — Alan disse.

Sarah continuou.

— É apenas que quando Alan propôs, algumas pessoas ouviram. Então, não é exatamente nosso segredinho.

— Estou certo de que algumas pessoas não farão com que sua mãe saiba. Afinal, você tem amigos em Erith — George disse.

Ruby franziu a testa enquanto olhava para as expressões séries de Alan e Sarah:

— Quantas pessoas, exatamente?

Sarah olhou para baixo constrangida.

— Toda a equipe da Woolies e os clientes. Alan subiu no balcão de panelas e fez o pedido.

George e Ruby caíram na gargalhada.

— Meu Deus, nunca ouvi uma coisa dessas — Ruby murmurou enquanto limpava os olhos no pano que estivera usando para limpar o parapeito da janela, deixando uma grande mancha escura em sua bochecha.

— Oh, vó, parece que alguém te deixou com o olho roxo.

Ruby levantou para se olhar no grande espelho sobre a lareira. Quanto mais esfregava o olho, mais escuro ficava.

— Vou lavar o rosto e pegar o xerez. Estou certa de que sairá quando eu lavar. Não se preocupem. Daremos um jeito nisso.

— IRENE, IRENE, ONDE está? Venha ver quem eu trouxe comigo. — George pendurou seu casaco no cabideiro de madeira entalhada, deixando a mala encostada na parede. Conduziu uma Sarah e um Alan nervosos pelo salão.

Sarah sentiu como se visitasse a casa de um estranho. Não parecia o lar que deixou para trás há apenas alguns meses.

— Dê-me seu casaco, Alan. Senão, não sentirá os efeitos quando sair lá fora. — Levou a mão à boca.

— Meu Deus, estou virando minha avó. Nunca havia dito algo assim. Só mostra o quanto estou nervosa.

Alan acariciou sua bochecha com o dedo.

— Deve estar cansada também. Sair quando ainda estava escuro deixou o dia longo.

— É apenas meio-dia e estou pronta para minha cama. Não sei como consegue fazer essa viagem a cada duas semanas, pai.

George já se sentava confortavelmente em sua poltrona e pegava seu cachimbo.

— A diferença, querida, é que eu nunca chego e saio no mesmo dia. É uma pena que não tenham conseguido uma folga para passar uns dias. É uma longa viagem de trem de Devon para casa.

Não sou apenas eu que vejo Erith como minha casa, então, e papai vive aqui desde que eu era criança, Sarah pensou.

— Olá, amor. Que surpresa adorável. — Irene Caselton deu um beijo leve na bochecha de Sarah, tomando cuidado para não borrar sua maquiagem perfeita. Sarah abraçou a mãe, embora Irene tenha ficado parada, sem devolver o abraço. Ela viu Alan e franziu o rosto levemente. — Quem temos aqui?

Alan se levantou e apertou a mão da futura sogra.

— Boa tarde, Sra. Caselton.

Antes que pudesse falar mais, George assumiu o comando da conversa.

— Sente-se por alguns minutos, Rene. Temos novidades.

Irene quase hesitou quando George usou seu apelido, mas fez o que lhe foi pedido, com um olhar questionador no rosto.

— Gostaria de ter ficado sabendo da visita, pois tenho uma reunião que simplesmente não posso perder. Isso pode esperar até mais tarde?

— Não, querida, não pode. Sarah precisa voltar para Erith, e Alan também.

— Por que a visita apressada? É a primeira vez que a vejo desde que foi viver com sua avó. — Ela subitamente levou a mão à boca em choque. — Meu Deus, não está...?

Sarah abriu a boca para responder. Como ousava achar que ela estava grávida? Sua mãe não confiava nem na própria filha?

Novamente, George assumiu o comando.

— Não vá tirando conclusões, Rene. O jovem Alan aqui tem cortejado nossa Sarah por um tempo. Com o futuro tão incerto, eles estão determinados a se casarem, mas querem fazer do modo correto. Vieram pedir que déssemos nossa bênção. Era o mais lógico, com seus compromissos de trabalho, que viessem comigo. Eles pretendem voltar no trem das cinco horas.

As rugas na testa de Irene se intensificaram.

— Sarah é muito jovem. — Ela apontou na direção de Alan. — Não sabemos nada sobre esse rapaz.

Sarah queria falar e proteger o homem que amava. A mãe estava reagindo exatamente como ela temia.

George bateu cuidadosamente seu cachimbo no cinzeiro.

— Vamos, vamos, Rene. Mantenhamos a calma, está bem? Sarah estará celebrando o vigésimo primeiro aniversário em setembro; ela será capaz de tomar as próprias decisões. Não está feliz que ela e Alan queiram nossa aprovação?

Irene olhava entre o jovem casal e o marido.

— Isso é muito para absorver. — Ela checou o delicado relógio no pulso e suspirou. — Creio que tenho uma hora antes de precisar me apressar. Então, Alan, como conheceu minha filha?

Alan relaxou visivelmente.

— Trabalhamos juntos na Woolworths.

— Conhece a família de Alan, mamãe. Você trabalhou com a mãe dele, Maureen. Papai frequentou a escola com ela, então ele não é exatamente um estranho, não?

O rosto de Irene despencou:

— Trabalha na Woolworths?

— Sou um gerente estagiário, Sra. Caselton. Minha mãe trabalha na cantina. Ela lhe envia seus melhores cumprimentos e espera vê-la no casamento.

Irene se levantou.

— Vou colocar a chaleira no fogo.

Enquanto Irene se dirigia à cozinha, Sarah deu um sorrisinho.

— Não tão torturante quanto pensamos, não é, papai? — ela sussurrou.

George piscou para a filha.

— Não tenha tanta certeza, mocinha. Agora, vá ajudar sua mãe com o chá enquanto pergunto ao Alan sobre as intenções dele. Acredito que seja o próximo passo?

Sarah riu. Talvez tudo corresse bem com a mãe.

Na cozinha, Irene colocava biscoitos em um prato e tirava guardanapos de um armário.

— Realmente, Sarah. Pensei que teria mais consideração. Não entendo a pressa. Como será seu futuro casada com o funcionário de uma loja? Como ele lhe proporcionará uma casa apropriada? Não pode viver com sua avó para sempre ou, Deus me perdoe, com a mãe dele.

— Mãe, Alan é estimado na Woolworths. Um dia gerenciará sua própria loja. — Achou melhor não mencionar a sugestão da Srta. Billington de que um dia Sarah poderia ser supervisora. Afinal, uma vez que se casasse e tivesse filhos, não trabalharia mais. Seria esposa e mãe.

— Está jogando sua vida fora, Sarah. Só Deus sabe por que não vem para casa e se acomoda por aqui. Com meus contatos, poderia conhecer as pessoas certas e fazer um bom casamento.

— Mãe, por favor. — Sarah pegou a mão de Irene para poder olhá-la nos olhos. — Eu amo Alan. Ele é o par perfeito para mim. Tenho sorte por ter encontrado alguém que cuidará de mim, assim como você tem sorte em ter o papai. O que quer que aconteça no futuro, saberei que me casei com o homem certo.

Irene afastou a mão e pegou a bandeja de chá.

— Com certeza não entendo o que quer dizer com futuro.

— Mãe, haverá uma guerra. Quero me casar com Alan antes que ele vá lutar pelo país. Deus sabe que não quero que ele vá e eu sei que ele preferiria ficar aqui comigo, mas não temos escolha.

— Então será apenas mais uma esposa de soldado. Poderia esperar.

— Está errada, mãe. Serei a esposa de um piloto e orgulhosa de meu marido.

Irene colocou a bandeja na mesa tão rapidamente que as colheres chacoalharam nos pires e chá escapou através do bico do bule.

— Esposa de um piloto? Como?

Sarah sorriu. Sabia que a mãe ficaria muito mais interessada quando soubesse que Alan teria um papel responsável caso houvesse uma guerra. Não dava a mínima para o que Alan fazia, mas se isso fizesse com que a mãe aprovasse o casamento, diria que ele se tornaria primeiro-ministro.

Irene abraçou a filha.

— Cancelarei minha reunião. As garotas entenderão quando souberem que minha filha irá se casar com um oficial da RAF. Precisamos planejar. Reservar o clube de golfe, estabelecer o café da manhã e ir a Londres escolher um vestido de noiva.

— **FELIZ, QUERIDA?** — Alan disse, ecoando a conversa que tiveram mais cedo.

Sarah se aconchegou a Alan enquanto o trem acelerava em direção a Londres. Estaria amanhecendo quando chegassem a Erith, mas a viagem valera a pena.

— Sim, estou mais feliz do que nunca. Assim que convencemos mamãe de que o casamento seria em Erith e que Maisie faria meu vestido, pude respirar aliviada.

— Foi mais difícil convencê-la de que eu não era um soldado. Achei que fosse bater continência em certo momento. Posso nem chegar à última fase da minha inscrição para piloto. Adoraria pilotar Spitfires, mas mesmo um cargo com a equipe na terra significaria fazer minha parte. Se houver uma guerra — ele completou rapidamente quando viu o olhar de preocupação em seu rosto.

— Vamos torcer para que não haja e que possamos viver nossa vida em Erith sem preocupações. Agora, vou tentar dormir um pouco e sonhar com arranjos de flores e bolos de casamento.

Alan acendeu um cigarro e encarou o céu escuro, um braço ao redor da mulher que amava, que dormia encostada em seu ombro. Ele gostaria de poder ter os mesmos sonhos positivos de Sarah; contudo, sabia que a guerra era inevitável. Seja lá o que viesse, faria sua parte para defender o país e proteger seus entes queridos.

— **PELO AMOR DE** Deus, pare de se contorcer. Nunca vi alguém tão incapaz de ficar quieto. Tem formigas na calça ou algo do tipo? Qual o problema? — murmurava Maisie, segurando um alfinete de costura entre os dentes.

— Não consigo evitar. Preciso ir ao banheiro. Estou em pé nessa cadeira há uma hora. Ainda não terminou a bainha? — Freda respondeu enquanto pulava de um pé para o outro.

Maisie suspirou e se levantou.

— Hora de um descanso. Meus joelhos dormiram. Seu vestido de dama de honra está dando mais trabalho que o vestido de noiva da Sarah e todos os vestidos juntos. Precisei afrouxá-lo uma vez e, se não tiver cuidado, é provável que um ponto rasgue no dia. Agora, vamos tirá-la daí para que possa se resolver. Acho que é o suficiente por agora.

Freda permitiu que Maisie soltasse os fechos nas costas do vestido e apoiou-se na porta.

— Está maravilhoso. O casamento de Sarah será tão elegante.

Maisie sorriu; não era de se gabar, mas estava orgulhosa de seu trabalho nos trajes nupciais. Gostara particularmente da roupa de Ruby. Estava impecavelmente ajustada, e o bordô profundo combinava perfeitamente com a mulher mais velha. Não se importava nem um pouco de precisar afrouxar o vestido de Freda. A garota florescera por conta da boa alimentação desde que se mudara para suas novas acomodações e com os cuidados de Ruby. Não se parecia em nada com a menininha assustada que Maisie conhecera no primeiro dia na Woolies. Agora ela era uma jovem com a face corada e uma confiança que não estava lá oito meses antes. Ocasionalmente, Maisie via uma sombra passar pelo rosto de Freda e a jovem ficava quieta por um tempo. Aí passava e ela se mostrava vivaz como antes, o momento esquecido. Descobriria o que atormentava Freda nem que fosse a última coisa que fizesse. Aquela garota era como uma irmã para ela, e uma irmã caçula era do que Maisie mais sentia falta.

Ela se sacudiu e enfiou alguns alfinetes soltos em sua almofada de alfinetes.

— Ponha a chaleira no fogo, Freda — pediu quando a ouviu pela porta de trás. — Bem que eu gostaria de uma xícara de Rosie. Ruby e Sarah chegarão logo. Aposto que estarão mortas de sede. Sarah estava empenhada em comprar um chapéu novo para Ruby. Só espero que encontrem um do gosto dela.

Freda voltou ao quarto e ajudou Maisie a cobrir o vestido com um lençol velho.

— Adoro essa cor. Estou tão feliz por Sarah ter pedido a nós duas para sermos suas damas de honra. Nunca fui uma.

— Ah, você se acostuma depois de algumas vezes — Maisie disse vaidosamente.

— O quê? Quantas vezes? Aposto que ficou linda em todos os vestidos.

Maisie bateu no braço de Freda de brincadeira.

— Estou brincando. Já fui dama três vezes, mas essa será a primeira em que usarei um vestido longo e subirei ao altar em uma igreja. Das outras vezes foi apenas uma corrida ao cartório e uma comemoração no pub.

O rosto de Freda esmoreceu.

— Ah, sei o que quer dizer. Também já fui a um casamento assim. — Então sorriu. — Esse casamento será o melhor de todos. Sarah entrará flutuando até o altar e nós estaremos logo atrás dela. — Freda suspirou — Será um lindo casamento, além de ser o aniversário de vinte e um anos da Sarah. — Ela correu os dedos pelo vestido de dama de honra, agora pendurado na porta da cozinha de Ruby. — Qual é mesmo o nome do tecido?

— Tafetá. E o corpete e a saia de baixo são de seda. Felizmente consegui que as cores combinassem. Por um momento pensei que teríamos que usar o azul-bebê, que não era tão bonito como esse.

— É uma cor adorável. Verde-pálido combina com todas nós, e os cocares são tão lindos. Eu poderia usar o meu o tempo todo. — Freda não conseguia conter a animação.

— Pareceria uma boba usando isso no trabalho, doidinha!

Freda riu.

— Acho que sim. Mas é lindo. Poderia sonhar com casamentos o dia todo.

— Bem, é melhor sossegar suas ideias e preparar aquele chá. Quando Ruby e Sarah chegarem, teremos outro trabalho importante levando aquele vestido para o quarto de Sarah antes que Alan veja. Sei que dá azar ver o vestido de noiva, mas não deixarei que ele veja nem os nossos até o grande dia.

— Farei isso agora. Estou pronta para essa tarde. Peguei um par de galochas emprestadas da mãe do Alan, Maureen, para não estragar meus sapatos. Não vejo a hora de cavar e plantar o abrigo antiaéreo de Ruby, você não?

— Não é uma roseira. Além disso, consigo pensar em melhores maneiras de passar minha tarde — Maisie fungou enquanto checava suas unhas.

— Seu Joe não está em casa?

— Sim, mas está desentupindo o banheiro para a sogra, e eu não quero ser obrigada a ajudá-lo. Ela não me daria paz, dizendo que faltou alguma parte e me ensinando como fazer. Eu acabaria enfiando a cabeça dela no vaso sanitário.

— Parece que cavar um buraco para a Ruby é a melhor opção, então. Quer comer alguma coisa? Ruby disse que há um pouco de carne enlatada na despensa, se quiséssemos. — Olhou para o relógio em cima da cômoda. — Pensando bem, farei alguns sanduíches para todo mundo, para que já possamos nos dedicar ao abrigo.

Maisie pegou seus cigarros.

— Não fique tão animada. Não será tão divertido quando a guerra começar, e você não vai me ver me escondendo em um buraco no chão.

Freda olhou para Maisie com uma expressão intrigada. Podia ver a mão da amiga tremer enquanto acendia o cigarro. Talvez fosse tudo uma fachada e Maisie estivesse realmente assustada com o futuro.

— Tive uma ideia. Farei um pouco de bubble and squeak para acompanhar aquele bife. Nos dará forças para quando começarmos a cavar.

— Agora sim. Vou te dar uma mão.

O repolho e a batata chiavam na grande frigideira de Ruby quando as garotas ouviram a porta da frente.

— Quer chá? Aposto que está morrendo por uma xícara após tantas compras.

— Pode ter certeza — Ruby disse enquanto enfiava a cabeça na porta da copa. — Que cheiro bom.

— Pensamos que gostariam de algo para encher a barriga antes de todo o trabalho que temos pela frente essa tarde — Maisie explicou enquanto adicionava mais óleo à frigideira. — Acha que essa quantidade será suficiente para comermos com a carne?

Ruby espiou a panela.

— Melhor fritar alguns ovos também. Alan chegará em alguns minutos. Acabou de deixar sua mãe e depois levará o carro do Sr. Benfield de volta a Woolies.

— Foi muito bacana o Sr. B. emprestar o carro. Ele tem sido um amor no que diz respeito ao casamento. — Maisie disse enquanto tirava uma tigela de ovos da despensa. — É verdade que ele e a Sra. B não têm filhos?

Ruby tirou o cachecol e começou a lavar as mãos na pia de mármore.

— Pelo que Maureen nos contou, eles nunca foram abençoados e é por isso que ele é tão interessado na equipe jovem. É um bom homem. Na verdade, vocês têm uns chefes muito bons na Woolworths. Gosto daquela Srta. Billington também.

— Devo dizer que — acrescentou Sarah, pegando a barra de sabão da mão da avó para lavar as próprias mãos. — Nunca teríamos ido e voltado de Petticoat Lane tão rápido sem o carro do Sr. Benfield. É uma pena Maureen ter sentido dor de cabeça. Não passa muito bem viajando de carro. Ela foi se deitar um pouco e talvez se junte a nós mais tarde para um chá.

— Convidou a Srta. Billington para o casamento, Sarah? — Freda perguntou enquanto quebrava os ovos sobre a frigideira, observando-os chiar no líquido quente.

Sarah assentiu.

— Sim, ela tem sido muito prestativa. Sabia que ela conseguiu encontrar luvas para todas nós que combinassem com os trajes do casamento? Para ser sincera, gostaria de perguntar-lhes algo. — Parecia apreensiva ao encarar Maisie por sobre o fogão. — Pode ser muito atrevimento meu, quando já teve todo esse trabalho de fazer tantos vestidos para o casamento, mas acha que poderia fazer outro vestido de dama de honra?

— Acho que temos tecido suficiente. Se não, estou certa de que podemos conseguir mais. Por quê? Quem estava pensando em convidar? Não que seja da minha conta — Maisie disse enquanto chacoalhava a frigideira para impedir o bubble and squeak de grudar.

— Bem, acho que é da sua conta, sim. As duas têm sido tão boas ajudando a mim e ao Alan com tudo. É só que Betty foi tão gentil quando me encontrou chorando por Alan. Ela me fez perceber que deveria agarrar minha felicidade enquanto podia. Então vejam, eu gostaria de convidá-la, mas queria perguntar-lhes antes, já que ela é nossa chefe e poderiam não achar certo. — Olhava de Freda para Maisie. — Então?

Freda sorriu.

— Acho uma ótima ideia. E você, Maisie?

Maisie concordou.

— Não vejo problema. Faltam dois meses, então tenho muito tempo para fazer o vestido. Isso se eu não tiver que continuar ajustando seu vestido, mocinha — ela disse, e atingiu Freda com o pano de prato quando a pegou beliscando uma batata frita da frigideira. — Vamos levar isso para a mesa, que tal? Alan estará aqui a qualquer momento e não quero ele ouvindo sobre vestidos e essas coisas, pois estragará a surpresa. Não é por nada não, será um pouco estranho medir minha própria chefe para um vestido — ela riu. — Poderá me ajudar com isso, Sarah.

Sarah abraçou Maisie.

— O que eu faria sem você? Sem vocês. São as melhores amigas que uma garota poderia ter. Convidarei Betty amanhã; então poderemos agilizar as coisas. Ela disse que quer conversar no escritório sobre alguma coisa, então matarei dois coelhos com uma só cajadada.

— **Estou realmente cansada** — Ruby disse, despencando na poltrona. — Quem diria que teríamos de cavar tanto apenas para aquele abrigo? Me pergunto onde colocaremos toda aquela terra. Ficou bom. Alan sabia o que estava fazendo.

— Ele ajudou alguns vizinhos de Maureen, então acabou pegando o jeito. Disse que no final de semana construiria uma parede na frente da porta para impedir correntes de ar, e precisaria derrubar os fundos para isso — Sarah disse, estendendo um copo de água para a avó.

— Ele é um bom rapaz. Espero que tenha tido tempo de construir o abrigo da Maureen.

— Ela não fará um. Eles têm um tipo de cela sob a casa, então Alan a limpou. Parece aconchegante.

— Ele já teve resposta da RAF?

— Não. Não deve demorar muito. Só espero que não precisemos mudar a data do casamento se o chamarem. Seria uma pena.

Ruby deu uma batidinha em sua mão.

— Não fique se preocupando. Enfrentaremos as coisas conforme aconteçam, e seu casamento será um dia para recordar. Prometo. Agora, o que plantaremos em toda aquela terra que Alan amontoou no topo do abrigo? Acho que flores não dariam certo.

— Que tal algumas batatas e repolhos? — Maisie perguntou enquanto se juntava a elas. — Embora tivéssemos que plantar muito pela quantidade de bubble and squeak que desperdiçamos mais cedo.

— Vou ter que me esforçar para pensar em algo mais. O velho era o único que se dedicava ao jardim e eu nunca me dei muito conta de como ele cultivava as coisas. Meu Deus, ele ficaria chateado ao ver o que colocamos hoje no jardim, com certeza.

Sarah colocou o braço em volta da avó.

— Ele entenderia, vó. Na verdade, já teria dado o nome para esse treinamento de combate a incêndios e tudo. Acho que podemos começar cavando o resto do jardim e ver o que mais podemos plantar, não acha? Podemos dar uma olhada no que o vovô tinha no galpão, e o que não soubermos, podemos perguntar. Afinal, vendemos sementes e coisas do tipo na Woolies, então podemos muito bem usar o que já temos à mão. Será divertido.

— É uma boa ideia, Sarah, e você está certa, querida. Ele estaria ajudando a organizar tudo. Ficaria chateado se visse o estado do jardim agora. Ajeitar tudo será meu objetivo. Além disso, se tivermos um verão agradável, será ótimo ficar ao ar livre e fazer algo para nos distrair de coisas que podem nem acontecer.

— Vai acontecer, Sra. C., então pode aproveitar a planejar coisas no lado seguro. Minha sogra já começou a estocar comida.

— Bem, chega dessa conversa deplorável. Aí vem Alan e ainda nem pensamos em pegar algo para comer.

— Não se preocupe comigo, Sra. Caselton. Vou virar a esquina e ajudar minha mãe. Ela disse que faria alguns sanduíches e tal e os traria até aqui às cinco. Ela sabia que estaríamos todos muito ocupados para pensar no chá de domingo, — falou Alan, enxugando a transpiração do rosto com as costas da mão. Deixara suas galochas lamacentas na porta de trás e vestia o macacão que costumava usar para trabalhar no aeródromo.

— É muita bondade dela. Tenho um pão de ló enlatado na despensa. Podemos comê-lo também.

Alan foi à copa lavar a lama dos braços. Podiam ouvi-lo assobiando de onde estavam sentadas.

— Você tem um bom rapaz aí, Sarah, sem dúvidas. A mãe dele também é bondosa, mas claro, são uma família local. Nenhum nariz empinado ali. — Olhou diretamente para Sarah, que sabia que a avó estava pensando em Irene.

Alan retornou, desenrolando as mangas.

— Passarei na casa de minha mãe apenas para ver se ela já saiu e precisa de ajuda.

Sarah se levantou.

— Vou com você. — Ela achou melhor escapar antes que a avó começasse um discurso sobre sua toda poderosa nora. Exceto por uma viagem a Erith, Irene não dera muita atenção ao casamento. Tentara convencer Sarah de que um vestido de noiva de uma loja de Londres seria mais apropriado do que um vestido caseiro, mas teve de concordar que Maisie de fato era uma costureira habilidosa e estava fazendo um ótimo trabalho. Deixara um envelope para Sarah que generosamente cobria o custo de todas as roupas, embora houvesse declinado da oferta de Maisie de confeccionar um traje para a mãe da noiva.

— **SENTE-SE, SARAH. VOLTO** em um minuto. — Sarah tomou o assento oposto a Srta. Billington e esperou enquanto ela inseria alguns números e fechava a capa de couro do livro-razão. — Não precisa se preocupar. Tenho boas notícias. A F. W. Woolworth costuma apoiar o hospital rural local em seu festival de verão. Esse ano eles decidiram apresentar uma rainha do festival, e pediram que nomeássemos uma de nossas funcionárias para assumir o papel juntamente com uma comitiva. O Sr. Benfield e eu tivemos uma conversa e não podemos pensar em ninguém mais adequada que você, Sarah. Gostaria de ser a Rainha do Festival de Erith de 1939?

Sarah não sabia o que dizer. Esperara discutir sobre trabalho e estivera se perguntando como convidar Betty para ser sua dama de honra; e eles vêm com essa.

— Sinceramente, não sei o que dizer. O que eu teria que fazer? O que vestiria? Quando será?

Betty riu.

— Acredito que tenha muito a dizer, não é? É no próximo mês, em agosto, e será realizado nas dependências do hospital. Terá um desfile pela cidade. Disseram-me que haverá uma banda, e um caminhão será decorado para que você e suas damas de honra possam se deslocar com estilo. Já falei com o escritório central e eles fornecerão capas de veludo e uma coroa para a rainha do festival usar. Espera-se que o hospital mantenha os acessórios para serem usados nos próximos anos. Podem até pedir que você entregue a coroa para a rainha do próximo ano. Acredito que será esplêndido. A festa no hospital vai atrair uma grande multidão e tirar nossas mentes do que pode estar por vir nos próximos meses. Gostaria de nos representar, Sarah? Sei que é um pouco em cima da hora, mas será um evento tão feliz.

Sarah respirou fundo. Se não convidasse Betty agora, o momento passaria.

— Farei com uma condição — os olhos de Betty se arregalaram ao encararem Sarah.

— Condição? Não entendo. O que quer dizer, Sarah?

Sarah engoliu em seco. Decerto cometera um erro ao querer a chefe fazendo parte de seu casamento, mas era muito tarde para recuar agora.

— Gostaria muito que fosse uma de minhas damas de honra. Não fosse por você, eu não estaria me casando com Alan. Você me fez ver com clareza, e também tolerou minha choradeira. A maioria dos chefes me dispensaria, mas você entendeu. Significaria muito para mim se estivesse lá no dia do meu casamento. Por favor, aceite.

Betty Billington parecia estupefata. Sarah podia ver que ela tentava dizer as palavras certas.

— Meu Deus. Em todos esses anos supervisionando os funcionários da Woolworths nunca me fizeram essa pergunta.

Sarah pareceu arrasada e se levantou para sair.

— Sinto muito. Foi estupidez sequer pensar que estaria interessada. Por favor, apenas esqueça que estive aqui.

Betty estendeu a mão e agarrou a de Sarah.

— Não seja boba. Adoraria participar de seu casamento. É a maior honra que já me ofereceram. Não tenho uma família grande, então nunca fui dama de honra. A maioria de minhas amigas ou estão no mesmo barco que eu ou se casaram rapidamente quando os noivos estavam de licença. Ao perder Charlie, como várias mulheres de minha idade, eu sabia que nunca seria parte de uma festa de casamento.

— Então aceita? — Sarah perguntou, encantada com a animação de Betty.

Betty pegou seu lenço e enxugou os olhos.

— Veja só como sou boba. Obrigada, Sarah. Estou honrada pelo convite e sim, adoraria participar de seu casamento. Agora, devo procurar meu próprio vestido? Entendo que essas ocasiões podem ser caras.

Sarah balançou a cabeça.

— Não, Maisie está costurando nossos trajes. Tenho o tecido. Se quiser vir para o chá no domingo, Maisie pode tirar suas medidas e eu posso mostrar os planos para o casamento.

— Não consigo pensar em nada que eu prefira fazer. Levarei os detalhes sobre a rainha do festival e podemos ter uma tarde esplêndida conversando sobre vestidos e ocasiões especiais.

Sarah mordeu o lábio, ainda insegura quanto a ser rainha.

— Não há ninguém mais em que possa pensar para o papel? Que tal Maisie? Ela é tão glamourosa, seria perfeita para sentar e acenar para a multidão.

Betty balançou a cabeça.

— Não. A rainha deve ser uma mulher solteira.

— Freda, então?

— Freda é muito jovem. Tinha ela em mente como uma acompanhante. Na verdade, Maisie seria ideal como segunda acompanhante para a rainha. Podemos discutir os detalhes no domingo. — Bateu palmas de alegria. — Tudo isso será tão emocionante. Mal posso esperar. E você?

Sarah sorriu. Estava ansiosa para o casamento e contando os dias para seu vigésimo primeiro aniversário, quando se tornaria a Sra. Alan Gilbert. Quanto a seus deveres como rainha do festival, esperava apenas não cair da carruagem ou tropeçar em seu manto. Pelo menos teria Freda e Maisie consigo para levantá-la se tudo desse zebra.

— **CARAMBA, NÃO ESPERAVA** ter que me comportar hoje. É pior do que estar na escola dominical, não é?

— Ssh. Elas podem ouvi-la, Maisie. Estão na sala ao lado. — Freda cutucou a amiga no braço. — Não acho que Sarah esperava que a mãe aparecesse assim sem avisar. A menção à Srta. Billington na carta deve ter feito a mãe dela vir correndo de Devon.

— Me pergunto o motivo. Talvez ela não goste de todas as damas de honra serem garotas da Woolies?

— Bem, vamos levar essa bandeja de chá à sala da frente e podemos ouvir alguma coisa. O pobre Alan parece muito desconfortável em seu melhor terno, sentado entre sua chefe e sua futura sogra. É uma pena que Ruby tenha saído para jogar uíste. Ela teria adorado testemunhar esta tarde.

Maisie empurrou a porta da sala com seu traseiro e carregou a bandeja para dentro do aposento abafado. Freda a seguiu com um carrinho contendo um grande bolo de chocolate, um dos de Ruby, que ela fizera rapidamente quando soube que Betty Billington estava vindo para o chá. Não doeria mostrar à nora que ela também poderia arrumar a casa para receber uma rainha. Deixara instruções específicas para que as meninas usassem sua melhor louça e até mesmo polira a espátula de prata que fora presente de casamento dos patrões de seu marido. Essa só era usada em dias sagrados e feriados.

— Sirva-se, doçura — Maisie disse enquanto segurava um prato cheio de sanduíches de salmão em frente ao rosto de Irene Caselton.

Irene franziu o nariz para as palavras de Maisie e pegou apenas um pequeno sanduíche da pilha.

— Obrigada. — Sorriu educadamente antes de se virar para Betty. — Então, Srta. Billington, soube que trabalha com minha filha?

Sarah se encolheu. Sabia que não deveria ter mencionado em sua carta que convidara Betty para ser dama de honra. A resposta da mãe fora um postal manifestando sua intenção de viajar a Erith para "examinar um casamento que se tornava um circo de vendedoras". Agora Irene interrogava sua chefe.

— A Srta. Billington comanda a equipe da nossa filial, mãe. — Ela olhou para cima para encontrar Alan dando-lhe uma piscada tranquilizadora. Tentou não rir.

Maisie sentou-se ao lado da poltrona de Sarah e mordeu um sanduíche.

— Não fosse pela Srta. Billington, nenhuma de nós teria emprego.

Irene ergueu as sobrancelhas delineadas.

— Está na gestão?

Betty sorriu em agradecimento enquanto Freda colocava dois sanduíches em um prato e os oferecia a ela.

— Sim, Sra. Caselto...

— Por favor, me chame de Irene.

— Sim, Irene. Comecei na loja, como sua filha, e fui gradualmente subindo de nível. Primeiro como supervisora, depois como gerente do departamento pessoal.

— Nunca se casou?

— Por favor, mamãe. Estou certa de que Betty não quer ser interrogada dessa forma. Convidei-a para ser minha terceira dama de honra e depois que tomarmos chá, Maisie tirará as medidas para seu vestido, então iremos falar sobre os deveres da rainha do festival.

— Tudo bem, Sarah. Sua mãe deveria me conhecer. Afinal, estarei presente em um dos dias mais marcantes da vida dela, quando a única filha se casar. Irene, perdi meu noivo na guerra, então, em vez de ter um marido e uma família, me devotei à minha carreira.

Irene não demonstrou simpatia ao beber chá na melhor xícara de porcelana de Ruby.

— Muito louvável. Eu gostaria que minha filha almejasse mais do futuro do que apenas ser esposa e mãe. Porém, ela será esposa de um piloto da RAF, então devo me consolar com isso.

Sarah fechou os olhos. Essa reunião teria fim?

Maisie levantou-se rapidamente e agarrou a mão de Sarah.

— Vamos, senhoras. Vamos medir Betty em seu quarto. Podemos comer uma fatia do bolo da Ruby depois. Alan, por que não mostra o abrigo antiaéreo à Sra. Caselton? Talvez ela goste de ver os ruibarbos que plantamos também.

— É UMA COSTUREIRA muito talentosa, Maisie — Betty passou os dedos pela saia do vestido que Freda segurava. — Está certa de que não há incômodo em fazer outro vestido, especialmente agora que temos o festival para nos preparar também?

Maisie acenou com a mão no ar, desdenhando da pergunta.

— Levarei apenas um ou dois dias para fazer. Agora que as acompanhantes da rainha vestirão seus próprios vestidos de festa por baixo dos mantos, não há muito o que fazer para o festival — apenas o traje de Sua Majestade para alterar. Espero que não chova, já que água é uma droga em cetim.

Betty vacilou com o final da frase de Maisie e sorriu para Sarah.

— Foi muita sorte o comitê do festival ter um vestido doado.

— E que a garota que o usou antes era maior que Sarah — Freda acrescentou rapidamente. — Apenas precisa ter a cintura apertada e a bainha um pouco encurtada.

Sarah parecia triste.

— Gostaria apenas que não fosse branco. Queria que meu primeiro vestido totalmente branco fosse o de noiva, não uma fantasia de rainha de segunda mão. Não que eu não esteja grata pela honra de ser rainha — completou rapidamente, caso Betty a achasse resmungona. Após ver as fotografias e ouvir a história de como o dinheiro era arrecadado para o hospital rural, juntamente com o papel desempenhado pela filial da Woolworths de Erith nos eventos, entendera o quão memorável era esse dia para os residentes da cidade.

— Hmm, tenho uma ideia. — Maisie envolveu a cintura de Sarah com um pouco de tafetá verde. — Que tal se eu fizer uma sobressaia de tafetá e adicionar uma gola combinando com o vestido? Quando estiver usando o manto, não vai dar pra ver tanto branco.

Sarah franziu a testa.

— Mas esse é o tecido das minhas damas de honra e todo mundo verá antes do casamento.

— Não seja tola. É o tecido do vestido da Betty. Posso dar um pulo no Woolwich Market e pegar alguns retalhos para seu vestido. Me dê algumas ideias de cores, verei o que posso fazer.

Betty sorriu.

— Certamente é engenhosa, Maisie. Me certificarei de que seja reembolsada por qualquer gasto e insistirei para que lhe deem uma tarde de folga para concluir os preparativos.

Maisie terminava as medidas para o vestido de dama de honra da chefe quando houve uma batidinha na porta.

Sarah se levantou de onde estava sentada ao lado de Freda. Rapidamente cobriu seu vestido de noiva caso fosse Alan. Sentira-se mal por ele ter sido deixado tanto tempo entretendo sua mãe.

— Sim. Quem é?

— É a mamãe, querida. Posso entrar?

— Alan está com você? — Sarah respondeu.

Todas ouviram Irene suspirar do lado de fora.

— Certamente não, e espero que não tenha o hábito de permitir homens no andar de cima.

— Entre, mãe. Claro que não.

— Não precisa se preocupar com sua filha, Sra. Caselton. Sarah é pura como um lírio. Nenhum homem passará da soleira da porta enquanto ela não tiver uma aliança no dedo, — Maisie anunciou.

As garotas riram quando Irene entrou e analisou os tecidos e materiais de costura espalhados pelo pequeno quarto.

— Parece tudo muito aconchegante. Espero que a Srta. Billington não se sinta desconfortável tirando medidas para um vestido caseiro na casinha de sua avó, Sarah?

Alan sem dúvidas respondera várias questões sobre Betty Billington enquanto fazia companhia a Irene no andar de baixo. Ela adotara um ar diferente, quase tirando o chapéu na frente da outra mulher, que se encontrava em anáguas em cima de um banquinho, e Maisie pregava tecido ao redor de sua cintura.

— Meu Deus, não, — Betty exclamou. — Cresci em uma casa igualzinha a essa em Deptford, e minha própria casa é um sobrado de quatro cômodos em Belvedere. É muita gentileza da avó de Sarah me convidar para a casa dela. Na verdade, Sarah, precisa me lembrar que eu tenho um presentinho para a Sra. Caselton Avó na minha bolsa. Não quero esquecer e levá-lo de volta. Apenas algumas sementes para o jardim. Sei o quanto está apreciando o novo hobby, como ela me disse quando visitou a loja.

Irene assentiu graciosamente e observou enquanto Betty descia do banquinho e punha seu vestido de lã cinza.

— Há muitas mulheres na gestão da F. W. Woolworth, Srta. Billington?

— Mais durante o dia, Sra. Caselton. Eu já disse à Sarah que ela também poderia ser supervisora um dia.

— Não se for uma mulher casada, e sem dúvidas com filhos em breve.

Betty pegou sua bolsa.

— Os tempos estão mudando, Sra. Caselton, e as mulheres serão requisitadas para que façam a sua parte quando os homens forem à guerra.

— Então, Sarah poderia estar na gerência como você, mesmo que esteja destinada a ser uma dona de casa?

— Isso mesmo, — Betty concordou. — Agora, podemos ir experimentar aquele bolo de aspecto delicioso que nos espera lá embaixo?

Conforme Freda e Maisie seguiam Sarah escada abaixo, Freda sussurrou:

— A Srta. Billington é muito bacana, não é?

Sarah concordou. Betty parecia ter ganhado sua mãe imediatamente, e na sua opinião, aquilo não era ruim. Estava certa de que Betty seria uma boa amiga, e isso era maravilhoso, considerando sua posição no trabalho.

SARAH SENTIA-SE FELIZ por tanta coisa estar acontecendo na Woolworths para distraí-la, pois seu casamento estava começando a brincar em sua mente. O Sr. Benfield não só tinha o pessoal praticando exercícios de combate a incêndios, mas também tinha providenciado um treinamento de máscara de gás para que tanto clientes como funcionários pudessem participar. Ela odiava o cheiro da máscara de borracha, mas sabia que isso poderia muito bem salvar sua vida. As crianças é que mais a perturbavam, pois muitos temiam as máscaras assustadoras, e ver um bebê pequeno colocado dentro de uma engenhoca tão feia a havia levado às lágrimas, mais de uma vez. Até mesmo Maisie, que podia ser garantia de animação em qualquer ocasião, estava ficando cansada dos exercícios de combate a incêndios, embora ela tivesse começado um novo hobby, fazendo bonitas capas para os estojos de máscaras de gás. O Sr. Benfield havia assinalado que não era prudente encher a pequena caixa com batom e pó compacto, mas Maisie apenas ria. Ela garantira ao chefe que se houvesse a menor chance de precisar usar máscara, seria a primeira a tirá-la do estojo e colocá-la sobre seu cabelo perfeito.

Alan não obtivera resposta alguma da RAF, embora Sarah soubesse que não valia a pena torcer para que ele não fosse aceito para treinamento, assim como sabia que ele ficaria muito decepcionado. Seja lá o que pensasse sobre seu futuro marido se unindo à Força, deveria manter para si mesma. Era questão de tempo até que recebesse a carta oficial. Ela apenas esperava que não acontecesse antes do casamento.

Outro problema que a mantinha acordada durante a noite era Irene. Sua mãe queria que a recepção do casamento acontecesse em um hotel ou mesmo em um clube de golfe local. Todas as vezes que uma carta chegava de Devon, a mãe havia incluído mais sugestões de hotéis sofisticados e comidas chiques. Sarah considerara levar em conta o conselho da avó e usar o requintado papel de carta cor-de-rosa favorito de sua mãe como combustível para a lareira que Ruby tinha pronta para ser acesa se as noites esfriassem. Assim sendo, tentara acalmar a mãe, explicando que tinha tudo sob controle. Ruby recomendara que não se preocupasse e garantira que o dia de seu casamento e vigésimo primeiro aniversário seria um dia do qual ela nunca se esqueceria. Toda noiva tinha preocupações antes do grande dia, e Sarah não era exceção.

Foi com o coração pesado que Sarah vestira o casaco e o chapéu e pegara a bolsa para ir ao trabalho. Amanhã era o festival, e por mais que tentasse, não encontrava o entusiasmo necessário para ser a rainha do Festival de Erith. Fechando a porta atrás de si, ficou surpresa ao ver Alan parado no portão.

— Que bom, cheguei a tempo — disse, beijando sua bochecha e envolvendo seu braço com o dele. — Tenho uma surpresa para você.

O coração de Sarah acelerou.

— Teve resposta da RAF?

— Não, minha querida. É uma ocasião especial. Combinei tudo com a Betty. Você está de folga hoje e faremos um pequeno passeio.

— Mas aonde e por quê?

— Por quê? Porque eu a amo demais e a quero para mim hoje. Você tem estado constantemente lidando com vestidos, com suas amigas e aprendendo seus deveres reais como rainha do festival. Posso ver que está cansada com tanta coisa na cabeça. É hora de pararmos de pensar em casamentos ou na minha incorporação à RAF e tudo o mais, e apenas agir como dois jovens apaixonados. Onde? Espere e verá.

Sarah sentiu o peso que vinha carregando sobre os ombros quase desvanecer. Era a garota mais sortuda do mundo por estar noiva de um homem tão gentil e atencioso.

— Oh, Alan, um dia para nós seria adorável. Aonde quer que me leve, estou certa de que irei adorar.

— Bem, vamos, meu amor, nosso transporte está nos aguardando.

Embora intrigada, Sarah andou alegremente a curta distância à cidade antes de chegarem a High Street, próximo a um pequeno cais no Rio Tâmisa, onde passageiros embarcavam no barco a vapor *The Kentish Queen*. Um quadro de madeira anunciava: "Passeios diários a Margate."

— Ah, meu Deus, é tão fascinante. Quero fazer uma viagem pelo Tâmisa há tempos. Freda terá tanta inveja quando eu disser a ela o que estive fazendo.

— Não se preocupe com Freda. Ela sabe sobre a surpresa, e prometi que quando passar o casamento, todos poderemos vir juntos. Agora, cuidado onde pisa — não quero ter que mergulhar e pescá-la da água.

Sarah apoiou-se na mão de Alan enquanto subia a bordo. O barco balançava levemente para cima e para baixo, conforme suaves ondas batiam nas laterais. Uma moça sorridente pegou as passagens que Alan estendeu e deu-lhes as boas-vindas. Apontou para onde poderiam se sentar e admirar a vista.

— Acha que ela trabalha no barco?

Alan confirmou.

— A família Sayers comanda os barcos a vapor há gerações. Gracie trabalha com o pai, Ted. São uma família local como nós.

— Acho que já a vi fazendo compras na Woolies — Sarah disse antes de olhar por sobre o Tâmisa para Essex. As gaivotas sobrevoavam, mergulhando, submergindo e chamando umas para as outras. O rio era como uma colméia em atividade, pois ao seu redor, navios que navegavam de locais exóticos ao redor do mundo descarregavam suas mercadorias nos muitos armazéns e píeres. Ela sentiu o sol quente da manhã em seu rosto e relaxou visivelmente das preocupações que a mantiveram acordada por tantas noites.

— É adorável. Já me sinto melhor. Demora muito até Margate?

— Não tenho certeza, mas aproveitemos a jornada e algum tempo para nós dois. Parece que nunca há horas suficientes no dia para passarmos juntos.

Sarah aconchegou-se em Alan.

— É muito generoso com seu tempo. Quantas pessoas ajudou a levantar abrigos antiaéreos? Deve ser um expert no serviço. Depois se ocupa decorando a casa de Maureen. Não deve haver mais nada que não saiba fazer. — Sarah estava orgulhosa de Alan, mas em alguns momentos pensava que ele doava muito de seu tempo.

— Uma dúzia mais ou menos, mas nossos vizinhos são mais velhos e não conseguiriam sozinhos. Todos estão fazendo sua parte para garantir que o povo estará seguro quando a guerra começar.

— *Se* a guerra começar.

— Tá, se. — Alan aconchegou Sarah ainda mais em si. — Sabe que acontecerá, apesar disso, não sabe?

Sarah suspirou.

— Sim, há mais chance agora de uma guerra do que eu jamais imaginei, mas quero que tudo permaneça igual e que todos fiquem seguros e felizes, então, se não se importa, continuarei dizendo "se" em vez de "quando".

Alan segurou os ombros de Sarah e olhou-a nos olhos. Ela parecia triste e ele gostaria de poder fazer tudo dar certo no mundo dela, mas estava além de seu alcance.

— Meu amor, precisa encarar os fatos. Não é o momento de fechar os olhos para os eventos mundiais. Esses nazistas são muito sanguinários e precisamos vencê-los antes que transformem nosso país em outra parte de seu império. Haverá uma guerra e não temos como evitar.

Sarah tentou se desvencilhar das mãos de Alan, mas ele era forte e continuou a segurando. Por que estava estragando o dia com esse assunto de guerra? Não queria falar sobre isso.

— Mas, Alan...

Alan colocou um dedo sob seu queixo, virando-a para que olhasse em seus olhos. Não gostava de ver Sarah tão chateada, mas ela deveria encarar o futuro.

— Veja, amor, ficarei longe por longos períodos, e enquanto estiver, quero que seja corajosa. Prometa-me que tomará conta de minha mãe, assim como de sua avó, e ficará de olho na jovem Freda, também? Isso a manterá ocupada e menos preocupada. Quando tudo passar, podemos planejar o futuro. Nossa própria casa e talvez até uma família. Promete?

Sarah piscou para que uma lágrima não caísse.

— Prometo. Mas contarei as horas até que esteja seguro em casa. Apenas não faça nada perigoso, ouviu?

Alan riu e puxou-a para si, segurando-a perto.

— Entendi, meu amor. Não estou exatamente interessado em ser alvejado pelos alemães, sabe? — impediu qualquer protesto dela tomando seus lábios. Sarah derreteu-se nele, satisfeita em ficar assim o quanto fosse possível, até um resmungo separá-los.

— Ora, realmente. Sei que marcaram a data do casamento, mas não há necessidade dessas demonstrações em público.

Ambos se viraram para ver Vera, do final da rua, sentada ali perto com a filha.

— Bom dia, Sra. Munro. Não está um belo dia? — Alan exclamou, antes de agarrar a mão de Sarah e puxá-la para cima. — Vamos procurar uns refrescos, que tal?

Sarah sorriu. Aproveitaria o dia com Alan. Sua avó dissera como estimava todas as memórias do avô e como elas eram importantes agora que ele não estava mais com ela. Faria o melhor para criar algumas memórias hoje, para apegar-se e desfrutar no futuro. Seja lá o que esteja por vir, iria se lembrar do amor de Alan por toda vida, seus sorrisos e sua risada. Hoje seria a inauguração de seu álbum de memórias. Com sorte, haveria muitas mais e poderia olhá-las quando estivesse velha e reviver esse dia juntos.

— ENTÃO, VOCÊS FORAM no carrossel? E algodão doce? É gostoso?

— Pelo amor de Deus, Freda, pare de tagarelar, acene essa mão como a rainha está fazendo e sorria para os clientes. Qualquer um que a ouça, pensará que nunca esteve em um parque de diversões ou no litoral. — Maisie sorriu para as pessoas e piscou para o filho do açougueiro, que pedalava rápido para acompanhá-las.

Freda segurava-se na lateral do caminhão que se movia lentamente pela Pier Road em direção à Woolworths e acenava entusiasmadamente para as pessoas nas calçadas. Jovens corriam ao lado do caminhão chamando a Rainha Sarah, que estava sentada em seu trono no veículo baixo.

— Nunca estive no litoral, então é claro que quero saber tudo sobre.

— O quê, nunca? Por quê? — Maisie perguntou, agarrando-se ao ombro de Sarah para se equilibrar quando o caminhão passou sobre um buraco na rua.

— Porque eu venho das Midlands, que ficam no meio do país, é por isso — Freda sibilou indignada.

— Meu Deus, nunca pensei nisso — Maisie disse, acotovelando Sarah, que tentava ignorar as amigas e se lembrar de tudo que Betty Billington lhe dissera sobre o restante de seus deveres.

— O que acha que "*midland*" significa, sua estúpida? Vivemos há milhas do mar, e não tendo muito dinheiro, não costumávamos tirar férias. Vi o cartaz de Margate e Dreamland na estação de Charing Cross e pensei que gostaria de ir lá um dia. Nenhuma chance disso, trabalhando o tempo todo.

— Tudo bem, relaxa. — Maisie respondeu. — É só o litoral.

— Pode ser "só o litoral" para você, mas seria o paraíso para mim. É provável que eu nunca passeie de barco ou coma ostras e tudo isso. — Freda pareceu triste.

— Ora, coloque um sorriso no rosto ou desejará ter feito isso se o Sr. Benfield a pegar com essa expressão desoladora. Verei o que posso fazer para levá-la ao litoral.

— Sério? Faria isso por mim? — Freda pulava para cima e para baixo, acenando freneticamente para a multidão quando o caminhão parava em frente à Woolies. — Não acredito. Quando? Quando podemos ir?

Sarah procurava pelo Sr. Benfield. Ele certamente veria que Freda estava com a cabeça em outro lugar.

— Cuidado, vocês duas. O Sr. Benfield está vindo. Freda, combinaremos sua viagem depois. Vamos terminar esse trabalho primeiro, que tal?

Freda se acalmou enquanto desciam do caminhão com a ajuda do radiante gerente. Elas ficaram na calçada observando enquanto as *Dagenham Girl Pipers* marchavam, resplandecentes em seus kilts brilhantes coloridos e tocando canções conhecidas em suas gaitas de fole. Atrás vinham grupos de escoteiros locais, assim como as enfermeiras que conseguiram dispensa do Erith Cottage Hospital, onde acontecia o festival. O plano era retornar ao hospital e participar da festa após a Rainha Sarah visitar as lojas e cumprimentar funcionários e clientes. O Sr. Benfield, acompanhado do prefeito, liderou Sarah e sua comitiva pela loja, sob muitos aplausos da equipe. Sarah enrubesceu de vergonha. Se soubesse que haveria tal rebuliço, teria recusado o convite para ser rainha do festival. Dentro da loja, sentara-se em um trono feito especialmente para a ocasião, enquanto o prefeito fazia um discurso agradecendo à F. W. Woolworth, seguido pela demonstração do Sr. Benfield e da equipe de suas habilidades com o material de combate a incêndios e com as máscaras antigás.

Betty aproximou-se de Sarah enquanto esta observava Alan habilmente apagar um fogo falso, para a diversão de um grupo de escoteiros, que saboreavam, cada um, um saco de doces, cortesia da Woolies.

— Você está linda, Sarah. Todas estão. — Completou, virando-se para Maisie e Freda. — Não sei como agradecer por se oferecerem a ajudar.

Maisie deu às garotas uma piscadela por trás da chefe. As três sabiam que se fosse questão de se oferecerem, estariam bem no final da fila.

— Tenho certeza de que falo por todas nós quando digo que não trocaríamos isso nem por todo o chá da China, doçura... er, Betty... digo, Srta. Billington.

Betty deu uma palmadinha na mão de Maisie.

— Betty está ótimo hoje e, por favor, deve pensar em mim como uma amiga, já que todas seremos damas juntas em breve.

— Faltam apenas três semanas — Freda completou. — Será o aniversário de vinte e um anos de Sarah também, então duplamente especial.

Betty assentiu.

— Sim, 3 de setembro será de fato um dia de alegria. Não lembro qual foi a última vez que ansiei tanto por algo. Agora, vamos pegar uma bebida fresca para vocês, garotas, antes de subirem na carruagem para voltar ao hospital e ao festival.

Maisie esfregou o traseiro e fez uma careta.

— Carruagem? Eu podia jurar que estávamos no caminhão do Clarke, e que não era muito confortável. E estou certa de que meu assento era um saco de nozes.

— ORA, ORA, QUERIDA, precisa parar com essa choradeira. Seu Alan não ficará muito feliz de ver a noiva subindo ao altar com os olhos inchados e o nariz vermelho, não é? Apenas destranque a porta e deixe-me entrar, meu bem. Ainda tem presentes de aniversário para abrir lá embaixo e alguns cartões para ler. As pessoas têm sido tão generosas. Trouxe uma xícara de chá com uma pitada de conhaque para animá-la. Há algumas fatias de torradas também, já que perdeu o café da manhã com toda essa lamúria.

Ruby ouviu murmúrios do outro lado da porta e a chave se virando na fechadura. Uma preocupada Freda abriu a porta e sussurrou:

— Será difícil convencer Sarah a se casar hoje. Espero que consiga persuadi-la. Ela se recusa a colocar o vestido de noiva.

Ruby entrou no quarto cheio e colocou o chá e as torradas sobre uma cômoda, afastando uma fotografia de Sarah e Alan no processo. A imagem mostrava o casal junto de pé. Entreolhavam-se com olhos cheios de amor, pegos em um momento por um fotógrafo na Dreamland. Foi há apenas algumas semanas que a neta voltara da viagem a Margate tão cheia de planos para o futuro?

Ela sentou-se ao lado de Sarah na cama e pegou sua mão.

— Agora, querida, não há razão para não ir em frente com o casamento. O dia todo está planejado, e quem garante que esse anúncio no rádio dirá que a guerra com a Alemanha começou? Aposto que estão fazendo muito barulho por nada.

Maisie pegou seus cigarros e ofereceu-os a Sarah.

— Aqui não, Maisie. O cheiro da fumaça ficará no vestido.

— Isso não importa se você não irá usá-lo — Maisie alegou enquanto colocava um cigarro entre os lábios e apanhava o isqueiro.

— Talvez deva fumar lá embaixo, que tal, Maisie? — Betty disse. — Poderia dizer à mãe de Sarah como Sarah se sente.

Maisie bufou, mas fez o que lhe foi pedido. Não estava ávida para conversar com Irene Caselton, mas Betty ainda era sua chefe, mesmo que estivesse sentada no quarto de Sarah vestida sofisticadamente da cabeça aos pés admirando suas unhas recém-feitas.

Ela olhou para o elegante relógio em seu pulso.

— Tudo bem, mas não se esqueça que o primeiro-ministro entrará no ar logo mais e não queremos perder. — Ela viu o olhar alarmado de Sarah e acrescentou rapidamente. — Não que saibamos o que ele dirá. Talvez apenas anuncie ao país que hoje é o casamento de Sarah e Alan. — Sarah abriu um sorriso triste. Sabia que a amiga tentava animá-la, mas muito mais seria necessário para deixá-la feliz hoje, e mais ainda para fazê-la entrar em seu vestido de noiva. Por que de todos os dias tinha que acontecer hoje? Acordara cedo, tão alegre, apenas para descobrir que o primeiro-ministro, Neville Chamberlain, faria um pronunciamento nacional às onze e quinze. Tudo desmoronara após isso, com Vera correndo eufórica de um lado para o outro dizendo que a guerra seria declarada naquele mesmo dia e que sem dúvidas ninguém estaria disposto a comparecer a um casamento. Sua avó mandara a vizinha passear, com uma pulga atrás da orelha, mas nesse ponto, Sarah já fugira para o quarto, seguida por suas damas de honra, onde nenhuma persuasão a convenceria de ir em frente com o casamento. Como ela poderia celebrar o dia mais feliz de sua vida quando o país estava possivelmente entrando na guerra? De certa forma, não parecia certo, e parecia errado que estivesse feliz quando tantas pessoas estariam se despedindo de seus entes queridos enquanto estes se juntavam ao exército e deixavam suas casas — possivelmente para sempre.

— Alguém precisa avisar aos convidados que o casamento foi cancelado. — Olhou para a avó, que ainda segurava sua mão. — Pode avisar ao Alan, por favor, vovó?

Ruby concordou e levantou-se, pedindo que Freda a acompanhasse.

— Ora, é um direito dela — Ruby exclamou quando se juntou ao filho e à nora na sala da frente.

— Estou espremendo os miolos tentando pensar em uma maneira de convencer Sarah a ir em frente com o casamento. Estou sentida pela menina, de verdade, e ainda em seu vigésimo primeiro aniversário.

— Graças aos céus não reservamos o clube de golfe para a recepção. Não poderia encarar minhas amigas depois de tudo isso. Ao menos nenhum dinheiro foi perdido.

Ruby estufou o peito, pronta para responder Irene, mas George a impediu.

— Agora, Irene, mantive-me calado essas últimas semanas, mas acho que é hora de falar. Insultou não apenas minha mãe com essas palavras, mas também a jovem Freda aqui. Todos trabalharam muito para fazer um casamento digno de uma rainha, e não importa se é em uma droga de clube de golfe ou no Palácio de Buckingham. O que me preocupa é que nossa filha está lá em cima nesse momento chorando muito e querendo anular o que deveria ser o dia mais feliz de sua vida. Agora pare de ser tão esnobe e coloque a cabeça para pensar para decidirmos o que fazer. — Ele ignorou os arquejos da esposa e o bufo de riso da mãe e olhou para o relógio. — Ainda faltam quarenta e cinco minutos para o pronunciamento. Vamos ouvir o que Neville Chamberlain tem a dizer e podemos seguir em frente. O casamento é só às três horas e acredito que temos tempo para fazer Sarah mudar de ideia.

Ruby assentiu.

— Concordo com você. Vou colocar a chaleira no fogo. Talvez precisemos de um chá enquanto ouvimos.

George, é melhor aquecer o rádio para que esteja pronto na hora.

Freda, que estivera em silêncio ouvindo a família de Sarah, perguntava-se o que a própria família estaria fazendo agora. Era domingo e normalmente estariam todos indo ao pub. Quanto ao irmão, apenas esperava que ele estivesse seguro em algum lugar. Fazia nove meses que recebera sua carta com o selo de "Erith" que a trouxe à cidade.

— Posso sugerir uma coisa?

George fez que sim para a jovem. Havia aprendido a gostar de Freda, e sempre que estava trabalhando em Erith, tratava-a como a uma segunda filha, levando-a com Sarah ao cinema e participando de suas conversas animadas na mesa de jantar.

— Vá em frente, querida.

— Acredito que o único que pode conversar com Sarah é Alan. Quero contar a ele o que está havendo.

— Que ideia tola. Todos sabem que o noivo não deve ver a noiva antes do casamento. — Irene Caselton franziu a testa para Freda.

— Bem, não haverá casamento se algo não for feito. Acho que Freda está certa. Irei com você buscá-lo. Ele pode falar com Sarah do outro lado da porta se isso fizer com que se sinta melhor — grunhiu Maisie para Irene. — Venha, vamos pegar nossos casacos e achar o noivo.

GEORGE BATEU À porta do quarto antes de entrar. Sarah estava sentada na cama encarando o nada. Lágrimas frescas se derramavam por suas bochechas. Betty arrumara o quarto e pendurara o vestido de noiva ao lado do grande guarda-roupa de mogno. George reconheceu o guarda-roupa como o que ficava em seu quarto quando era rapaz. Exceto pelos móveis de sua infância, agora era um quarto muito feminino. Sua filha deixara sua marca no pequeno espaço, que dava para o jardim dos fundos, onde uma fileira de lotes de tamanhos semelhantes agora tinha abrigos antiaéreos em destaque, com pés de couve e batatas substituindo fileiras de gladíolos e crisântemos.

Ele parou para olhar as camadas de seda branca cuidadosamente costuradas por Maisie.

— Sua amiga possui um talento notável. Ficaria tão orgulhoso de levá-la até o altar, minha querida, mas é sua decisão não se casar. Está fazendo vinte e um anos hoje e isso faz de você adulta. Uma adulta que pode tomar as próprias decisões. Não se preocupe muito com todos que trabalharam duro para fazer esse dia tão especial. Estou certo de que entenderão. — disse despreocupadamente, antes de checar o relógio. — Faltam dez minutos para o pronunciamento do Sr. Chamberlain. É melhor eu checar o rádio. Sua avó gosta de mexer nos botões e hoje não é dia de perder um anúncio tão importante. — George beijou a bochecha de Sarah, colocou o cachimbo na boca e deixou o quarto.

Sarah fechou os olhos quando um intenso cansaço se abateu sobre ela. Podia ouvir os passos do pai descendo as escadas e a voz estridente da mãe chamando-o na sala. Passou as mãos pelos cabelos e encarou Betty, sentada em silêncio em um banquinho à frente da penteadeira observando o que acontecia no quarto de Sarah.

— Ah, Betty, que bagunça, e agora papai está desapontado comigo. O que devo fazer?

Betty ajoelhou-se no chão em frente à Sarah e pegou suas mãos.

— Sarah, consideraria um conselho meu?

Sarah anuiu.

— Sim, por favor. Valorizo sua opinião.

— Estou inclinada a pensar que no dia do casamento uma garota se preocupa com muitas coisas. Os meses que antecedem o grande dia podem ser empolgantes, mas o dia em si marca várias mudanças em sua vida. Ela está deixando seu lar como filha, e neta, e estará planejando uma nova vida com o marido em uma nova casa. Também há seu vigésimo primeiro aniversário hoje, outro motivo de empolgação, e para completar todos temos que nos preparar para essa maldita guerra.

Sarah ergueu as sobrancelhas. Nunca ouvira a chefe praguejar antes.

— Claro, nunca experienciei o casamento, mas sei que quando escrevi para Charlie dizendo que fora um erro não me casar com ele antes que fosse para a França e que me casaria quando retornasse, experimentei essa empolgação enquanto planejava nosso casamento. Claro que não era para ser. — Betty parou de falar, perdida em pensamentos do que poderia ter sido. — Apenas gostaria de não ter sido tão tola e de ter me casado antes que ele partisse para a guerra.

O quarto ficou em silêncio, com apenas o tique-taque do relógio levando as duas mulheres para o momento em que o primeiro-ministro anunciaria o destino do país, talvez até mesmo do mundo.

Sarah olhou para o lindo vestido. Precisava apenas tirá-lo do cabide para dar os primeiros passos em direção à sua nova vida. O delicado véu estava dobrado na parte de baixo da cama. Um cocar de seda com flores de laranjeira esperava para ser colocado em sua cabeça.

Ela se levantou e colocou o vestido em volta do corpo.

— Eu acredito que fui muito boba. Sinto muito, Betty.

Betty sorriu.

— Não usaria essa palavra, Sarah. Você tinha muita coisa na cabeça. Estou certa de que Alan voltará e vocês viverão felizes para sempre, como nos contos de fadas. Contudo, não quero que leve a mesma vida que eu. Sim, fui feliz, mas de uma forma diferente da qual planejei. Não quero que perca a oportunidade de ser a Sra. Alan Gilbert e de ter uma vida normal, pelo tempo que for.

Sarah abraçou Betty.

— Sim, está certa. Espero que ninguém tenha me dado atenção e começado o processo de cancelar o casamento, já que isso seria péssimo.

— Estou certa de que não começaram, Sarah. Precisa se lembrar do quanto todos amam você e Alan. Ora, veja a festa maravilhosa que a equipe organizou para vocês ontem no trabalho. Nunca testemunhei algo assim, e trabalho na filial de Erith há muitos anos.

— Foi adorável, não é mesmo? Foi uma grande surpresa quando entramos na ala dos funcionários no fim do dia e vimos os enfeites e tantos presentes. E ter convidado a vovó também foi muita gentileza de todos.

— Me lembrarei para sempre. Na realidade, a equipe estará na próxima edição da revista da marca, o que é um grande bônus para a filial. Agora, por que não vamos lá para baixo e nos juntamos à sua família? Chegaremos bem a tempo de ouvir o pronunciamento no rádio. Não sei você, mas eu gostaria de uma xícara de chá quente. — Ela espiou a cômoda onde Ruby deixara o chá e as torradas para Sarah. — Acredito que esse já tenha passado do ponto.

— Sim, e preciso abrir meus presentes de aniversário. Continuo esquecendo que cheguei à maioridade hoje.

As duas haviam acabado de chegar ao pé da escada quando a porta foi aberta e Alan entrou correndo, seguido por Freda e Maisie.

Sarah assustou-se por ver o noivo sem fôlego e vermelho no corredor.

— Alan?

— Diabos, não deve ver a noiva antes do casamento, dá azar — Maisie gritou, agarrando Alan pela jaqueta e tentando puxá-lo para fora.

— Acredito que seja apenas o vestido que ele não deve ver — Freda apontou.

— Não, é a noiva e o vestido — Betty acrescentou prestativamente. — Seja como for, é tarde demais agora, então deixemos o casal a sós enquanto conversam. — Ela conduziu as duas garotas para a porta. — Os chamarei antes do discurso do primeiro-ministro. Estou certa de que não querem perder.

Alan conduziu Sarah ao último degrau e sentaram-se juntos.

— Que história é essa, meu amor? Estava me barbeando quando Maisie e Freda me interromperam para dizer que havia mudado de ideia sobre se casar comigo. Veja, até me cortei.

Sarah passou o dedo pelo pequeno corte em sua mandíbula.

— Oh, Alan. Sinto muito. Fui extremamente tola. Me senti sobrecarregada com tudo isso, e depois essa notícia sobre Neville Chamberlain fazer um pronunciamento no rádio foi a gota d'água. Ninguém irá querer comparecer a um casamento em um dia como esse, não é? Certamente não irão querer celebrar nossa felicidade em um dia tão horrível.

Alan colocou o braço em volta de Sarah.

— Pensei nisso enquanto me barbeava. A casa da mamãe está cheia de parentes e amigos aparecendo para desejar boa sorte. Nenhum deles disse que deveríamos cancelar o casamento. Demos a todos motivos para vestirem suas melhores roupas e desfrutar algumas horas felizes partilhando de nossa felicidade. Por que deixar Hitler estragar nossos planos?

— Você está certo. Venha, vamos nos juntar à família. Não pretendo deixar que mais nada estrague nosso dia. — Sarah se levantou.

— Mas antes, venha aqui, Sra. Gilbert. — Alan puxou Sarah para seus braços.

— Não está sendo um pouco precipitado, Sr. Gilbert?

— O que são algumas horas entre marido e mulher?

— Quando coloca dessa forma...

— Mas o que é que está acontecendo aqui? — Irene Caselton entrou no corredor e puxou Sarah para longe de Alan bem quando seus lábios se encontraram. — Não sabe que dá azar ver a noiva antes do casamento, ainda mais de forma tão íntima?

— Acho que é o vestido que ele não deve ver — Freda disse novamente atrás de Irene, de onde tentava ver o que estava acontecendo.

— Não, é o vestido e a noiva, Betty acabou de dizer — Maisie exclamou.

— Seja qual for a superstição, é tarde demais agora — Ruby completou. — Entrem aqui os dois e sentem-se. O rádio aqueceu e queremos saber o que vai acontecer. — Ela guiou a família para a sala da frente enquanto o solene locutor apresentava o primeiro-ministro.

— *Essa manhã o embaixador britânico em Berlim entregou ao governo alemão uma nota final afirmando que a menos que ouçamos até as onze da manhã que eles estão preparados para retirar suas tropas da Polônia, entraremos em estado de guerra.*

Devo informá-los agora que como nenhuma resposta foi recebida, consequentemente, o país se encontra em guerra com a Alemanha...

— Meu Deus! — Ruby exclamou, segurando a mão do filho.

— Ssh, mamãe. Ele ainda está falando — George deu uma batidinha na mão da mãe, embora ele mesmo estivesse tremendo.

A família continuou ouvindo, inclinando-se na direção do rádio para não perder uma única palavra do discurso que mudaria suas vidas.

— *... O governo fez planos para que seja dada continuação ao trabalho da nação nos dias de estresse e tensão que podem estar pela frente. Mas esses planos devem contar com vossa ajuda.*

Podem estar tomando parte nos serviços de combate ou como voluntários em alguma área da defesa civil. Se for o caso, deverão se reportar ao ofício de acordo com as instruções recebidas. Vocês podem estar envolvidos em trabalho essencial para o prosseguimento da guerra e para a manutenção da vida das pessoas - em fábricas, transportes, tarefas de utilidade pública ou no fornecimento de suprimentos básicos. Se for o caso, é de vital importância que continuem com seus trabalhos.

Agora, que Deus abençoe a todos. Que Ele defenda o que é certo. É contra as coisas más que devemos lutar - força bruta, má-fé, injustiça, opressão e perseguição - e contra elas tenho certeza de que o que é certo prevalecerá.

— Bem, aí está. O país está em guerra. O que fazemos agora? — Irene olhou em volta para os rostos chocados.

— Primeiro colocamos a chaleira no fogo; depois temos um casamento para ir — Ruby anunciou. — Por que não abre seus presentes de aniversário, querida? Não haverá muito tempo depois. Podemos nos preocupar com a guerra amanhã.

Sarah assentiu e pegou um pacotinho que Maisie lhe estendeu.

— É um presente meu e da Freda. Nós duas contribuímos.

Sarah desembrulhou-o cuidadosamente para revelar uma caixinha quadrada. Dentro dela, um pó compacto, incrustado em madrepérola.

— Oh, obrigada. Irei guardá-lo para sempre. — Ela abraçou fortemente as duas amigas.

George retornou com uma bandeja de xícaras e pires. Freda seguiu-o com outra contendo um grande bule marrom e um prato de sanduíches.

— Antes de fazermos qualquer coisa, devemos beber e comer algo. Será uma tarde ocupada e sem dúvidas só comeremos quando for servida a maravilhosa refeição que mamãe e as meninas prepararam para o casamento.

Houve uma batida frenética na porta. Irene olhou pela janela que dava para a baía.

— É aquela mulher irritante do final da rua. Qual o nome dela?

— É "Vera do final da rua" — as garotas disseram em uníssono e caíram na gargalhada.

— Pois bem, que coisa mais linda — Vera exclamou enquanto entrava no quarto. — O mundo em guerra e vocês sentadas aqui dando risada. Ora, Sarah, pensei que você, de todas as pessoas, seria dissuadida do casamento.

Alan, que se levantara quando Vera entrou, encarou-a.

— Sra. Munro, haverá um casamento hoje. Na verdade, assim que terminar meu chá, pegarei a minha motocicleta, irei até Crayford e checarei se está tudo pronto para nós na Igreja St. Paulinus.

— Você não deveria estar aqui — dá azar ver a noiva antes do casamento. — Vera balbuciou ao ouvir as palavras de Alan.

George sorriu educadamente para Vera.

— Estou feliz que ele esteja, Sra. Munro. Foi um dia estranho, mas agora que os pingos foram colocados nos is, podemos seguir em frente e vencer essa guerra. Depois de aproveitar o casamento de Sarah e Alan, claro. Gostaria de um sanduíche de pasta de peixe? — Ele estendeu um prato, mas nesse momento um ruído baixo foi ouvido. O som continuou ganhando velocidade e foi ficando mais e mais alto.

— Meu Deus. É um ataque aéreo. Rápido, todos para o abrigo. George, onde coloquei minhas apólices de seguro?

— Não se preocupe, mamãe. Estão todas em uma caixinha perto da porta, junto com sua máscara antigás. Colocarei este chá em um frasco. — George começou a colocar a família em ação.

— Nunca se sabe quanto tempo ficaremos no abrigo. Irene, querida, feche a boca e mova-se. Muito bem, amor.

Chá e sanduíches foram deixados de lado enquanto Sarah, sua família e suas damas de honra seguiam em direção a porta dos fundos.

Só então Vera colocou o braço na porta, impedindo os integrantes da festa de seguirem para o abrigo antiaéreo.

— Há muitos de nós. O abrigo acomoda apenas seis com dificuldade. — Ela passou para a frente da fila. — Os três últimos terão que ficar aqui.

Ruby franziu a testa para a vizinha.

— Bem, para começo de conversa, você, Vera Munro, tem seu próprio abrigo, então sugiro que corra para o final da rua e se junte à sua filha.

— Mas eu posso ser atingida na rua — Vera se queixou, ficando pálida com o pensamento.

— Não se você correr rápido. Tenho certeza de que os alemães não estão te procurando. O mais provável é que sejam as docas.

Sarah sentiu Maisie agarrar seu braço. Joe, marido de Maisie, estava trabalhando nas docas aos domingos. Estaria ele a salvo?

— Pode ser um alarme falso, ou talvez estejam testando as sirenes — Sarah sugeriu.

— É melhor ficarmos seguros de qualquer forma. Venham, pessoal, vamos para o abrigo — Irene insistiu, empurrando Vera do caminho e pegando o braço de Betty. — Srta. Billington, lhe mostrarei o caminho.

Foi Alan quem tomou o controle da situação.

— Vou apenas acompanhar a Sra. Munro pela rua e já volto. Sarah e eu podemos nos sentar no armário embaixo da escada; o resto de vocês, por favor, corram para o abrigo o mais rápido que puderem.

— Não acho que devam ficar sozinhos em um local tão confinado — Irene contestou. — Não é apropriado.

George pegou a esposa pelo braço.

— Pelo amor de Deus, Irene, eles se casarão em algumas horas, contanto que nós ou a igreja não tenhamos ido pelos ares. Agora venha.

Sarah puxou um par de sobretudos dos ganchos na parede do armário e os colocou nas tábuas sob as escadas. Um fora o velho casaco que o avô usava quando trabalhava no jardim. Ela segurou-o sob o nariz e o cheirou. Ainda sentia o cheiro do avô e ansiou por tê-lo consigo mais uma vez.

— Ah, vô, o que faria nessa situação? — suspirou.

— Estou de volta. Chegue para lá. — Alan sentou-se ao lado de Sarah e puxou-a para perto.

— Foi rápido. Acompanhou Vera até em casa?

— Quando saí pela porta, ela estava correndo pela rua. Eu a vi entrar em casa, depois voltei. Está confortável?

— Mm, poderia ficar assim para sempre.

— Espero que não — temos um casamento para participar — e certo aniversário de vinte e um anos também, não se esqueça.

— Continuo esquecendo meu aniversário, com tudo o que está acontecendo hoje.

— Isso me lembra — tenho um presente para você. Pretendia te dar na igreja quando assinássemos o registro, mas agora é um momento tão bom quanto. A luz não é muito boa aqui, mas dá para ver bem pelas rachaduras na soleira. — Ele remexeu no bolso da jaqueta e tirou uma caixinha. — Aqui. Espero que goste.

Sarah pegou-a e abriu devagar, saboreando a expectativa de saber o que seu futuro marido comprara para ela. Dentro da caixa, aninhada em uma camada de algodão, estava uma pequena chave em uma corrente.

— Oh, Alan, é a chave da porta.

— Não, meu amor, é a chave do meu coração.

— Usarei para sempre, prometo. Por favor, ajude-me a colocá-la.

Alan prendeu a corrente fina em volta de seu pescoço, pegou a caixa vazia de sua mão e enfiou no bolso, ao lado do envelope que colocara lá esta manhã.

Sarah estendeu a mão para Alan, deslizando os braços ao redor de seu pescoço.

— Obrigada, meu amor — ela sussurrou enquanto buscava seus lábios na escuridão de seu refúgio.

Alan correspondeu ansiosamente. Esperaria até amanhã para contar à futura esposa sobre o conteúdo do envelope.

15

— **O VIGÁRIO DEVERIA** saber que é melhor não tocar esses sinos, Ruby.

Ruby suspirou e esticou as pernas. Por mais adoráveis que fossem, seus novos sapatos eram desconfortáveis para se usar por muito tempo. Ela escapara de onde os convidados estavam no sol, enquanto George tirava fotos dos noivos com sua câmera Brownie. Encontrara um banco próximo ao túmulo de Eddie e estava perdida em pensamentos, imaginando como seu falecido marido estaria orgulhoso da neta mais velha hoje.

Sarah estava linda quando desceu do altar nos braços do noivo e saiu à luz do sol crepuscular. A tarde só teve lágrimas de felicidade. Seu traje de seda, feito com amor por Maisie, não teria destoado dos demais em uma casa de moda de Paris. Ruby maravilhou-se com as finas pregas do corpete e os vários botões minúsculos forrados de seda nos punhos das mangas compridas e prendendo as costas do vestido. Os vestidos verde-pálido das damas de honra tinham um estilo similar, embora nada pudesse ofuscar Sarah nesse dia especial. Uma brisa suave levantou o longo véu, fazendo-o voar atrás dela.

Noiva e noivo riram enquanto os convidados correram para impedir que a nuvem branca caísse em um arbusto de rosas. Ruby sorriu. Não precisaria de uma fotografia para se lembrar deste dia.

St. Paulinus conservava muitas memórias da família Caselton, tanto felizes quanto tristes. Encarou a velha igreja, situada no ponto mais alto de Crayford. Sarah quisera partilhar o dia de seu casamento com a família, e esse era o local ideal para isso.

Ela deu uma palmadinha na lápide do marido:

— Eddie, espero que esteja nos vendo hoje. Sentimos sua falta, meu amor — murmurou.

— Ouviu o que eu disse, Ruby?

Ruby olhou na direção em que Vera vinha apressadamente, perturbando a paz.

— Sim, Vera, ouvi da primeira vez. Estava apenas tendo um momento com meu Eddie.

Vera assentiu em direção ao túmulo e parou de falar por alguns minutos.

— Aquele vigário não deveria estar tocando os sinos. Acabei de dizer ao sacristão, mas ele não estava interessado. Murmurou algo sobre batinas e se afastou. Eu disse em voz alta que os sinos da igreja deveriam ser usados apenas se fôssemos invadidos. Ele não é tão novo para que não se lembre.

— Bem, tenho certeza de que Hitler ainda não está marchando pela High Street, então, alguns toques para celebrar o grande dia de Sarah e Alan não fazem tanta diferença. Certamente não negaria às crianças o som dos sinos tocando no casamento deles.

Vera fungou.

— Longe de mim querer estragar o dia deles, certamente. Voltarei a Erith ou não sobrará presunto e não sou chegada à pasta de peixe.

— Ora, Vera, não seja boba. Haverá um assento para você com a Pat. Eles trouxeram o cavalo e a charrete da fazenda. Está toda elegante com fitas e enfeites.

Vera torceu o nariz.

— Não quero meu melhor vestido cheirando a cavalo.

— Quando ficou tão pretensiosa? Seu velho te levava para todo lado na charrete dele quando entregava o leite. Você nunca reclamou de cavalos, então.

Vera sorriu.

— Foram bons tempos, não é? Meu Don e seu Eddie no bar aos domingos e voltando para o jantar com sacos de caramujos e ostras para nosso chá. Fico com fome só de lembrar. Quanto acha que as fotografias irão demorar?

— Demoraremos um pouco, com George brincando com a câmera. Comprou-a especialmente para o casamento. Irene não para de dizer a todos quanto custou e como possui os botões e peças mais recentes. Contanto que eu tenha uma bela foto para colocar em uma moldura no aparador, não me importo com quanto custou.

Vera cutucou Ruby.

— Aqui, acha que George tiraria uma foto minha? Eu queria uma em toda minha finura.

— Tenho certeza que sim — isso se ele não acabar com o filme. Ele aponta a câmera para tudo o que vê. Peguei-o até tirando uma foto do vigário e do sacristão trabalhando. Isso daria uma encrenca com a Mother's Union. Agora, ajude-me a me levantar e vamos nos juntar à festa.

— **Feliz, Sra. Gilbert?**

Sarah espremeu-se ao lado de Alan, que estava sentado em um banco no jardim dos fundos de Ruby. Foi a coisa certa realizarem a recepção na casa da avó dela. Família e amigos estavam reunidos em todos os cômodos, assim como no jardim e na rua da frente. Mesas de madeira, emprestadas do salão metodista, rangiam sob o peso da comida preparada pela família nos dias que antecederam a cerimônia. Ali perto, um grupo de crianças corria para dentro e para fora do abrigo antiaéreo, dando gargalhadas e sem nenhuma preocupação no mundo.

— Nunca me senti tão feliz. Nosso casamento foi maravilhoso.

— Apesar de Hitler ter jogado sujo e você querendo cancelar o casamento esta manhã?

Sarah riu.

— Sabe o que quero dizer. Mesmo a declaração de guerra não estragou nosso dia. O que quer que aconteça nos meses a seguir, teremos criado memórias incríveis.

Tomando um gole de Brown Ale do copo dele, ela torceu o nariz.

— Como consegue beber isso? É horrível.

— Então volte para seu vinho com limão... ou seja lá o que estivesse tomando com Freda. — Alan colocou o copo no chão e puxou Sarah para seus braços. — Muito melhor. Eu lhe disse como estava linda enquanto entrava na igreja?

Sarah inclinou a cabeça para um lado, considerando a pergunta.

— Acredito que sim, pelo menos dez vezes, mas pode repetir, se desejar.

— Então, direi novamente. Agora me dê um beijo, Sra. Gilbert.

— Com prazer, querido marido. — Sarah fechou os olhos e se rendeu aos beijos de Alan.

Ele a segurou forte como se nunca fosse soltá-la.

Ela guinchou:

— Você está espremendo todo o ar do meu corpo. Como posso beijá-lo se não consigo respirar?

Alan pegou seu copo e deu um grande gole, um olhar de apreensão em seu rosto.

— Sinto muito, amor, só não queria soltá-la.

Sarah estremeceu como se a energia do lugar mudasse de repente.

— Alan?

— Ei, vocês dois, vão entrar? — Freda disse, enfiando a cabeça por trás de uma parede. — Maureen irá tocar piano. Podemos cantar um pouco. O que estão fazendo aqui fora, afinal? Está esfriando.

— Pensei o mesmo — Sarah respondeu, lembrando de como se sentira quando Alan a abraçou forte. — Vim apenas procurar Alan. Estava tão barulhento na copa. Maisie e Joe estavam meio que discutindo. O pobre coitado está aqui há apenas alguns minutos e ela o está provocando como se nada mais importasse antes mesmo de ele tomar uma cerveja.

Freda riu.

— Ele acabou de se juntar ao exército. Maisie está indignada, pois isso significa que terá que viver sozinha com a mãe de Joe, e as duas nunca se bicaram.

— Oh, pobre Maisie. — Por mais engraçado que fosse para Sarah imaginar a amiga sozinha sob o mesmo teto que sua terrível sogra, ela sabia como Maisie devia estar se sentindo. Conquanto Alan ainda não tivesse recebido uma resposta da RAF, sabia que um dia ele iria embora e ela ficaria perdida também. Ao menos tinha Ruby e as amigas por perto, e o pai a visitaria de vez em quando. No momento, George vivia mais em Erith do que em Devon, sendo bastante requisitado na vasta fábrica Vickers, perto de Crayford.

— Talvez devamos entrar e resgatar Joe?

Sarah se levantou para seguir Freda até a cozinha:

— Você vem, Alan?

Alan pegou seu copo.

— Terminarei minha cerveja primeiro, amor.

Sarah deu uma olhada para Alan enquanto seguia a amiga até a cozinha. O marido parecia quieto. Ele já encarava o nada e parecia há milhas de distância do quintal de Ruby.

Alan acendeu um cigarro, os dedos tocando a carta no bolso da jaqueta enquanto procurava o isqueiro. Fora um presente de casamento de sua nova esposa e tinha as iniciais deles gravadas. Ele sabia as palavras da carta de cor. Como diria a Sarah que logo teria que viajar para o norte e começar o treinamento com a RAF? Estava com a carta há duas semanas e não encontrara o momento ideal para sentar-se com ela e explicar. Como poderia estragar o dia mais feliz de suas vidas? Bufou para si mesmo. Feliz? O país entra em guerra e ele deveria estar feliz?

— Aí está você, Alan. Pensei que a esta altura estaria cantando perto do piano. — George sentou-se ao lado do genro e pegou um cigarro que este lhe oferecia. — Não mudou de opinião quanto a casar com minha filha, não é, rapaz? — perguntou com um sorriso no rosto. George gostava de Alan e, no pouco tempo que o conhecia, passara a considerá-lo parte da família, o filho que nunca tivera.

— Nem por um momento, George.

— Então por que parece aborrecido?

Alan sabia que precisava contar seu segredo a George.

— Escondi algo de Sarah e agora não tenho coragem de contar.

— Não teria uma esposa e seis filhos em algum lugar, teria? — George riu.

— Receio que não seja tão simples assim.

George ficou sério.

— Acho que é melhor me contar.

Alan pegou a carta no bolso e entregou ao sogro:

— É melhor ler isso.

George virou o envelope pardo nas mãos. Podia ver que era da Força Aérea Real pelo selo no verso. Ele puxou a folha única e leu as palavras antes de colocá-la de volta no envelope e devolvê-lo a Alan.

— E você diz que não contou a Sarah?

Alan confirmou.

— Bem, Alan, está prestes a aprender a primeira regra do casamento: nunca guarde um segredo da esposa. Ela saberá de longe que algo está errado. Acredite, minha Irene descobre um segredo quase antes de haver um. Elas podem fazê-lo sofrer por semanas se acharem que está tramando algo. Agora, não é da minha conta, mas acredito que tenha planejado uma lua de mel?

— Sim, eu pretendia surpreender Sarah. Iríamos viajar na minha moto pela próxima semana e parar em pubs pelo caminho. Pensei que ela gostaria. Estaremos de volta a Woolworths apenas alguns dias antes de eu ter que me apresentar.

George refletiu por um momento. Como diria a esse jovem que a filha não era chegada a passeios sobre duas rodas como o novo marido era? Ruby contara a George o quão quieta ela ficara após a viagem com Alan no começo do ano.

— Deixe comigo, rapaz. Irei até o orelhão fazer uma ligação. Vá aproveitar a festa, e o que quer que faça, não diga uma palavra a minha filha até minha confirmação.

— Ok. Saúde, George.

— Você aprenderá, Alan. Tenha alguns anos de casado para contar e saberá como se manter longe de problemas.

— **NÃO SE ESQUEÇA DE** guardar a primeira camada para o batizado! — Vera gritou enquanto Sarah e Alan cortavam o bolo de casamento juntos.

— Isso é muita pressa. Ou ao menos espero que seja — Irene bufou, encarando Alan. — Haverá muito tempo para filhos depois, quando a guerra acabar.

— Mamãe, por favor — Sarah murmurou, sentindo-se constrangida por discutir sua vida de casada na frente das tantas pessoas que lotaram o número treze para participar do feliz dia do casal.

Ruby notou o desconforto de Sarah.

— Vamos cortar o bolo e comer uma fatia com uma xícara de chá, que tal?

— Prefiro um pouco de xerez para acompanhar, se não se importar — Vera disse, segurando um copo vazio.

— Eu a ajudo — Irene disse, levantando-se. — Há um modo certo de cortar um bolo de casamento e servir xerez, completou, pegando o copo de Vera.

— Eu gostaria de dizer algumas palavras — George anunciou.

— Para quê, George? — perguntou Irene brandindo a melhor faca de pão de Ruby, prestes a cortar o bolo. — Você fez seu discurso durante a tarde. Não há necessidade de monopolizar as atenções. É o dia de Sarah, não seu.

George correu os dedos pelo colarinho engomado tentando ignorar Irene e a faca.

— Apenas gostaria de oferecer a Sarah e Alan um presente de casamento.

Irene franziu a testa.

— Demos a eles um jogo de talheres, George.

— É um pequeno complemento. — Ele limpou a garganta. — Com tudo que tem acontecido hoje, todos concordamos que a eclosão de uma guerra não é o melhor momento para iniciar a vida de casados, mas sei que todos desejamos o melhor a Sarah e Alan. — Ele estendeu um envelope a Sarah. — Aqui está um presentinho para que comecem a vida juntos. Para ajudar a criar aquelas memórias sobre as quais tanto fala, Sarah.

Sarah pegou o envelope da mão de George. Viu Betty assentindo sabiamente de onde estava, sentada no piano com a mãe de Alan, Maureen. Sarah seguira o conselho de Betty e contara ao pai sobre criar memórias. Dentro havia uma chave e um pedaço de papel com um endereço. Ela passou-o a Alan, que parecia igualmente surpreso.

— Vamos, rapaz, diga o que é. — Ruby pediu enquanto colocava um bolo de frutas coberto de marzipã e glacê branco espumante em seu melhor prato. — Este bolo está quase pronto para ser distribuído e nós todos queremos saber qual é o presente.

George serviu-se de um pedaço de glacê branco com uma folha de prata e lambeu os dedos.

— É a chave do meu carro para que Alan leve Sarah à lua de mel.

— Lua de mel? — Sarah perguntou, confusa. — Alan, pensei que houvéssemos decidido fazer alguns passeios em vez de viajar.

— Agora podem aproveitar um ao outro por uns dias em vez de ficar no pé de sua avó — George acrescentou.

— Não me incomoda que fiquem no meu pé. Gosto da casa cheia. Além disso, você e Rene ainda estarão aqui — Ruby interveio.

— Não, está enganada, mãe. Voltaremos a Devon amanhã, já que tenho um compromisso no almoço com as meninas do time de golfe na terça-feira... George?

— Desculpe, amor. Podemos voltar de trem. Alan e Sarah precisam do carro mais do que nós agora. — Ele se inclinou para mais perto da esposa. — Eu explico depois.

— Espero mesmo, George. Aqui, coma um pedaço do bolo.

Sarah espreitou o pedaço de papel.

— O que diz, Alan?

Alan olhou para George com uma expressão confusa no rosto.

— É um endereço de uma pensão em Whitstable. Fiquei lá uma vez quando precisei viajar para o outro lado de Kent a trabalho. A dona os espera pela manhã, e estão reservados para a semana. Está tudo pago, então divirtam-se e tente não se preocupar com tudo, Sarah. O que tiver de ser, será — George disse.

Sarah atirou os braços em volta de George.

— Muito obrigada, papai. É o presente perfeito.

— **O SOL QUENTE** está maravilhoso. Nem parece setembro, não é? Estou com sono. — Sarah esticou-se na esteira que Alan estendera na praia. Encontraram um caminho arenoso entre os seixos e, depois de fazerem um piquenique, aproveitavam o sol em seus rostos enquanto observavam o mar. Entre os poucos barcos de pesca no estuário, estavam navios de cor cinza-metálico partindo com determinação em direção ao mar. Só de olhá-los, Sarah estremeceu. Escolhera ignorar tudo, exceto o clima delicioso, a lua de mel e o devotado marido. Alan era um amante atencioso. Qualquer receio que tivesse quanto a sua primeira vez juntos foi afastado enquanto exploravam os corpos um do outro e ele gentilmente mostrara o quanto a adorava. Sarah passara a noite nos braços de Alan, a cabeça contra seu peito, ouvindo seus batimentos constantes enquanto ele dormia, incapaz de acreditar no quanto era amada e no quão maravilhosa a vida deles seria...

— Acorde, dorminhoca. Irá cochilar a tarde toda?

Sarah acordou e viu Alan inclinado sobre ela.

— Meu Deus, dormi muito? Deveria ter me acordado.

— Não quis. Parecia tão pacífica e sem uma preocupação no mundo. Quero memorizar cada detalhe de seu lindo rosto, até mesmo essa coleção de sardas que você odeia.

Sarah esfregou o rosto.

— É o sol. Sempre acontece. — Ela parou de esfregar o rosto e congelou. — Por que precisar memorizar...? Ah, Alan, não! A RAF não pode chamá-lo ainda. — Sentou-se rapidamente e alcançou o marido. — Quando?

Alan pegou suas mãos e beijou ambas as palmas antes de a olhar nos olhos, onde podia ver lágrimas se formando.

— Seja forte, Sarah. Sabíamos que logo aconteceria. Estou com a carta desde antes do casamento. Não queria estragar nosso dia. Deus sabe que Hitler tentou, mas conseguimos aproveitar mesmo com o anúncio de guerra e eu juro quero nada irá atrapalhar nossa vida juntos. Posso ficar longe por um tempo, mas estará aqui no meu coração e estarei pensando em você o tempo todo.

Sarah sorriu; precisava ser corajosa por Alan. Ele não poderia ver que seu coração estava partido.

— Talvez não devesse pensar muito em mim enquanto está pilotando seu avião. Não queremos que se envolva em um acidente, não é?

— Ah, meu amor, eu odeio ficar longe de você, mas prometo que passará rápido; então poderemos planejar o futuro. Serei gerente de uma filial da Woolworths e você será mãe de um bando de filhos nossos e fará nossas mães avós orgulhosas.

Sarah sorriu e mordeu um lábio para se impedir de chorar.

— Não estou certa de que minha mãe gostará do título. É provável que se sinta velha.

— Seja lá como for chamada, ela obviamente amará cada filho nosso. George ficará encantado. Posso vê-lo levando nosso rapazinho para pescar e ensinando-o a andar de bicicleta. — Ele ajudou Sarah a se levantar e pegou a esteira. — Contei a George sobre minha carta de convocação no dia de nosso casamento.

— Por isso ele nos surpreendeu com essa lua de mel surpresa?

— Sim. Ele imaginou que gostaria mais do que o que eu havia planejado, e gostaria que tivéssemos um tempo só para nós antes que eu partisse.

— Meu Deus. O que havia planejado?

O rosto de Alan se iluminou.

— Um passeio na Bessie, e passaríamos a noite em diferentes pubs e pousadas.

Sarah tentou não rir. Abençoado seja papai por intervir, pensou, dando o braço a Alan.

— Certamente teria sido adorável, Alan, mas a surpresa de papai significa que podemos passar mais tempo juntos, em vez de comigo sentada atrás de você enquanto dirigimos pelo interior.

Aí está, pensou, minha primeira mentira inofensiva para meu marido, mas era por uma boa causa. Achou melhor não contar a ele agora que preferia andar a pé do que ser sacudida em cima de Bessie. Pelo pouco tempo em que o teria para si, não desejava desapontar Alan de forma alguma.

— Quando terá que partir, Alan? Por favor, não diga que teremos que encurtar a lua de mel.

— Não, teremos alguns dias em casa antes que eu vá para meu período de treinamento na Escócia. Estou esperançoso de que, se passar em todos os exames, serei posto em um campo de aviação no sul da Inglaterra, para que possa vir para casa o máximo possível. Isso nos dará algo pelo que ansiar.

— Alan, por favor, não há necessidade de tentar me animar. Onde quer que o coloquem, encontraremos um jeito de estarmos juntos o máximo possível. Não mentirei. Será estranho não o ver todos os dias. Acho que nunca ficamos um dia sem nos ver desde que comecei a trabalhar na Woolworths.

— A boa e velha Woolies. Certifique-se de me escrever tanto quanto puder e contar tudo o que acontece no trabalho. Fique de olho no jovem Ginger para que ele não seja demitido por ser preguiçoso.

— Farei isso, prometo.

— Há outra coisa que preciso lhe pedir — Alan completou enquanto ajudava Sarah a passar pelos seixos, longe da praia e do belo porto, em direção a uma passagem estreita entre cabanas de pescadores que levava à High Street. — Acha que podemos nos mudar para a casa da mamãe? Ela é sozinha exceto pelos amigos na Woolies e, enquanto estiver na RAF, não gosto de pensar nela sozinha, quando os ataques aéreos começarem. Decorei toda a casa, e a cela é tão segura quanto o abrigo de Ruby, para o caso de as coisas ficarem tensas.

Sarah gostava muito da sogra, só que sair da casa da avó seria uma grande mudança. Mas novamente, era há apenas uma rua de distância, e sua avó tinha mais pessoas por perto, assim como papai visitando quase todas as semanas a trabalho. Ela não gostava de pensar em Alan a milhas de casa se preocupando com a mãe.

— Claro que podemos. Sinto muito não ter pensado nisso. Por que não compramos alguns postais alegres e avisamos que nos espere? Podemos nos mudar inclusive antes que você vá para o treinamento.

Alan beijou sua bochecha.

— Você é absolutamente maravilhosa. Posso ir embora sabendo que estão todos felizes e bem cuidados. Por que não preparo nosso chá e podemos escrever os cartões e colocá-los no correio essa tarde? Há uma casa de chá no final da rua.

Podemos até conseguir um bolo de chá torrado se tivermos sorte.

— AQUI, MEUS AMORES. Um bule de chá para dois, uma fatia de bolo de chá torrado e uma fatia de sanduíche vitoriano. Deixarei o chá em infusão por mais alguns minutos, se preferirem mais forte, e trarei uma jarra de água para que o mascarem.

— Obrigada. Parece ótimo — disse Sarah, encarando o enorme pedaço de bolo recheado com geleia de morango.

— Parece delicioso. Não sei se consigo comer tudo.

— Sei que fará o seu melhor, e o que não conseguir, aposto que seu namorado consegue terminar.

— Marido — Alan disse enquanto mordia seu bolo. — Estamos em lua de mel.

— Ora, que maravilha. Com tantas notícias ruins ultimamente, a de vocês fez o meu dia. Quando foi o casamento?

Sarah corou.

— Domingo passado.

A garçonete se sentou.

— É um para recordar, sem dúvidas. Então, de onde vêm?

— Erith — os dois responderam ao mesmo tempo.

— Conheço bem. Sou de Woolwich. Me mudei para cá e toquei o café após meu cunhado se aposentar. É uma boa vida, mas sinto falta do lugar onde cresci. Volto sempre que posso para visitar a família e fazer compras. Não dá pra competir com as lojas de lá, mas vocês sabem disso, já que Erith tem várias.

— Temos boas lojas, assim como o rio. Na realidade, nós dois trabalhamos na Woolworths. Foi onde nos conhecemos — Sarah disse orgulhosamente.

— Não diga? Eu mesma trabalhei em uma filial de Woolwichh antes de me casar. Se um dia voltássemos para casa, eu estaria rapidinho na porta pedindo um emprego. — A mulher, que se apresentara como Mavis, parecia melancólica.

— Decerto, aqui é mais seguro do que mais perto de Londres, não? — Sarah perguntou.

— Sei não, querida. Veja o estuário. Sabe aquelas coisas grandes que se parecem com elefantes voadores? São balões barragem. Supostamente impedirão os aviões inimigos de chegarem a Londres. Meu velho amigo diz que se eles não conseguirem chegar até a Fumaça, é mais provável que nos bombardeiem. Bem, isso bastou para mim. Nossos netos foram evacuados semana passada, os dois mandados para sei lá onde — algum lugar em Gales, é só o que sabemos — e agora minha filha, Sandra, não quer sair da cama de tão chateada. Eu disse que ela logo terá notícias de onde estão vivendo e que provavelmente estão se divertindo muito.

— Ela deve estar triste. Eu também estaria — Sarah solidarizou-se. Ela vira uma fila de crianças indo em direção à estação de Erith na última semana, elas usavam etiquetas amarradas em seus casacos e carregando pequenas bolsas de roupas e uma máscara de gás sobre os ombros. As crianças pareciam animadas, mas lembrava-se das expressões abatidas dos pais e que algumas mães estavam em lágrimas.

A mulher enxugou os olhos com seu avental e se levantou.

— Vou trazer aquela água quente. Aproveitem o chá.

— Parece errado.

— O quê? Enviar cartões postais? — Alan perguntou.

— Não, nós estarmos tão felizes e tudo o mais. Essa é uma cidade litorânea — por que criancinhas estariam em perigo por aqui?

— Não sou nenhum expert — Alan disse, limpando manteiga derretida de seu queixo — mas acredito que toda a costa de Kent seria tentadora para o inimigo. Pense em todos os barcos entrando e saindo de Londres, ainda mais barcos de pesca. Um ataque a essa área poderia afetar nossa marinha, assim como o fornecimento de peixes e tudo mais. — Ele não acrescentara que também poderiam ser invadidos pelo Canal se os alemães chegassem à costa da França.

Sarah sacudiu a cabeça.

— Então a RAF protegeria o litoral assim como as cidades?

— Ouso dizer que sim, mas até que eu tenha completado meu treinamento, não saberei o que esperam de mim. — Alan viu a expressão de Sarah desmoronar. Alcançou sua mão e apertou-a. — Prometi-lhe que não faria nada perigoso, então pare com essa tristeza e sirva-me uma xícara de chá. Tenho a impressão de que se não acabarmos com cada migalha, estaremos encrencados com nossa nova amiga.

Sarah sorriu e colocou leite em seus copos antes de pegar o bule. Ainda assim, sentia aquele familiar arrepio, como se a energia ali se alterasse.

Mais tarde naquela noite, enquanto se aconchegavam na larga cama de casal, Alan sussurrou no ouvido de Sarah:

— Tive uma ideia.

Sarah riu quando a respiração dele tocou seu pescoço.

— E que ideia seria essa?

— Vamos fazer uma promessa de que viremos aqui no próximo ano comemorar nosso primeiro aniversário, que tal? Podemos tomar sol na praia e ir ao salão de chá da Mavis comer algum dos pratos assados dos quais ela nos falou.

Sarah empurrou Alan de brincadeira.

— Alan Gilbert, parece que está mais interessado em voltar a Whitstable para comer assados do que para comemorar nosso casamento.

Alan riu e puxou a esposa para mais perto.

— Acho que nós dois sabemos que não é verdade. — Enquanto seus lábios encontraram os dela no quarto, iluminado apenas pelo luar, ele desejou fervorosamente que em um ano a guerra tivesse acabado e que ambos estivessem em segurança.

— **PARA MIM?** É tão linda. Obrigada. — Freda admirou o elegante bracelete de conchas em seu pulso, que Sarah acabara de lhe entregar.

— É apenas uma lembrancinha de Whitstable para agradecer por cuidarem da vovó enquanto estive longe.

— Foi mais ela quem cuidou de nós. Juro que dobrei de tamanho com toda a comida com a qual ela nos encheu — Maisie completou enquanto admirava seu broche feito de conchas similares às do bracelete de Freda. — A levamos ao Odeon para ver *Adeus, Mr. Chips*.

— Foi adorável. Eu chorei no final — Freda suspirou.

— Pensei que os cinemas estivessem fechados por enquanto. — Sarah disse.

— O Odeon esteve fechado por alguns dias e, quando abriu, achamos melhor dar um pulo lá antes que o governo mudasse de ideia e fechasse os cinemas de vez.

— Seria insuportável — Freda disse indignada. — Eu não poderia ficar sem minha visita semanal ao cinema. Como Alan se sente agora com apenas dois dias de trabalho antes de se unir à RAF?

— Não disse muito. Quanto a mim, temo o dia em que ele deixar Erith.

— Anime-se. Ele estará em casa de licença antes que se dê conta. Quer outra xícara de chá? — Maisie disse, levantando-se. — Há tempo antes que nosso intervalo termine. Subimos tarde.

Sarah checou o relógio na parede:

— Melhor não. Tenho que ver Betty em cinco minutos.

— Srta. Billington — Maisie gritou por sobre o ombro enquanto se dirigia ao balcão. — Sem intimidade, por favor. Estamos no trabalho agora.

Freda e Sarah riram juntas enquanto Sarah se inclinou para a amiga.

— É bom voltar ao normal depois do casamento e tudo. Diga-me, como Maisie está lidando agora que seu Joe está no exército?

— Sabe como Maisie é — sempre a alma da festa, mas é tudo fachada. Mesmo com toda a discussão, Joe e Maisie são devotados um ao outro e ela sente muito a falta dele, mas eu e sua avó a mantivemos ocupada. Maisie pode pensar que esteve cuidando de Ruby, mas a verdade é que tem sido o contrário. Ruby continua chamando-a para ajudar no jardim, e depois insinuou que nunca havia visto *Adeus, Mr. Chips,* sendo que estivera em Dartford para ver com Vera do final da rua apenas dois dias antes. Ainda assim, nos divertimos.

Sarah checou o relógio na parede do refeitório dos funcionários novamente.

— Veja, preciso me apressar, mas tive uma ideia. Terei que falar com a vovó, e também lhe diz respeito, já que talvez queira voltar a morar no número treze. Sabe que sempre haverá um lugar para você lá. Pergunto-me se não convenceríamos Maisie a se mudar para meu antigo quarto. Ela seria mais feliz vivendo com a vovó do que com a sogra. Agora que Alan e eu estamos vivendo com Maureen até termos nossa própria casa, há muito espaço na vovó. O que acha?

Freda aprovou.

— Parece-me uma boa ideia. Ainda não planejo me mudar de meu alojamento. Talvez possamos falar mais sobre isso no domingo? Haverá tempo enquanto estivermos em Margate. Isso se não se importar? Será seu último dia com Alan antes que ele parta para o campo de treinamento.

— Acredito que Alan poderá me dispensar por alguns minutos. Ele provavelmente terá sua própria opinião também. Estou ansiosa para a viagem. Ouvi dizer que talvez sejam os últimos passeios de lazer do navio, já que será usado para trabalhos mais importantes enquanto a guerra estiver em curso. Uma pena, é muito divertido descer o Tâmisa em direção ao litoral.

Freda sorriu.

— Mal posso esperar. Quero ir ao litoral desde que vi o cartaz na plataforma da estação de Charing Cross, quando cheguei aqui. Será tão divertido. Mesmo que estejamos em guerra — Freda acrescentou depressa.

— **OBRIGADA POR VIR** me ver, Sarah. Há alguns assuntos que preciso discutir com você.

Sarah sentou-se em frente à chefe no pequeno escritório. Papéis se amontoavam sobre a mesa e Betty parecia perturbada. A última vez que a vira foi quando família e amigos se despediram dela e de Alan enquanto seguiam para a lua de mel. Passaram a primeira noite no Hotel Wheatley Arms na cidade, antes de partirem para Whitstable após o café da manhã. Graças ao pai, foi uma lua de mel maravilhosa, que ela nunca esqueceria. Betty ainda usava o vestido de dama de honra enquanto acenava da calçada, o lindo cocar ligeiramente torto após horas de cantoria. Parecia estranho vê-la agora em roupa formal sentada do outro lado da mesa. Sarah se perguntou se devia chamá-la de Betty ou Srta. Billington.

— Sarah, estou tão aliviada por vê-la de volta ao trabalho. Como pode ver, estou atolada aqui. Metade da equipe masculina ou alistou-se ou nos deu aviso prévio. Algumas das mulheres também saíram para trabalhar na fábrica Vickers. Soube que o salário é muito bom. — Betty não parecia feliz ao checar uma lista à sua frente. — Isso nos deixa com um problema de equipe.

— Se serve de consolo, não planejo deixar meu emprego. Alan parte para o treinamento da RAF na segunda-feira e eu gostaria de trabalhar o máximo de horas possível para não ter tempo de pensar no que está acontecendo a ele.

Betty sorriu. Sabia que Sarah ficaria preocupada com o marido enquanto ele estivesse longe, mas ainda trabalharia duro quando requisitada. Sarah Caselton, ou Sarah Gilbert, como era chamada agora, não fugiria de seus deveres.

— Fico feliz em saber que não a perderemos agora. Na verdade, tenho uma mudança de cargo para você. Se estiver interessada.

Sarah franziu a testa. Gostava de trabalhar no balcão da papelaria. Não estava tão interessada em mudar para outra área da Woolies. Especialmente não para o balcão de vegetais ou mesmo para o de costuras e lãs. Sua avó e Freda ensinaram-na pacientemente a tricotar itens de lã, mas ainda lhe era custoso, e ainda ficava surpresa quando uma meia ou balaclava surgiam após horas de suor sobre aquelas agulhas. Encarar lã e agulhas todos os dias no trabalho apenas a faria lembrar de que ela não tinha a habilidade necessária para ser uma tricoteira competente.

— Ajudarei se achar que sou adequada, mas não tenho certeza de que seria tão boa em algum dos outros balcões.

Betty podia ver que Sarah estava preocupada.

— Não há motivo para se preocupar, Sarah. Penso mais em uma promoção do que em uma mudança de balcão.

— Promoção? Sei que já conversamos sobre a possibilidade de um dia me tornar supervisora, mas não pensei que seria tão rápido.

— Vivemos em tempos transformadores. Com nossos homens na guerra, cabe a nós, mulheres, manter as coisas no lugar para o retorno deles.

Sarah assentiu. Compreendia a lógica nas palavras da chefe.

— Quais seriam meus deveres?

— Para começar, assumiria o cargo de supervisora, e haverá um bônus juntamente com o aumento por ter completado vinte e um anos de idade, mas eu preferiria que trabalhasse comigo em vez de na loja. — Apontou para a pilha de livros e papéis em sua mesa. — Não apenas tenho várias atribuições extras trabalhando com o Sr. Benfield, mas também toda essa papelada. Novos membros requerem treinamento, e há os compromissos do treinamento de combate a incêndio e me certificar de que todos os funcionários sabem o que fazer em caso de ataque aéreo. — Ela correu a mão pelos cabelos e suspirou. — Estou afundada em trabalho.

— Bem, agora tem a mim para lhe ajudar. Por onde começamos?

Betty checou seu relógio de pulso.

— Devo comparecer a uma reunião com o Sr. Benfield em meia hora. Temos visitantes da matriz. Há três jovens começando esta manhã e preciso terminar um relatório. Acompanharia as funcionárias novas? Precisam apanhar seus uniformes e ter a conversa inicial. Costumo fazer isso aqui, como bem sabe. Talvez se as levasse à ala dos funcionários, haverá tempo antes do próximo intervalo para aprenderem o funcionamento e para levá-las a um tour pelo andar da loja. — Ela remexeu em sua mesa e pegou um arquivo e uma prancheta. — Aqui estão os detalhes e as seções em que elas deverão trabalhar. Use seu julgamento para decidir onde cada garota deverá ser colocada. Os uniformes estão no armário perto da porta.

Sarah pegou os papéis e enfiou os macacões embaixo do braço. Antes de deixar o escritório, virou-se para Betty, que já estava ocupada escrevendo em um livro-razão.

— Betty, obrigada por confiar em mim para fazer isso. Prometo fazer o possível para orgulhá-la.

Betty sorriu.

— Sei que será uma ótima supervisora, Sarah. Por isso lhe ofereci o trabalho. Acho que formaremos um bom time.

— Também acho — Sarah sorriu enquanto saía para o local onde as três jovens esperavam para começar seus novos empregos.

— Sigam-me — ela acenou, guiando-as em direção à ala dos funcionários, onde o delicioso cheiro de ensopado de cordeiro vinha da cozinha. Ela cumprimentou Maureen, que se ocupava misturando farinha e sebo bovino para fazer bolinhos. — Tirem os casacos e encontrem um lugar para se sentarem, senhoritas. Aceitam uma xícara de chá?

As três aceitaram timidamente, sem fazer contato visual com a mulher segura de si que viam à sua frente.

— Coitadas, parecem aterrorizadas — Maureen disse enquanto servia chá nas quatro xícaras no balcão. — Novatas, suponho?

Sarah, que empilhava fatias de bolo de sementes em um prato, lambeu os dedos e confirmou.

— Sim, mostrarei a elas o que fazer antes de começarem no andar da loja. É parte do meu novo trabalho — completou calmamente, incerta de como a sogra veria a promoção de Sarah. Não precisava ter se preocupado.

Maureen limpou as mãos cheias de farinhas no avental e correu para o outro lado do balcão, abraçando Sarah até quase estourá-la.

— Estou tão orgulhosa de você, minha querida. Alan também ficará. Presumo que ainda não saiba...

— Não. A Srta. Billington acaba de me contar. Não é um cargo de gerência nem nada do tipo. É apenas que ela precisa de ajuda enquanto estamos em falta de funcionários.

— Não se rebaixe, minha menina. É tão bom quanto ser gerente. Está no escritório. Veja Alan. Pode ser um gerente estagiário, mas nunca está fora daquele armazém, e nove em cada dez vezes tem uma vassoura na mão.

— No entanto, ele tem perspectiva — Sarah acrescentou rapidamente, em defesa do marido trabalhador — e a Woolworths disse que o trabalho estará aqui para ele quando voltar da guerra. — Mordeu o lábio pensativamente. — Me pergunto quando será isso.

— Bem, não teria como ser cedo o suficiente para mim. Se eu pudesse colocar minhas mãos naquele Sr. Hitler, torceria aquele pescoço dele por causar tantos problemas. O que pensará sua mãe, com ele causando essa guerra sem propósito? Se fosse meu filho, levaria uns sopapos nas orelhas.

Sarah sorriu. Maureen soava exatamente como sua avó falando da guerra. Começara há apenas uma semana, mas era tudo sobre o que se falava. Ela sabia que a sogra estava preocupada, ainda que colocasse uma expressão corajosa.

— Alan fará seu melhor, Maureen, e estou certa de que virá nos visitar assim que puder. Não ficará treinando para sempre e, com alguma sorte, será postado em uma base do nosso lado do país.

— Mas ele não estará em casa nas manhãs para trazer o carvão e comer o café que eu coloco na mesa, não é?

Sarah percebeu que Maureen estava ficando chateada.

— Não, não estará, e ambas sentiremos sua falta, mas estou morando com você agora e precisamos mostrar a ele que nos viramos sozinhas até que ele volte. Não o queremos se preocupando conosco, não é? Não é por nada, mas ele reclamará se você não tiver aquele ensopado cozido pronto quando ele vier jantar no intervalo mais tarde. Ele e todos na Woolies.

— Meu Deus — disse Maureen, endireitando o avental e voltando depressa para trás do balcão. — Melhor eu continuar. Agora, pode dizer àquela Srta. Billinton que se tiver algum funcionário sobrando, eu gostaria de uma ajuda aqui? Mais pessoas parecem estar comendo no trabalho e às vezes fico muito pressionada para terminar meu serviço.

— Me certificarei de mencionar — não se preocupe. — Sarah pegou a bandeja de chá e bolo e levou-a para a mesa, onde passou a meia hora seguinte falando sobre as tarefas das três jovens novatas antes de partir em direção à estreita escada para mostrar a elas os balcões onde trabalhariam.

Chegando à porta da loja, esbarrou em Alan, que lutava com um par de caixas nos braços. Ele as colocou no chão antes de dar um beijo estalado em sua nova esposa, para constrangimento desta. Sarah estava orgulhosa pelo novo marido ter insistido em voltar ao trabalho pelos poucos dias entre a lua de mel e sua ida para a RAF. Pelo menos, o veria no trabalho também.

— Alan, por favor — censurou-o enquanto desvencilhava-se dele. — Estou trabalhando. — disse indicando as três moças, que davam risadinhas. — Não tem graça — insistiu, esforçando-se para não rir e para agir como achava que uma supervisora deveria. — Este é meu marido, Sr. Gilbert. Ele é um gerente estagiário prestes a entrar na RAF para pilotar Spitfires.

Isso silenciou as jovens, que olharam admiradas para Alan.

— Agora, vamos ao trabalho ou já será hora da pausa para o jantar. — Ela guiava as garotas para a porta quando Alan pegou-a pelo braço e franziu a testa.

— O que é tudo isto?

— A Srta. Billington me promoveu a supervisora e estou ajudando-a a iniciar a nova equipe no trabalho, já que ela tem uma reunião com o pessoal da matriz.

Ele rapidamente roubou outro beijo antes que Sarah pudesse escapar pela porta. Ela adoraria ter ficado em seus braços, mas estava ciente das responsabilidades que a aguardavam e da possibilidade de ser vista por outros funcionários e, mais ainda, por clientes.

— Muito bem, meu amor. Estou muito orgulhoso de você. Temos que comemorar antes que eu vá para a Escócia.

— Não seja tolo — não é tão importante. Além do mais, passaremos o dia em Margate depois de amanhã, e você estará viajando na manhã seguinte.

— Então teremos que comemorar sozinhos — ele disse, passando um dedo por seus lábios.

Sarah estremeceu de prazer. Sentiria falta de Alan quando ele fosse embora de Erith. Como suportaria?

— **VOCÊ PARECE UMA** galinha com seus pintinhos — Maisie exclamou quando Sarah passou por seu balcão. — Aonde vai com as mocinhas?

Sarah parou e guiou as garotas para onde Maisie tirava bules de chá de uma cesta e limpava cada um com um pano antes de acomodá-los lindamente no alto do balcão de mogno.

— Essas são as mais novas integrantes da equipe. Duas estão trabalhando com Freda na retrosaria e a outra nos artigos domésticos.

— Mais duas na retrosaria? O que está havendo com o mundo?

— Estão com falta de pessoal. Freda estava emocionada ao ser transferida para aquele balcão. Quis trabalhar lá desde que entrou para a Woolies. Duas garotas saíram para trabalhar em uma fábrica. Só espero que Freda não comece a ter ideias tolas de se juntar a elas.

— Tarde demais. Ela veio com uma conversa sobre fazer sua parte na guerra e acha que trabalhar na fábrica Burndept's significa que está fazendo mais do que trabalhando em uma loja — Maisie disse enquanto soprava forte na tampa de um bule, espalhando poeira e pedaços de palha nas três garotas, que a encaravam, glamourosa como sempre, mesmo em meio ao trabalho duro.

— Oh céus, era só o que faltava. Falarei com ela. Não gosto de pensar nela lá na fábrica. Eles empregam centenas de pessoas e é trabalho pesado. Não tenho certeza se Freda aguentaria.

— Ela sabe se cuidar. Não é como se fosse trabalhar há milhas de distância. A fábrica é logo abaixo na rodovia e o alojamento dela é perto. Será que não volta a morar com Ruby agora que ela está sozinha?

Agora que Maisie mencionara os arranjos de moradia no número treze, Sarah não poderia perder a oportunidade de perguntar se ela própria iria viver com Ruby.

— Não, acredito que esteja feliz como está, e se ela for trabalhar na Burndept's, estará ainda mais perto da Alexandra Road. — Sarah brincava com uma caixa de colheres de prata, que Maisie colocara perto dos bules. — Na verdade, Maisie, pergunto-me se me faria um favor. — Ela olhou para onde as novatas esperavam pacientemente ali perto.

— Ora, desembuche. Não temos o dia todo.

— Me pergunto se gostaria de ir morar com a vovó. Estou preocupada com ela agora que está sozinha. Sei que papai passará lá quando estiver por aqui, mas com a chance de bombardeiros e tudo mais, ela não deveria ficar sozinha, deveria?

— Caramba. Essa é a melhor coisa que já me pediram em muito tempo. Eu iria para casa arrumar minhas coisas agora se não tivesse esses malditos bules para arrumar. Juro que se a morcega velha me lembrar mais uma vez que o filho me fez um favor ao se casar comigo, não respondo por mim.

Sarah ficara aliviada pelo fato de a amiga aceitar o convite tão rápido. Sabia que por trás da fachada de Maisie havia uma mulher muito triste, com saudades do homem que amava. Olhou para o grande relógio na parede da loja. Se não se apressasse e levasse as novas garotas para suas respectivas seções, seria tirada do cargo de supervisora antes mesmo de completar um dia de trabalho.

— Veja, preciso ir. Você se importa se eu contar à vovó uma mentirinha inocente?

Maisie riu.

— No que me diz respeito, pode mentir à vontade, desde que eu possa me mudar para o número treze e escapar da sogra o mais rápido possível. Ela não faz nada além de se queixar sobre como Joe poderia conseguir coisa melhor do que eu. Ela pensa que não tenho para onde ir.

— Bem, ela está errada, não está? Veja, quero apenas que vovó pense que está se mudando por Joe estar longe e pela situação com a mãe dele. Preciso saber que ela não estará sozinha se algo acontecer.

— Não é exatamente mentira, né, doçura.

Sarah sentiu uma pontada de culpa. Estava mesmo engambelando a amiga para que ela morasse com a avó? Realmente, era por uma boa causa.

— Contanto que não deixe vovó saber. Sabe como ela é independente.

Maisie deu uma batidinha na lateral do nariz.

— A bom entendedor, meia palavra basta, doçura. Agora, vá ajeitar sua jovem ninhada, enquanto termino de empilhar as panelas. Preciso terminar esse serviço antes do intervalo para o jantar e já não está fácil sem você aqui falando comigo. — Ela deu a Sarah uma piscadela antes de voltar à tarefa de ordenar seus bules.

Sarah guiou as garotas por entre as filas de clientes, satisfeita por ter feito o melhor para manter a amiga animada e a avó acompanhada durante os dias sombrios que viriam.

— **A QUE HORAS** você sai, Alan? — George perguntou enquanto entregava um litro de bitter ao genro.

Alan tomou um gole do líquido marrom-escuro e secou a boca.

— Amanhã cedo. Deram-me uma passagem de trem, então ao menos Sarah não se preocupará comigo pilotando Bessie até a Escócia.

George deu uma palmadinha no ombro de Alan.

— É melhor. Mulheres não gostam de motocicletas como nós. Eu mesmo sempre gostei. Disse a Irene que poderíamos ter uma moto com um carrinho lateral, e ela quase entrou em combustão. Foi um inferno viver com ela enquanto não comprei o carro. Não conte a ela que eu disse, mas agora estou feliz por termos comprado o carro. É mais prático para quando preciso vir de Devon. Não sou tão jovem como você, Alan. Gosto de conforto e segurança atualmente.

Alan assentiu. Ele entendia o ponto de George. Sem dúvidas quando fosse mais velho e tivesse alguns rebentos, se sentiria da mesma forma. Olhou para o relógio.

— Acho que devemos procurar as mulheres. Irene está na Dreamland com as outras?

— Não há pressa, rapaz. Temos tempo para mais uma bebida. Irene foi dar uma volta. Ela não é chegada a parques de diversão. Disse que nos encontraria para o chá mais tarde, antes de voltar ao *The Kentish Queen* e para casa. Ted Sayers estava me dizendo que não farão mais passeios de lazer no barco. Ele está falando em transportar carga pelo Tâmisa, em vez disso.

— Não consigo ver muitas pessoas querendo fazer passeios. Não há como saber o quão seguro será no rio.

Os dois homens encararam à beira-mar de Margate perdidos em pensamentos. O clima brando de setembro atraíra as famílias para um dia na praia. Crianças cavavam fazendo castelos de areia, enquanto seus pais sentavam-se em cadeiras de praia e aproveitavam o calor do sol outonal. Não fosse por uma quantidade de visitantes de uniformes e várias pessoas carregando máscaras antigás, poderia ter sido um dia ensolarado qualquer no popular parque à beira-mar de Kent. Na parte de trás do pub onde George e Alan aproveitavam suas bebidas, podia-se ouvir os gritos exultantes das pessoas experimentando as delícias da Dreamland.

— Acha que estarão todos aqui nessa época no próximo ano aproveitando o sol? — Alan perguntou.

George terminou a cerveja.

— Não há motivo para se perguntar tais coisas, rapaz. Quem sabe? Enquanto a Dreamland estiver aberta e as pessoas puderem ficar na praia, haverá aqueles que virão se divertir como sempre fizeram. Essa guerra pode durar alguns meses ou anos, mas as pessoas não se deixarão abater por ela. Aceita outra?

— Apenas metade, obrigado, George. Então verei o que as garotas estão aprontando. A jovem Freda está muito animada. Parece que nunca esteve em uma praia antes.

— Aí estão vocês!

Os dois homens se viraram para ver Sarah se aproximando.

— Vim ver se meu marido quer dar um passeio pelas cavernas aquáticas comigo. Mamãe lhe mata se achar que está alterado, pai.

— Bebi apenas aquela, amor. — George foi ágil ao apontar.

Sarah beijou a bochecha do pai antes de dar o braço a Alan.

— Por que não vai procurar vovó? Ela disse que gostaria de um prato de caramujos. Você sabe que gosta, pai.

George lambeu os lábios.

— Acho que farei exatamente isso enquanto sua mãe não volta. Ela não é chegada a frutos do mar como nós. — Esfregou as mãos uma na outra enquanto ia para a Dreamland à frente de Alan e Sarah.

— Caramba. Papai gosta das coisas mais simples. Nem um pouco como mamãe. — Sarah riu. — É uma pena que não compartilhem mais os mesmos interesses — completou pensativa. — Não acha que ficaremos assim algum dia, acha?

— O que, quer dizer eu me esgueirando por um prato de caramujos com sua avó? — Alan perguntou, enfiando a mão no bolso da jaqueta.

— Não, bem, sim, acho que é isso. Vamos aproveitar tudo juntos, Alan. Não vamos ter segredos entre nós ou nos afastarmos. Temos que ficar juntos para sempre, como prometemos nos votos do casamento.

— Para sempre é muito tempo, Sarah.

— Mas fizemos um voto, e na igreja.

— Estou certo de que compartilharemos o máximo e seremos tão próximos quanto um casal casado pode ser, mas também temos uma guerra para atravessar, e quem sabe quanto o nosso *para sempre* irá durar?

Sarah parou e encarou o marido, puxando sua mão da dele.

— Não. Não escutarei enquanto diz essas coisas. Recuso-me a pensar que ficaremos separados por muito tempo. Essa guerra não durará para sempre e então ficaremos juntos até estarmos velhos e grisalhos. Me promete, Alan?

Alan podia ver o medo nos olhos azuis da esposa. Não era assim que gostaria de passar seu último dia como civil. Precisava que Sarah fosse corajosa e feliz. Não suportaria partir sabendo que ela estava triste.

— Querida esposa, prometo que viveremos até os cem anos e teremos vários netos e bisnetos. Seremos os próprios Darby e Joan. O que acha?

— É o suficiente por enquanto. Mas me apegarei a essa promessa, Alan. Veja, aqui estão as cavernas aquáticas. Entremos na fila antes que os outros nos encontrem.

Sarah aconchegou-se a Alan enquanto o barco redondo, que parecia uma banheira, dirigia-se às cavernas escuras. Estava frio e o som da água pingando das paredes feitas por mãos humanas causaram nela um arrepio, fazendo-a abraçar Alan ainda mais. Conseguia ouvir os suspiros dos outros turistas à sua frente e às suas costas, mas aqui, no escuro, para todos os efeitos, eles estavam sozinhos.

— Diga-me adeus agora, Alan.

— Querida, não vou embora até amanhã de manhã.

— Mas essa pode ser a última vez em que estamos realmente a sós. Mesmo na casa de Maureen não estaremos sozinhos de verdade, já que ela estará no quarto ao lado.

Alan entendeu o que Sarah quis dizer e pelos minutos seguintes eles sussurraram suas despedidas e planejaram o que fariam quando se encontrassem novamente. Sarah prometeu não chorar enquanto acenava para ele da estação, e Alan prometeu acenar para a esposa até o trem deixar a Estação de Erith, se dirigindo a Londres e depois à Escócia em sua aventura particular. Ambos esperavam fervorosamente que no Natal Alan pudesse se juntar a ela em Erith, então um piloto de Spitfire completamente treinado.

— **Foi tão divertido.** Quando poderemos ir novamente? — Freda ainda estava animada pelo dia em Margate.

— Caramba, doçura, ainda nem chegamos em casa. Acabou de melhorar do enjoo de tanto algodão doce e batatinhas. Que ótimo que não comeu aquelas balas de gelatina também ou iria pendurada na lateral do barco até Erith — Maisie riu.

— Honestamente, estou bem, Maisie. Embora não me importasse com uma xícara de chá, se estiver saindo uma...

— Você fica aqui e toma um ar fresco e eu busco o chá. Você não gostaria de descer ao convés, está um pouco abafado lá embaixo. Não é o melhor lugar para estar se estiver um pouco nauseada, e você me parece estar, não importa o que diga. — Maisie abraçou Freda rapidamente e desapareceu degraus abaixo, onde se vendiam os refrescos.

Apesar de alegre, Freda *ainda* se sentia um pouco nauseada, mas não queria incomodar os amigos. A menção às balas de gelatina não ajudou. Ainda assim, havia sido um dia excepcional e ela jurou visitar o litoral novamente, independentemente de Hitler e da guerra. Ela observou o céu que escurecia através da margem do Tâmisa do lado de Essex. Se apenas soubesse onde o irmão, Lenny, estava. Fazia nove meses que chegara a Erith, e, exceto pela carta com o nome "Erith" no envelope, enviada quando ainda estava em casa, e aquele sujeito de aparência suspeita que foi ao seu antigo alojamento, não estava mais perto de saber onde encontrá-lo. Contudo, sabia que não estava na cadeia, ou como quer que chamassem o lugar onde estivera preso, caso contrário aquele sujeito não teria ido até ela para tentar encontrar Lenny.

Trocando a vista do rio para o lado de Londres, depois dos vários navios no horizonte, podia ver balões barragem ao alto no céu, como elefantes gigantes, aguardando para parar qualquer avião inimigo que ousasse se aproximar da capital. Ela suspirou. Cometera um erro ao vir para Erith? Em vez disso, deveria estar procurando o irmão em outro lugar? E seria seguro para Lenny agora que a guerra fora declarada?

Como um jovem rapaz se arranjaria sozinho em tempos como este? Ela sabia de um lugar onde ele não estaria e esse lugar era em casa. Não, nenhum deles provavelmente voltaria para as Midlands se pudesse evitar. Adoraria ter voltado para a casa de Ruby na Alexandra Road, mas não queria levar nenhum problema para o número treze se o sujeito estranho aparecesse novamente. Era melhor sossegar por enquanto. Além do mais, gostava de seus alojamentos, e caso decidisse trabalhar na Burndept's, era mais perto da fábrica. Poderia ouvir algo sobre Lenny se trabalhasse entre centenas de pessoas em vez de na Woolworths. Refletiria mais quando se sentisse melhor.

— Por que a carranca, Freda? Ainda está enjoada? — Ruby parou ao seu lado e cheirou o ar. — Pode ser um pouco sazonado no rio às vezes, mas hoje não está tão ruim. Embora, se não estiver acostumado com o fedor, talvez embrulhe o estômago.

Freda sacudiu a cabeça. Não queria que os Caselton pensassem que tinha um problema. Eram como uma segunda família para ela agora. Na verdade, uma primeira família, já que mal se lembrava do próprio pai.

— Estou bem, obrigada, Sra. C., apenas um pouco cansada com tanta agitação.

Sem que Freda notasse, Ruby observava a jovem enquanto ela se afundava em pensamentos. Algo a incomodava, e ela descobriria o que era, ou não se chamava Ruby Caselton..

17

— **NÃO ESTÁ EXATAMENTE** igual, não é? Mas terá que bastar. — Betty Billington afastou-se da vitrine frontal da filial de Erith da Woolworths, cuidadosamente evitando os pedestres, e colocou as mãos sobre os quadris. — O que acha, Sarah?

Sarah inclinou a cabeça para um lado e encarou a janela principal, assim como as duas janelas menores de cada lado das portas duplas que davam acesso à loja.

— Não está como no ano passado, mas ainda está festivo. Não que os clientes possam ver muita coisa com toda essa fita isolante grudada às janelas.

Sarah pensou que era uma pena as janelas geralmente tão polidas, dispostas em molduras de mogno escuro, bloquearem a maior parte do que estava exposto para os compradores natalinos. Os meses anteriores ao Natal de 1939 foram cheios de expectativas para os habitantes de Erith. Nenhuma bomba caíra até o momento, porém todos se perguntavam se aquele seria o dia que o exército de Hitler tentaria invadir ou que uma bomba cairia em suas casas. Pensavam também todo o tempo nos entes queridos que serviam nas forças armadas. Estariam no exterior ou ainda no país? Ninguém sabia ao certo, mas em cada casa, esposas e mães rezavam para o retorno seguro de seus maridos e filhos. Filhas também se juntavam às forças ou se voluntariavam de outras formas. O país estava preparado, mas quando tudo começaria realmente?

Máscaras antigás ainda eram diligentemente carregadas por toda parte e, em cada filial da Woolworths, a equipe era treinada para saber o que fazer em caso de ataque ou incêndio. Uma das responsabilidades de Sarah como supervisora era certificar-se de que todos os funcionários soubessem seus lugares e deveres em caso de ataque. Eles já participavam de treinamentos de combate a incêndios, embora o tempo fosse geralmente gasto tricotando ou jogando cartas.

— Gostaria que pudéssemos colocar mais luzes na vitrine, mas o governo tem sido tão restrito no que diz respeito à iluminação das ruas e o risco de chamar a atenção de aviões inimigos.

Maisie, que estivera varrendo a frente da loja, outro de seus deveres desde que o jovem Ginger fora chamado, olhou para o céu.

— Faz com que a gente se pergunte por que Hitler iria querer seus aviões vindo até aqui só para jogar uma bomba na Woolies de Erith, não é? Um pouco de luz na frente da loja não faria mal.

— Mas não é apenas a Woolworths, Maisie. Pense em todas as lojas na High Street e na Pier Road. Se todas acendessem as luzes, os pilotos inimigos seriam capazes de ver em seus mapas que aqui é Erith e que próximo estão as docas, assim como fábricas que fazem um trabalho importante. Tire-os de cena e poderíamos ter Hitler marchando rapidamente até nossa cidade — Betty explicou.

— Caramba. Faz a gente pensar, não é? — Maisie exclamou enquanto todas encaravam o céu.

— Ao menos não estamos tão diferentes das outras lojas da cidade — Betty acrescentou — com o Ministro da Segurança Pública permitindo que usemos apenas luzes que não reflitam nas ruas.

Sarah apontou para a loja Hedley Mitchell do outro lado da rua.

— Estamos no mesmo barco que a Mitchell e, em minha opinião, a vitrine da Woolworths está mais bonita.

— Não sei nem porque estão preocupadas com algumas luzes. Todas vão ter que ser desligadas ao anoitecer, para que ninguém veja através das janelas mesmo — Maisie declarou. — Agora, estou com frio, então se tivermos terminado aqui, podemos entrar e nos aquecer antes que a gente morra congelada?

— Quero apenas checar se a exposição dos presentes masculinos está correta. Acham que devemos adicionar algo? — Betty espiou pelas frestas da fita isolante. — O que acham? As mulheres estarão suficientemente interessadas em comprar presentes para seus amados? Vocês duas têm maridos no exército. Comprariam presentes da Woolworths?

Sarah olhou de soslaio para Maisie. Ambas trabalharam por semanas sob a supervisão de Freda enquanto tricotavam pulôveres para Alan e Joe. Mais de uma vez Freda ajudara Sarah quando esta deixava cair uma série de pontos ou quando Maisie esquecia-se qual parte do padrão deveria estar seguindo e, zangada, jogava seu trabalho longe.

— Estou embrulhando alguns presentinhos para colocar sob a árvore para quando Alan vier para casa. Ele me disse que talvez esteja de volta no Natal por alguns dias, antes de ser designado a um esquadrão. Embora dependa do que estiver acontecendo. Fez uma boa seleção, Betty. Eu definitivamente farei algumas compras na Woolworths.

Maisie ficaria quieta. Sarah podia ver sua mandíbula começando a tremer. Não tinham notícias de Joe há meses, exceto por um cartão-postal com algumas palavras.

— Estou certa de que logo saberá de Joe. Logo ele estará de volta e você se esquecerá que esteve longe — Sarah disse à amiga.

Maisie tentou sorrir.

— Espero que sim, mas pelos boatos que andei ouvindo, ele deve estar em algum lugar na França agora, e veja quantos morreram lá na última guerra. — Ela varreu a pilha de poeira e folhas que removera da entrada da loja para a sarjeta e espreguiçou-se. — Deve ser hora do chá e estou congelando até os ossos aqui fora.

Sarah fez menção de seguir Maisie para dentro, mas Betty segurou seu braço.

— Parece que há problemas entre Maisie e o marido, estou certa?

— Não entre eles, mas Maisie sente muitas saudades e a sogra a culpa pelo alistamento do filho.

Betty franziu o cenho.

— Isso é ridículo. Joe teria sido convocado, mesmo que não tivesse decidido ir para o exército quando quis. Podemos fazer algo para ajudar?

— Acho que não, Betty. Ela ficou mais animada ao se mudar para o número treze, mas com o Natal se aproximando e todas as revistas que lê dizendo para as mulheres lidarem com isso sozinhas e sugerindo ideias de presentes para os homens no fronte, ela parece muito triste.

— Nossa, e eu aqui perguntando sobre vitrines. Conte comigo para colocar o dedo na ferida. Deve haver algo que possamos fazer para animá-la. Que tal uma viagem a Londres para ver uma pantomima? Talvez possamos ir em grupo e pedir à Maisie que organize. Isso a distrairia, não é?

— Estou certa de que sim, Betty. É uma ideia fantástica. Acho que Maureen e vovó adorariam se juntar a nós. Uma verdadeira família.

Betty sorriu para a assistente.

— Não sabe como aquece meu coração ser considerada parte da família, Sarah.

Sarah deu o braço a chefe.

— Eu que devo agradecer. Tem sido tão boa para mim e Alan desde que entrei na Woolworths. Céus, chorei em seus ombros tantas vezes que é surpreendente que ainda não tenha se aborrecido.

— Estou certa de que um dia será minha vez de chorar em seu ombro e é bom saber que estará lá. Agora, vamos alcançar Maisie e nos aquecer com aquela xícara de chá que ela mencionou. Precisamos estar radiantes e alegres para a festa dos velhos soldados esta noite.

— *... **DOWN AT THE** Old Bull and Bush, la, la, la, la, la...*

Maureen puxou Sarah pelo braço quando a nora entrou na ala dos funcionários. A cantoria começara e Maureen, fiel ao costume, liderava os velhos soldados no primeiro número. Eles balançavam lado a lado, cantando alto até a música terminar com uma grande ovação.

— Onde esteve, querida?

Sarah bocejou. Foi um longo dia.

— O homem que eu auxiliava não conseguia decidir entre um par de meias ou um calendário para o filho. Duas vezes chegamos à porta e ele mudou de ideia. Eu não teria me preocupado, mas já tinha embalado os presentes. Após a terceira vez, guiei-o escada acima o mais rápido possível antes que ele mudasse de ideia de novo.

— Antes você do que eu — Maureen riu. — Posso reclamar de ficar muitas horas na cozinha preparando as festas, mas prefiro isso a fazer compras para um velho rabugento.

— Ele não era tão rabugento, mas não foi tão divertido quanto fazer compras com Alfie ano passado. — Sarah olhou em volta do cômodo lotado enquanto funcionários e convidados comiam sanduíches e bolo. O Sr. Benfield enchia copos com cerveja de um barril equilibrado na beirada do balcão onde Maureen costumava servir as refeições. Todos sorriam. — Quase imagino que ele está aqui conosco.

Sarah ainda pensava com carinho no velho homem que dissera que ela seguisse seu coração. Fazia apenas um ano que conhecera Alan e se apaixonara? Parecia uma vida. Tanto havia acontecido. Tantos novos amigos e, esperançosamente, tanto para ansiar no futuro. Um arrepio frio fez seu corpo estremecer.

— O que foi, querida? Está com frio? Beba um pouco disso, vai te aquecer. — Maureen estendeu um copo que continha um gole de uísque.

— Não, estou bem. Apenas senti como se algo passasse sobre meu túmulo.

Maureen olhou para a nora. O rosto da garota empalidecera.

— Não quer dizer como se *alguém* passasse sobre seu túmulo?

Lágrimas formaram-se nos olhos de Sarah.

— Espero que não.

— **SENTE-SE, QUERIDA. SEU** café da manhã está pronto. — Ruby colocou um prato de ovos, bacon e pão frito em frente à neta.

— Jesus, vovó. Há comida suficiente para um exército neste prato. — Pegou a faca e o garfo, incerta do que comer primeiro.

— Tem um dia ocupado pela frente. Deus e o mundo estarão comprando na Woolies hoje. Até eu terei que dar um pulo lá para comprar umas coisinhas. Graças aos céus a véspera de Natal é num domingo. Deixa o feriado um pouco maior para vocês.

— Posso pegar para a senhora, vovó. Faça uma lista e farei isso na minha pausa.

— Oh não, você estará muito ocupada. Além disso, será bom esticar as pernas e andar pela cidade. Não sairei dessa casa de novo até o Boxing Day, com tanto para cozinhar.

— Sabe que todos ajudaremos, vovó. É muita bondade sua me deixar ficar no Natal. Sei que será apertado com Maisie vivendo aqui agora e mamãe e papai chegando esta tarde.

— Agora, não diga mais nada, minha menina. O inferno congelará quando eu não puder receber minha própria neta em casa no Natal. Não deixarei que durma sozinha na Maureen enquanto ela está longe. Agora, coma todo este bacon. Não acharemos mais quando for racionado, em janeiro. Coloque mais manteiga no seu pão antes que esteja em falta também.

Sarah sorriu para si mesma. Era encantador estar de volta ao número treze com a avó. Ainda que Maureen a fizesse sentir-se em casa, não era a mesma coisa sem Alan lá. Freda passaria esta noite ali, então as três dormiriam intercaladas nas duas camas de solteiro e tiraram no palitinho quem ficaria com cada cama. Freda sugerira que revezassem e não entendeu por que as amigas riram tanto. Desde que Freda começara a ajudar as Girl Guides no salão das missões, estava o tempo todo tentando organizá-las. Felizmente, Freda parou de mencionar que iria trabalhar na Burndept's e Sarah esperava que ela estivesse contente em ficar na Woolworths.

Sarah perguntou-se o que Alan estaria fazendo. Estava quase no fim de seu treinamento e ela esperava que ele pudesse vir para casa no Natal. Não se falavam desde que fora para a Escócia. Exceto por alguns cartões-postais e um par de cartas assinadas pelo devotado marido, era como se fosse solteira novamente. Talvez estivesse com seu novo esquadrão agora. Pelo menos enquanto durasse essa guerra falsa, sabia que estaria seguro.

— Contei a você que Vera acha ter visto soldados alemães na semana passada?

Sarah colocou a faca e o garfo no prato.

— Viu onde?

— Woolwich. Ela tinha ido ao mercado e lá estavam dois deles desembarcando do trem de Londres.

— Ah, vovó. Sei que não deveria rir, mas ela realmente acha que os alemães invadiriam de trem?

— Sabe como Vera é. Quando enfia algo na cabeça, ninguém tira.

— O que houve?

Ruby sentou-se e passou manteiga em sua torrada antes de continuar a história:

— Ela decidiu segui-los para ver aonde iam. Sabia que há quartéis em Woolwich?

— Sim, sabia, vó.

— Bem, ela os seguiu até os portões e ficou surpresa ao ver que os guardas os deixaram entrar, então foi com a cara e a coragem até os sentinelas e perguntou o que estavam fazendo. Deu uma bela bronca neles.

Sarah prendeu a respiração, esperando para saber o que aconteceu em seguida.

Ruby parou para enxugar os olhos enquanto lágrimas de riso caíam por sua bochecha.

— Acontece que eram soldados canadenses. A boba andou tudo aquilo, e os rapazes estavam do nosso lado. Juro que foi difícil ficar séria quando ela me contou. Estava indignada por os guardas terem rido dela.

Sarah se juntou ao riso da avó.

— Coitada, não devíamos rir. Com mais algumas Veras, poderíamos vencer essa guerra.

— Por que toda essa risada? — Maisie cambaleou até a cozinha, o roupão frouxamente amarrado e os rolinhos ainda no cabelo. Parou para beijar a bochecha de Sarah. — É bom te ter de volta, camarada. Caramba, nunca vi tanto bacon na vida. Estamos criando porcos agora, Ruby?

— Vovó estava me contando sobre Vera e os alemães.

Maisie pegou um pedaço de bacon do prato de Sarah.

— Sua vó me contou outro dia. Pensei que fosse brincadeira! Esse bacon está uma beleza.

— Vou colocar alguns na panela para você, Maisie. Quer alguns ovos também?

— Um sanduíche de bacon com um pouco de molho marrom serve, Sra. C.

— Aqui, pegue o meu. Estou cheia. Vovó exagerou para o caso de nunca mais vermos uma fatia quando o racionamento começar.

— Não vai querer se preocupar com isso. Meu Joe sempre consegue algumas coisas. Sabe, ele tem contatos nas docas... — Maisie ficou quieta, dando-se conta de que Joe não trabalhava mais nas docas; ele estava em algum lugar na França.

— Ele voltará logo, querida, e aí poderemos comer bacon todos os dias — Ruby disse.

Sarah abraçou a amiga.

— Sim, vovó está certa. Talvez até consigamos um pouco daquele perfume que você gosta.

Maisie sorriu.

— Estão certas. Vou tentar não me sentir miserável hoje. Afinal, é quase Natal e nosso último dia no trabalho. Melhor eu ir me vestir. Freda disse que passaria aqui antes do trabalho para deixar sua bolsa e suas lembrancinhas para o Natal.

— Vocês têm tempo para outra xícara de chá antes de ir para o trabalho, meninas? Está congelando lá fora, então as manterá aquecida durante o caminho até a Woolies — Ruby disse, indo até o fogão e tentando não sorrir. — Ouvi dizer que parte do Tâmisa congelou lá para cima e está frio o bastante para que aconteça o mesmo no trecho que passa por aqui. Nunca vi um frio desses.

— Tudo bem, então — Maisie disse. — Talvez eu até faça caber o último pedaço de bacon que a Sarah deixou no prato. Volto já.

Ruby cortou o sanduíche ao meio e deixou posto na mesa para Maisie, então colocou a larga frigideira de molho na pia, jogando água quente da chaleira.

— Estive pensando, Sarah, temos que ficar de olho na Maisie neste Natal. Ela está sentindo falta de seu Joe além do saudável. Ela coloca uma expressão corajosa, mas de vez em quando se desfaz e posso ver uma moça muito infeliz. Com Maisie e a jovem Freda não contando com uma família próxima a quem recorrer, penso que somos muito afortunadas.

Sarah abraçou a avó.

— A senhora está certa. Obrigada por cuidar das minhas amigas.

— Ora, elas cuidam de mim também. Não dormi sozinha sob meu teto desde que se mudou para a casa da Maureen. Não pense que eu não sei quando trama algo, minha menina.

— Vovó! Não sei o que quer dizer. — Sarah tentou parecer indignada. A avó a descobrira?

— Digamos apenas que eu gosto da companhia de jovens. Agora, prepare-se para o trabalho ou a simpática Srta. Billington lhe dará o que fazer.

— **UFA, ESTOU EXAUSTA.** — Maisie inclinou-se dramaticamente sobre o balcão de Freda. — Quanto falta para irmos embora?

— São apenas duas e meia e acabou de voltar do almoço. É melhor tomar cuidado, do contrário, terá problemas se a supervisora a pegar longe do balcão.

— Só a Sarah está trabalhando.

— Só? Sabe que ela tem olhos nas costas. Seria injusto se tivesse que denunciá-la por não fazer seu trabalho. Imagine como ela se sentiria.

Maisie deu de ombros.

— O que eu quis dizer foi que ela está lá em cima trabalhando com a Betty, então não pode estar aqui embaixo também, não é? Você ficou toda certinha depois que começou a ajudar com a Girl Guides.

Freda terminou de contar o troco de um cliente antes de se virar para Maisie com uma expressão magoada.

— Isso não é algo muito gentil de se dizer, é? O que eu faço com a Guides não tem nenhuma relação com meu trabalho aqui. Estou apenas ajudando porque a líder regular teve que ser evacuada para a Conuália. Deixou Brown Owl com falta de mão de obra e, como sou inquilina da mãe dela, senti que deveria me oferecer para ajudar. — Freda não acrescentou que gostava muito dos encontros e de todo o trabalho de guerra com o qual estavam envolvidas. Trabalhando na Woolies, começara a sentir que não estava fazendo o suficiente sobre a guerra, mesmo que não tivesse acontecido muita coisa ainda. Como todos, estava farta dessa "guerra falsa", como diziam, e queria que acabasse. Pelo pouco que ouvira na Pathé News no cinema, todos os soldados estavam bem, mas alguns navios foram afundados. Ela não conseguia evitar se perguntar o que teria acontecido com os marinheiros e esperava que estivessem todos a salvo.

— Não me escute. Só não estou muito ansiosa para o Natal com o Joe fora. Talvez seja diferente ano que vem. Acho que isso terá acabado e tudo terá voltado ao normal.

— O que, quer dizer que está reclamando de trabalhar e limpar? — Freda acrescentou com uma risada. — Volte para suas louças antes que a fila que está se formando comece a reclamar.

— Mas que coisa — Maisie declarou. — Espero que nem todos queiram comprar jogos de chá ou não conseguirei servir a todos.

— Mandarei uma das garotas novas para te ajudar. Não há muito movimento na retrosaria tão perto do Natal. Estou certa de que se nossa supervisora estivesse aqui, diria o mesmo.

— Saudações, Freda. Vejo você quando formos pegar os casacos na saída.

SARAH ENTRELAÇOU OS braços aos das amigas enquanto saíam pela noite em direção à Alexandra Road.

— Desculpem não ter ficado muito no andar da loja hoje. Senti falta.

— Tenho certeza de que sentiu, sentada lá no seu escritório quentinho. — Maisie a provocou.

— De verdade. Não é muito divertido separar pilhas de papel e preencher registros de funcionários. A pobre Betty tem estado em meio ao caos desde que a assistente do Sr. Benfield saiu para trabalhar no campo.

— Por que ela deixou um trabalho confortável para plantar batatas? — Maisie não podia acreditar no que estava ouvindo.

— Algumas pessoas acham que deveriam fazer mais pela guerra, Maisie — Sarah ressaltou. — A mulher é solteira e não tinha uma família para se preocupar, então decidiu se juntar ao exército.

— Sei como ela se sente — Freda disse calmamente. — Acho que eu também deveria estar fazendo mais.

— Não pense que quero ser rude, Freda, mas não acho que seja forte o suficiente para esse tipo de trabalho — Maisie respondeu.

— Não quero trabalhar no campo. Não saberia distinguir um nabo de uma abobrinha, muito menos ordenhar uma vaca. Não, ainda estou pensando em trabalhar na fábrica Burndept's. Pelo menos eu sentiria que estou fazendo minha parte.

— Fazendo sua parte? Mas, Freda, não tem que pensar assim. É necessária na Woolworths, especialmente agora que tantos homens foram para o exército — Sarah apontara rapidamente.

— Obrigada por dizer isso, Sarah, mas acho que deveria saber que estou pensando nisso.

— A Burndept's paga mais que a Woolies — Maisie disse — mas é trabalho sujo.

— Freda, se o problema é dinheiro, sabe que pode voltar para a casa da vovó. Ela vive dizendo que é mais do que bem-vinda. Ela não cobrará o aluguel que paga à sua senhoria.

Freda sorriu para si mesma. Por mais que adorasse voltar para o número treze, preferia ser independente, pelo menos, até saber que Lenny estava seguro e que não fosse provável ser visitada pelo homem desagradável que apareceu em seu alojamento no último Natal. Nunca mais soubera dele, então talvez não voltasse agora. Fazia mesmo um ano que fora expulsa de seus aposentos e Sarah a resgatara? Não estava nem um pouco mais perto de encontrar o irmão, ainda que a carta que a fizera ir correndo para Erith mostrasse claramente um selo da cidade. Pensara que trabalhar em um local público como a Woolworths significaria que talvez visse o irmão. Por outro lado, os homens que sem dúvida estavam atrás de Lenny, se não o encontrassem, fariam mal a ela,?

Maisie cutucou Freda.

— Tem alguém aí?

— Desculpem, estava longe. Talvez estejam certas e eu deva ficar na Woolworths. Prometo que se mudar de ideia, serão as primeiras a saber.

Sarah deu uma batidinha em sua mão.

— Fico muito feliz. Oops, cuidado — a calçada está escorregadia. Felizmente estamos quase em casa.

As garotas entraram na Alexandra Road, gratas por estarem quase fora do clima frio.

— Parece que tem alguém esperando na porta — Maisie observou.

— Espero que a vovó não tenha esquecido a chave. Está muito frio para esperar aqui fora.

— Certamente a Sra. C. teria passado na Woolies e pegado uma chave conosco, não é? — Freda perguntou.

— É mais provável Vera vir dizer que viu mais soldados alemães — Maisie riu.

— Meu Deus. Não pode ser! — Sarah se afastou das amigas e correu em direção ao número treze. — Alan! É o Alan! — Na rua escura, conseguia apenas ver a silhueta do homem que amava.

Ela chegou ao portão quando Alan se virou e viu a esposa, tomando-a em seus braços. Ficaram abraçados, separando-se apenas quando uma tosse discreta de Freda e Maisie os trouxe de volta à Terra.

— É bom te ver, Alan — Maisie disse enquanto pegava sua chave. — Vamos entrar antes que a gente morra congelado.

— Há quanto tempo está aqui esperando? Pensei que a vovó estivesse em casa — Sarah perguntou ao marido enquanto o guiava pela porta da frente, fechando as cortinas antes de acender a luz. Freda e Maisie saíram discretamente para a cozinha, deixando o jovem casal a sós.

— Não muito. Fui à casa da mamãe primeiro, mas estava trancada e vazia. Pensei que encontraria alguém aqui, mas só havia um cachorro. Não sabia que sua avó tinha um. Parece amigável, embora tenha acabado com meus sanduíches.

Sarah franziu a testa.

— Vovó não tem cachorro. Talvez seja um que está ficando por aqui. Sabe como é a vovó com os abandonados e perdidos. Acho que ela tem dado comida a ele, ainda que o papai o tenha expulsado algumas vezes.

— Isso é a cara da sua avó. Mamãe ainda está no trabalho?

— Maureen foi passar o Natal na sua tia Joan em Ipswich. Mencionei em minha última carta. Provavelmente o estará esperando quando voltar à Escócia. — Sarah começou a tirar o casaco, desejando estar vestindo algo mais bonito que seu macacão marrom da Woolworths e velhos sapatos confortáveis. — Devo acender o fogo?

— Não, não se incomode. Podemos ir para a sala de estar com as meninas.

Sarah sentiu uma pontada de decepção. Pensou que Alan iria querer algum tempo a sós com ela já que não se viam desde setembro. Talvez estivesse cansado.

— A viagem da Escócia demorou muito?

Alan olhava para longe enquanto tirava o casaco.

— Não estou mais na Escócia.

— Mas..., mas por que não me disse? Onde está assentado agora?

— Realmente não posso dizer, Sarah.

Sarah sentiu-se impaciente.

— Pelo amor de Deus, Alan. Não é como se eu fosse dizer ao inimigo. — Ela pensou em Vera e seus "alemães" e sentiu uma risada nervosa escapar da garganta.

Alan parecia irritado.

— Não é engraçado, Sarah. Está tudo bem para vocês mulheres, ficando em casa e não tendo que treinar para lutar contra o inimigo. Podem seguir com a vida normalmente, mas para nós, homens, é diferente. Maldição. Homens irão morrer e tudo o que consegue fazer é ficar aí rindo.

— Alan? — Sarah não reconhecia esse homem à sua frente. Teria ele mudado tanto nesses três meses? Seu rosto estava mais magro e seus olhos, desconfiados. Alan passou as mãos pelos cabelos curtos.

— Para sua informação, e por favor, não compartilhe com suas amigas, estou assentado em Kent. — Ergueu a mão para silenciá-la antes que ela dissesse como estava feliz por ele estar perto de casa. — Não diga nada. Pelo pouco que sei, é provável que essa parte do país seja atingida, e será nossa força aérea a impedir a invasão.

Sarah franziu a testa ao olhar para o marido. Ele nunca falara assim com ela antes.

— Alan, só quero que fique seguro. Por favor, não vamos discutir.

Alan suspirou.

— Sinto muito, meu amor. Foi um dia longo e pensei que encontraria minha mãe em casa também. Venha aqui. — Ele estendeu os braços, e ela abrigou-se agradecida entre eles. Esse era o Alan que conhecia e amava. Ela traçou as linhas de sua face antes de puxar-lhe os lábios para os seus. O rosto estava mais enrugado do que se lembrava, e seus olhos já não tinham o mesmo brilho, mas quando seus lábios se encontraram, nada disso importou.

— Olá! Cheguei! — Sarah afastou-se Alan quando Ruby entrou na casa, seguida por Vera.

— Meu Deus, é você, Alan? Venha aqui me dar um abraço. É tão bom te ver, rapaz. Está um colírio nesse uniforme.

Alan abraçou Ruby e apertou a mão de Vera.

— Essas garotas já te ofereceram comida?... imaginei que não. Venha comigo e resolveremos isso.

Alan seguiu Ruby sem nem olhar para a esposa.

Pela hora seguinte Sarah sentou-se em silêncio enquanto observava Alan conversar com as mulheres sobre a vida na RAF e contava coisas que não mencionara em suas cartas para ela. É como se eu nem estivesse aqui, pensou, enquanto ia até a copa lavar as mãos.

Não ouviu Maisie se aproximar até que ela sussurrasse em seu ouvido:

— Não fique triste. Acho que seu marido está um pouco tímido depois de tanto tempo longe. Vem comigo.

Sarah não estava tão certa de que Maisie tinha razão, mas seguiu-a para o quarto que estavam dividindo no Natal.

Abrindo o guarda-roupas, Maisie tirou um embrulho.

— Acredito que estejam voltando para a casa da Maureen hoje à noite, certo?

— Oh, nem tinha pensado nisso. Acredito que sim, já que não há quartos aqui e lá há. Não com mamãe e papai chegando amanhã à noite.

Maisie riu da inocência da amiga.

— Aqui, esse é seu presente de Natal. Acho que seria bom abrir agora.

Sarah pegou o embrulho.

— Mas ainda não é Natal. Prefiro esperar até lá.

— Não, abra agora. Vai me agradecer depois.

Sarah desamarrou a fita e puxou o papel. Debaixo de uma camada de tecido havia uma confecção fina de algodão e renda. Levantando a roupa, viu-se encarando a mais linda camisola que já havia visto.

— É adorável. Você fez isso?

Maisie assentiu.

— Pensei que seria útil quando seu marido voltasse para casa.

— Você não precisará dela, Maisie?

— Não se preocupe comigo, meu amor. Meus dedos não estiveram parados. Meu Joe me verá em algo igualmente sedutor.

— Sedutor? — Sarah sentiu as bochechas ficarem vermelhas. — Meu Deus — murmurou. Agora estava envergonhada.

Maisie voltou ao guarda-roupas e tirou seu segundo melhor vestido, de veludo verde, e estendeu-o para Sarah.

— Hmm, esse está bom. Agora, vá se arrumar e leve seu marido de volta à casa de Maureen. Têm o lugar todo para vocês. Não queremos vê-los até o Natal.

— Mas é só...

— Sim, é só depois de amanhã. Não se preocupe com as batatas e os grãos. Freda e eu vamos ajudar a Ruby. Precisa estar novamente com seu marido antes que ele suma naquele céu azul por meses a fio.

Sarah abraçou Maisie.

— Você é a melhor amiga que uma garota poderia ter.

— Não diga isso na frente da Freda ou ela nunca vai te perdoar. Não que eu possa imaginar Freda por aí com uma camisola dessas e dar isso de presente de Natal. — Ela checou o relógio. — Está tarde, então se vista que eu vou dizer ao Alan para te esperar na porta da frente. Ah, tem um pouco do meu perfume na gaveta de cima. Fique à vontade.

— Puxa, Maisie. Nem sei o que dizer.

Maisie parou na porta.

— É só nomear o primeiro bebê em minha homenagem.

SARAH ACONCHEGOU-SE A Alan e assistiu enquanto o céu da noite transformava-se em madrugada por uma fresta nas cortinas. Eles não se importaram com a escuridão, já que não houve tempo para acender as luzes. O presente de Maisie funcionara, mas Sarah sentia que o homem deitado a seu lado não era a pessoa com quem havia se casado. Alan a abraçou. Alan cobriu seu corpo de beijos, mas onde estava o Alan que sussurrava palavras carinhosas em seus ouvidos e a abraçava forte até que caíssem num sono profundo? Podia ver a jaqueta de seu uniforme jogada na cadeira perto da cômoda. Era estranho para ela, assim como o jeito que ele se portava, aprumado e orgulhoso. Sem dúvidas eram os efeitos da RAF, porém sentiu que havia mais. Precisavam conversar, e tinha que ser antes que ele retornasse a seu dever.

Ela escorregou para fora da cama, com cuidado para não o acordar. A mão deslizou pela camisola que Maisie costurara com tanto carinho para a amiga, mas em vez de pegá-la procurou seu traje usual. Ajustando a camisola, escorregou os pés cuidadosamente nos chinelos e saiu do quarto. Um bom café da manhã ajeitaria as coisas. Maureen podia estar fora, mas sempre mantinha a despensa bem abastecida. Talvez depois pudessem sair para uma caminhada. Seria ótimo, pensou, enquanto colocava a chaleira no fogão e acendia o gás embaixo. Cantarolando feliz para si mesma, quebrou ovos em uma frigideira e fatiou o pão pronto para fritar até ficar crocante, exatamente como sabia que Alan gostava.

— Está cheirando bem.

— Ah, Alan, eu já ia levar para você.

Alan ergueu os braços acima da cabeça e bocejou. Vestia apenas a parte de baixo do pijama. O coração de Sarah acelerou ao ver os músculos fortes e definidos, que não estavam ali há três meses, flexionarem-se em seu peito largo. Resistiu à urgência de traçá-los com os dedos, em vez disso, colocou leite em seu copo. Precisavam conversar. Ela tinha que manter a cabeça limpa.

— Sente-se, Alan, antes que esfrie.

Alan comeu o café da manhã. Sarah observou-o comer avidamente.

— Não sabe como senti falta de comida decente esses últimos meses. Não pensei em mais nada no caminho de trem para cá.

Sarah sentiu o coração afundar.

— Não sentiu nem um pouco minha falta?

Os olhos de Alan não deixaram o prato enquanto ele raspava o resto de seu ovo com um pedaço de pão.

— Está implícito, não está? — murmurou.

— Acho que não, Alan. Senti muita falta sua. Senti saudades antes que chegasse ao final da rua. Agora que está de volta, direi novamente. Sinto sua falta, Alan Gilbert, e se dependesse de mim, nunca mais me deixaria. Como está, com o maldito Hitler não nos deixando ficar juntos, não estou feliz. Agora, diga-me tudo sobre sua vida nos últimos meses e as pessoas que conheceu.

Alan bufou.

— Sabe que não posso falar sobre isso, Sarah.

— Não falo sobre a guerra. Quero saber se fez amigos. Como são as pessoas com quem está vivendo?

— São apenas colegas. Nada sobre o qual escrever para casa.

— Mas estou interessada, Alan. Quero poder imaginar como é sua vida quando está de folga. Esses colegas são como nós? Têm esposas e filhos? Trabalham na Woolworths ou em fábricas?

Alan riu. Não sua costumeira risada despreocupada, mas um riso duro e cínico.

— Pelo amor de Deus, Sarah, claro que não são como nós. Eu sou o diferente, se quer saber. Não nasci em berço de ouro como vários dos meus companheiros pilotos. Nunca fui para o tipo de escola das quais se gabam por abrir portas para o resto da vida. Não, Sarah, não são como nós... como eu.

Algo morreu dentro de Sarah naquele momento. Olhando para trás, poderia apontar exatamente a hora, o lugar e até os restos de café da manhã na mesa no momento em que se deu conta de que o marido mudara.

Tentou alcançar Alan do outro lado da mesa, mas ele puxou a mão.

— Alan, é o interior que conta. Não seria um piloto da RAF se não achassem que é bom o suficiente.

Alan se levantou.

— Você não entende. Não é só sobre pilotar aviões. Vou dar uma volta.

— Se esperar até que eu lave a louça e dê uma arrumada aqui, podemos ir juntos. Seria ótimo caminhar perto do rio e pegar um ar fresco.

— Prefiro ir sozinho — ele disse, saindo do cômodo.

Sarah pegou os pratos vazios e foi até a copa. Se limparia e ficaria apresentável. Talvez quando voltasse, Alan estivesse em um estado de espírito melhor e poderiam começar o dia do zero.

SARAH COLOCOU O tricô de lado. Começava a escurecer lá fora, mesmo que ainda fosse o meio da tarde. Precisava checar se as cortinas blecaute estavam bem fechadas antes de acender a luz. Seus dedos estavam dormentes de tricotar por tanto tempo, mas isso a impedira de andar de um lado para o outro se preocupando com onde Alan estaria e porque ainda não voltara. Freda passara lá mais cedo trazendo uma cesta de comidas de Ruby, então pelo menos ela não precisaria decidir o que preparar para a refeição da noite. Fatias de rosbife com vegetais os sustentariam até que fossem ao número treze no Natal. Freda não questionou Sarah sobre Alan quando ela explicou que ele saíra para uma caminhada. Graças aos céus, Maisie não foi junto, pois enxergaria a verdade através do sorriso radiante de Sarah e com Alan tendo saído sozinho.

Sabendo que passaria o Natal fora e que Sarah passaria na casa de Ruby, Maureen não se incomodara em exibir suas poucas decorações ou tirar a árvore do jardim, onde fora plantada no ano anterior. Os cartões em cima da lareira não faziam o cômodo parecer festivo, e Sarah desligou o rádio com um suspiro. As canções natalinas que tocavam não melhoraram seu humor.

Acabara de pegar seu tricô quando ouviu uma chave girando na fechadura da porta da frente.

— Alan, é você?

Não houve resposta. Decerto não seria Maureen voltando mais cedo de sua visita à família, seria? Sarah rezou para que não fosse, já que ela provavelmente notaria a diferença no filho, e Sarah não suportaria encarar as perguntas. Pegou o atiçador da lareira e arrastou-se até o corredor escuro. A porta balançava aberta. Sarah pulou ao dar de cara com Alan sentado no chão.

— Alan, o que está fazendo aí? — Fechou a porta, girando a chave, que ficara na fechadura. Acendendo a luz, tentou não rir da aparência do marido.

— Desculpa, amor — disse com a voz arrastada, lutando para formar as palavras. — Encontrei com o jovem Ginger e paramos no New Light para um trago. Ele está passando alguns dias em casa antes de embarcar para o exterior. Olha, ganhei o sorteio. — Ele ergueu uma galinha de aparência bastante suja. — Precisa ser depenada.

Sarah ajudou-o a se levantar e ele cambaleou até o sofá, sentando-se no tricô de Sarah, que ela havia deixado ali em cima quando foi investigar o intruso.

— Farei algo para que coma e acho que depois deveria deitar-se um pouco — ela disse, retirando seu tricô e verificando se Alan não tirara nenhum ponto das agulhas. — Levarei isso também — completou, puxando a galinha dos braços do marido. Ele se deitara de forma desordenada, a cabeça caindo sobre o peito quando começou a cochilar. Ela não tinha ideia do que fazer com a ave, ou se permaneceria fresca até que a sogra voltasse para casa. Deixaria na despensa e perguntaria à avó.

Voltando para a sala dez minutos depois com sanduíches feitos da carne que Freda havia levado mais cedo, Sarah encontrou Alan roncando alto no sofá. Tirou seus sapatos e jaquetas, pegando seu boné do chão e deixando-o mais confortável. Apesar da forma como teve que rolá-lo para passar seus braços pela jaqueta, ele não acordou. Não adiantaria fazer uma refeição completa, já que Alan provavelmente não acordaria por algumas horas e seria tudo desperdiçado. Era melhor que ele dormisse até passarem os efeitos da cerveja. Nunca o vira beber tanto.

Sarah completou o fogo da lareira e pegou seu tricô. A véspera de Natal seria silenciosa para variar, mas pelo menos Alan estava a salvo em casa.

18

— **FELIZ NATAL, QUERIDA**. Onde está seu lindo marido?

Sarah abraçou a mãe e tirou o casaco, checando o cabelo no espelho acima da lareira.

— Está conversando com o papai no jardim.

— Espero que estejam se livrando daquele cachorro sarnento que está por aqui. Li no jornal que o governo está abatendo todos os cachorros para que não sejam um fardo no país enquanto estamos em guerra. Alguém deveria fazer algo com aquele animal antes que peguemos alguma doença ou que ele nos ataque durante o sono. Agora, devo colocar xerez para Alan ou acha que ele prefere um copo de cerveja?

— Mãe, não acho que o cachorro seja perigoso. Ele é bem dócil, na verdade.

Irene franziu o cenho. Não parecia convencida.

— Falarei com seu pai sobre isso. Agora, e quanto ao xerez?

— Não acha melhor perguntar quando ele entrar? — Sarah duvidava que Alan encarasse álcool hoje. Após tentar acordá-lo sem sucesso na noite anterior, ela o cobriu e passou a noite sozinha na grande cama de casal deles. Na manhã seguinte, foi preciso muita insistência para que Alan se recompusesse o suficiente para se lavar e barbear, quanto mais comer o café da manhã que Sarah colocou a sua frente. Comeu ovos pochê e torradas antes de seu rosto ficar verde e ele voltar para a cama por mais uma hora. Quando ele apareceu, Sarah estava pronta para caminhar a curta distância até o número treze e começar as comemorações natalinas.

Alan voltara à sua concha e estava incomunicável como no dia anterior. Sarah teve esperança de que afogando suas mágoas no pub, ele voltaria a si, mas não, Alan era um estranho novamente.

— Olá, querida. Cumprimente-nos pelo Natal. — George levantou a filha e girou-a nos braços.

— Meu Deus, George. Andou bebendo rum de novo? Coloque a garota no chão e entregue os presentes.

— Como quiser, querida. — George piscou para a filha e estendeu a mão para debaixo da árvore, puxando dois pacotes. — O grande é seu, Sarah, e esse é seu, Alan.

Sarah entregou dois pacotes para os pais.

— Esses são nossos. Eu mesma fiz.

— Que exótico — Irene disse ao desembrulhar o xale rosa-claro. — Imagine só você fazendo isso. Tornou-se uma verdadeira dona-de-casa. Estou certa de que acharei uma utilidade para ele.

George estava desembrulhando o cachecol e as luvas que estavam em seu pacote.

— Perfeito, minha querida. Exatamente o que eu preciso para esses dias frios.

Sarah sorriu.

— Fico tão feliz que tenha gostado. Freda teve que me ajudar com os dedos na sua luva, pai, já que eu errei e deixei-o apenas com três dedos na esquerda.

George beijou a filha.

— Estou certo de que as teria amado com seis dedos. É uma garota inteligente.

— Nunca serei uma tricoteira perfeita, mas quis fazer uma tentativa. O governo disse que não devemos gastar muito, então imaginei que fazendo os presentes eu estaria fazendo minha parte.

— Isso é muito louvável, meu amor. Agora, abram seus presentes. Receio que não sejam feitos à mão, mas são de coração. Gostaria de ter tempo para ser a dona de casa perfeita e fazer essas coisas, mas minha vida é ocupada demais.

Sarah estremeceu. Há muito tempo a mãe aperfeiçoara a arte de criticar enquanto fazia um elogio, mas ainda a magoava. Desfez o laço ao redor da caixa e o papel cedeu. Ela não sabia o que dizer.

— São as melhores, Sarah, e devem durar uma vida. Sempre digo que se deve investir em qualidade para que as coisas durem.

Sarah encarou o brilhante jogo de panelas e reuniu todas as suas forças para colocar um sorriso no rosto.

— Panelas. Muito obrigada. — Fez o possível para parecer satisfeita, mas sua mãe não se lembrou de lhe contarem sobre o romântico pedido de Alan e do generoso presente do Sr. Benfield em nome da Woolworths?

Ela cravou o sorriso no rosto. Era Natal; tentaria não se chatear.

— Abra seu presente, Alan.

Alan puxou o nó do pacotinho até que uma pequena caixa de joias foi descoberta. Ele tirou a tampa e revelou um elegante conjunto de abotoaduras de ouro.

— Obrigado, Irene e George, não sei o que dizer.

Irene dispensou seus agradecimentos e pegou o xerez.

— Você tem uma nova posição social, Alan — precisa se apresentar da forma correta. Agora, sente-se aqui comigo e conte-me tudo sobre seus colegas pilotos. Eles vêm de boas famílias?

Sarah suspirou. Era assim que seu futuro seria? Ela seria a dona de casa enquanto Alan era a ponte de sua mãe para as classes superiores? Não acreditava exatamente que a RAF era cheia de abastados, não importava o que Alan e a mãe pensassem. Então, novamente, se Alan estava se misturando com uma classe diferente de pessoas, talvez fosse essa razão pela qual não estava tão feliz por voltar a Erith ou, mais importante, para ela.

— Ajudarei Freda e Maisie com os vegetais.

— Darei uma mão, querida. A menos que sua mãe queira ir. Irene?

Irene Caselton deu um olhar horrorizado ao marido.

— Não com essas roupas, George. — Ela se virou para continuar interrogando Alan sobre reuniões sociais e conviver com as famílias dos oficiais.

— Somos apenas eu e você, então, querida — chocalhou George. No corredor, ele se virou para impedir Sarah de entrar na cozinha, onde Freda comandava as mulheres, que descascavam brotos e ralavam cenouras. — Tenho outra coisa aqui para você, apenas para o caso de não ficar nas nuvens com as panelas. Mencionei que já tinha um jogo, mas... — George encolheu os ombros. — Sua mãe tem boas intenções, mas ela invoca com algumas coisas às vezes. — Entregou-lhe um pequeno envelope pardo.

— Desculpe. Sabe que não sou bom embalando presentes.

Sarah abriu o envelope e um par de brincos escorregou em sua mão.

— Oh, são lindos. — Ela ergueu os sofisticados corações dourados para que a luz os refletisse, antes de abraçar George. — Obrigada, pai. Eu amei.

— Sei que vocês mulheres adoram panelas, então isso é apenas uma lembrancinha — George riu — e certifique-se de dividir aquelas panelas e frigideiras com Alan, não as mantenha para si.

— Pai, você é engraçado. Amei ambos os presentes.

— Não precisa fingir para mim, Sarah. Agora, vamos separar aqueles brotos ou não comeremos antes do discurso do rei.

— **Meu Deus, não** sei o que dizer. — Sarah olhava para a pilha de presentes à sua frente. Pensava que quando fosse adulta e casada, o Natal não seria tão animado, mas esse ano não estava diferente dos natais que passara no número treze quando criança. Ruby, auxiliada por Maisie, colocara as correntes de papel que estavam guardadas no sótão. Freda desenterrou a árvore do jardim e a decorou, e Sarah comprou algumas lanternas chinesas novas na Woolies. Com cartões pendurados em um barbante nas molduras e a lareira acesa, era o Natal como Sarah se lembrava de sua infância.

Auxiliadas por George, as garotas ajudaram Ruby a preparar o jantar antes de sentarem-se por dez minutos para trocar presentes, no mesmo tempo que George ia lá fora fumar seu cachimbo. Irene o expulsara da casa, pois não gostava do cheiro. Alan estava sentado em silêncio segurando um grande copo de uísque que George servira-lhe mais cedo. Ele encarava o nada e não tomava parte nas comemorações. Era como se não estivesse ali, Sarah pensou com pesar. Ele costuma ser a alma da festa. Então, sentiu-se culpada por seus pensamentos. Ela entregaria os presentes que escolhera carinhosamente para as amigas e tentaria manter-se animada.

Freda arfou ao abrir seu embrulho e encontrar um pequeno porta-joias dentro.

— Eu amei. Muito obrigada, Sarah.

— Agora tem onde guardar suas joias, Freda — Sarah sorriu.

— Como conseguiu encontrar isso? — Maisie berrou, pulando para beijar Sarah. — Não achei meu pó de arroz favorito por um ano.

— Vi pela janela de uma farmácia em Whitstable quando estávamos em lua de mel. Fico tão feliz que tenha gostado.

Sarah passou as mãos pela lã macia que estava no pacote que ganhara de Freda.

— Sei que gosta de tricotar, agora que aprendeu, mas farei o cardigã, se quiser. — Freda disse. — Para você também, Maisie.

— E Maisie disse que te ajudaria a transformar isso em um vestido de inverno — Ruby completou, enquanto Sarah sacudia um tecido de lã vermelho escuro, que havia sido cuidadosamente embrulhado. — Comprei no Woolwich Market. A cor chamou minha atenção assim que o vi na barraca.

— É adorável, vovó. Muito obrigada. — Sarah pulou de onde estava ajoelhada perto da lareira para abraçar e beijar

Ruby. — Agora abra seu presente, vovó. É um presente conjunto meu, de Maisie e Freda.

Ruby abriu o pequeno pacote para revelar um lenço de seda azul-marinho com um delicado padrão branco na borda.

— Nossa, é lindo. Parece que é seda pura. Olha só! Muito obrigada, meninas. Nunca tive nada chique assim antes. Dá para ver que não veio da Woolworths.

— Vovó, precisa sacudir o lenço para ver o que tem dentro — Sarah pediu.

Ruby tirou o lenço cuidadosamente do embrulho e o sacudiu com cuidado. Quatro pedaços de papel caíram em seu colo.

— Céus, o que é isso? — ela olhou de perto para as palavras nos ingressos. — Cinderella no London Coliseum. — Ora, que maravilha. Não vejo uma peça dessas faz anos.

— É para o dia seguinte ao Boxing Day. Metade do dia é feriado, então podemos subir a cidade e tomar o chá da tarde na Lyons Corner House antes de ir para o show, vó. Compramos ingressos para Betty e Maureen também, mas eles estão nos presentes delas.

— Que meninas generosas vocês são por pensarem em uma velha e a incluírem no passeio. Sou realmente abençoada. — Ruby enxugou os olhos na ponta de seu melhor avental.

— Não quer mesmo vir conosco, mãe? Tenho certeza de que consigo outro ingresso. Você também, Alan. — Sarah sentiu que deveria incluir Irene no passeio em grupo e sentia-se desconfortável por Alan estar em casa e ela abandoná-lo.

Irene Caselton abanou a mão para as palavras da filha.

— Teatros de comédia não são meu tipo. Além disso, voltaremos para Devon esta manhã.

— E eu já estarei de volta ao dever até lá — Alan completou.

— Tão cedo?

Alan se levantou e bebeu o uísque.

— Alguns de nós têm uma guerra para lutar, Sarah. Não tenho tempo para passear por aí. — Ele deixou a sala.

Sarah fez menção de seguir o marido, mas Ruby colocou a mão em seu ombro.

— Fique aqui, querida. Ele vai ficar bem. É a bebida falando. Preciso checar as batatas e chamar o George antes que ele morra congelado no jardim. Da última vez que olhei, ele estava conversando com o Nelson.

— Nelson?

— O vira-latas. Chamei ele de Nelson e lhe dei uma casa para o Natal. Ele é uma boa companhia, mas não conte à sua mãe.

Sarah sorriu para a avó. Outra boca para alimentar. Ela era uma pessoa tão boa. Sarah não ousava falar sobre Alan ou sabia que as lágrimas logo cairiam. Era Natal e não queria estragar o dia de sua família. Ela começou a alisar o papel e enrolar barbante e fita.

— Quem guarda, tem. Podemos muito bem guardar isso para outra ocasião.

Freda juntou-se a ela e logo o chão estava livre da bagunça.

— O que deu a Sarah, Maisie? — perguntou. — Não a vi abrir nada.

— Digamos que ela comemorou o Natal mais cedo — ela disse, dando a Sarah uma piscadela e cutucando-a com o cotovelo. — Só espero que tenha funcionado, não é, Sarah?

Sarah ficou vermelha.

— Foi apreciado, obrigada, Maisie.

Ela olhou ao redor para suas amigas e familiares felizes. O copo vazio de Alan ainda estava equilibrado no largo braço da poltrona onde ele o deixara. Tudo que ela desejava era ter seu velho marido consigo outra vez. Talvez agora que ele havia passado algum tempo longe de sua cidade Natal e das pessoas com quem crescera, não estivesse satisfeito com sua sorte. Talvez houvesse conhecido outra pessoa. Não, não teria feito isso, teria? Sarah já não sabia, mas tentou firmemente afastar o pensamento. Apenas esperava que o que quer que tivesse causado a mudança em Alan não levantasse uma barreira entre eles. Afinal, fazia apenas três meses que prometeram ficar juntos até que a morte os separasse. Talvez não devessem ter se casado tão cedo. Que pensamento era esse? Quem casa muito prontamente, arrepende-se muito longamente? Ela estremeceu. Tinha tido muitos desses sentimentos ultimamente.

FAMÍLIA E AMIGOS sentavam-se ao redor da mesa, os restos da refeição ainda não retirados, no momento em que escutavam o Rei George se dirigir à nação no rádio.

— *...Acredito de coração que o que une meu povo e nossos amáveis e fiéis aliados é a causa da civilização cristã. Uma verdadeira civilização não pode ser construída sobre outra base. Lembremo-nos disso durante os tempos obscuros que virão e quando estivermos selando a paz, pela qual todos oram.*

— *Um novo ano está aqui. Não sabemos o que ele trará. Se trouxer paz, quão gratos ficaremos. Se trouxer a continuidade da luta, devemos nos manter intrépidos.*

— *Enquanto isso, acredito que podemos encontrar uma mensagem de encorajamento nas linhas que, para concluir, gostaria de dizer:*

— *Eu disse isso ao homem que estava ali no portal do ano, "Dê-me uma luz para que eu possa caminhar em segurança rumo ao desconhecido." E ele respondeu, "Saia na escuridão e coloque sua mão na mão de Deus. Será para você melhor que a luz e mais seguro que um caminho conhecido."*

— *Que a mão do Todo-Poderoso nos guie e sustente a todos.*

George ergueu seu copo enquanto os últimos compassos do hino nacional extinguiam-se no rádio.

— Após esse discurso encorajador, quero apenas desejar boa sorte a todos nós e que encaremos com firmeza o que quer que o novo ano nos traga.

Família e amigos ergueram os copos em conjunto.

— Foi uma ótima refeição, mãe — George disse, esfregando a barriga.

— Não fiz sozinha, George. As garotas foram de grande ajuda. A união faz a força, como se diz. — Ruby respondeu.

— Também dizem que muitos cozinheiros estragam a sopa, Sra. C., então graças aos céus que eu só ajudei a descascar os vegetais ou todo mundo teria dor de estômago amanhã — Maisie acrescentou com um sorriso. — Agora, que tal limparmos e mesa e jogarmos algum jogo?

— Vocês, damas, fiquem onde estão. A louça é dos homens hoje. Venha, Alan, levante-se. Eu lavo e você seca.

Alan conseguiu sorrir enquanto seguia para a copa, os braços segurando uma pilha alta de pratos vazios.

— Foi uma refeição adorável, Sra. Caselton — Freda disse. — Eu nunca havia comido peru.

— Fico feliz que tenha gostado. Geralmente comemos frango, mas com mais pessoas aqui esse ano, pensei que era melhor termos uma ave maior. Ainda deve durar algumas refeições e depois vou fazer um guisado.

Maisie gemeu.

— Por favor, parem de falar em comida. Acho que vou ficar uma semana sem comer. Estou muito cheia. Quem quer dar uma caminhada?

Sarah esticou os braços e bocejou.

— Que ótima ideia. Estou com muito sono. E vocês, vovó e mamãe?

— Eu não, querida. Vou tirar dez minutos para mim na sala da frente se não se importarem. Vão e se divirtam — Ruby disse.

— Eu declino. Gostaria de ouvir um programa musical no rádio. Tirem esses chapéus de papel antes de saírem — Irene acrescentou.

— Ah, não sei. Achei o meu tão elegante — Maisie riu ao segurar a coroa verde colocada de forma torta em sua cabeça. — Vamos, Freda, Sarah, vamos pegar nossos casacos antes que escureça demais.

— Vou em um minuto. Só quero ver se papai e Alan querem se juntar a nós. — Sarah foi até onde o pai estava atolado até os cotovelos em potes e panelas, e Alan secava talheres. — Está muito elegante no avental da vovó, pai. Algumas de nós vão sair para caminhar. Querem ir?

— É inevitável, Sarah. Sua mãe me mata se eu arruinar meu melhor traje. Ficou bem em mim, não acha? — George disse, girando com a escova de louça nas mãos. — Eu termino aqui. Vá com as meninas, Alan.

Alan encolheu os ombros.

— Não, eu o ajudo, George. Pode ir com suas amigas, Sarah.

SARAH ESTAVA ANSIOSA para segurar o braço do marido enquanto davam uma caminhada rápida pelas ruas silenciosas. Ela queria passar o máximo de tempo possível com Alan antes que ele desaparecesse de sua vida novamente.

— Tem certeza?

Alan apenas assentiu e virou-se de volta para o escorredor de pratos e para a pilha de louças.

Pegando seu casaco e cachecol de Maisie, Sarah seguiu até a porta da frente.

— Ooh, há uma carta no capacho. Alguém deve tê-la entregado. Por que será que não bateram? — Ela pegou o pequeno envelope e leu. — É para você, Freda. Parece que foi entregue em seu antigo alojamento. A dona deve ter se lembrado que veio morar aqui. Caramba, você não vive aqui desde o Natal passado.

Freda pegou o envelope e guardou no bolso do casaco. Seu estômago se revirou ao reconhecer a letra. Era do irmão caçula, Lenny. Leria mais tarde, quando estivesse sozinha.

— Lembra-se daquela senhoria horrível e como foi grossa com você? — Sarah perguntou enquanto abria a porta e elas saíam para a tarde escura.

— E como ela cobrava a mais por um pouco de água quente e uma fatia de torrada. Credo, que bom que se livrou dela — Maisie riu. — Graças aos céus você encontrou a Sra. White e a casa adorável dela, mesmo que pareça uma loja de lã. Caramba, que gelo está aqui fora!

As garotas deram-se os braços e andaram cuidadosamente pela rua gelada.

— Aonde vamos? — Sarah perguntou.

— Que tal até Pier Road depois da Woolies e depois pela margem do rio? — Freda sugeriu.

— Caramba, não consegue ficar longe de lá nem um dia? — Maisie zombou da jovem.

Freda sorriu, mas pensou que a Woolworths fora sua salvação no último ano e ela tinha muito a agradecer a Deus por agora ter um pagamento regular, boas amigas e uma vida feliz. Se apenas soubesse onde Lenny estava e se estaria seguro.

Maisie também pensava na vida desde que se juntara à Woolworths. Não fazia ideia do que Joe fazia agora. Ele foi sua rocha pelos últimos anos. Ela sabia que se não fosse pelas amigas e pela Woolies, estaria de volta àquele lugar obscuro que tentava tanto esquecer.

Sarah sorriu.

— À Woolies e ao rio, então. Pé direito na frente, meninas, e cuidado com os trechos congelados. — Ela olharia pela vitrine com a qual Betty se preocupara tanto e diria à amiga como parecia para quem passasse por ali no dia mais mágico do ano. Mas estava sendo mágico este ano? Há apenas um ano se apaixonara por Alan, o velho Alan, não o homem quieto e irritado que retornara. Seria culpa dela ele estar assim? Um pequeno arrepio desceu por suas costas. Sentiu novamente que algo estava errado. Seria um presságio?

FREDA DECIDIU PEDIR licença e se retirar cedo. Sarah foi embora, de mãos dadas com Alan, voltou para a casa de Maureen na Crayford Road. Ruby, os pés esticados no sofá, parecia confortável e não demoraria a pegar no sono, pela forma como suas pálpebras caíam. George já roncava mansamente em sua poltrona, o chapéu de papel caindo sobre os olhos. Freda ajeitou o chapéu dele e recolheu o livro que caíra no chão. Gostava muito do pai de Sarah. Seu jeito carinhoso a fazia lembrar-se do próprio pai, apesar de ser uma criança quando ele faleceu.

Maisie e Irene estavam na sala de estar, ouvindo *A Christmas Cabaret* no rádio, então o caminho estava livre para Freda subir e abrir sua surpresa de Natal.

Fechando a porta do quarto silenciosamente, sentou-se na cama e olhou para o envelope que parecia abrir um buraco em seu bolso desde a tarde. Fora postado há uma semana e o selo estava manchado. Talvez essa carta revelasse onde Lenny estava e o que fazia. Ela então se deu conta de quão desesperada estava para encontrar o irmão e rezou para que as respostas para suas perguntas estivessem dentro do envelope. Acima de tudo, precisava saber que ele estava bem. A família deles não era de escrever cartas, então deveria ser importante. Ela puxou a única folha do envelope e leu rapidamente as palavras, o coração acelerado, preocupada com o que Lenny teria a dizer:

Querida Freda,
É o seu irmão, Lenny. Eu sei que não temos mantido contato, mas foi difícil com eles me procurando ainda desde que eu fugi da prisão. Freda, eu não vou ficar lá sendo que

eu não fiz nada e ainda mais sabendo que foi a gangue do Tommy que roubou e atirou no guarda noturno do armazém.

Freda estremeceu. Lembrava-se bem do dia em que a polícia invadiu sua casa e levou Lenny. Ele declarou que era inocente, mas Freda foi a única a acreditar. O padrasto não os queria na casa de qualquer forma, então ficou feliz ao ver seu irmão ir para a prisão. Era uma boca a menos para alimentar e mais dinheiro para gastar em bebedeira. A mãe de Freda lhe dera as costas quando pediu ajuda para libertar Lenny. Mesmo para contar uma mentirinha e dizer que ele estava em casa na noite do assalto. No momento em que o padrasto colocava o pé na soleira, ninguém ousava questioná-lo, e isso incluía a mãe de Freda. Ela suspirou. Lenny não era exatamente puro e inocente e misturar-se com as pessoas erradas não ajudou. Aquele Tommy Whiffen era um sujeito mau e quando teve Lenny sob seu feitiço, dando-lhe algumas libras para trazer recados e entregar produtos falsificados, ele se tornou tão culpado quanto.

Seu tolo irmão ficara quieto e carregara a culpa pelo acontecido naquela noite no armazém. Já estava enrolado quando lhe disseram que um homem havia sido baleado.

É o seguinte, Freda. O Tommy sabe que você mudou pro Sul e ele acha que você sabe onde eu estou escondido. Você precisa mudar de casa e de emprego para ficar em segurança. Eu ia dizer pra voltar para casa, mas o velho te entregaria pro Tommy pelo preço de uma cerveja.

Eu estou bem. Estou ficando com um cara que conheci na cadeia quando fui preso pela primeira vez e me ofereceu uma cama se eu precisasse um dia. Eu estou fazendo alguns bicos, então estou conseguindo me manter. É melhor você não saber onde eu estou caso o Tommy te ache. Quando o Tommy for preso e as pessoas souberem a verdade, aí vamos estar seguros. Até lá, Freda, fique de olhos abertos que eu não vou estar longe.

Lenny.

Freda dobrou a carta e a escondeu em sua bolsa. Estava feliz por Lenny estar seguro, mas, escapando da prisão, ele havia piorado tudo. Era hora de deixar a Woolworths e possivelmente trocar de alojamento para ficar em segurança. Primeiro, sairia da Woolworths. Havia chegado a hora de desaparecer entre as centenas de trabalhadores na Burndept's. Se estivesse em segurança, então Lenny também estaria.

19

SARAH ENCAROU SUA xícara de chá. O Natal fora há quase quatro meses e seu maior medo se confirmou aquela manhã. No refeitório dos funcionários, Maureen cantarolava feliz consigo mesma enquanto servia os lanches no meio da manhã para a equipe da Woolworths. Pelo menos alguém estava feliz com a notícia, Sarah pensou.

— Pobrezinha, você parece arrasada. — Betty declarou, sentando-se ao lado de Sarah no refeitório. — Acho que deveria ir para casa se deitar. Não quero uma das minhas funcionárias mais devotadas trabalhando até cair. Betty olhou para o rosto pálido de Sarah. Estava tão cabisbaixa.

— O que o médico disse?

— Ficarei bem depois de tomar esse chá, Betty. Então vou trabalhar nas folhas de estoque que me deu ontem à tarde. Já deveria ter terminado.

— Não fará nada disso. Quero que vá para casa e se deite. Está branca como leite.

— Aqui está, minha querida. — Maureen colocou um prato de torradas na frente da nora. — Coloque isso para dentro e vai ficar nova em folha rapidinho. Fiquei do mesmo jeito quando estava esperando meu Alan. Não vai durar muito e você logo estará florescendo. — Ela tocou gentilmente o ombro de Sarah. — Alan ficará muito feliz quando eu contar. — Ela voltou a seus deveres com um largo sorriso no rosto.

Betty estava com uma expressão espantada. Sarah queria rir, mas não seria bacana rir da chefe em público, mesmo que fossem boas amigas. Em vez disso, mordiscou um pedaço de sua torrada.

— Meu Deus. Você está...?

Sarah fez que sim com a cabeça.

— Sim, estou esperando um bebê.

Betty se recompôs e sorriu. Ela não deveria ter pensado automaticamente nas escalas de serviço enquanto Sarah tinha uma novidade tão maravilhosa para contar, mas, sinceramente, não fazia ideia de como se viraria sem seu braço direito.

— Que notícia esplêndida. Quando devemos esperar que o senhor ou senhorita Gilbert venha ao mundo?

Sarah sorriu devagar.

— Obrigada, Betty. Meu médico disse que será por volta de 18 de setembro. Foi um choque. Ainda não caiu minha ficha.

— Aposto que não. Você acabou de sair do médico.

— Foi bondade sua me deixar entrar mais tarde no trabalho.

Betty dispensou o comentário de Sarah com um aceno de mão.

— Bobagem. Estava tão pálida ontem que pensei que fosse o início de algo grave. Nunca em um milhão de anos imaginei algo tão bom. Agora, para quem já contou além da Maureen?

— Ninguém mais sabe. Além de você, digo.

— Bem, acho que seria uma boa ideia tirar o resto do dia de folga e contar à sua avó e aos seus pais antes que o segredo vaze. Maureen está com um sorriso tão largo no rosto que todos que a encontrarem logo descobrirão.

— Betty, é muita gentileza sua ser tão generosa, mas tenho trabalho a fazer. Posso escrever ao Alan e aos meus pais esta noite. Jantarei na casa da vovó, pois Maureen tem o encontro da WI, então posso contar lá. Preciso terminar de completar aquelas folhas de cálculo ou logo a matriz estará em cima de nós.

— Aquela papelada pode esperar. Deve ir para casa descansar. — Betty foi insistente.

— Então deixe-me levar o trabalho para casa comigo, por favor. Estarei na casa da vovó e ela não me deixará fazer muita coisa.

Betty suspirou. Admirava o caráter de Sarah, mas sabia que não deveria sobrecarregar a garota. Especialmente agora que estava grávida. Sabia que deveriam estar planejando sua licença e não dando mais tarefas à pobrezinha.

— Bem, se você insiste, mas não deixarei que carregue aquela papelada, mesmo que a casa de Ruby fique só há algumas ruas. — Olhou em volta do refeitório e viu Maisie entrando e indo em direção ao balcão. Ela acenou. — Maisie, pode me dar um minuto, por favor?

Maisie aproximou-se da mesa com o cenho franzido. Betty Billington costumava trabalhar em seu escritório, não no refeitório dos funcionários. Então notou Sarah e exclamou ao ver seu rosto pálido.

— Meu Deus, Sarah, você está um caco, sem dúvidas. Qual o problema, doçuras? — ela puxou uma cadeira e se sentou perto da amiga, pegando sua mão.

Sarah levou o dedo aos lábios. Não queria que a amiga chamasse atenção e não queria contar a Maisie algo tão íntimo ali no refeitório. Maisie era uma boa amiga e o ideal era que lhe contasse a novidade da maneira correta.

Betty podia ver que Sarah estava perturbada por ter a notícia anunciada ao alcance dos colegas.

— Sarah está se sentindo um pouco cansada. Gostaria que a acompanhasse até a casa da Sra. Caselton e carregasse a bolsa dela. Leve o tempo que for necessário. Por favor, não se apresse em voltar até ter certeza de que Sarah está acomodada. — Betty ergueu suas sobrancelhas, indicando que Maisie deveria fazer o que lhe dizia e não discutir.

Maisie passou o braço pelo da amiga enquanto saíam da Woolworths.

— Então, para quando é?

— O quê?

— O bebê. Não sou boba, sabe. Eu conheço os sinais mesmo sem ter passado por eles.

— Ah, Maisie, sinto tanto. Sei o quanto anseia por uma casa própria e um filho e aqui estou, recém-casada com um bebê a caminho. Parece tão injusto, com seu Joe sabe-se lá onde e tudo o mais.

Maisie apertou o braço de Sarah. Jamais diria à amiga que estava roxa de inveja: o bem-estar dela vinha primeiro.

— Seu Alan também está longe, então, no que diz respeito a maridos ausentes, estamos no mesmo barco. Não se preocupe comigo. Só posso dizer que minha falta de filhos não é pela falta de tentativas. Assim que Joe voltar, farei o máximo possível para te alcançar, te digo isso. Por enquanto, quero participar de cada momento da sua gravidez, e isso inclui as compras. Esse bebê vai ter uma devotada tia Maisie que vai mimá-lo muito. Vamos planejar uma viagem para Hedley Mitchell quando Freda estiver livre para a gente poder olhar carrinhos e berços.

Sarah não se deixou enganar nem por um minuto. Lembrava-se de uma de suas primeiras conversas, na qual Maisie declarara seu desejo por um filho. A vida às vezes não era justa.

— Prometo que ficará cansada de ouvir falar em bebês quando este chegar. Quanto a comprar um carrinho, acho que dá azar ter um em casa antes de o bebê nascer. Mas isso não nos impede de dar uma olhada por aí, não é?

— Agora, consegue contato com Alan para dar a boa nova?

— Escreverei para ele hoje. Não havia motivo para fazê-lo antes de ter certeza. Não é como se ele pudesse vir correndo para casa.

— Nah. Homens não são muito bons nesses momentos, de qualquer forma. Além de algumas palmadinhas nas costas e distribuir charutos depois do nascimento, não podem fazer muita coisa.

Sarah sorriu para si mesma. Maisie tinha um ponto, mas ela gostava de acreditar que Alan estaria um pouco mais envolvido. Podia imaginá-lo empurrando orgulhosamente o carrinho enquanto andavam pela cidade, parando para conversar com amigos e mostrando seu filho. Eles fariam piqueniques e iriam ao parquinho ou caminhariam pela margem do rio em dias ensolarados. Seriam uma típica família. Contudo, ele estivera tão distante durante a última licença, no Natal passado, que talvez não conhecesse tão bem quanto pensava, o homem com quem se casara. Apenas o tempo diria se ele ficaria feliz pelo fato de a família, sobre a qual conversaram na lua de mel, estar começando a se tornar realidade. Cruzou os dedos, fazendo uma prece silenciosa para que tudo corresse bem.

— AGORA, VAMOS ACOMODAR você no sofá. Coloque os pés para cima que eu vou fazer uma boa xícara de chá. Foi gentileza da Maisie acompanhar você. Discutiu sua saída com aquela simpática Srta. Billington?

— Vó, ainda não estou nem de quatro meses. Por favor, não exagere. Sinto-me bem e tenho trabalho a fazer. Após uma tarde de descanso estarei bem o suficiente para voltar ao trabalho amanhã. Apesar disso, uma xícara de chá seria fascinante.

Ruby parou, mãos nos quadris, observando a neta. Sarah parecia um pouco cansada, mas veio de uma família boa, como ela era tão boa em apontar para qualquer um que ouvisse: as mulheres Caselton nunca tiveram problemas para gestar uma criança ou para criá-la. Contudo, não estava tão certa de que Sarah deveria voltar tão rápido ao trabalho.

— Você não ficará bem se voltar correndo para a Woolworths tão cedo, minha menina. A sua chefe é mulher, então ela sabe que nessas horas uma mulher deve estar em casa e não trabalhando. São só algumas semanas até que saia de vez, então não precisa nem se preocupar com isso.

Sarah suspirou. Sentia-se uma fraude com os pés para cima e pegando leve enquanto havia uma guerra e mulheres fazendo trabalhos de homens. Ora, Freda estava fazendo trabalho manual e por longos turnos na Burndept's. Fora um choque quando ela anunciou logo após o Natal que estava saindo da Woolies e fazendo sua parte na guerra trabalhando em uma fábrica. O que intrigara Sarah, embora não gostasse de mencionar à família e amigos, foi que Freda pedira para voltar para o número treze e agora dividia o grande quarto da frente com Maisie. Embora as garotas protestassem fortemente, Ruby insistiu em se mudar para o quartinho dos fundos, deixando o terceiro quarto livre para quando George passasse a noite. A desculpa para Freda deixar suas acomodações confortáveis fora que ela não queria ir e voltar em horários excêntricos por conta de seus turnos. Sarah não quisera mencionar que Freda tinha sua própria entrada, então não incomodaria sua senhoria. Ruby ficara exultante por ter Freda de volta e não parecia certo questionar a decisão repentina da jovem não apenas de sair de um emprego que amava, mas também de deixar o alojamento que transformara em um lar confortável no último ano. Sem dúvidas, Freda explicaria quando estivesse pronta.

Sarah recebeu a desejada xícara de chá da avó.

— Obrigada, vovó. — Bebeu pensativamente um gole da bebida quente. — Vó, estive pensando. Com a guerra e tudo mais, acha que estou certa trabalhando o máximo possível antes da chegada do bebê? Estamos tão desfalcados no momento. Grande parte do meu trabalho é no escritório atualmente, então não é como se eu fosse levantar coisas pesadas ou algo do tipo.

Ruby sentou-se na beirada do sofá e acariciou os tornozelos de Sarah enquanto pensava no que dizer.

— Hmm. As mulheres não costumam trabalhar depois dos seis meses, mas enquanto se sentir bem, acho que não faz diferença ficar sentada no escritório ou em casa. Veja o que a Srta. Billington tem a dizer antes, mas talvez seja melhor não contar à sua mãe. Não queremos ela aqui fazendo drama à toa. O que me lembra: não se esqueça de contar para ela sobre o bebê ou a coisa vai ficar feia se ela descobrir depois de todo mundo.

— Escreverei uma carta assim que acabar de preencher essas folhas de estoque para Betty. Posso postar junto à carta de Alan quando voltar para a casa de Maureen mais tarde. Eu gostaria de ainda viver aqui, mas não seria justo deixar Maureen sozinha. Ela se preocupa com bombas quando está sozinha.

— Eu ia sentir o mesmo no lugar dela. Você sabe que é bem-vinda aqui sempre que quiser pernoitar — e traga Maureen também. Afinal, agora ela é da família. E se você resolver passar algumas horas na Woolies quando o pequenino chegar, pode deixar, ele ou ela, comigo, se quiser.

— Oh, vovó, seria maravilhoso. Obrigada. Não quero parecer uma mãe ruim deixando o bebê quando é tão novinho, mas o dinheiro viria a calhar, pois posso guardar um pouco para quando tivermos nossa própria casa.

— Pode se concentrar em colocar a cor de volta no rosto e podemos falar disso depois. Será ótimo ter um bebê para mimar. Os filhos da sua tia Pat estão crescendo muito rápido. Não que eu os tenha visto muito ultimamente, depois que foram evacuados para o País de Gales. Te contei que a Pat está pensando em trazê-los de volta? Parece que o pequeno Eric está com saudades de casa e a Pat está sentindo muito a falta deles.

Sarah colocou a mão na barriga e acariciou-a de maneira protetora.

— Entendo como ela se sente, mas será seguro para eles aqui? O País de Gales é longe e devem estar mais seguros lá. Tia Pat não pode ficar lá com eles?

— Não, precisam dela na fazenda. Não se esqueça que eles vivem em uma cabana da propriedade, e se os dois não estiverem trabalhando, o fazendeiro pode passar para outra pessoa. De qualquer forma, ele já tem falado em contratar ajuda extra, agora que tem instruções para aumentar a produção. Vou conversar com ela e dizer que é melhor as crianças ficarem onde estão. Eu tenho a sensação de que essa guerra está prestes a começar de verdade em breve e não queremos que nada aconteça àqueles pequenos.

Sarah concordou. Quando a avó tinha um pressentimento, era melhor escrever. Ela quase nunca errava.

— **BETTY, ESTOU DANDO** um pulo lá embaixo para ajudar Maisie com o treinamento dos funcionários. Alguns dos novatos não estão levando os treinamentos de combate a incêndio tão a sério quanto deveriam. Temo que não saberão o que fazer se estiverem sozinhos durante um incêndio.

Betty levantou os olhos de seu livro-razão e encarou-a distraidamente por sobre os óculos.

— Quer que eu vá com você, Sarah?

— Posso fazer isso, Betty. Não quero afastá-la de seus números — ela riu.

Betty espreguiçou-se.

— Posso fazer uma pausa. Estou quase vendo em dobro encarando estas colunas. Desde que mandaram o Sr. Benfield para outra filial, parece que tudo o que faço é olhar para listas de números e redigir relatórios. Não sei como dava conta de tudo, e ainda parecia ficar tanto tempo no andar da loja. Aquele homem era um prodígio.

— E você também, Betty. Não são muitas mulheres que podem dizer que ocupam o cargo de gerente da Woolworths.

— Gerente suplente temporária, Sarah. Estamos apenas segurando as pontas até que os homens voltem do campo de batalha desta guerra horrível.

Sarah assentiu. Ontem mesmo passara o horário de almoço com Maisie à beira do rio comendo seus sanduíches e sentindo o sol do final de maio no rosto. Foi bom escapar da loja um pouco. O que as surpreendeu foi o número de pequenas embarcações navegando rio abaixo em direção ao estuário. Havia mais que o normal e pareciam estar em alguma espécie de ordem. Ela sentiu um frio familiar na espinha, mas então não pôde evitar um sorriso quando pensou em Ruby tendo algum pressentimento também.

Betty e Sarah haviam acabado de chegar ao andar da loja quando perceberam alguém batendo na porta fechada.

— Céus, quem será? Certamente viram a placa que diz que abrimos mais tarde às terças por conta do treinamento de combate à incêndios da equipe — Betty murmurou enquanto corria para a porta antes que a vidraça se espatifasse.

Ela ainda segurava a porta aberta quando quase foi derrubada por uma mulher agitada irrompendo.

— Onde está ela? Cadê aquela vaca assassina?

Betty tentou acompanhar a mulher que abriu caminho pela equipe confusa alinhada em frente a Maisie enquanto esta demonstrava como usar uma bomba de estribo.

— Aí está você. Devia saber que a encontraria se exibindo em frente aos outros. Você não presta! — A mulher parou em frente a Maisie, um olhar selvagem. O cabelo grisalho esvoaçava atrás dela, escapando de um coque, o casaco estava pendurado em seus ombros. Calçava chinelos surrados.

Sarah havia conseguido alcançar Maisie, ao passo que Betty abria a porta.

— Maisie, essa é sua sogra?

Maisie estava paralisada, seu usual sorriso afável desaparecendo do rosto ao notar o pedaço de papel que a mulher balançava na mão.

Maisie estendeu a mão cegamente, e Sarah segurou-a.

— Maisie?

— Pode muito bem parecer surpresa, sua vagabunda, mas pode tirar esse olhar inocente do rosto. Há sangue em suas mãos, sem dúvidas.

Betty tentou intervir, mas foi empurrada pela agitada senhora.

— É uma assassina, Maisie Taylor, não há como negar! Você conduziu meu rapaz ao exército e agora ele está morto. — Ela jogou o telegrama no rosto de Maisie. Maisie parecia atordoada e olhava de Sarah para a sogra.

— Meu Joe...?

— Ele não é mais seu Joe. Ele está morto, se foi para sempre e é *tudo culpa sua*. Você o mandou para a morte. Quando penso como meu amado garoto a aceitou após você matar sua própria irmã... e agora ele pagou com a vida. Verei você apodrecer no inferno, nem que seja a última coisa que eu faça, juro por tudo o que é mais sagrado. — A mulher amassou o papel e enfiou-o no bolso. Voltando em direção à confusa equipe, ela saiu em um rompante da loja.

Betty pegou Maisie nos braços quando o choque se transformou em inconsciência e ela caiu desmaiada.

20

— COMO ESTÁ A pobrezinha?

— Ainda dormindo, graças aos céus. O médico deu algo para ela mais cedo e ela apagou. Fiquei muito preocupada, Vera. A menina é como se fosse da minha família. — Ruby enxugou os olhos na barra do avental. — Isso não é jeito de descobrir que o marido morreu.

Vera concordou.

— A garota é um pouco atrevida, mas não faz por mal.

Ruby assentiu. Poderia ter censurado Vera pelo comentário sobre Maisie, mas agora não era o momento. Estava sendo gentil à sua própria maneira.

— Sarah e Freda estão ficando com ela agora, para que não acorde sozinha. Fui muito abençoada por ter meu Eddie por tantos anos. Só posso imaginar como deve ser, ser tão jovem e ter todos os seus sonho e planos para o futuro reduzidos a nada.

Vera deu uma batidinha na mão de Ruby.

— Não fique triste, Ruby. Precisa ser forte pelas meninas. Pelo que eu sei, a Maisie não tem família, então ela precisa dos amigos agora. Só não entendo aquilo que a vaca velha da Doreen Taylor disse sobre ela matar a própria irmã. Sabemos que a Maisie amava o Joe e não o mandou para a morte. Mas a própria irmã?

Ruby aquiesceu.

— Pelo que a Sarah me contou, a mulher estava perturbada e saiu correndo da Woolworths. Estava todo mundo muito preocupado com a Maisie para prestar atenção no que a Doreen tinha dito. Nossa, aquela Betty Billington foi ótima fazendo com que as pessoas ajudassem a Maisie e controlando os clientes que esperavam para entrar na loja e queriam saber que estava acontecendo.

— Você acha que a Woolworths vai querer se livrar da Maisie depois disso? Não dá pra ignorar uma acusação de assassinato, dá?

— A menina é muito considerada na Woolworths. Ora, ela é a alma do lugar. Pelo bem da Maisie, preciso saber exatamente o que aconteceu com o Joe. A única maneira de fazer isso é visitar Doreen Taylor e descobrir do que se tratava — Ruby declarou.

Vera ficou quieta por um momento.

— Não te invejo por isso. Quer que eu vá para dar apoio caso ela ataque você?

Ruby pegou o casaco e o chapéu.

— É bondade sua, Vera, mas tenho que fazer isso sozinha. Eu agradeceria se puder ficar aqui de olho, caso as meninas precisem de alguma coisa.

— Vou colocar a chaleira no fogo e preparar uma bebida para elas.

— Você é um amor. É bom ficar de olho no relógio, porque a Freda vai trabalhar daqui algumas horas. Ela não vai querer chegar atrasada no turno da Burndept's.

— Está aí outra coisa que eu não entendo.

— O que, Vera? — Ruby perguntou enquanto pegava sua bolsa.

— Freda. Por que ela largou o emprego na Woolworths para trabalhar em turnos na fábrica Burndept's? É um trabalho sujo, aparentemente. Na verdade, o que se sabe da garota, além de que ela veio das Midlands?

Ruby inspirou e contou silenciosamente até dez. Vera foi uma boa vizinha vindo ajudar quando Maisie fora trazida do trabalho em profundo choque naquela manhã. Sinceramente, ela provavelmente estava bisbilhotando, mas ainda era de ajuda para Ruby enquanto se intrometia entre as garotas e tentava acalmar Sarah. Ninguém queria que algo acontecesse ao bebê.

— Não tem nada de misterioso na Freda, Vera. A menina queria fazer algo pela guerra e a Burndept's estava contratando, agora eles têm turnos em todos os horários. De qualquer forma, é trabalho essencial, então ela está fazendo mais do que sua parte. Acho que quando a guerra acabar, ela volta para a Woolies para trabalhar com as amigas. — Ruby não acrescentou que também estava confusa com a mudança repentina de ideia de Freda sobre voltar para o número treze e deixar seu trabalho na loja. Por enquanto era bom ter Maisie e Freda vivendo em segurança sob seu teto. Focaria nos problemas de Maisie e se preocuparia com Freda quando fosse a hora.

— Agora estou indo, Vera. Cruze os dedos para que a Sra. Taylor fale comigo de maneira civilizada e não seja tão estúpida como foi com a Maisie. Ah, se ouvir arranhões na porta dos fundos, é o Nelson. Tem algumas sobras para ele na despensa.

— Nelson?

— Meu cachorro. — Ruby não mencionou que adotara o cão, pois sabia qual seria a reação de Vera. — Chamei ele de Nelson por causa da mancha preta que ele tem no olho. Tem dormido no abrigo antiaéreo.

Vera estava horrorizada.

— Ele deve estar cheio de pulgas. Você não quer um cão sarnento por aqui, não com um bebê chegando logo.

— Ele não tem pulgas, Vera. Freda levou a banheira para o jardim e deu uma boa esfregada nele. Ele me faz companhia quando as garotas estão trabalhando e George não está. Tudo bem, vou indo. Vejo você depois.

Ruby seguiu em direção à Manor Road tentando ao máximo ser corajosa. Não havia como saber o estado em que estaria a senhora Taylor quando chegasse à porta. Doreen era a típica esposa de estivador: não levava desaforo de ninguém e parecia ter algo desagradável para falar sobre todo mundo. Diziam até que deixara o olho de uma mulher roxo. Ruby teria preferido deixar o assunto de lado e não falar com a mulher, mas o que ela havia feito a Maisie na Woolworths era imperdoável, e como Maisie não tinha família por perto para se preocupar com ela, era dever de Ruby fazer esse papel. Além disso, era justo que Maisie soubesse as circunstâncias da morte do marido e Doreen Taylor era a única que sabia. Ruby também estava morrendo de curiosidade sobre o que Doreen Taylor estava falando quando acusou Maisie de assassinar a irmã. Não que ela fosse confessar a Vera.

A casa era no final da longa rua, antes da conversão para o caminho sujo que levava à margem do rio e a Erith Marshes. Ruby inspirou a maresia e se compôs para a tarefa que tinha pela frente. Não fosse pelos balões barragem balançando no céu acima do rio, ninguém saberia que havia uma guerra. Porém Ruby, parada no degrau da porta, estava ali apenas porque um soldado morrera, e ela sabia muito bem que a guerra entrara de vez em suas vidas. Ela rezava para que Maisie superasse isso e levasse uma vida normal outra vez.

Ruby bateu na porta, e ela abriu ligeiramente. Em vez de um corredor, como as casas na Alexandra Road, a porta desse pequeno sobrado de quatro cômodos levava diretamente à sala de estar.

— Sra. Taylor... Doreen, está aí? Sou Ruby Caselton. Sua nora trabalha com minha neta. Ela procurou por algum som que revelasse que Doreen estava em casa. — Se importa se eu entrar? — Não havia som indicando que houvesse alguém. Ruby entrou vagarosamente no interior escuro. — Oh meu Deus...

— **Olhem o chá**, meninas. Achei uns biscoitos para acompanhar. Nada como uma xícara de chá para animar. — Vera entrou no quarto e colocou uma bandeja na cama vazia. — Sirvam-se, todas.

Maisie apoiou-se em um cotovelo e olhou em volta de si.

— Eu não... o que aconteceu...? — um olhar mortificado cruzou sua face enquanto afundava novamente nos travesseiros. — Joe?

— Pronto, pronto, querida. Não precisa se chatear. E tenho certeza de que o que a sua sogra disse sobre sua irmã não é verdade. É? — Vera se inclinou para olhar o rosto de Maisie antes de dar tapinhas em sua mão.

— Obrigada pelo chá, Sra. Munro — Sarah disse, levando Vera em direção à porta. — Levaremos as xícaras para baixo quando acabarmos.

— Bem, se insiste, querida. Não é problema para mim...

— A senhora deve ter muito o que fazer — Freda disse à mulher mais velha. — Por favor, não deixe que a atrapalhemos. — Ela sorriu para Maisie, que deu um sorriso fraco em resposta à amiga.

Sarah certificou-se de que Vera tinha descido as escadas antes de fechar a porta.

— Estou certa de que tem boas intenções, mas ela é tão enxerida às vezes. Como se sente, Maisie? Assustou-nos desmaiando daquele jeito.

— Eu só não esperava notícias do Joe enquanto estava no trabalho. Sempre pensei que uma carta ou telegrama chegasse para o familiar mais próximo em casa. Eu era a mais próxima e sei que me colocou nos papéis porque ele me contou. — Pegou um lenço encharcado e enxugou os olhos. — Vocês sabem que eu não queria que ele se alistasse. Aquela mulher horrenda fez parecer que eu vesti o uniforme alemão e atirei no meu próprio marido.

Sarah colocou os braços ao redor da amiga e segurou-a perto.

— Estou certa de que ninguém pensa mal de você, Maisie. Ora, a maioria dos funcionários estava gritando para sua sogra quando ela saiu da Woolies e os comentários não eram educados. Muitas pessoas gostam de você, Maisie, não importa o que aquela horrível Doreen Taylor diga.

Maisie assentiu. Sempre perfeitamente penteada, com o rosto sempre maquiado e com os lábios sempre vermelhos, era um choque para suas amigas vê-la em tal estado, sem se importar com sua aparência.

— Doreen nunca gostou de mim. Por isso ela ficou tão grata quando a Ruby me convidou para morar aqui. Eu sei que estava fazendo um favor para você, Sarah, já que não queria que a Ruby ficasse sozinha, mas para falar a verdade, eu não queria ficar morando com a bruxa velha enquanto o Joe estivesse fora. — À menção do marido, novas lágrimas ameaçaram cair, mas Maisie forçou-as de volta. — Eu não fiz o que ela disse, sabem.

Freda acomodou-se na cama ao lado de Sarah.

— Não precisa se explicar para nós, Maisie. Não estamos nem aí para o que aquela mulher horrenda diz.

Maisie sentou-se e pegou a xícara e o pires que Sarah estendia a ela.

— Não, eu quero falar com vocês sobre isso. Eu não tenho orgulho do que aconteceu, mas não quero segredos entre nós. Só contei para o Joe e ele deve ter mencionado para a mãe. Olha onde isso me levou... não que eu culpe o Joe. Ele era bom para mim, sem dúvidas. Me colocou no caminho certo depois do que aconteceu e sempre serei grata a ele por isso, não importa o que digam.

Freda mordeu seu lábio. Talvez não devesse guardar segredos das amigas também. Mas como explicaria sobre Lenny e o que acontecera?

— Beba seu chá e tire essa expressão triste do rosto, Freda. Vou contar o que aconteceu para você e então não teremos mais segredos. Eu cresci em Bermondsey, perto de Tower Bridge. Fica no sul de Londres — explicou a Freda. — Éramos eu, Fred, que é dois anos mais velho que eu, e nossa Sheila, que era a caçula da família e cinco anos mais nova. Mamãe e papai trabalhavam na cervejaria Courage não muito longe, então eu deveria cuidar da Sheila quando mamãe não estava em casa. Eu tinha catorze anos e planejava conseguir um emprego na fábrica de biscoitos no verão, quando tudo aconteceu. Era um dia muito quente, e fomos com várias outras crianças para o Serpentine. Sheila queria andar de barco e os amigos do Fred iam jogar futebol. — Maisie tinha o olhar distante. Um flash de dor cruzou suas feições pálidas.

— Não precisa nos contar agora, Maisie. Pode esperar — Sarah disse, ciente de que falar sobre a perda da irmã mais nova deveria ser uma experiência dolorosa.

— Não, eu preciso tirar isso do meu peito de uma vez por todas. Nunca mais quero guardar um segredo na vida. Bem, eu estava com um traje de banho novo e mesmo não estando muito longe do meu aniversário de quinze anos, eu me imaginava meio que uma rainha do cinema, tipo Jean Harlow, e quando um par de rapazes se aproximou e começou a conversar comigo, me esqueci da Sheila e só tinha olhos para eles. Foi só quando alguém gritou que tinha uma criança inconsciente na água que eu lembrei da nossa Sheila, mas já era tarde demais... — os soluços que Maisie havia contido tão corajosamente enquanto contava sua história explodiram e levou um tempo para que as garotas a acalmassem.

— Por que não tenta dormir um pouco, Maisie? — Freda afastou o cabelo da amiga de seu rosto úmido.

Maisie empurrou sua mão.

— Não, não, eu quero tirar isso do peito agora. A polícia disse que Sheila bateu a cabeça e como tinha muita gente e ela era muito pequena, ninguém viu que ela estava em perigo. Eu devia estar cuidando dela. Era meu dever e eu desapontei todo mundo, especialmente nossa Sheila.

— Mas, Maisie, foi um acidente — Sarah consolava a amiga.

Maisie negou violentamente.

— Não, meus pais me culparam e eles estavam certos. O papai disse que dava na mesma se eu a tivesse matado e mamãe... bem, ela não suportava olhar para mim. Depois de meses percebi que era melhor se eu fosse embora para que eles se esquecessem completamente de mim e do que eu fiz. Arrumei a mala e saí no meio da noite, rumo a Kent. Eu tinha pensado em ir para os campos de lúpulo, dos quais tanto tinha ouvido falar, mas acabou que cheguei só até Woolwich e arrumei um emprego de garçonete em uma bodega. Depois de um ano, mais ou menos, consegui emprego e alojamento como barmaid e segui com a minha vida. Eu era popular, me dava bem com os apostadores e saí com alguns caras, que não faziam perguntas sobre o meu passado. A morte da nossa Sheila saiu nos jornais e essas coisas marcam. A maioria das pessoas não quer saber de uma mulher capaz de matar uma criança. Foi assim até o Joe entrar no pub e eu cair de quatro por ele. Acho que já sabem o resto.

Sarah não sabia o que dizer. Sua própria vida parecia muito fácil comparada com o que Maisie tivera que aguentar.

— Ei! O que diabos você acha que está fazendo na minha casa? Ruby pulou quando Doreen Taylor acordou de seu sono embriagado. Ao entrar na casa, Ruby pensou que Doreen estivesse morta. Fotografias emolduradas estavam arrancadas de um mural e enfeites jogados do aparador. Uma garrafa vazia de gim jazia quebrada no chão. Ruby nunca vira tamanha destruição.

— Vim ver você. Precisamos conversar. Não precisava gritar daquele jeito na Woolworths. Você sabe que a Maisie mora na minha casa. Por que não bateu na minha porta e contou as notícias pra menina de modo mais sensível, hein?

— O que isso tem a ver com você? Aquela garota arruinou a vida do meu filho e agora ele está morto. Como eu vou viver sem ele? Já era ruim o suficiente que o pagamento dele fosse mandado para ela, ainda mais quando eu perdi o dinheiro que ganhava cuidando da casa quando você a induziu a morar com você. Caramba, você já deve estar rica com o tanto de dinheiro que está entrando na sua casa. Vocês da Alexandra Road, com suas janelas salientes e cortinas de renda, sempre se acharam melhores que o resto de nós.

— Agora estamos chegando lá. Você não dá a mínima para aquela menina ou para o seu filho. Está preocupada é com perder o dinheiro.

— Ora, ela não vai colocar nenhum dinheiro na minha caixa de correio toda semana agora que ela não tem um homem para sustentar ela, não é? Eu tenho que cuidar de mim mesma.

Ruby olhou para a mulher esparramada à sua frente. Não tinha respeito por alguém que faria o que ela fez a Maisie. Ganância e a autopreservação superavam qualquer dor que a mulher pudesse ter sentido.

Doreen Taylor estendeu a mão para a garrafa de gim no chão antes de perceber que estava quebrada. Levantou-se com alguma dificuldade e foi até a cozinha. Ruby podia ouvi-la remexendo em um armário e xingando alto enquanto procurava por mais álcool. Ruby gostava de beber socialmente, mas que Deus a livrasse que o gosto pela bebida a transformasse na bruxa bêbada e empapada que a sogra de Maisie se tornara. Não era surpresa que a garota estivesse desesperada para sair de Manor Road. Maisie havia sido boa continuando a enviar dinheiro à mulher, ainda que a maior parte fosse ser gasta em bebida.

Ela olhou para a mesa no meio do cômodo desarrumado. Parecia que Doreen tinha virado o conteúdo da gaveta da cômoda procurando por algo. Ruby viu um telegrama amassado. Deve ter sido o que ela levou à Woolies quando confrontou Maisie. Pegou-o e leu as poucas palavras o mais rápido possível para o caso de a mulher voltar e notá-la fuçando em suas propriedades. Tentou não arfar quando viu que o telegrama estava endereçado a Maisie e não a Maureen. A velha rezingueira abrira a correspondência da nora. Perto dele, um envelope confirmava que era endereçado a Maisie e junto dele estavam uma apólice de seguro e a certidão de casamento de Maisie e Joe. O que a vaca velha estaria tramando? Privaria Maisie de qualquer herança à qual tinha direito com a morte do marido? Ora, ela já daria um jeito nisso. Ruby enfiou a papelada no bolso. Pertencia a Maisie por direito de qualquer forma. Apenas os estava devolvendo à verdadeira dona. Ela se virou e saiu da casa de Doreen Taylor. Não tinha mais nada a dizer.

— **Ufa, que dia,** Nelson. Fico feliz de sentar um pouco e colocar os pés para cima. — Ruby acariciou a cabeça do cachorro enquanto ele se apoiava em seu joelho. Ela deixava o cachorro entrar em casa quando estava sozinha ou quando as garotas estavam na cama. Ele era um conforto e não reivindicava nada dela além de uma refeição ocasional e uma tigela de água fresca.

— Me pergunto quem será o seu dono. Eu deveria procurar, acho, mas pra dizer a verdade, eu ia sentir sua falta, rapaz, se fosse embora agora. — O cão colocou a pata no joelho de Ruby e a encarou com seus grandes olhos castanhos. — Vou colocar um cartaz na loja da esquina quando eu for lá. Não tem motivo para pressa. Vamos ouvir o rádio enquanto esperamos a Freda voltar do turno dela, que tal? Já é hora das notícias. Sem dúvida, nada de bom.

Ruby virou o grande botão no rádio Baquelite e esperou que ele esquentasse, perguntando-se quais seriam as notícias dessa noite.

— Vovó, alguma chance de um chá? Estou ofegante. Acho que é de tanto falar hoje. — Sarah bocejou e esticou os braços enquanto entrava na sala.

— Senta, querida. Eu estava pensando em fazer um chocolate quente. Você quer?

— Ótimo. Vejo que deixou Nelson entrar de novo.

— Ele não incomoda. Faz companhia para mim.

Sarah riu. Sabia que a avó tinha um fraco pelo vira-latas.

— Estou certa de que sim, contanto que o alimente.

— Sempre tem algumas migalhas e eu acho que ele vigiaria a casa quando não estivermos aqui. O rádio está esquentando. Pensei em ouvir um pouco das notícias. Ver se tem alguma coisa acontecendo. Fique à vontade que eu vou pegar aquele chocolate quente.

Sarah sentou-se no sofá e enfiou os pés embaixo de si. Estava cada dia mais cansada e adorava os momentos em que podia se sentar e relaxar. Todos diziam para parar de trabalhar e descansar em casa, mas ela ainda queria trabalhar na Woolworths todos os dias e focar no trabalhar para manter o pensamento longe de Alan e dos perigos que ele deveria estar enfrentando.

— As notícias estão começando, vovó.

Ruby entregou a Sarah seu chocolate quente e sentou-se confortavelmente em sua poltrona.

— Certo, vamos escutar e ver o que aconteceu no mundo hoje.

— Ah, meu Deus, vó! Aconteceu alguma coisa. — Sarah colocou o volume do rádio no máximo. Elas ouviram atentamente enquanto o locutor Bernard Stubbs dava as principais notícias de Dover.

— *Por dias e noites, navios de todos os tipos têm ido e voltado pelo Canal sob feroz massacre dos inimigos, apesar do perigo, para trazer o máximo possível de prisioneiros da BEF.*

— O que significa "BEF"?

— Significa "Forças Expedicionárias Britânicas", vovó. Pergunto-me se todos aqueles navios que vi da margem do rio outro dia estavam indo salvar nossos rapazes.

— É provável que estivessem. Ssh, escute. Que horror.

— *...Hoje, logo após o amanhecer, vi dois navios de guerra entrando, um deles adernando pesadamente a bombordo pela grande quantidade de homens que carregava. Em poucos minutos, o cansado comandante posicionou-o, e uma passarela foi lançada de seu convés para o cais. Oficiais de transporte contavam os homens que desembarcavam. Sem perguntar sobre unidades. Sem perguntar sobre regimentos. Sem perguntar nem mesmo suas nacionalidades, pois soldados franceses e belgas lutaram lado a lado com os britânicos na Batalha de Flandres...*

Rubby retirou seu lenço da manga da blusa e passou-o nos olhos.

— Aqueles pobres rapazes.

— *...Todos eles estavam cansados, alguns completamente exaustos, mas o mais incrível é que praticamente todos pareciam alegres e a maioria conseguiu dar um sorriso. Mesmo que um estivesse à beira do colapso de pura fadiga, dava para ver nos olhos que seus espíritos estavam irreprimíveis. E isso é algo que todas as bombas da Alemanha nunca destruirão...*

Ruby e Sarah permaneceram em silencio, ouvindo atentamente, sem acreditar naquilo.

— *...Outro homem me contou como ficou na praia em Dunkirk por três dias com centenas de companheiros esperando um navio. Era difícil embarcar porque o pier fora bombardeado e os navios não conseguiam chegar perto o suficiente. Eles então entraram em barcos e remaram parte do caminho. O tempo todo, os ousados aviadores alemães bombardeavam e metralhavam sem discriminação entre rijos e feridos e sem distinção entre navios de guerra e navios-hospital...*

— Como puderam continuar atirando contra homens feridos, vovó?

Sarah perguntou enquanto ouvia as terríveis notícias.

— Não sei, querida. A guerra é um mistério para mim.

— *...A organização no porto fora excelente: os navios eram descarregados em uma velocidade impressionante. Mal eram esvaziados, desapareciam pela entrada do porto em direção à França para trazer mais homens para casa...*

— Deus abençoe todos eles — Ruby murmurou.

Sarah conseguiu apenas concordar com a cabeça.

— *...Na estação, vi homens subirem nos grandes trens que esperavam, onde era surpreendente andar de vagão em vagão cheio de soldados e só encontrar silêncio, pois a maioria deles dormia profundamente em seus assentos...*

— Aqueles pobres homens deviam estar completamente destruídos. Não imagino ter que enfrentar tal tortura. Imagine não saber o que ia acontecer enquanto estavam na praia. — Ruby levou o lenço ao rosto, não querendo ouvir o que viria a seguir.

— ...*Trem após trem saía da estação, todos cheios de homens adormecidos. Por toda a linha, as pessoas da Inglaterra ficavam em passagens de nível e em jardins para acenar para eles. Assim os homens da BEF voltaram para casa.*

— Estamos perdendo essa guerra, não estamos, vovó?

— É com certeza um inconveniente, Sarah, mas não podemos dizer que perdemos até que Hitler esteja marchando pela Erith High Street. Aí ele terá que me encarar — Ruby declarou desafiadoramente.

Sarah tinha certeza de que a avó quis dizer exatamente isso.

Ambas permaneceram sentadas em silêncio, refletindo sobre o que o locutor reportara.

— **O QUE DIABOS** esse cachorro quer? — Ruby perguntou quando Nelson começou a arranhar a porta dos fundos, latindo e pulando para sair.

— Pelo amor de Deus, rapaz, é melhor que não esteja perseguindo o gato do vizinho de novo. Não quero ter que encará-los se conseguir pegá-lo. Bom, pelo menos o sujeito iria parar de cavar minhas cenouras e de deixar suas lembrancinhas por todo lado. — Ruby se levantou da poltrona e abriu a porta, então Nelson correu para o abrigo antiaéreo latindo furiosamente para a entrada. — Não diga que temos ratos aqui. A Vera acha que viu ratos no abrigo.

Sarah estremeceu.

— Alguma de nós terá que olhar, ou os vizinhos vão reclamar.

Ruby armou-se com uma vassoura.

— Se nossos rapazes podem enfrentar os alemães, nós podemos enfrentar um rato. Fique atrás de mim caso ele morda. Nelson, cale a boca e venha aqui.

O cão obedeceu à sua nova dona e parou de latir, embora ainda alerta e encarando. Sarah pegou uma tocha que havia sido deixada ao lado da porta para o caso de ataque aéreo e pegou o atiçador ao lado do fogo antes de seguir Ruby em direção ao jardim escuro.

Ruby inclinou-se para mais perto de Sarah e sussurrou em seu ouvido:

— Vou abrir a porta e gritar o mais alto possível. Se alguma coisa chegar perto de você, bata nela com o atiçador. Isso vai assustar qualquer roedor lá dentro.

Sarah assentiu e posicionou o atiçador por cima do ombro, pronta para atacar.

Ruby adiantou-se vagarosamente e, usando a vassoura, abriu a porta que George construíra para proteger qualquer um dentro do abrigo e gritou:

— Saia já daí, seu impostor!

Por um momento houve silêncio; então uma voz lamuriosa bradou:

— Não me machuque, senhora. Não queria fazer mal.

Um rosto apareceu na porta. Sob a luz fraca de sua tocha, Sarah pôde ver um jovem. Ela sentiu que talvez já o tivesse visto, pois havia algo de familiar em suas feições. Abaixou o atiçador.

— Saia devagar e não tente fazer nada estúpido.

O homem saiu do abrigo e caminhou em direção à porta dos fundos enquanto Nelson o seguia de perto, pronto para agarrar seus calcanhares se ele tentasse fugir.

— Entre e sente naquela cadeira. — Ruby indicou-a com um aceno enquanto fechava a porta e puxava a cortina. As duas mulheres pararam à frente dele, que se encolhia ligeiramente.

— Agora, de onde você veio e o que estava fazendo no nosso abrigo? — Ruby perguntou, ainda segurando firmemente a vassoura e pronta para acertá-lo na cabeça, caso ousasse fazer algo errado.

Naquele momento, ouviram uma chave na porta da frente e uma voz familiar.

— Sou só eu. Saí na hora certa, para variar. — Freda entrou na sala, os olhos se arregalando de surpresa com a cena. — Lenny? O que faz aqui?

Um soluço embargava a voz do jovem.

— Desculpa, mana. Eu não tinha mais para onde ir. É aquele Tommy Whiffen. Ele descobriu onde eu estava e veio atrás de mim.

— **ACHO QUE VOCÊS** dois têm que sentar e explicar algumas coisas — Ruby disse enquanto Freda abraçava o jovem. Pareciam duas ervilhas em uma vagem.

— Oh, Lenny, onde esteve? Fiquei tão preocupada — Freda disse.

— Trabalhei nas docas uns tempos e fiz uns bicos, então não foi tão ruim. Sempre tem alguém que troca trabalho por dinheiro sem fazer perguntas. Aí eu dei de cara com um sujeito que me reconheceu e tive que dar no pé rapidinho. Vim pra Erith, porque sabia que você estava aqui, mas aí você tinha se mudado e eu tive que dormir por aí um par de noites.

Ruby franziu o cenho.

— Eu não entendo.

— Explicarei o máximo possível — Freda disse. — Você parece prestes a cair, Lenny.

O rapaz assentiu e se inclinou na poltrona.

— Lenny se misturou com pessoas ruins enquanto vivíamos em casa.

— Mas eu não queria, mana.

— Tudo bem, Len, contarei à Ruby e Sarah. — Ela deu uma olhada para Ruby, que acenou para que continuasse a história. — Após papai morrer, mamãe começou a namorar outro sujeito. Ela dizia que era porque precisávamos de um pai, mas assim que pôs os pés para dentro, ele mudou. Passava a maior parte do tempo no pub e sabemos que estava com outras mulheres. Mamãe não acreditava em nada disso. Estava apaixonada por ele. Bem, foi quando nosso Lenny começou a matar aula e andar com Tommy Whiffen e sua gangue. Eu implorava para que me ajudasse na feira e ficasse longe de Tommy, mas acham que me ouvia?

Lenny abaixou a cabeça e pareceu envergonhado.

— Eu só fiz uns transportes para ele até aquela vez que fomos pegos.

O rosto de Ruby ficou vermelho, e ela olhou para Lenny.

— Não existe desculpa para roubar.

— Eu sei disso agora e queria não ter feito. Nem era tão divertido.

O coração de Ruby amoleceu. Ele parecia arrependido. Sem uma figura paterna por perto, qualquer rapaz poderia sair da linha.

— Continue, Freda. O que aconteceu depois?

— Tommy começou a fazer coisas grandes. Não estava satisfeito com pequenos roubos. Ele invadiu um armazém e pegou algum dinheiro.

— Era muito dinheiro, mana. Centenas de libras, que eram salários dos trabalhadores.

Ruby resmungou.

— Roubar o pão da boca dos outros. Terrível. Você ajudou o rapaz a pegar o dinheiro, Lenny?

Lenny foi ágil na resposta.

— Não, eu fiquei de vigia. Bob, o irmão do Tommy, estava dirigindo o carro e o primo dele, Ned, abriu as fechaduras para a gente entrar. Tudo que eu tinha que fazer era ficar no portão do armazém e observar o guarda noturno. Se eu visse ele vindo, tinha que assobiar que nem louco e pular no estribo enquanto a gente escapava.

— Parece um daqueles filmes americanos — Sarah disse, trazendo uma bandeja com xícaras de chocolate quente e um prato com fatias suculentas de pão. Lenny pegou o prato com gratidão e o atacou como se não comesse há dias. — O que aconteceu depois?

— Não vi o guarda até ele passar por mim e entrar no armazém.

— Ele estava lendo um jornal. Nem entendeu o que se passava — Freda suspirou.

Lenny ignorou a irmã.

— Quando cheguei no carro, Bob estava acelerando o motor, Ned e Tommy subiram e eles saíram com o saque. Eu tentei pular no estribo, mas eles estavam indo muito rápido, então eu caí e torci meu tornozelo.

Ruby tentou não sorrir.

— Parece que você não foi feito para o crime, rapaz.

Freda parecia triste.

— Mas foi apenas o começo. Nosso Lenny foi condenado, e eles escaparam.

— Pelo que poderiam acusá-lo? Não é crime ler o jornal, é? — Sarah perguntou enquanto bebia seu chocolate.

— É que quando o vigia noturno levou uma pancada na cabeça e o dinheiro tinha desaparecido, tudo de que ele conseguia se lembrar era do rosto de Lenny. — Freda declarou.

— Caramba! — foi tudo o que Ruby conseguiu dizer.

— Me mandaram para a prisão por oito anos.

— Oito anos? Mas você não passa de uma criança. Quando isso aconteceu?

— Faz dois anos.

Ruby coçou a cabeça em confusão.

— Não entendo. Por que não contou pra eles sobre esse Tommy e por que deixaram você sair tão cedo da prisão?

Lenny olhou para Freda em busca de auxílio, mas ela fez sinal para que ele explicasse.

— Tommy jurou que se eu abrisse a boca e contasse pros policiais sobre a gangue, ele machucaria nossa Freda, mas se eu ficasse quieto e cumprisse minha sentença, ele levaria isso em consideração e Freda não sofreria.

Sarah arfou.

— Acha que aquele sujeito que estava rondando seu antigo alojamento no Natal retrasado era alguém da gangue do Tommy, Freda?

— Acho que é possível. Eu tinha enviado um cartão de Natal com um vale postal dentro da caixa de Natal para a mamãe. Apenas escrevi que estava bem, mas talvez o envelope tenha revelado onde eu estava.

Sarah explicou brevemente a Ruby a razão para Freda se mudar de seu primeiro alojamento com tanta pressa naquele Natal.

— Ora, francamente — Ruby declarou. — Ainda não entendo por que motivo Freda veio para Erith. Não que não seja bem-vinda — acrescentou rapidamente. — E por que aquele sujeito seguiu você?

— Decidi me mudar para Erith após receber uma carta de Lenny me alertando para manter distância e contando que escapara de uma prisão próxima a Maidstone. O carimbo no envelope dizia Erith. Ele devia tê-la postado por aqui, então, se eu ficasse por tempo suficiente, pensei que talvez o encontrasse antes que ele se metesse em mais problemas. Acho que quando mandei o cartão para minha mãe, antes daquele Natal, meu padrasto deve tê-lo visto e deduzido pelo carimbo postal onde eu estava. Sem dúvidas Tommy Whiffen estava farejando por lá, perguntando onde estávamos. Nosso padrasto faz qualquer coisa por alguns trocados no bolso para gastar no pub ou apostar. Ele mostraria a Tommy. Como sou tola.

— Não é nenhuma tola, Freda — disse Sarah. — Apenas queria proteger sua família. Qualquer um faria o mesmo. Lenny, por que fugiu da prisão? Não teria sido melhor contar ao diretor o que sabia?

— Era horrível na prisão e quando eu disse que era inocente, começaram a zombar de mim, me xingar e tudo o mais. Não tinha ninguém para conversar lá e sabia que eu não conseguiria aguentar mais seis anos atrás das grades. Eu planejava voltar para as Midlands em algum momento e contar para os policiais que me prenderam, mas eu fiquei preocupado com a Freda aqui sozinha. Depois fiquei apavorado que pudessem me levar de volta para a prisão. — Ele parecia muito cansado e à beira das lágrimas. — Acabei não sabendo o que fazer e depois pensei que tinha demorado muito para dizer que era inocente. Quando a guerra começou, pensei que ninguém se incomodaria comigo, então comecei a fazer bicos e tal. Freda, não sei o que fazer. — Ele olhou para a irmã de maneira suplicante, e Freda se virou para olhar Sarah e Ruby. O que fariam?

— Acho que antes de tomarmos qualquer decisão, deveríamos deixar esse rapaz se lavar e tirar uma pestana. Você também precisa dormir, Sarah. Não pode estar fazendo bem para meu bisneto você acordada até tarde. Vá para a cama. Freda, leve seu irmão até a copa e mostre onde estão o sabão e a água. Tem algumas roupas que eram do meu Eddie que você pode usar enquanto as suas são lavadas. Vou te dar um cobertor e um travesseiro. Pode dormir no sofá essa noite e o Nelson te fará companhia. Vou me certificar de que a casa fique fechada e trancada. Ninguém virá te machucar essa noite. Terão que responder a mim se tentarem entrar e causar problemas.

Lenny deu a Nelson um olhar cauteloso, mas concordou com a cabeça.

RUBBY PUXOU UM grosso cobertor de lã de cima do guarda-roupas no quarto de hóspedes, enquanto Sarah se enfiava na cama.

— Posso pegar uma garrafa de água quente para você?

— Estou bem, obrigada, vó. É verão, então não estou com frio.

— Eu sei, querida, mas na sua condição, tem que se cuidar — Ruby disse enquanto se sentava na beirada da cama, o cobertor no colo.

Sarah riu.

— E aquela conversa de que mulheres são capazes de trabalhar e ter um bebê além de manter a casa em ordem?

— Eu acredito nisso, mas posso mimar minha neta, não posso? Falando nisso, como Maureen se sente com você ficando aqui? Ela está bem sozinha?

— Ela está bem, vovó. Era Maureen quem nos servia chá quando Maisie desmaiou na Woolies. Ela me disse para ficar aqui ao lado da Maisie o quanto for necessário.

— É bondade dela. Foi um dia peculiar. Quem imaginaria que a Maisie descobriria sobre seu Joe daquele jeito? Já é ruim saber que o marido morreu, ainda mais no meio de uma loja cheia e por meio daquela mulher horrível, Doreen Taylor.

— Foi bondade sua ir até lá resolver, vovó, e pegar o que pertencia a Maisie. Quando olhei há pouco, ela havia dormido segurando sua certidão de casamento. A pobrezinha terá muito o que enfrentar nos dias vindouros.

Ruby concordou.

— Ela é forte e tem a nós para apoiá-la.

— Vovó, eu estava me perguntando... acha que Joe foi pego na evacuação em Dunkirk? O pouco que ouvimos no rádio pareceu horrível. Tantos homens feridos e mortos. Estamos definitivamente perdendo essa guerra.

Ruby pensou por um momento.

— Não vamos perder essa guerra, Sarah. Não pense isso nem por um segundo. Pode levar meses, talvez até anos, mas vamos vencer. Os britânicos têm um espírito que nenhum alemão pode destruir.

— Nisso a senhora tem razão, vovó.

— Quanto ao Joe, acho que não teremos como saber, mas talvez ele tenha morrido há algum tempo. Sabemos que ele estava no exterior, e é provável que estivesse lá, mas as notícias demoram um tempo para chegar, especialmente durante a guerra. Maisie vai entender um dia, mas talvez ela tenha que encarar o fato de que não terá um corpo para enterrar. Aconteceu na última guerra. Por mais triste que seja ficar ao lado de um túmulo, não há nada que adiante quando uma mulher está de luto por seu homem.

Sarah ficou em silêncio.

— Está pensando no seu Alan?

— Sim. Talvez ele estivesse lá, vovó. O homem no rádio disse que nossos aviões sobrevoavam o Canal tentando proteger os navios.

— Ele vai ficar bem, amor. Teve notícias dele ultimamente, desde que te disse como estava feliz pelo bebê?

Sarah desatou a soluçar sofregamente, cobrindo o rosto com as mãos.

— Oh, vovó, não sei o que fazer.

Ruby deixou o cobertor no chão e colocou os braços ao redor da neta.

— Pronto, pronto, querida. Qual o problema? — embalou-a nos braços até que as lágrimas diminuíssem.

Sarah engoliu em seco e enxugou as lágrimas com a ponta do lençol.

— Não tenho notícias de Alan. Não desde que contei sobre o bebê. Eu só disse que ele escreveu e que estava feliz porque não queria que Maureen se preocupasse. Agora, com todas essas notícias de Dunkirk, não sei o que pensar.

— Sua tola. Não deveria ter guardado esse segredo — Ruby consolou a neta. — Ora, ele provavelmente está treinando e trabalhando o tempo todo, Deus sabe onde, e as cartas ainda não chegaram. Agora, acalme-se e tente dormir um pouco. Sem mais segredos. Acho que tivemos o suficiente por hoje, não? — Ruby puxou as cobertas até os ombros da neta e colocou-a para dormir. Ao apagar a luz e fechar a porta, ela se perguntou por que Alan não entrou em contato e rezou para que estivesse em segurança.

Sozinha no escuro, os medos de Sarah multiplicaram-se. Como diria à avó que acreditava que Alan não a amava mais? Ninguém mais parecia ter notado como ele estava mudado no Natal. Conhecera novas pessoas que vinham de um mundo diferente de sua nova esposa e família. A novidade do bebê deveria ter sido muito. Ela ouviria falar nele novamente? Ele ainda a amava?

— **COMAM E DEPOIS** podem ouvir o que eu tenho a dizer. — Os rostos ao redor da mesa de Ruby estavam apreensivos enquanto a observavam servir porções de mingau de uma grande panela. — Isso vai grudar nas suas costelas e sustentá-los até a hora do jantar.

Maisie colocou uma mão sobre sua tigela e tirou o cigarro da boca com a outra, soprando a fumaça para longe da panela. Vinha fumando um cigarro atrás do outro desde que descera, ainda de roupão e sem se lavar. Se estava surpresa por ver Lenny na mesa, não disse nada e mal reconheceu sua presença quando Freda fez as apresentações.

— Para mim, não, obrigado. Vou sair assim que me arrumar. Depois como alguma coisa.

— Mas, Maisie, você não comeu nada ontem. Por que não volta para a cama? Fiz um belo pedaço de peito ontem e vou fazer uma torta para durar um pouco mais. Você pode comer no jantar. Não te esperam na Woolworths hoje, então pode pegar leve.

Maisie encarou Ruby.

— Eu disse que vou sair. Tenho coisas para fazer.

— Se quiser esperar até amanhã, Maisie, posso ir com você, se quiser. É minha folga, então podemos ir aonde quiser. — Sarah tentou acalmar a amiga. — Você passou por um grande choque. Talvez deva descansar mais um pouco hoje.

— Eu disse que vou sair. Por que não me deixam em paz? — Maisie se levantou. — Vou me vestir.

Ruby ergueu as sobrancelhas para Sarah. Era melhor deixar a garota sozinha. Ela não era dona de si no momento.

— Como quiser, querida. Apenas se lembre que estamos aqui se precisar.

Maisie apagou os restos de seu cigarro e acendeu outro. Ela assentiu para Ruby e deixou o cômodo.

— Certo, vocês aí, levantem esses queixos e terminem o mingau. Temos coisas a fazer. Assim que tivermos limpado a mesa, vocês vão escrever tudo o que sabem sobre esse tal Trevor Whiffen.

— O nome dele é Tommy Whiffen, Sra. Caselton, mas não sei de que servirá isso. Vou embora essa manhã. Eu não devia ter vindo, para o caso de estar sendo seguido.

— Trevor, Tommy, não me interessa o nome dele, contanto que ele pague por seus erros e vocês não temam por suas vidas. Quanto a você ir embora, Lenny, pode ficar exatamente onde está. Tenho planos para você, meu jovem.

Freda e Lenny passaram um bom tempo na mesa escrevendo qualquer coisa que lembravam sobre Tommy Whiffen e sua gangue. De vez em quando, Ruby os interrompia para fazer uma pergunta. Como Lenny soube pela primeira vez sobre os crimes? Eles haviam forçado Lenny a fazer coisas erradas? Ele tentara escapar de suas garras? O que realmente houve na noite do roubo ao armazém?

Na hora em que o jantar ficou pronto, Ruby lera todas as palavras escritas por Lenny e Freda e decidiu que não havia mais o que acrescentar. Contra a vontade dele, Ruby até mesmo insistira para que escrevesse como e por que motivo ele escapara da prisão e o que esteve fazendo enquanto foragido.

— Seja o mais honesto possível, Lenny, e as autoridades farão o possível para escutá-lo — aconselhou enquanto colocava um prato em cima do jantar de Sarah, pronto para que ela o aquecesse sobre uma panela de água fervente quando chegasse do trabalho.

Ruby também convidara Maureen, pois estava preocupada que a mulher se sentisse sozinha com Sarah ficando no número treze para cuidar de Maisie, mas Maureen assegurou-a de que entendia e que estava indo ao cinema com a vizinha, então não precisavam se preocupar. Mesmo assim, Ruby se preocupava, já que Maureen agora era da família, embora Sarah não tivesse notícias de Alan desde o Natal. Qual era a desse rapaz? Havia tanta coisa acontecendo que a cabeça de Ruby parecia girar. Ela não sabia o que pensar.

— Autoridades, Sra. Caselton? Eu não quero nada com autoridade nenhuma. Foram eles que me colocaram atrás das grades, para começar — Lenny disse enquanto enchia seu garfo com repolho que a própria irmã plantara no jardim de Ruby.

— O que colocou você atrás das grades, jovem Lenny, foi aquele Tommy Whiffen te obrigando a mentir no lugar dele. Agora, pode ficar aqui essa noite e então amanhã vamos até a delegacia para você se entregar. Podemos mostrar o que você escreveu e deixar a polícia averiguar essa confusão e resolvê-la de uma vez.

Lenny deixou sua faca e garfo caírem no prato com um ruído.

— O quê? Eu voltar pra prisão? Não, me desculpe, Sra. Caselton, mas eu não volto lá, nem por um milhão de libras.

— Ninguém está te oferecendo dinheiro, Lenny. Se você voltar para a prisão agora, então esse Tommy Whiffen não vai querer machucar a Freda. Você também vai estar seguro. Assim que a polícia souber a verdade, o verdadeiro culpado vai ser preso e você ficará livre. Agora, coma seu jantar antes que esfrie. Temos que cortar seu cabelo para que esteja apresentável amanhã. Suas roupas estão lavadas e passadas e pode ficar com as peças que está usando agora.

Lenny abaixou a cabeça sobre o jantar e murmurou:

— Sim, Sra. Caselton.

Freda olhou para o irmão e se perguntou: o que ele estaria pensando agora?

— **SENTE-SE, SARAH. VOCÊ** parece acabada. Seu jantar logo estará aquecido.

Sarah chutou os sapatos e esfregou seus tornozelos.

— Obrigada, vovó. Trabalhei na hora do meu almoço. Com a Maisie fora e a falta de funcionários, comi apenas um sanduíche com Betty no escritório. Como está Maisie?

— Não sei mais do que você, querida. Ela não voltou desde a manhã. São quase sete horas. Espero que esteja bem.

— Acha que devemos sair para procurá-la, vovó?

— Como a gente ia saber por onde começar?

Sarah balançou a cabeça.

— Não faço ideia. Quando não estava no trabalho, estava comigo e com Freda, a menos que fosse à Woolwich comprar tecido no mercado. Não acho que esteja pensando em costura hoje. Acha que ela fez algo estúpido?

Ruby sacudiu a cabeça;

— Acho que não, querida. Ela é de ferro, nossa Maisie.

— Mas ela tem estado tão desanimada desde que Joe se alistou e foi apenas ontem que desmaiou na Woolworths. Não deveríamos deixá-la sair sozinha.

— Não temos escolha, Sarah. Ela deixou claro que não queria nossa ajuda. Não poderíamos segui-la, não é? Vamos ter que esperar ela voltar. Só espero que não demore muito. Estou muito cansada depois de ontem à noite, com Lenny aparecendo daquele jeito. A jovem Freda tem estado muito envergonhada sobre o que houve. Falei para não ser tão boba. deveria ter nos contado tudo há tempos. Poderíamos ter ajudado. Ela não foi trabalhar essa noite, então sugeri que levasse Lenny ao cinema. Vai animá-lo antes de voltar para a prisão. É uma pena, porque o Nelson se apegou muito ao rapaz.

Sarah quase engasgou com a xícara de chá.

— O quê? Ele vai voltar para a prisão? Como conseguiu, vovó?

Ruby foi até o aparador e tirou de lá páginas cobertas com a letra de Lenny e Freda.

— Leia enquanto pego seu jantar. Expliquei para Lenny que se ele voltar para a prisão, podemos convencer a polícia a resolver essa confusão e acho que talvez deixem ele sair. É óbvio que armaram para o rapaz e tem o suficiente nesses papéis para trancar Tommy Whiffen por um bom tempo.

Sarah passou os olhos pelas folhas e, embora surpresa com o que diziam, não pôde evitar pensar que a avó estava muito otimista quanto a Lenny ser liberto tão rapidamente.

SARAH FINALIZAVA UMA botinha de tricô quando uma batida forte soou na porta. Ruby, que cochilava em sua poltrona, deu um pulo e derrubou o jornal que ainda estava segurando.

— Devem ser Freda e Lenny. Por que eles não usaram a chave que está pendurada na porta? — disse enquanto se levantava e ia em direção ao corredor.

— Nós tiramos a chave da corda, vovó, para o caso de Hitler invadir. Lembra? — Sarah sorriu para si mesma. Haviam caçoado da avó por um bom tempo por isso. — Não se esqueça das cortinas.

— Céus, Vera, por que está socando a minha porta a essa hora da noite? São quase dez horas.

Vera entrou apressada tentando recuperar o fôlego.

— Eu pensei que devia saber. É a Maisie. Eu vim correndo.

— Meu Deus, Vera. Se acalme e respire fundo. Agora, o que tem a Maisie? Aconteceu um acidente?

— Não, muito pior.

Sarah sentiu a cabeça girar enquanto se levantava. O que quer que tivesse acontecido, deveria ir até a amiga o mais rápido possível.

— Onde ela está, Sra. Munro? — Sarah queria gritar de impaciência enquanto Vera prolongava o momento dramático, colocando a mão no coração e respirando profundamente.

— Maisie Taylor está no Prince of Wales com um par de soldados e ela é péssima com bebida. — Vera olhou de Sarah para Ruby para certificar-se de que elas haviam absorvido sua notícia escandalosa.

— Quando diz que ela é péssima com bebida, quer dizer o que exatamente, Vera? — Ruby perguntou.

— O que eu quero dizer é que se alguém não tirar ela de lá, acho que amanhã vai estar em um estado deplorável e talvez nem saiba na cama de quem vai acordar. — Vera fez cara de quem viu um passarinho verde.

— Agora não é hora de se gabar, Vera. Maisie não sabe o que está fazendo no momento. Ela precisa de amigos, não de pessoas que vão questionar seu comportamento.

— Veja só, vovó. Eu sei o que fazer. Vou buscar minha amiga e trazê-la para casa, onde é bem-vinda. — Sarah saiu em direção à porta, parando apenas para calçar os sapatos.

— Estou bem atrás de você, querida. Vera, agradecerei se não vier mais se gabar na minha porta.

— Eu vim dizer que ela está em apuros. — Vera resmungou enquanto as seguia pela porta da frente.

Sarah e Ruby podiam ouvir um piano tocando alto enquanto atravessavam a rua em direção ao pub Prince of Wales. Sarah se lembrou da noite da festa de Natal da Woolworths, quando dançou pela primeira vez com Alan, como ele a segurou nos braços e cantou suavemente em seu ouvido. Eles voltaram ao pub algumas vezes enquanto se cortejavam e cada vez Sarah sentia que o pub tinha um lugar especial em seu coração. Um lugar que ela visitaria quando fosse avó para poder contar aos netos sobre o dia em que se apaixonara pelo avô deles.

Pisando na soleira do pub cheio, Sarah esperava se chocar com o que quer que Vera tivesse visto Maisie fazendo. Em vez disso, encontrou-a ao lado do piano, balançando no ritmo da música. De fato, ao lado dela estavam uns soldados, mas nada inconveniente acontecia. Era a cara de Vera fazer tempestade em copo d'água.

Maisie viu a amiga na porta e chamou-a:

— Vem tomar uma bebida e conhecer meus amigos Henry e Ollie. Eles trabalhavam com o meu Joe. Todos se alistaram na mesma época. Que mundo pequeno, não é?

Sarah abriu caminho pela multidão e, enquanto se aproximava de Maisie, pôde ver que a amiga tinha mesmo bebido um pouco, mas ainda estava no controle de suas faculdades mentais. Henry e Ollie apertaram sua mão educadamente e ofereceram-na uma bebida. Sarah recusou. O pub estava muito esfumaçado e barulhento para seu gosto. Henry encontrou uma cadeira, que ela aceitou com gratidão.

— Sentimos muito pelo Joe — ele disse a Sarah. — Ele era um cara bacana, o sal da terra, por assim dizer. Quando encontramos a senhora dele aqui, não quisemos deixá-la sozinha, para o caso de que se sentisse mal. Nós não sabíamos onde morava e ela deixou claro que não se dava bem com a sogra. Não que nós gostemos muito dela também.

Sarah gostou de Henry imediatamente. Um cavalheiro.

— Maisie mora com minha avó agora. — Ela apontou para onde Ruby estava, bebendo um copo de porto e conversando com Ollie. — Acho que precisamos levá-la para casa, para que se deite. A coitada ainda está em choque. Só ficou sabendo de Joe ontem. Não temos detalhes do acontecido. Você sabe?

Henry balançou a cabeça.

— Sinto muito, querida. Queria poder ajudar. Não víamos Joe desde que nos alistamos. Acho que ele foi para a França e provavelmente foi pego lá. Ollie e eu fomos enviados para ser motoristas no Norte. Tivemos muita sorte. — Ele parecia triste. — Uma pena o que aconteceu com o Joe. Eu espero que minha esposa nunca precise passar pelo que a dele está passando agora.

Sarah assentiu. Talvez Alan estivesse consolando a esposa de outro homem como Henry e Ollie faziam.

— Querem que eu e o Ollie levemos vocês para casa? Ela está um pouco sensível e estou vendo que você não está em condições de conduzi-la.

— É muita gentileza sua. Obrigada, Henry.

Henry se virou para Maisie, que estava encostada no piano cantarolando a música.

— Vem, querida, hora de levar você para casa. — Estendeu a mão para pegar o braço dela.

Maisie desvencilhou-se.

— Eu quero cantar uma música — disse em uma voz ligeiramente arrastada. — Vocês têm que cantar comigo. — Ela se inclinou e sussurrou ao ouvido do pianista. Ele assentiu e passou a tocar algo que Sarah reconheceu. Era uma triste canção sobre um amor perdido: "I'll See You in My Dreams".

Maisie foi para a frente do piano e fez vários "psiu" até todos ficarem em silêncio. Após algumas notas, todo mundo começou a cantar, mas acima de todas as vozes, Sarah podia ouvir a voz lamentosa de Maisie. Ela pôde ver o medo nos olhos da amiga enquanto Maisie se dava conta de que nunca mais veria Joe.

Maisie começou a soluçar e caiu de joelhos, mas ainda cantava alto e claro sobre o homem que partira de sua vida para sempre.

— ...*I'll see you in my dreams*...

Henry e Ollie ajudaram Maisie a se levantar e Sarah pegou sua bolsa e seu casaco. Mais do que nunca, ela rezou para que nunca precisasse passar pelo sofrimento que a amiga experimentava no momento.

— Onde quer que esteja, Alan, e queira ou não voltar para mim, por favor, fique em segurança — Sarah pediu.

— **ONDE ELE ESTÁ? ONDE** aquele rapaz se meteu? — uma Ruby com o rosto corado correu para a base da escada. — Freda? Desça aqui agora.

Freda apareceu na porta da cozinha, esfregando os olhos enquanto Ruby batia uma chaleira enegrecida no fogão.

— Algum problema, Sra. Caselton?

— Vá até a sala da frente e me diga se consegue ver aquele seu irmão.

Ruby seguiu Freda e observou enquanto ela puxava as pesadas cortinas blecaute, permitindo que o sol do começo da manhã inundasse a sala.

— Ah, meu Deus! Mas ele estava aqui noite passada. Eu vi quando se deitou.

Ambas encararam o sofá, onde o cobertor de Lenny estava cuidadosamente dobrado em cima de um travesseiro. Exceto por isso não havia nenhum sinal de que ele estivera hospedado no número treze.

— As poucas coisas que tinha, sumiram. Ele está assustado — Ruby disse tristemente. A raiva inicial passara e foi substituída pela tristeza de que Lenny não ficara por tempo suficiente para limpar seu nome.

Freda balançou a cabeça.

— Eu sinto muito. Ele nunca me deu nenhum sinal de que faria isso. Parecia bastante feliz no cinema ontem à noite e até quando fomos comer um saco de batatinhas depois, ele conversou normalmente. Que idiota.

— O medo é uma coisa estranha, Freda. Sem dúvidas, sozinho aqui embaixo no meio da noite, ele reconsiderou. O medo faz coisas engraçadas com a mente. Talvez estivéssemos esperando demais ao pensar que ele ia encarar a polícia e provavelmente voltar para a prisão.

— Fico envergonhada por Lenny ter causado tantos problemas. Ele me deixou na mesma situação que antes de aparecer e foi inconveniente para as pessoas que considero minha família. O amo imensamente, mas nesse momento eu poderia torcer seu pescoço.

Ruby pensou por um segundo.

— Mas Lenny não nos deixou na mesma situação. — Ela abriu a gaveta do armário e tirou as folhas onde os irmãos haviam pacientemente anotado tudo que importava sobre Tommy Whiffen e sua gangue. — Com isso, ainda podemos fazer o sujeito ser preso e você e Lenny poderão voltar para casa em segurança.

Freda pegou os papéis da mão de Ruby e colocou-os de volta no armário, fechando a gaveta firmemente.

— Sei que tem boas intenções, Sra. Caselton, mas acho que é tarde demais para isso. A polícia perguntará por que abrigamos um fugitivo sob seu teto. Não se importarão se acha que ele é inocente. Talvez nem se interessem com o que Lenny escreveu. E aí o que será de nós? Poderiam nos acusar de esconder um criminoso e, talvez, a Sarah também, e isso não seria bom na situação dela, não é?

— Caramba, não tinha pensado por esse lado — Ruby disse e se sentou para analisar o assunto. Apenas descera as escadas para deixar Nelson sair para o jardim e acordar o garoto. Ainda vestia sua velha camisola, o cabelo não vira um pente e o rosto não vira nem um pingo de sabão ou água.

— Bem, eu sim, e o que eu mais temo é que Tommy e sua gangue pode saber que Lenny esteve nessa região e vir procurá-lo. Imagine o que fariam se encontrassem o depoimento. Deveríamos queimá-lo. Será mais seguro para todos os envolvidos.

— Não, vou colocar em um lugar seguro. Nunca se sabe — pode ser necessário um dia. Vamos tomar o café da manhã. Logo a Sarah acorda querendo trabalhar. Estão tão sobrecarregados lá que ela cancelou a folga e se ofereceu para ir de manhã. Na condição dela!

— Não acho que Betty a deixaria se machucar. E quanto a Maisie? Descerá?

Ruby suspirou e pensou em como conseguiram trazê-la para casa na noite anterior com a ajuda dos dois soldados. Se acordasse cedo, provavelmente estaria com a cabeça tão pesada que o café da manhã seria a última coisa na qual pensaria.

— Vem, vamos para a cozinha e conto tudo sobre a noite passada.

Ruby pegou uma grande frigideira de ferro fundido que ficava na prateleira atrás do fogão. Acendendo um fósforo, o fogo subiu com um estalido alto.

— Podemos comer ovo e algumas torradas no café, se quiser. Pode pegar a tigela de ovos na despensa?

Freda abriu a porta da despensa e entrou no armário grande e fresco. Enquanto tentava alcançar a tigela de ovos em uma das prateleiras de pedra, chamou Ruby.

— Quero apenas esclarecer uma coisa.

— O que foi, querida?

— Nunca voltarei para casa — Freda admitiu. — Não há mais nada para mim nas Midlands. Mamãe deixou claro que sempre ficaria ao lado do novo marido se algo desse errado e me lembrou disso quando Lenny foi preso. Mandarei um cartão no aniversário dela e no Natal, mas só. Erith é meu lar agora.

Ruby pegou a tigela de Freda e abraçou-a.

— Não precisa ficar chateada, querida. Você é tão bem-vinda aqui quanto qualquer pessoa da minha própria família, não importa o que aconteça. Agora, vamos comer.

22

— **RECEBEREMOS OUTRA REMESSA** de cavala enlatada hoje. — Betty checou a lista na frente dela. — Talvez seja aconselhável colocar outro funcionário no balcão. É bem popular.

Sarah franziu o nariz.

— Quem imaginaria que a guerra duraria um ano e que estaríamos comendo esse peixe horrível? — ela apenas passara na Woolworths para ver a amiga. Ficar confinada em casa, esperando o nascimento do bebê — para dali a menos de uma semana — estava deixando-a muito distraída. Gostava de ser tratada por Betty como uma colega, em vez de como uma flor delicada. A mãe escrevia de Devon quase todos os dias, dizendo a Sarah que parasse de trabalhar, pois não era respeitável uma mulher em sua condição ser vista trabalhando. Apenas a ameaça de que Irene mandaria George buscar Sarah e levá-la de volta para o sudoeste fez com que Sarah deixasse de trabalhar as poucas horas na Woolworths que ela tanto gostava. Até Ruby continuava lembrando-a de "pensar no bebê" quando foi pega plantando alguns vegetais no pequeno jardim de Maureen. Sarah ficaria feliz quando as próximas semanas tivessem passado e ela segurasse seu bebê nos braços.

A única tarefa que lhe fora permitida continuar era alimentar as galinhas da avó, as mais recentes moradoras no número treze e que eram muito divertidas. As garotas deram-lhes nomes, apesar de Ruby lembrá-las que seus novos animais de estimação iriam para a panela se parassem de botar. No entanto, discutir a venda do horrível peixe enlatado chamado cavala estava começando a deixá-la um pouco nauseada.

— Eca, é nojento. Tem gosto de borracha queimada e só é popular porque não está sendo racionado.

— Precisamos fazer o máximo desse produto. Com o racionamento começando a deixar algumas iguarias quase impossíveis de conseguir, precisamos nos certificar de que nossos balcões e prateleiras pareçam cheios. Se isso significa estocar itens dos quais ninguém ouviu falar, como cavala enlatada, então que seja. Como faremos com que seja atraente para nossos clientes, já não sei.

Sarah pensou que, com a comida agora se tornando escassa, os clientes já ficariam felizes de encher a barriga de seus familiares. Contudo, Betty tinha um ponto, e elas deveriam tentar ajudar o máximo possível. Pensou por um tempo.

— Poderíamos ensinar aos clientes como usar nas refeições, acho. Poderíamos aprender algumas receitas e compartilhá-las. Isso os encorajaria a tentar algo novo.

Betty concordou.

— Sim, é uma ótima ideia. Nesse caso, devemos colocar as mulheres casadas naquele balcão, já que elas sabem mais sobre preparar comida.

Sarah tentou não rir. Betty era um pouco tradicionalista às vezes.

— Acho que descobrirá que a maioria das mulheres sabe cozinhar, Betty. É algo que aprendemos no colo de nossas mães.

— Céus, me sinto meio boba. Sou uma daquelas mulheres que nunca sabia o que fazer em uma cozinha. Tenho que admitir que aprendi muito quando fui morar sozinha.

Sarah estava espantada com o que a amiga lhe contara. Não era fato que toda mulher sabia se virar em uma cozinha?

— Seus empregados cozinhavam tudo? — brincou.

Betty assentiu e pareceu envergonhada.

— Tínhamos quem morava conosco e alguém que vinha uma vez por semana para lavar a roupa. Temo que não estivesse preparada para a vida. Minha mãe não achava certo uma jovem dama aprender tais coisas. Se meu Charlie tivesse voltado da última guerra, minha vida seria muito diferente do que é agora.

— Quer dizer que teria empregados? — Sarah não conseguia pensar em alguém que trabalhava na Woolworths tendo empregados. Betty era a primeira pessoa que ela conhecia que passara por isso.

— Sem dúvidas eu teria tido alguma ajuda em casa. Era assim que minha família vivia naquela época. Aquela guerra mudou muitas coisas, Sarah.

— Sua família se importa que você trabalhe?

Betty suspirou.

— Infelizmente eu era filha única. Minha chegada foi... digamos que uma grata surpresa após tantos anos de casamento. Meus parentes mais velhos morreram há muito tempo. Mantive contato com as irmãs de Charlie, mas o tempo passou e hoje em dia apenas trocamos cartões de Natal e amabilidades ocasionais. Quando perdi Charlie, também perdi qualquer chance de ter uma família.

O coração de Sarah condoeu-se pela amiga.

— Mas você tem uma família agora. Foi dama de honra e será tia honorária do meu bebê junto com Freda e Maisie.

Betty sorriu.

— Sou tão grata por ter decidido trabalhar para a Woolworths quando veio morar com sua avó. Minha vida mudou muito desde que a conheci. Considerando que estamos em guerra, me diverti tanto indo ao cinema para comemorar seu aniversário na semana passada e poder trocar confidências. Do que estou falando? Ora, sua vida também mudou. Nunca teria conhecido Alan se não fosse pela Woolworths. — Betty percebeu que o sorriso de Sarah se apagou. — Ainda não teve notícias dele?

— Não. Nada. Maureen tem sido muito corajosa. Ela decidiu que nenhuma notícia é algo bom e, até que ouçamos o contrário, devemos acreditar que ele anda muito ocupado protegendo o país.

Betty considerou o que Sarah dissera. Admirava muito a garota e, quando Sarah confidenciou que temia que Alan não a amasse mais, pois não entrou em contato nos últimos oito meses, ela fez o melhor para confortá-la e listar motivos para o silêncio de Alan. Haviam se acostumado com aviões sobrevoando. Não apenas os esquadrões voando pela costa, mas também aos aviões inimigos lutando no interior de Kent. Toda vez que via um Spitfire no céu, pensava em Alan. Só Deus sabe o que Sarah pensava. A garota adotara uma calma exterior e pensava somente no filho que esperava.

Erith ainda não experimentara a guerra diretamente. A equipe da Woolworths realizava religiosamente os treinamentos de combate a incêndios e sabia exatamente como auxiliar os clientes e guiá-los ao porão, se um aviso de ataque aéreo soasse. Havia agora poucos homens, exceto pelos muito jovens ou os membros aposentados que voltaram a trabalhar quando contatados por Betty. Vários funcionários já haviam perdido familiares, incluindo Maisie, e existiam várias informações de feridos, mas a cidadezinha à beira do Tâmisa continuava dia após dia se preparando para o que surgisse em seu caminho. A Woolworths estava preparada e esperando, caso Hitler tentasse seu pior.

— Pensou em escrever a algum superior e perguntar sobre Alan? Talvez possam lhe dar algumas respostas. — Betty ainda usava seus trajes de tweed no trabalho e levava a sério sua função de gerente temporária. Contudo, sua amizade com as mulheres mais jovens lhe influenciara vagamente, e ela começou a usar um pouco de pó e de batom. As blusas sob seu casaco não eram tão sérias, graças a Maisie e suas habilidades de costura.

Um olhar de terror cruzou o rosto de Sarah.

— Não posso. De qualquer forma seriam notícias ruins. — Colocou uma mão protetora sobre o estômago. — Ou o pai do meu bebê está morto ou apenas não se importa mais conosco. Prefiro não saber por agora. Quando o bebê chegar, poderemos encarar o futuro juntos. — Ela se levantou. Apesar dos tornozelos inchados depois de um dia na Woolies, Sarah passou bem sua gravidez. O único sinal de que estava esperando um filho era o volume na barriga sob a blusa colorida feita por Maisie alguns dias antes de saber da morte de Joe. — É hora de voltar à vovó. Ela insistiu para que eu ficasse lá durante o dia, enquanto Maureen está no trabalho. Está convencida de que o bebê chegará adiantado e que eu darei à luz sozinha na sala de Maureen. — Sarah começou a rir da própria piada até que uma dor aguda fê-la estremecer.

— Meu Deus, Sarah. Está com dor? É o bebê? — Beth ficou de pé em um pulo e correu para pegar o braço da amiga. — Talvez devamos levá-la para casa. Estou certa de que não seria a primeira mulher a dar à luz numa loja da Woolworths, mas há lugares melhores. Eu mesma vou acompanhá-la até a Alexandra Road. Isso se achar que consegue caminhar.

— Não se preocupe, Betty, estou bem. Tive algumas dores como essa. A vovó disse que são normais. Falta uma semana para o parto e primogênitos costumam atrasar. Maisie disse que me acompanharia no horário de almoço. — Olhando para o relógio na parede do escritório de Betty, Sarah começou a colocar o casaco. — Logo ela estará procurando por mim, então é melhor eu ir descendo. Virá para o chá hoje à tarde? Vovó me pediu para lembrá-la. Papai está trabalhando aqui e estará em casa essa noite. Parece que foi há séculos que passamos uma noite em família em casa.

— Sim, mal posso esperar. Obrigada novamente por lembrarem de mim. Agora, deixe-me ajudá-la a descer e apressar Maisie. Ela costuma demorar bastante.

— Ela parece ter perdido um pouco do interesse nas coisas. É como se uma luz tivesse se apagado nela desde a morte de Joe. Me pergunto se algum dia voltará a ser como antes.

— Sinto falta da velha Maisie — Betty disse. — Era impetuosa e barulhenta às vezes, mas os clientes gostavam dela. Tentei dar a ela mais responsabilidades — Deus sabe que eu preciso da ajuda — mas ela simplesmente passa o dia alheia ao mundo a seu redor. Chega tão cansada ao trabalho quanto sai, no fim do dia.

Sarah assentiu. Não queria contar que Maisie não passava grande parte das noites em casa e, quando chegava, muito tarde, seu hálito cheirava a álcool e toda vez um membro diferente das forças armadas acenava para ela do portão. Algo precisava ser feito antes que Maisie ganhasse a reputação de mulher perdida.

— Precisamos dar tempo a ela, Betty. Ela tem amigos que se importam com ela. Juntos poderemos apoiá-la.

Betty passou o braço pelo de Sarah enquanto se dirigiam as escadas que levavam ao andar da loja.

— Não se esqueça que estamos aqui para você também, Sarah.

— Eu sei, Betty, mas estou bem, de verdade. — Beijou o rosto da amiga. — Vejo você hoje à noite.

SARAH E MAISIE caminharam em silêncio de volta ao número treze. Os pensamentos de Sarah retornaram há um ano atrás. Havia chegado há pouco tempo da lua de mel e estava cheia de esperança pelo futuro com Alan. A guerra tinha apenas alguns dias e a cidade estava pronta para enfrentar Hitler e seu exército. Alan se preparava para se juntar à RAF e, embora o país estivesse em guerra, eles ainda ansiavam por uma vida juntos. Agora, Alan desaparecera, Joe estava morto e Maisie se tornara uma estranha que não era mais a mulher alegre que Sarah conheceu no dia em que entrou pela porta da Woolworths.

Caminharam em profunda reflexão. Maisie não mencionara uma única vez algo engraçado que aconteceu no trabalho ou contara uma piada, como teria feito nos dias antes de Joe morrer. O único momento em que um sorriso cruzou seu rosto foi quando um caminhão com soldados passou por elas. Assovios e gritos foram ouvidos da cabine quando o motorista buzinou. Maisie abriu seu sorriso costumeiro e acenou de volta.

— Vejo vocês no bar mais tarde, rapazes.

— Conhece esses soldados, Maisie?

Maisie estremeceu. Seu sorriso se desfez.

— Encontrei-me com eles algumas vezes no Running Horses. São divertidos.

Sarah anuiu pensativamente.

— Qual o problema disso? Está com cara de quem não aprova uma garota bebendo socialmente para se animar. — Maisie fez beicinho. — Com o que eu passei, ninguém se incomoda que eu tome umas com meus colegas, não é?

— Claro que não, Maisie. É apenas que...

— O quê?

— Não está bebendo socialmente, está? Você sai todas as noites e acorda pior todas as manhãs.

— Ah, então é isso? Está me fiscalizando, já que é minha supervisora no serviço. Bem, você não manda mais em mim, pois tem um bebê a caminho e vai ser uma mãe agora, não vai ser mais chefe na Woolies.

Sarah suspirou. Não queria discutir com Maisie. Não hoje. Suas costas doíam e se sentia desconfortável. Queria apenas chegar em casa e colocar os pés para cima um pouco. Com papai passando a noite no número treze, talvez ele conseguisse fazer Maisie sorrir. Talvez pudesse até falar com ela. Sim, pediria que o pai resolvesse as coisas. Podia contar com ele para solucionar tudo.

— Não desisti do meu trabalho. Planejo voltar depois que o bebê nascer. Serão apenas algumas horas por dia e vovó ajudará. Freda disse que seria um prazer ajudar também quando não estiver de plantão.

— E eu?

— Perdão?

— E eu? Por que não pediu a minha ajuda? Achei que fosse sua amiga. — Maisie soou magoada.

Sarah suspirou. A amiga mudara desde a perda do marido. Embora quem encontrasse Maisie pela primeira vez pensasse que estava bem, as pessoas que a conheciam viam que seu cabelo não estava tão perfeito, e a maquiagem agora era um pouco pesada. Havia também manchas cinzentas ao redor de seus olhos e Maisie não sorria tanto quanto costumava.

— Claro que é, Maisie. Sugeri à vovó e a Freda apenas noite passada. Você estava no pub. Como eu poderia ter discutido isso com você?

Uma centelha de aborrecimento passou pelo rosto de Maisie enquanto pensava no que Sarah dissera.

— Tudo bem, acho que devo considerar não ficar fora até tarde com tanta frequência. Então, ficarei cuidando do bebê quando não estiver na Woolies.

Elas chegaram ao portão do número treze e Sarah enfiou a mão no bolso do casaco para pegar a chave da porta. Ruby havia parado de deixar a chave numa corda dentro da caixa de correio desde que a guerra começara. Fazia parte de seu plano para que Hitler não invadisse a casa delas.

— Seria ótimo, Maisie. Quero que o bebê passe o máximo de tempo possível com as tias enquanto cresce.

Maisie sorriu.

— Me esqueci que vou ser uma tia honorária. Vai ser divertido.

Sarah concordou com a cabeça. Talvez a velha Maisie não estivesse longe, afinal de contas.

NÃO FAZIA MUITO tempo que Sarah calçara seus confortáveis chinelos e colocara os pés para cima quando um som familiar foi ouvido. Continuou aumentando de forma ensurdecedora. Ruby, parada no meio do quarto com uma xícara de chá na mão, estava irritada.

— É sempre a mesma chatice. Juro que toda a Força Aérea Alemã sabe quando eu coloco a chaleira no fogo. Bem, eles não vão estragar meu chá. Vou colocá-lo na garrafa térmica e podemos levar para o abrigo conosco. Maisie, ajude Sarah a se levantar e a entrar no abrigo. Freda, você pega o pão para podermos fazer alguns sanduíches. Só Deus sabe quanto tempo ficaremos lá ou se é outro alarme falso. Sei que eu não devia desejar que as bombas caíssem em outro lugar, porque significaria que outro coitado foi atingido, mas dedos cruzados para que fiquemos seguras.

Freda seguiu Ruby ao sair do quarto, fazendo uma saudação às suas costas, o que fez Maisie e Sarah rirem. Um sargento-mor do regimento não era páreo para Ruby Caselton quando ela organizava suas tropas. As mulheres costumavam trabalhar juntas agilmente após a sirene. O fogão foi desligado e as provisões para o chá rapidamente agarradas. Ruby costumava deixar almofadas e cobertores em uma cadeira perto da porta dos fundos, pois percebeu que ficavam úmidos se deixados no abrigo. Uma pequena pasta continha sua apólice de seguro e as poucas joias que Eddie lhe comprara. Uma das garotas se certificou de pegá-las.

Sarah se encolheu quando Maisie a puxou do sofá.

Maisie franziu a testa.

— Está com dor?

— Não, é apenas uma pontada e um pouco de dor nas costas. Estar do tamanho de um elefante não ajuda! — Sarah não queria alarmar a família. Faltava apenas uma semana para quando disseram que o bebê chegaria, embora vovó tivesse dito mais de uma vez que os bebês Caselton não esperavam pela hora do parto.

Maisie não estava tão certa de que era apenas uma pontada, porém decidiu que era melhor levar Sarah ao abrigo em vez de ficar fazendo perguntas.

— Quer ajuda para calçar os sapatos?

— Não, obrigada. Estou mais confortável de chinelos. O chão do abrigo não está tão úmido desde que papai colocou aqueles paletes de madeira. Não chove há mais de uma semana, então acho que não molharei os pés. Está parecendo uma casa lá dentro agora, com os assentos e a cama que papai construiu e as almofadas que você fez.

— Eu não chamaria de casa, mas está bom o suficiente. Temos que dançar conforme a música, como diz o ditado. —

Maisie disse enquanto vestia seu traje siren suit. — Está pronta?

— Oh, você e seus ditados — Sarah disse enquanto pegava sua bolsa de tricô e as duas seguiam para o jardim dos fundos. Ambas pararam para olhar para cima quando ouviram explosões ao longe e viram fumaça no céu. — Acho que não é alarme falso.

— Melhor irmos logo para o abrigo — Maisie disse. Em circunstâncias normais, ela teria dado um empurrão na amiga, mas teve consideração com sua condição.

— Não me sinto exatamente elegante descendo para esse abrigo — Sarah disse quando Freda lhe ofereceu uma mão para ajudá-la a descer os degraus. — Assim que o bebê chegar, quero um desses trajes. Estou com um frio dos diabos nesse vestido.

— Faço um para você, e um para o bebê também, mas pelo amor de Deus, anda logo, senão você logo vai estar usando uma bomba na cabeça — Maisie disse, vacilando ao ouvirem uma grande explosão perto do rio.

Freda fechou a porta atrás delas e baixou uma cortina que protegeria o lado interno do abrigo do pó, para o caso de haver uma explosão lá fora. George construíra um banco de um lado que poderia ser usado como cama e do lado oposto também havia um beliche estreito.

— Devemos acender uma vela?

— Por enquanto, não. Vou tricotar. Fiz tantas balaclavas que consigo tricotar no escuro. Tenho minha tocha se precisar pegar algum ponto no chão — Ruby disse.

— Vamos tricotar no escuro, então — Maisie declarou. — Estou fazendo um cachecol, então alguns pontos errados não vão fazer muita diferença. E você, Sarah?

Sarah riu.

— Talvez ao fim da guerra suas habilidades no tricô melhorem, Maisie.

— Ao final dessa guerra vou jogar fora essas agulhas e nunca cruzar ou arrematar de novo — Maisie disse — Eu fico com a minha máquina de costura, muito obrigada.

— George disse que arrumará uma lâmpada quando tiver tempo. Vera tem uma no abrigo dela e diz que é útil — Ruby disse do escuro.

Elas ficaram em silêncio ouvindo os sinais indicando que o inimigo se aproximava. Todas continuavam a tricotar, então pararam ao ouvir uma explosão perto das docas.

De repente, os gemidos de Sarah quebraram o silêncio.

— Oh meu Deus, Sarah. Está com dor? É o bebê? — Freda iluminou o rosto de Sarah com sua tocha, fazendo-a se encolher sob a luz brilhante.

— Não. É apenas uma pontada. Essa cama não é das mais confortáveis para se relaxar. — Ela prendeu a respiração quando outra pontada tomou conta de seu corpo. Não preocuparia a avó ou as amigas enquanto estavam no abrigo. Haveria tempo suficiente depois para dizer a elas que achava que o bebê Gilbert estava a caminho; tentaria esperar o fim do ataque aéreo.

MAISIE ESTREMECEU QUANDO o chão sacudiu, causando uma nuvem de poeira no abrigo, e checou seu relógio com a luz da vela. Haviam parado de tricotar há muito tempo. Sanduíches foram feitos à luz de velas e consumidos com deleite, pois já passava da hora do almoço e a hora do chá se aproximava. Elas agora sentavam-se em silêncio, escutando e rezando para ouvir o alarme anunciando o fim do ataque.

— Esse foi perto. Parece que se afastaram das docas.

— Talvez estejam indo embora. Alguém no trabalho disse que os aviões inimigos usam o Tâmisa como guia para o mar e então para casa — Freda disse.

— O que acontece com as bombas que não jogam? — Maisie queria saber. — Duvido que levem de volta para o Hitler.

— Ouvi dizer que as descartam — Ruby disse.

— Como assim? No rio ou no mar? — Freda perguntou.

— Não seja tola — Ruby riu. — Jogam nos pobres coitados que vivem entre Londres e a costa. O genro do velho George da Cooperativa está na RAF e disse que eles vão procurar um local para se livrarem delas. Londres não é o único lugar com docas e coisas do tipo e os Luftwaffe não são bobos. Vão descobrir onde estão nossas maiores fábricas e jogar bombas onde podem causar mais danos.

— Como a Burndept's, onde trabalho, quer dizer? — Freda perguntou receosa.

— E Vickers, onde George trabalha — Ruby completou. — Então pense bem quando estiver conversando com seus novos colegas no pub, Maisie, antes de mencionar onde suas amigas trabalham. Quem sabe quem pode ouvir? E como diz o cartaz: conversas descuidadas custam vidas.

— Caramba. É medonho quando se pensa nisso — Maisie disse. — Não acha, Sarah?

Houve um silêncio exceto por um gemido vindo de onde Sarah estava deitada na cama de baixo do beliche.

— Sarah? — Maisie se atrapalhou com sua tocha. — Céus, Sarah. O bebê está vindo? Por que diabos não falou antes?

— Eu... eu não quis preocupá-las. Eu... pensei que estaríamos dentro de casa a essa hora.

Ruby se ajoelhou ao lado do beliche e observou a neta.

— Acho que este pequenino vai nascer bem aqui — e logo.

— Não, não, não era para ser assim... — Sarah soluçou quando outra pontada a fez se contrair. — Eu quero o Alan. Quero meu pai. — Ela começou a soluçar incontrolavelmente.

Maisie se inclinou e a segurou pelos ombros. Encostando o rosto no dela, falou claro e alto:

— Agora, escute aqui. Esse bebê vai nascer e queira você ou não, vai nascer nesse abrigo antiaéreo. Pode chamar o quanto quiser o Alan e seu pai. Pode até chamar a sua mãe, apesar de eu não conseguir imaginar ela em um buraco lamacento fazendo um parto. Mesmo que estivessem aqui, não tem espaço nesse abrigo para eles. Não tem espaço pra puxar um gato, imagina um bebê.

Sarah parou de soluçar e ficou em silêncio por um segundo.

— Sinto muito. Estou bem agora... obrigada, Maisie.

— Ora, não sei por que está me agradecendo, de verdade. Não tenho ideia de como fazer um parto e o máximo que a Freda aprendeu nas reuniões da Girl Guides foi como usar uma gravata para fazer um curativo no joelho ou uma tipoia para um braço quebrado. Apenas agradeça por sua avó estar aqui, pois sem ela estaríamos todas sem rumo.

O humor de Maisie quebrou a tensão e por alguns minutos as mulheres riram enquanto preparavam tudo para a chegada do bebê, fazendo o que podiam com o que tinham à disposição no abrigo.

Ruby encarregou Freda de arrumar a roupa de cama. Ficou orgulhosa de si por terem cobertores limpos e as camas estarem com lençóis, pois assim teriam algo com o que limpar e embrulhar o bebê. Ruby não achava certo a jovem Freda testemunhar um nascimento, mas não havia muito o que fazer quanto a isso no momento.

Maisie despejou um pouco de água fresca de uma garrafa de pedra que Ruby mantinha no abrigo, em uma tira rasgada do lençol e enxugou o suor da testa de Sarah, sussurrando palavras doces enquanto seu corpo cansado era tomado por contração atrás de contração.

— Estou vendo a cabeça do bebê — Ruby gritou quando uma explosão quase derrubou Sarah da cama. Ruby se atirou sobre Sarah, temendo o pior, enquanto Maisie e Freda endireitavam as velas antes que um incêndio começasse. Do lado de fora, houve um poderoso estrondo e o chão sacudiu novamente, seguido por um lamento alto quando algo grande aterrissou por perto.

— Meu Deus! Deve ter atingido a casa — Maisie gritou enquanto, do beliche, podia-se ouvir o som de um bebê chorando.

— Bem, você com certeza escolheu um bom momento para vir ao mundo, Srta. Gilbert — declarou a bisavó.

As mulheres trabalharam rapidamente em união para arrumar Sarah e verificar se estava tudo bem com o bebê. Com a poeira ainda ao redor delas no abrigo, Ruby enrolou o bebê em um lençol limpo.

— Vou dar a pequena para Maisie segurar enquanto limpo um pouco da poeira do seu rosto e te dou um gole de chá gelado. Felizmente tem um pouco de açúcar nele, então vai te dar alguma energia. Deus sabe que vai precisar depois de dar à luz nesse buraco infernal.

Freda puxou um cobertor da outra cama, pronta para entregá-lo a Ruby enquanto ela tirava os sujos.

— Acho que teremos que ferver em cobre no dia de lavar roupa.

— Provavelmente é melhor queimar, Freda. Tem mais alguns de onde esses vieram e eu não trocaria um cobertor pela minha linda bisneta ou pela minha neta, se fosse o caso — disse ao abraçar Sarah. — Agora, vamos tomar aquele chá. Não é muito, mas acho que será bem-vindo.

— Com certeza — Sarah disse com um sorriso fraco. — Obrigada, vovó. Vocês também, Freda e Maisie. Não sei o que faria sem vocês.

— Eu não fui de muita ajuda. Se não estivéssemos trancadas aqui por conta do ataque, eu teria saído correndo — Freda riu. — E você, Maisie?

As mulheres olhavam para onde Maisie estava segurando o bebê, balançando-a para frente e para trás. Ela as olhou com lágrimas nos olhos.

— Eu só estava dizendo como ela é uma garotinha sortuda por ter tantas pessoas para cuidar dela e que nunca vamos parar de lembrar de como ela veio ao mundo.

Enquanto Maisie falava, a sirene anunciando o fim do ataque começou a soar.

— Graças aos céus — Freda declarou. — Vou abrir a porta. Precisamos de um ar fresco aqui depois de todo esse pó.

— Cuidado, Freda. Não fazemos ideia do que caiu aqui depois daquela última explosão.

Maisie entregou o bebê a Sarah com todo cuidado, tal qual a pequena fosse feita de porcelana.

— Aqui está, mamãe. Segure sua filha enquanto dou uma mão à titia Freda.

Ruby soltou uma gargalhada de alívio.

— Ora, vocês não são muito mais que crianças e aqui estão chamando uma à outra de "mamãe" e "titia".

Maisie deu uma cutucada em Ruby.

— Para com isso. Só está chamando a gente de criança porque faz você parecer mais nova agora que é bisavó.

Até Sarah se juntou ao riso, embora sentisse como se estivesse em um sonho. Olhar o rosto da filha era como estar olhando para Alan. A semelhança era tanta. Tentou lutar contra as lágrimas enquanto beijava a testa do bebê.

— Somos apenas você e eu, meu pequeno tesouro, até que seu papai volte para casa. Não será uma surpresa para ele conhecer você?

— Creio que temos um problema — Freda disse. — A porta não se move.

Maisie foi para seu lado.

— Vamos tentar juntas. Um, dois, três, empurre! — ambas empurraram a porta e ela cedeu um pouco, mas não importava o quanto tentassem, não conseguiam fazê-la ir mais.

Freda espiou pela pequena abertura.

— Acho que sei o que caiu naquela última explosão.

— Por favor, não diga que foi a parede de trás da casa — Ruby grunhiu.

— Acho que teríamos virado panqueca, se fosse — Maisie bufou. — O que está vendo, Freda?

— Consigo ver folhas e alguns galhos. Acho que é a macieira do vizinho.

— Caramba. Lá se vão as maçãs para cozinhar — Ruby suspirou.

— QUE BARULHO É esse? Espero que não seja um rato. Não dá para saber o que pode entrar aqui, estando debaixo da terra. — Ruby começou a pisar com força no chão de madeira para espantar o que quer que estivesse fazendo os sons de raspar e arranhar.

Sarah segurou seu bebê mais perto. Fazia mais de uma hora do fim do ataque e ficava cada vez mais frio dentro do abrigo antiaéreo. Alguém se daria conta de que estavam presas? Seu pai estaria em casa mais tarde naquela noite e Betty era esperada para o chá da tarde. Certamente um deles as encontraria no abrigo.

— Ssh. O barulho vem lá de fora — Maisie sibilou. — Olá? Estamos presas aqui. Pode nos ajudar? É a Sra. Caselton e a família. Ajudem!

Elas prenderam a respiração e escutaram. Estavam certas de terem ouvido algo próximo à pequena abertura na porta.

Freda avançou sorrateiramente.

— Olá. Pode me ouvir? É Freda.

Um grito animado, seguido por latidos altos.

— É o Nelson. Graças aos céus ele está bem — Ruby disse. — Fiquei preocupada quando ele não veio para o abrigo conosco.

— Ele não vai ser muito útil. Não imagino ele cavando e não é provável que vá buscar ajuda, não é? — Maisie fungou.

— Não, mas talvez seu latido alerte alguém. Vera do final da rua diz que o ouve há uma milha de distância e que a acorda durante a noite. — Freda disse.

Ruby bufou.

— Ela diria que preto é branco, se fosse para ganhar atenção de alguém.

— Tenho uma ideia. Maisie, consegue arrancar uma tira desse cobertor e dar alguns nós?

Maisie fez o que Freda pediu, embora seu olhar mostrasse que achava Freda maluca.

Freda enfiou a ponta do pano pela abertura na porta e chamou Nelson, que logo estava brincando de puxar com a garota. Freda puxou o tecido de volta e encorajou Nelson a latir.

— Isso mesmo, garoto, reclame. Bom menino!

— Meu Deus, já faz dez minutos. Não sei se aguento esse cachorro latindo mais. Os vizinhos vão reclamar que tem um cachorro selvagem no meu quintal. Olha, acordou o bebê agora. — Ruby suspirou.

De repente, Nelson parou de latir e correu. Freda pôde ouvi-lo latir com animação e uma voz humana falando com ele.

— Socorro, socorro! Estamos presas no abrigo antiaéreo. Pode me ouvir?

— Ora, quem diria. Graças aos céus vim aqui no fundo quando não atenderam a porta da frente. Pensei que estariam brincando com esse vira-lata no jardim. Eu falei que ele era barulhento, Ruby — Vera exclamou.

— Acha que consegue nos tirar daqui, Vera? — Ruby gritou. — O bebê vai morrer congelado aqui se não tomarmos cuidado.

— Bebê? Meu Deus! Vou buscar ajuda. É que a árvore do vizinho está no caminho. É muito pesada para mim.

— Vera, a casa está de pé? — Ruby perguntou.

— Algumas telhas caíram e umas janelas quebraram. Nada com o que se preocupar. Uma mina terrestre explodiu ao lado da estrada. Ninguém se machucou.

— Então não foi tão ruim. Rápido, Vera. Preciso fazer o jantar.

DUAS HORAS DEPOIS elas estavam ao redor do rádio ouvindo as notícias da noite. O East End sofrera outro ataque e várias vidas foram perdidas.

— É estranho pensar que enquanto tantas pessoas morriam, nós demos boas-vindas a uma nova vida — Freda disse.

Enquanto Maisie e Ruby procuravam cobrir os vidros quebrados das janelas e arranjar alguém para olhar o buraco no telhado onde algumas telhas foram atingidas, Freda ajudara Sarah a se lavar e a subir na cama. O berço estava na casa de Maureen, então elas improvisaram uma cama em uma grande gaveta, onde o bebê adormecera satisfeito usando uma das camisolas costuradas à mão por Maisie.

— Ela é tão linda — Freda suspirou enquanto observava a recém-chegada.

— Acho que somos um tanto imparciais, mas devo concordar — Sarah sorriu enquanto acariciava a bochecha da filha.

— Maureen não ficará surpresa quando descobrir que tem uma neta?

Sarah concordou.

— Pensei que ela já estaria aqui a essa altura, para descobrir o que houve.

— Não sabemos como foi a tarde na Woolworths. Talvez tenham ficado até mais tarde para limpar. Se sentimos os efeitos da mina, eles também devem ter sentido. Se quiser, subo na minha bicicleta e pedalo até lá para avisar a ela.

— Coma seu jantar primeiro, Freda. Foi um longo dia para todas nós.

— Se você insiste. Vou ajudar sua avó e lhe trarei algo.

— Seria ótimo. Obrigada, Freda.

— Não é um problema subir as escadas com uma bandeja. Assim posso ver a Srta. Gilbert de novo.

— Quero dizer, obrigada por tudo hoje. Deve ter sido assustador para você.

Freda se inclinou e beijou a cabeça do bebê.

— Não teria perdido por nada.

Sarah se aconchegou na cama. Seria perfeito se Alan tivesse estado lá para receber a filha. Ela não sabia mais como se sentia com relação a ele. Que tipo de homem não mantém contato com a esposa? Talvez quando se recuperasse, seguiria o conselho de Betty e veria se alguma autoridade da RAF poderia dizer onde Alan estava. Se não queria vê-la, poderia ao menos saber da filha.

AS MULHERES HAVIAM acabado de comer uma raspadinha de sardinhas na torrada quando uma batida soou na porta. Maisie deixou Betty e Maureen entrarem.

Ruby rapidamente se pôs de pé.

— Devem estar famintas depois de trabalharem até tão tarde. Deixe-me pegar algo para comerem. Temos uma enorme surpresa.

Betty ergueu a mão, indicando que Ruby deveria ficar onde estava.

— Ruby, temos más notícias. Onde está Sarah?

— Colocamos ela na cama. Ela teve o bebê essa tarde enquanto estávamos no abrigo.

Em vez de ficar feliz, Maureen começou a chorar em seu lenço.

Maisie abraçou a mulher para confortá-la.

— Ela está bem, Maureen, o bebê também. Por que não subimos para vocês verem os dois?

Maureen balançou a cabeça.

— Não, agora não. Temos uma coisa para contar.

Todas se viraram para ver Sarah no corredor.

— Ouvi a porta da frente. O que foi? — Ela olhou do rosto molhado de lágrimas de Maureen para Betty, que parecia perdida. — É Alan. Ele está morto, não está?

Betty segurou sua mão.

— Não, minha querida, não é Alan. Ainda estávamos limpando a loja após o ataque desta tarde quando recebemos uma ligação. A enfermeira sabia que você trabalhava na Woolworths e esperava que pudéssemos contatá-la.

Sarah parecia confusa.

— Não entendi. Se não é o Alan...?

— É seu pai, Sarah. George dirigia para casa durante o blecaute e um caminhão surgiu na frente dele. Está muito mal. Estão operando-o neste momento. — Ela se virou para olhar para Ruby, agora pálida como um fantasma. Freda correu até Ruby quando esta caiu na poltrona. — A situação parece ruim, Sra. Caselton — Betty completou com tristeza.

— Papai — foi tudo o que Sarah pôde dizer antes de cair desmaiada no chão.

— **COITADINHA. FOI UM** dia longo e ela não se esquecerá dele tão cedo. Fiquei tão feliz por Maureen ficar com ela enquanto dormia — Ruby disse para ninguém em particular enquanto encarava a parede do corredor do hospital. Betty e Maisie sentaram-se uma de cada lado e deixaram-na falar. Estavam no Erith Cottage Hospital há duas horas e ainda não haviam visto George. O corredor esterilizado de paredes cor de creme e com um banco simples ecoava com os passos enérgicos da equipe de enfermagem que ia e voltava apressada entre a enfermaria e uma porta gravada com a ordem "Entrada proibida".

Elas foram informadas na chegada de que não teriam notícias enquanto George estivesse na sala de cirurgia, mas que ele estava muito mal.

— Não entendo o que aconteceu — Ruby disse pesarosamente — George é um motorista tão bom.

— Me disseram apenas que o carro dele desviou para evitar algo na estrada e ele colidiu com um caminhão do exército que vinha na direção oposta. Foi graças ao cuidado dos soldados que ele conseguiu chegar ao hospital.

Ruby assentiu pensativamente. Após ouvir as notícias e ver a neta desmaiar, começou a organizar as coisas para que pudessem chegar ao hospital o mais rápido possível. Ficara combinado que Maureen e Freda deveriam ficar com Sarah, e uma delas buscaria o médico se ela continuasse em estado de choque. Ruby pensava que uma forte xícara de chá e segurar seu bebê seriam o suficiente para acalmar a garota.

Maisie e Betty deixaram claro que acompanhariam Ruby ao hospital, que ficava a uma caminhada de vinte minutos, do outro lado de Erith.

Uma enfermeira vestida de branco dos pés à cabeça, com o cabelo puxado para trás em uma touca engomada, apareceu na porta com a inscrição "Entrada proibida".

— Sra. Irene Caselton?

— Sou a mãe do George, Sra. Ruby Caselton. A esposa dele está em Devon. Como está meu filho?

— O cirurgião logo virá falar com a senhora. Fiz um pouco de chá. Vocês já estão aqui há algum tempo.

— É muita gentileza sua, querida. Pode me dizer alguma coisa sobre os ferimentos de George?

— Receio que não, mas o cirurgião não deve demorar.

Ruby assentiu e observou a enfermeira desaparecer pelas portas giratórias.

— Eles fazem um trabalho maravilhoso — Betty disse.

Maisie torceu o nariz.

— Não é algo que eu conseguiria fazer. Imagine todo aquele sangue.

Betty ergueu as sobrancelhas para Maisie, mas Ruby não prestou atenção nas palavras.

— Com certeza é um dom.

— Eles são nada menos do que anjos. Cada um deles.

Haviam acabado de tomar o chá quando o cirurgião apareceu. Ele se apresentou à Ruby e puxou uma cadeira para se sentar em frente às mulheres. As três observaram o rosto do homem procurando por sinais do que ele diria a seguir.

Ruby foi direto ao ponto:

— Como está meu filho, doutor?

— Ele é um homem muito sortudo, Sra. Caselton. Se não houvesse um kit de primeiros socorros do exército naquele caminhão, seu filho estaria no necrotério agora.

Ruby se encolheu. Ele não media as palavras.

— Isso significa que ele vai ficar bem, doutor?

— Ainda não sabemos com certeza. Fiz o meu melhor para salvar sua perna, mas não saberemos por alguns dias se funcionou. Demos alguns pontos e ele ficará com uma cicatriz na testa, mas, no geral, teve muita sorte. Acabaram de levá-lo de volta à enfermaria, então se quiser vê-lo por alguns minutos, tudo bem. Ele ainda está sedado, portanto não espere que responda.

— Ele é um lutador, doutor. Sei que fará o máximo para ficar bem. Ele pode não me ouvir, mas eu quero contar que a neta dele nasceu hoje. Ficaria encantado em saber disso.

O médico deu uma palmadinha na mão de Ruby e retornou a seus deveres.

— **VEJA, SEU PAI** está muito mal, Sarah. Precisamos avisar sua mãe e trazê-la a Erith o mais rápido possível. — Betty sentou observando Sarah enquanto explicava o que acontecera no hospital na noite anterior. Sarah garantiu estar recuperada do desmaio e queria sair da cama e visitar o pai. Contudo, Ruby e Maureen bateram o pé e ela teria que ficar na cama até que as duas mandassem.

— Poderíamos ligar para o clube de golfe e pedir que contem à mamãe, mas pode ser um choque ouvir uma notícia dessas. Não estou certa quanto ao que fazer, Betty.

— Acho que tenho a resposta, mas gostaria de falar com você antes.

Sarah assentiu e escutou em silêncio enquanto Betty explicava seu plano:

— Como sabem, meu carro está trancando em uma garagem por conta do racionamento de combustível. Contudo, eu tenho um pouco de petróleo estocado para emergências.

Sarah ergueu as sobrancelhas para a chefe. Nunca soubera de algo minimamente errado que a outra tivesse feito.

Betty sorriu.

— Como eu disse, era para emergências. Contatei os empregadores do seu pai hoje de manhã do meu escritório, já que eles precisavam saber sobre o acidente. Foram muito simpáticos e ofereceram ajuda imediatamente. Eu expliquei que Irene está em Devon e, no momento, alheia à situação de George. Dei a entender que estaria preparada para dirigir até Devon e dar a notícia a ela. — Ela ergueu a mão para silenciar Sarah quando a jovem abriu a boca para protestar. — Eu disse que o combustível seria um problema e na hora eles prometeram me ajudar como pudessem. Foi tudo o que pude fazer para não chorar pela generosidade.

— Betty, não posso permitir que faça isso. Não é sua responsabilidade. Não temos como saber como mamãe receberá a notícia.

— Sei disso, Sarah, mas não temos outra escolha. Não seria certo dar uma notícia tão devastadora à sua mãe pelo telefone mesmo que pudéssemos contatá-la. Você não está em condições de fazer uma viagem longa no momento e sua avó precisa estar ao lado do leito de George neste momento. Maureen e Maisie estão na Woolworths e estou promovendo Maisie a supervisora para me substituir enquanto estou fora. Estou certa de que ela dá conta, não acha?

— Poderia ser a chance dela — Sarah concordou.

— Freda é necessária aqui, já que faz trabalho essencial. Então, só sobra a mim e, modéstia à parte, me dou muito bem com sua mãe. Estabelecemos um bom relacionamento em seu casamento.

— Apenas porque ela sabe que você não faz parte exatamente da classe operária e também porque você não dança o hokey-cokey no meio da rua conosco.

Betty sorriu com a lembrança.

— Honestamente, eu estava morrendo de vontade de entrar na dança, mas eu não fazia ideia do que colocar ou tirar e não queria parecer idiota.

Sarah deu uma gargalhada.

— Oh, Betty, você é uma peça rara. O que faríamos sem você?

— Você mesma disse que eu era da família, então pretendo fazer por merecer e compartilhar das responsabilidades. O que está fazendo? Não deveria nem pensar em levantar da cama.

Sarah apoiou-se no braço de Betty.

— Estou apenas tremendo um pouco. Não posso ficar o dia todo na cama. Tenho coisas a fazer.

— Nada que não possa esperar. Deveria voltar para a cama nesse instante.

— Não, Betty. Preciso ver meu pai.

— Pode esperar um dia ou dois, Sarah.

— Não, você não entende. Ele está muito mal. Preciso vê-lo e mostrar que ele tem uma neta. Se eu esperar, talvez seja tarde. Eu nunca me perdoaria.

Betty pensou por um momento.

— Tudo bem. Se prometer descansar por um par de horas, pegarei meu carro na garagem e levarei você para ver George esta tarde, mas apenas por meia hora. Então, irei direto buscar Irene.

Sarah abraçou Betty e permitiu que ela a ajudasse a voltar para a cama.

— Obrigada, Betty. Não sabe o quanto isso significa para mim.

Betty puxou os cobertores até os ombros de Sarah e deixou-a confortável.

— Acredite, eu sei.

Sarah fechou os olhos e adormeceu, feliz que em breve veria o pai e o apresentaria à neta.

— **AGORA, SEU PAI** ainda está grogue da cirurgia, então tenha paciência se ele parecer confuso. — A enfermeira arrastou uma cadeira para perto da cama e deixou Sarah a sós com George. Exceto por um curativo ao redor da cabeça e uma grade impedindo as cobertas de tocarem sua perna machucada, George parecia seu velho eu.

Sarah balançou o bebê nos braços, acalmando-a suavemente quando começou a chorar.

— Ssh, não precisa chorar. Esse é seu avô. Ele está esperando há muito tempo para te conhecer.

As pálpebras de George estremeceram antes de abrir.

— Sarah, é você?

Sarah se inclinou e pegou a mão do pai.

— Sim, sou eu, pai. Tenho uma pequena visitante para você. — Ela puxou o xale branco de tricô feito com carinho por Freda e segurou o bebê perto de George para que ele pudesse tocá-la.

— Georgina, conheça seu avô, George.

Um sorriso cruzou o rosto de George.

— Ora, ora. Quando você chegou, mocinha?

— Ontem, durante um ataque aéreo. Foi bem assustador. Nenhum de nós jamais esquecerá.

George acariciou o rosto da neta.

— Ela é linda e se parece com você quando bebê, exceto pelo cabelo. O seu era bem escuro.

— Acho que ela tem o cabelo da cor do pai, mas pode mudar, pelo que Maureen me contou.

— Alan sabe?

Uma sombra passou pelo rosto de Sarah.

— Não. Enviei uma carta no caminho para cá para dar a notícia. Não sei se ele receberá. — Ela não mencionou que havia escrito para as autoridades também, pois estava preocupada com a falta de comunicação do marido.

George apertou sua mão.

— Estou certo de que ele entraria em contato se pudesse, querida. Ele está fazendo um trabalho perigoso. Deveríamos estar orgulhosos.

— Estou muito orgulhosa do Alan, pai. — Mas não acho que ele ainda se importe comigo, pensou.

Ficaram em silêncio por um momento, enquanto George observava a neta e um sorriso crescia em seu rosto.

— Sua mãe mimará esta pequena.

— Caramba. Esqueci de contar. Betty está indo a Devon para contar à mamãe sobre seu acidente. Então, a trará para a casa da vovó. Freda e Maisie ficarão com Maureen por enquanto, para que possamos ficar todos juntos no número treze.

— Você tem boas amigas, Sarah. Sua mãe gostou de Betty. Espero que não fique muito triste quando souber a notícia.

— A mamãe é dura, pai. Não vai sucumbir.

George começara a cochilar.

— Vocês duas são mulheres fortes, Sarah...

Sarah ficou em silêncio vendo-o dormir. O pai achava que ela era forte? Então teria que ser. Seguiria em frente com ou sem Alan. Podia fazer isso.

— **E**NTÃO ESTA É minha neta. — Irene olhou para dentro do berço onde Georgina dormia.

Nos poucos dias de vida do bebê, as mulheres do número treze haviam virado suas devotadas servas. Sarah sentiu que poderia sair pela porta da frente e não voltar, e a pequena Georgina ainda ficaria bem. Mas a mãe estaria se sentindo da mesma forma que o resto da família e amigos?

Irene acabara de entrar em casa após a longa viagem de Devon para ver George no hospital. Betty conseguira telefonar para a Woolworths e avisar a Maisie como Irene havia recebido as notícias. Pela forma como Maisie transmitira a mensagem, Irene foi direto fazer as malas após perguntar se o carro de George sobrevivera ao acidente. Ruby não ficou surpresa com isso, mas Sarah sabia que era a forma da mãe lidar com as coisas.

Segurando o bebê e abraçando-a, Irene começou a soluçar.

— Ela é adorável. Pensar que poderia perder o avô é demais para suportar. O que faríamos?

A emoção de Sarah passou de felicidade, pela reação de Irene ao conhecer a neta, ao choque por suas palavras.

— Mãe, papai ficará bem. Pode levar algum tempo para que ele supere, mas sairá do hospital e voltará para casa com você em breve.

Irene devolveu o bebê a Sarah e enxugou os olhos com um lenço elegante que tirou da manga.

— Ele piorou esta manhã. A irmã da ala nos disse que ele terá que voltar à sala de cirurgia hoje. Pode perder a perna.

Sarah não acreditava no que estava ouvindo.

De fato, o cirurgião dissera que os próximos dias seriam críticos, mas ouvir notícias tão ruins...

Ruby tomou a frente da situação. O coração estava partido pelo único filho, mas ela sabia que chorar e se lamentar não resolveria nada.

— Arrumei a cama do quarto da frente para você, Irene, e aqui está uma chave da porta da frente, para que possa entrar e sair quando quiser. Acho que devemos lhe mostrar o abrigo antiaéreo e o que fazemos quando tem um ataque; daí talvez possamos comer algo antes que volte para o hospital. Betty, fica para comer conosco?

Betty não queria nada além de cair na cama, pois a viagem de ida e volta a Devon cobrara seu preço. Contudo, deveria ir à Woolworths e ver se tudo estava como deveria antes de pensar em sua cama.

— Seria um prazer, Sra. Caselton. Obrigada.

— Isso me lembra — Ruby disse ao pegar um grande pacote no aparador. — Maisie deixou isso para você, Irene. Todos temos um e são muito confortáveis.

Irene franziu o cenho enquanto desatava o nó e abria o papel pardo, puxando um siren suit de lã verde escuro.

— Nossa! Isso é o que estou pensando? Josephine Hopkins do clube de golfe tem ostentado falando em seu siren suit e devo admitir que fiquei com certa inveja. — Ela segurou o traje na frente do corpo. — Vou colocá-lo agora. Tudo que é bom o suficiente para o Sr. Churchill é bom o suficiente para mim. — Irene pegou a bolsa e subiu as escadas.

Ruby se virou para Betty e Sarah com um sorriso no rosto.

— Tem certeza de que aquela é minha nora e não uma impostora?

Após uma farta refeição com carne enlatada e vegetais do jardim, Betty se dirigiu para a Woolworths, deixando Irene no hospital no caminho. Ela tinha instruções expressas de telefonar para Betty caso George piorasse. Betty prometera a Ruby que as avisaria se algo acontecesse.

Ruby pegou seu tricô.

— É um desafio levantar os pés por algumas horas, devo dizer. Estive ansiosa por fazer esse casaquinho diurno cor-de-rosa desde que a mocinha chegou. Só espero que não tenhamos um ataque aéreo hoje à noite. Acho que não aguento encarar o abrigo depois daquele dia.

Sarah bocejou.

— Podemos sempre nos sentar no armário embaixo da escada. É tão seguro quanto qualquer outro lugar. Vou ler meu livro até Georgina acordar para sua próxima refeição.

— Se conseguir manter os olhos abertos. Foi bondade da sua mãe trazer aquela caixa de comidas. Aquela lata de salmão ficará uma beleza com uma salada de ingredientes do jardim.

— Assim que eu estiver devidamente recuperada, posso levar Georgina para o lote de plantio e trabalhar algumas horas.

— Não fará nada disso. Trate de pegar leve por alguns meses, minha menina. Além disso, vai querer ver seu pai no hospital e passar na Woolies para ajudar a Betty. Não pode querer abraçar o mundo, ou se meterá em problemas.

Sarah suspirou.

— Acho que está certa, mas não gosto de não ajudar.

— Não ajudar? Ora, estaríamos perdidos sem você, querida. Espere algumas semanas que as coisas estarão mais organizadas. Seu pai estará se recuperando e você terá sua força de volta para trabalhar algumas horas com a Betty enquanto eu cuido da pequena.

— Acha que papai estará se recuperando?

— Vamos torcer para que sim, certo? Além do mais, ninguém nos avisou o contrário. Betty mandará alguém à nossa porta assim que ouvir alguma coisa.

Naquele momento uma batida alta soou na porta.

O rosto de Sarah ficou branco.

— Ah não.

Ruby se levantou.

— Não se preocupe — provavelmente é a Vera batendo para ver se eu quero jogar uíste. Qualquer desculpa para ver o que está acontecendo — ela riu.

Sarah prendeu a respiração quando Ruby abriu a porta e convidou alguém para entrar. Certamente não era Vera, pois ela teria ouvido a conversa. Deveria ser alguém da Woolworths com uma mensagem do hospital.

O mundo de Sarah ficou suspenso quando a porta da frente abriu. Não era nenhum funcionário da Woolworths. Não era Vera querendo se intrometer na vida da família Caselton. Em vez disso, dois membros uniformizados da Força Aérea Real entraram no cômodo.

O coração de Sarah batia alto no peito quando os homens recusaram a oferta para se sentarem.

O oficial mais velho limpou a garganta.

— Sra. Alan Gilbert?

— É meu nome de casada. Alan está...?

— Sim. Tenho más notícias, Sra. Gilbert. Seu marido está desaparecido, possivelmente morto.

O homem alto e distinto continuou a falar, mas Sarah conseguia ouvir apenas o sangue bombeando por sua cabeça e o estômago começando a se revirar. Colocando a mão sobre a boca, ela correu da sala.

Não conseguindo chegar ao lavatório do lado de fora, Ruby encontrou a neta inclinada na porta dos fundos. Ruby passou a mão por suas costas até que os espasmos parassem e a conduziu para dentro, onde enxugou seu rosto com um pano úmido e a encorajou a beber um copo de água fria.

Envolvendo a garota com braços, balançou-a gentilmente, fazendo sons suaves até que as lágrimas diminuíssem.

— Pronto, pronto, meu amor — ela sussurrou.

Quando Sarah se recompôs, elas voltaram para a sala da frente, onde encontraram os soldados sentados no sofá, o mais jovem segurando Georgina nos braços. Ele sorriu timidamente.

— Sua filha estava chorando. Espero que não se importe por eu tê-la pegado. Tenho um filho. Ele está com seis meses.

— Ela se parece com seu marido, Sra. Gilbert.

— Você conhecia Alan? — Sarah pensou que era estranho falar dele no passado. — Por favor, preciso saber o que aconteceu.

— Vou colocar a chaleira no fogo. Não sei vocês, mas acho que uma xícara de chá com bastante açúcar pode nos ajudar com o choque. Tudo bem segurarem nossa Georgina?

O oficial assentiu. Ele parecia à vontade com o bebê nos braços.

Sarah encarou o soldado mais velho.

— Por favor.

— O avião dele foi abatido do lado francês do canal. Um paraquedas foi visto, mas nada mais.

Sarah pensou bem antes de falar.

— Isso aconteceu durante a evacuação em Dunkirk da qual ouvimos falar no rádio?

Os dois soldados se entreolharam antes do mais jovem falar.

— Não, foi um pouco antes, mas não podemos falar muito mais além disso.

— Mesmo que soubéssemos — o companheiro acrescentou rapidamente.

Ficaram todos em silêncio até Ruby aparecer com o chá, quando iniciaram uma conversa educada, evitando falar na guerra ou no fato de que Sarah provavelmente era uma jovem viúva agora, como várias outras mulheres.

— Como descobriram o caminho até aqui? — Ruby perguntou, pois sabia que eles tinham o endereço de Maureen, perto de Crayford Road, onde Sarah e Alan moravam.

— Batemos lá e uma vizinha disse que provavelmente encontraríamos a Sra. Gilbert aqui.

Ruby estava agradecida por Maureen não estar em casa quando eles chamaram.

Os dois homens foram embora após prometer que entrariam em contato sobre os pertences de Alan ou se tivessem mais notícias.

Ruby voltou para a sala da frente para pegar as xícaras e arrumar as coisas.

— Você queria notícias, querida, mas não essas. Mas se apegue ao pensamento de que ele só está desaparecido.

Sarah se virou para a avó. A expressão carregada de raiva.

— Só desaparecido? Alan está desaparecido para mim desde o Natal passado. Ouviu os homens. Ele desapareceu bem antes da evacuação em Dunkirk. Isso foi no final de maio. Onde estava nos outros meses e por que não entrou em contato? Não. Alan sumiu para mim há muito mais tempo. Ele havia seguido com sua vida e agora farei o mesmo.

Ruby se esforçou para pensar no que dizer a Sarah. Como poderia aconselhar uma jovem cujo marido provavelmente estava morto, quando ela teve um casamento longo e feliz até seu Eddie falecer dois anos atrás?

— Você está em choque, Sarah. Dê um tempo e não faça nada de que vá se arrepender.

Sarah sacudiu a cabeça.

— Não! Ainda que Alan entrasse por esta porta agora, não seria o homem com quem me casei. A única coisa boa que tínhamos entre nós é Georgina. Por isso sou grata. O resto pode ir para o inferno. Agora, colocarei Georgina no carrinho e irei até a casa de Maureen para dar a notícia antes que alguém conte que a RAF esteve batendo à nossa porta. Claro que serei gentil com ela. Sempre pensarei em Maureen com carinho, mas a vida segue. Gostaria que viesse comigo, vovó, mas entendo se não quiser.

Ruby pegou seu casaco e ajudou Sarah a colocar a pequena Georgina no carrinho. Ficara calada agora, pois sabia que Sarah não estava pensando direito, mas não pôde evitar se perguntar o que o futuro reservava para sua família. Maisie não estava em seu estado normal desde que o marido fora morto; Freda ainda não sabia o que estava acontecendo com aquele patife do irmão; Alan, por quem ela tinha mais do que um fraco, possivelmente jazia morto em algum lugar na França; e o próprio filho encarava sabe-se lá o que no hospital. Essa guerra tinha muito que responder a ela.

24

— NÃO! EU INSISTO pela última vez. Você não irá ao treinamento de combate a incêndios. Se eu vir seu nome na escala mais uma vez, não terei escolha a não ser demiti-la.

Sarah nunca vira Betty tão nervosa. Todos concordaram que o mês havia sido de altos e baixos, com o acidente de George, a chegada repentina da pequena Georgina e Alan agora dado como morto. Pelo menos George já estava fora do hospital e sendo cuidado por sua família.

— Mas, Betty, estamos desfalcados. Nem sequer temos alguém em período integral para substituir Maureen na cantina desde que ela foi morar com a irmã. — Sarah ficara aliviada quando a sogra decidiu ir embora de Erith. Por mais que a amasse, Maureen era um lembrete de Alan e do que poderia ter acontecido se a guerra não tivesse começado e ele tivesse permanecido um gerente estagiário na Woolworths, como esperado.

— Eu sei, mas agora você é mãe e precisa pensar em Georgina. Sou muito grata à sua avó por vir fazer o almoço para a equipe.

Sarah sorriu.

— Ela está mais do que feliz por ajudar e assim todos podem ver o bebê. — Sarah sabia que sob circunstâncias normais um bebê não seria permitido na ala dos funcionários, mas Ruby podia ficar de olho na bisneta enquanto cozinhava e servia e não faltavam pessoas para afagar sua filha. Também significava que Sarah podia ajudar Betty por algumas horas mais. — A vovó diz que é o mesmo que estar em casa cuidando de Georgina, e ela adora empurrar o carrinho pela cidade.

— Quanto a isto, tudo ótimo, mas quanto ao combate a incêndios... e se algo acontecer a você? — Betty prendeu a respiração, não sabendo como Sarah receberia as próximas palavras. — Agora que Alan não está mais aqui, Georgina ficaria órfã se você morresse.

— Betty, qualquer um de nós poderia morrer a qualquer momento. Há uma guerra. Se alguma bomba estiver destinada a mim, então saberei que estaria deixando Georgina bem cuidada com suas madrinhas e família.

— O batizado foi tão adorável, não foi? — Betty ficou pensativa ao se lembrar do último domingo, quando a família voltou à igreja St. Paulinus para o batizado de Georgina. Houve orações para Alan, assim como para outros amigos e familiares que não puderam comparecer. Ruby implorara e emprestara ingredientes para um pequeno bolo, e Maisie usou tecido do vestido de noiva de Sarah para fazer um lindo vestido de batizado, enquanto o xale branco de Freda manteve o bebê aquecido. O presente de Betty para a afilhada foi uma generosa quantia em dinheiro para ser investida em seu futuro.

— Fiquei tão feliz que papai estava finalmente fora do hospital e pôde ir. Mamãe está craque em manejar sua cadeira de rodas agora e está aprendendo a dirigir para que o papai possa sair o máximo possível.

— Ele será capaz de andar novamente? — Betty sentia falta de ver George no número treze.

— Se depender de mamãe, sim. Ela planejou supervisionar o plano de exercícios e ele já ficou alguns minutos em pé com a ajuda das muletas.

— Sua mãe mudou desde que se tornou avó. Quem imaginou que chegaria o momento em que ela seria vista em plena luz do dia usando um siren suit?

Sarah riu.

— Ela viu o Sr. Churchill usar o dele e adotou o estilo como se fosse um uniforme. Maisie tem encomendas para mais dois em vermelho e azul e acha que logo receberá mais encomendas das amigas da mamãe do clube de golfe.

— Meu Deus — foi tudo o que Betty pôde pensar.

— Então, o que gostaria que eu fizesse hoje? — Sarah perguntou. Queria afastar Betty de conversas sobre treinamentos de combate a incêndios. Ela gostava de fazer sua parte em manter seu local de trabalho seguro e a salvo de ataques inimigos. Afinal, se fosse ser a única provedora da filha, precisaria de uma fonte de renda. Ultimamente, nunca pensava em Alan como seu marido, pois, em seu coração, estava certa de que se ele não morresse em combate, eles teriam se afastado. Ele estava muito mudado para que fossem um casal novamente. Ficava triste quando pensava nos dias em que se apaixonara por Alan e em como eles planejaram ficar juntos para sempre. Estava de luto pelo que poderia ter sido caso nunca houvesse uma guerra.

— Bem, preciso dirigir até a filial de Bexleyheath para entregar uma papelada e para ver se o novo gerente se instalou. Levará apenas uma hora. Por que não vem comigo para conhecer a equipe?

— Eu adoraria. Vovó está cuidando do bebê e sabe que não deve me esperar até mais tarde. Mesmo a Woolies de Bexleyheath ficando a apenas algumas milhas, nunca a visitei.

PELO RESTO DE sua vida, Sarah se lembraria do silêncio antes que os gemidos e gritos por socorro começassem. O silêncio poderia ter durado apenas alguns segundos, mas pareceu uma vida enquanto estava em pé no meio do entulho que um dia fora uma próspera loja. Em um minuto, ela caminhava ao lado de Betty enquanto se dirigiam para a entrada lateral da loja de Bexleyheath, conversando animadamente sobre como poderiam copiar a vitrine em estilo patriótico, que mostrava aos clientes como economizar e sobreviver financeiramente. Então, nada. Apenas o silêncio. Não houve nenhum aviso de que a loja seria atingida pelo que quer que tivesse causado a explosão.

Sarah lambeu os lábios. Estavam com a poeira que ainda flutuava a seu redor. Ela tentou engolir. O esforço a fez tossir. Devagar, esticou seus braços e pernas. Tudo parecia estar funcionando sem muita dor, mas onde estaria Betty?

Sarah tentou chamar, mas por mais que tentasse, as palavras pareciam não sair alto o suficiente.

— Betty, está ferida? Pode me ouvir? — conseguiu resmungar. Sem resposta da amiga, ela começou a sentir seu redor, os dedos se prendendo nos escombros e pedaços de madeira até doerem, mas continuou. Uma onda de medo passou por ela quando se deu conta de que a querida amiga poderia estar morta sob as paredes da companhia que tanto amava, um lugar onde encontrou consolo no trabalho desde que perdera o amado noivo após a última guerra. Não era justo, pensou consigo mesma enquanto agarrava os pedregulhos desesperadamente. Esfregando os olhos e limpando a garganta o melhor que pôde, ela gritou:

— Betty, onde está você? É Sarah, estou tentando ajudá-la. Por favor, por favor, responda.

Sarah tossiu. Dessa vez não era pó da construção, mas fumaça o que inalava. O prédio estava pegando fogo. Ela continuou procurando freneticamente pelo corpo de Betty, entrando ajoelhada nos pequenos espaços a seu redor, temerosa de que agora ambas fossem consumidas pelas chamas. Betty não poderia estar longe, já que estavam juntas quando, o que ela presumia que fosse uma bomba, atingiu o prédio.

— Betty, por favor, onde está? — Sarah implorou.

Sarah ouviu um pequeno gemido à sua esquerda, onde estivera rastejando pelos escombros.

— Betty, é você? — no escuro, ela afastou o pedaço de um batente e encontrou a amiga apoiada nos restos de uma parede. Ela chacoalhou o braço de Betty. — Sou eu. Betty, está ferida?

Betty conseguiu apenas gemer em resposta.

Sarah sabia que precisava levar a amiga a um local seguro, já que a fumaça estava engrossando mais a cada minuto. Mas por mais que tentasse, não conseguia mover Betty de onde ela estava presa. Havia apenas uma coisa a fazer. Relutantemente, voltou para onde havia começado sua busca e gritou o mais alto que pôde

— Socorro! Há duas pessoas presas aqui. — Ela gritou e gritou até sentir-se fraca. Enquanto tentava recuperar o fôlego, estava começando a pensar que não veria o mundo novamente ou seguraria seu bebê nos braços até que finalmente ouviu sons estridentes de um apito e então vozes masculinas.

— Há alguém vivo aqui. Nos dê uma mão, Charlie!

Sarah piscou enquanto ficava de pé com a ajuda de dois homens no momento em que outros retiravam os destroços do que outrora fora uma próspera loja da Woolworths em uma movimentada cidade comercial.

— Por favor, precisam ajudar minha amiga, Srta. Billington. É uma das gerentes de nossas lojas. Está presa ali. — Apontou para mostrar onde deixara Betty.

Os homens pisaram cuidadosamente entre o entulho que um dia fora a parede lateral da loja de Bexleyheath. Em alguns minutos, Betty estava sendo retirada do prédio e carregada gentilmente para o outro lado da avenida, longe da fumaça e da poeira. Lojistas estavam ajudando, trazendo cadeiras e água, e acalmando aqueles que estavam angustiados com o acontecido.

Sarah ajudou os homens a carregarem Betty do outro lado da avenida até uma cadeira e segurou-a enquanto o rosto da amiga era limpo e um corte feio em sua bochecha era coberto com um curativo.

Os olhos de Betty tremeram.

— Charlie, é você? — ela murmurou.

— É o marido dela? — a socorrista perguntou enquanto checava se o curativo estava bem colocado. — Está tudo bem, querida. Verá Charlie em breve — a mulher acalmou-a, sem saber que Betty nunca mais veria o noivo. — Você sofreu uma pancada feia na cabeça, mas é uma das sortudas. Em breve cuidaremos de você.

Foi então que Sarah olhou para o outro lado da avenida, para o que fora uma movimentada loja da Woolworths apenas algumas horas antes.

Sarah colocou a mão sobre a boca em horror. O grande prédio não possuía mais uma única janela e dos buracos na parede ondulavam fumaça e chamas. Um carro de bombeiros já estava posicionado em frente a uma janela do primeiro andar, com águas saindo das mangueiras apontadas para o prédio em chamas. Isso já era chocante o suficiente, mas o que realmente a angustiava era a fileira de corpos que jazia na calçada, cada um com um cobertor sobre os desafortunados funcionários e clientes. O que deveria fazer? A matriz precisava ser notificada e, com Betty fora de cena, significava que Sarah, a segunda em comando, estava não apenas encarregada da filial de Erith, mas também teria que entrar em contato com a matriz para avisá-los da devastação na loja de Bexleyheath causada pela ação inimiga.

Inclinou-se próxima a Betty, tentando explicar a ela:

— Betty, preciso voltar a Erith e organizar ajuda para a equipe daqui. Encontrarei alguém para ficar com você. Volto o mais rápido possível.

Betty olhou para o rosto de Sarah e murmurou algumas palavras.

— Desculpe — não entendi o que disse, Betty.

— Charlie. Ouvi meu Charlie...

Sarah não queria deixar a amiga enquanto estava tão confusa, mas sabia que tinha um dever com a Woolworths. Pegou na mão da socorrista.

— Preciso voltar à Woolworths de Erith e contar o que houve aqui. Alguém pode ficar com a Srta. Billington? Ela parece muito confusa no momento.

— Não se preocupe, querida — há várias pessoas aqui para ajudar. Acredito que a levaremos para o hospital em breve, assim que tivermos ajudado estas pobres almas. — As duas olharam para a fileira de corpos. — Você e sua colega podem se considerar sortudas.

Sarah nunca se sentira tão indefesa. A filial de Erith poderia estar há apenas um par de milhas, mas no momento parecia estar do outro lado do mundo. Se soubesse dirigir, poderia levar o carro de Betty de volta a Erith. Contudo, talvez ele também tivesse sido atingido pela explosão, já que Betty o deixara em uma rua atrás da Woolies. Sem dúvidas não estaria funcionando. Sarah jurou que aprenderia a dirigir o mais rápido possível. Se sua mãe conseguia, ela também.

— Com licença, senhorita?

Sarah, perdida em pensamentos, não vira o policial à sua frente e pulou quando ele falou.

— Não quis assustá-la, senhorita.

— Por favor, não se preocupe comigo, oficial. Creio que todos estamos um pouco assustadiços depois do que houve.

— Com certeza, senhorita. Ouvi que quer voltar à Woolworths de Erith?

Sarah assentiu e então explicou que Betty era gerente e precisava alertar a matriz.

— Imaginei que fosse o caso, senhorita. Pensei se poderia levá-la de volta a Erith. Sob tais circunstâncias — acenou para o prédio em chamas — temos que seguir certos protocolos.

Durante a viagem de volta para Erith, Sarah descobriu que as notícias sobre a tragédia na loja de Bexleyheath não podiam ser de conhecimento geral. O gentil policial explicou que se o inimigo soubesse que causara tamanha destruição, não seria bom. As notícias também deveriam ser abafadas para manter a moral pública elevada. Fazia sentido para Sarah.

Na Woolies, Sarah levou o policial ao escritório de Betty e ele logo estava ao telefone conversando com a matriz. Ela ficou aliviada de passar a responsabilidade para outra pessoa, já que ainda se recuperava do choque.

Maisie e Ruby estavam chocadas com a notícia e logo estavam em volta de Sarah. Ruby encontrou um macacão limpo e ajudou Sarah a se limpar e trocar, já que ela se recusara a ir embora enquanto não tivesse feito tudo o que podia pelos colegas da filial de Bexleyheath.

— Com certeza tinha alguém cuidando de você hoje, querida — Maisie disse enquanto se sentavam no refeitório dos funcionários mexendo com a pequena Georgina. — Essa pequenina quase ficou órfã! Eu não esperava quase ter que assumir meus deveres de madrinha tão rapidamente.

— Graças aos céus ela tem tantas pessoas para cuidarem dela caso algo me aconteça. — Sarah segurou seu bebê, pensando no que poderia ter acontecido se tivesse morrido aquela tarde.

— Certo, então o que devemos fazer quanto a Betty? — Ruby se sentou, enxugando as mãos no avental.

— Deve estar no hospital agora. Eu gostaria muito de ir até lá e ver como ela está, mas como, quando a matriz ficou de ligar com instruções?

— Eu vou — Maisie disse com um olhar determinado. Ela se levantou e começou a desabotoar seu macacão da Woolworths. — Ela foi boa demais comigo desde que perdi meu Joe e está na hora de eu começar a retribuir. Vou pegar uma bicicleta emprestada e pedalar até lá agora.

— Não, eu preciso que fique encarregada lá de baixo e se certifique de que tudo corre bem enquanto estou no escritório. A polícia voltará logo, pois a matriz está fazendo uma lista de funcionários para que seus parentes mais próximos sejam contatados.

— Coitados. Aqueles alemães têm muito pelo que responder, matando tantos inocentes — Ruby disse, indignada.

— Isso é outra coisa, vovó. Não devemos falar sobre isso. Se os alemães souberem que causaram uma destruição tão grande, pensariam que estão ganhando a guerra e iriam se gabar. Foi o que o policial me disse. Não devemos falar sobre isso.

Ruby acenou sabiamente com a cabeça.

— Faz sentido, querida. Conversas descuidadas custam vidas, como dizem.

— Parece que já se perderam vidas o suficiente antes de qualquer conversa — Maisie disse raivosamente. — Então o que vai acontecer com a Betty? Se ela ainda estiver divagando sobre seu Charlie, como você disse, então talvez tenha ferido a cabeça gravemente.

— Bem, não vamos descobrir sentadas aqui — Ruby disse decididamente. — O intervalo para o chá acabou então vou ao hospital ver Betty. Ela foi um anjo para mim quando seu pai se acidentou, então o mínimo que posso fazer é estar lá por ela agora. Se for preciso, ela ficará no número treze até se sentir melhor. Não podemos deixá-la sozinha na casa dela enquanto estiver mal.

— Caramba, Sra. C. Deste jeito vai precisar de uma calçadeira para fazer todos caberem na sua casa;

— Maisie, sempre encontrarei espaço para família e amigos, não se preocupe.

NAS SEMANAS QUE se seguiram, o número treze virou uma colmeia em atividade. Todas as garotas se comprometeram a cuidar de Georgina para que Sarah pudesse trabalhar o quanto fosse necessário na Woolworths. Cada uma estava craque em trocar fraldas ou preparar uma mamadeira para o bebê. Ruby empurrava o carrinho até a loja para alguns turnos no refeitório dos funcionários para ajudar, tranquila em saber que Georgina era adorada pela equipe.

A matriz promovera Sarah a gerente da loja, entendendo que era um cargo temporário, até que Betty estivesse de volta à ativa ou que encontrassem um gerente homem para assumir. Enquanto a loja de Bexleyheath era reconstruída, os funcionários sadios iam de bicicleta trabalhar na loja de Erith, então havia também uma equipe extra sob supervisão de Sarah.

A maior preocupação de Sarah era Betty, cuja recuperação era lenta. Os cortes e hematomas haviam sarado, mas ela frequentemente se encontrava desanimada e falava muito de seu Charlie. As várias noites passadas no abrigo antiaéreo no jardim do número treze eram inquietantes, pois Betty achava difícil estar confinada no pequeno espaço após sua recente experiência.

Ruby estava preocupada que não houvesse melhora na mulher agradável e falante que passara a significar tanto para a família.

— Vão colocar ela no hospício logo se continuar assim — Vera apontou após observar Betty abraçar o próprio corpo e pular ao som repentino vindo da avenida perto da casa.

— Isso é cruel, Vera. Betty tem sido gentil com essa família e é uma boa amiga. Duvido que você soubesse lidar com isso se tivesse ficado presa como ela.

Vera encolheu os ombros.

— Você aceita qualquer pato manco. É hora de pensar em si mesma para variar, Ruby Caselton.

Ruby suspirou. Vera estava certa, mas não lhe daria a satisfação de confirmar. Sentia-se como uma mola enrolando às vezes, ao mesmo tempo que se preocupava com as garotas. Se ficavam até tarde no trabalho e havia um ataque aéreo, temia que fossem pegas em algum lugar. Preocupava-se que Georgina não crescesse bem enquanto estivessem em guerra. Embora, tivesse que admitir que quando mencionou isso, as garotas tivessem-na levado até o jardim e mostrado a quantidade de vegetais que crescia, assim como o lote próximo, que faziam o possível para manter. Quando chegasse o momento de desmamar o bebê, não faltariam vegetais frescos. Estavam certas: Georgina seria o bebê mais saudável da cidade.

Contudo, havia Betty. Sua saúde não estava melhorando e algo precisava ser feito. Irene estava trazendo George de Devon no dia seguinte. Talvez visitas animassem Betty um pouco. Pelo menos Ruby não precisava se preocupar com George e sua saúde. Ele havia melhorado muito desde o acidente de carro. Sua perna pôde ser salva, embora George sempre fosse ter alguns problemas de mobilidade. O que surpreendeu Ruby foi a forma como a nora, Irene, tomara controle da situação. Nos poucos meses desde o acidente, ela aprendera a dirigir e agora transportava George para cima e para baixo para ver seu especialista e até encontrava tempo para visitar a neta. Irene era uma mulher verdadeiramente mudada, e até onde Ruby sabia, para o melhor.

George e Irene não chegaram até o anoitecer, tendo que parar duas vezes no caminho, a primeira por causa de um ataque aéreo, e a segunda parando no acostamento enquanto a elegante RAF lutava contra o inimigo acima. Por conta disso, Irene estava farta quando chegou, mas parou de falar da RAF quando Sarah entrou no cômodo com Georgina, pois a essa altura toda a família sabia que o assunto era um tabu. Alan não deveria ser mencionado nunca mais. Contudo, todos os pensamentos sobre o genro desaparecido sumiram da mente de Irene quando ela viu Betty.

— Oh, pobrezinha. Nem parece a mesma. Venha, sente-se aqui e me conte tudo. — Irene pegou suas xícaras e as levou para a sala da frente para que tivessem alguma privacidade. — Agora, sente-se e tome seu chá.

Uma hora depois, as duas se juntaram à família. O rosto de Betty estava manchado de lágrimas, mas, para Ruby, ela parecia mais calma do que jamais estivera em semanas.

Irene bateu palmas pedindo atenção, e a família escutou atentamente.

— Tive uma longa conversa com Betty e decidi que seria uma boa ideia ela vir conosco a Devon por um tempo. O ar fresco fará bem, e ela será capaz de voltar ao trabalho revigorada.

George beijou a bochecha de Betty.

— Você não joga golfe, não é?

Sarah deu uma gargalhada. O pai faria qualquer coisa para não acompanhar a mãe ao clube de golfe.

Irene franziu o cenho para o marido, mas logo começou a rir.

— Será bom ter companhia feminina novamente, já que minha própria filha não vai voltar para casa. Agora, quem disse algo sobre peixe e batatinhas para a hora do chá? Isto será um deleite para nós. — Ela mal terminara de falar quando a sirene de ataque aéreo começou a soar. — Bem, a comida terá que esperar. Hora de visitar o local onde Georgina nasceu. Vamos, pessoal.

Duas horas depois, eles estavam de volta à casa e Sarah começara a fazer uma lista de quem queria peixe e batatinhas, quando a porta da frente se abriu em um golpe e Freda entrou.

— O Pub foi atingido.

— Alguém se feriu? — George perguntou.

Freda assentiu.

— Algumas pessoas, pelo que eu ouvi. Nos abrigamos no trabalho e, enquanto voltava para casa, pude ver pessoas cuidando dos feridos. Sarah, Maisie não ia beber lá hoje?

Sarah respirou aliviada.

— Não, ela disse que em vez disso iria encontrar alguém especial no Crown.

Freda parecia aterrorizada.

— Mas esse pub também foi atingido. Fica do outro lado da rua do Running Horses.

Ruby se sentou, o rosto muito pálido.

— Não, ela mudou de planos na última hora. Decidiu ir ao Running Horses. Por que todos que dormiram sob meu teto têm estado em perigo? — lamentou-se, um olhar arrasado no rosto. — Aquela garota já perdeu o marido e agora ela própria pode estar ferida ou, pior, morta... — ela se levantou e foi até o armário embaixo da escada onde mantinha seu casaco. — Não vou conseguir dormir até saber que a garota está segura.

Sarah se levantou para seguir Ruby.

— Não, você fica — Irene disse. — Eu vou com sua avó. Que bom que você não estava trabalhando esta noite. Não queremos mais tristeza em nossas vidas.

Sarah tentou manter-se ocupada enquanto aguardava por notícias de Maisie. Ocupou-se lavando algumas roupas de bebê enquanto Freda lhe fazia companhia, decidindo se cozinhava algo. Haviam desistido do peixe e das batatinhas.

— Faz ideia de quem Maisie estava vendo, Freda? — perguntou enquanto adicionava alguns flocos de sabão à água morna e jogava delicadamente a espuma em um casaquinho cor-de-rosa.

— Não faço ideia. Ela estava polindo os sapatos e tirando o melhor vestido do guarda-roupas antes de eu sair para trabalhar, então deve ser alguém especial.

— Acha que pode ser o irmão dela? Ela não o vê há anos, de qualquer forma.

Freda pensou por um segundo.

— Não, acho que não, do contrário, ela diria. Não, acho que é um rapaz. Ela tinha uma faísca nos olhos.

— Seria bom ver Maisie feliz de novo. Seria uma boa esposa — Sarah acrescentou, tentando não pensar que a amiga poderia estar morta em um pub bombardeado neste momento. — E quanto a seu Lenny? Onde acha que ele está? Pensei que teria notícias dele a essa altura.

Freda pareceu triste.

— Não ouvi nem um "a" sobre ele desde que fugiu daqui. Não estamos mais perto de limpar o nome dele. Se eu colocar minhas mãos naquele fedelho, torço o seu pescoço.

— Eu gosto do Lenny. É só um menino que se meteu com o grupo errado. Estou certa de que tudo dará certo. Assim que ele aparecer, podemos nos certificar de que conte sua história às autoridades e tudo ficará bem.

— Só espero que ele esteja bem. Fugir em época de guerra não é nada bom. — Freda disse com tristeza.

As duas garotas continuaram andando pela copa, pensando profundamente em seus entes queridos.

O tempo passava devagar enquanto a família esperava a volta de Ruby e Irene. George sugeriu que jogassem cartas para passar o tempo, mas ninguém conseguia se concentrar. Quando uma chave girou na fechadura pouco antes das onze, todos se sobressaltaram e se viraram para ver quem entraria na sala da frente.

Todos arfaram quando Maisie entrou. O penteado normalmente perfeito estava torto e a maquiagem, manchada. As roupas pareciam estar cobertas de poeira. Ela caiu na poltrona mais próxima antes que Ruby e Irene entrassem, seguidas por um homem alto, de ombros largos, usando o uniforme da RAF, que foi apresentado como David Carlisle.

— Sente-se, David. Vou trazer bebidas para todos. Acho que estamos precisando depois do que vimos — Ruby disse. — Tem um pouco de uísque no aparador. Vamos acabar com ele, que tal?

Freda encontrou a garrafa e os pequenos copos que Ruby usava quando elas bebiam xerez. Ninguém pareceu se importar enquanto sentaram-se em silêncio engolindo o forte álcool. Freda considerou colocar a chaleira no fogo — não era chegada a bebidas fortes — porém não queria perder nada do que fosse dito.

George foi o primeiro a falar:

— Então, o que houve?

— Felizmente Maisie e David mudaram de planos e se encontraram no Prince of Wales, do contrário, estariam no Running Horses quando foi atingido pela explosão da mina terrestre — Irene disse.

— Foi diretamente atingido?

— Não, George, e se fosse o caso possivelmente as pessoas no pub do outro lado da rua teriam sobrevivido. Pelo que nos contaram, a mina atingiu o concreto na beira do rio e foi a explosão que atingiu ambos os pubs.

Maisie falou pela primeira vez.

— Estávamos descendo a rua do Prince of Wales quando o alarme soou. — Ela olhou para Ruby. — Sei que deveríamos ter ido para o abrigo, mas pensamos que o alarme anunciando o final do ataque tocaria logo e queríamos estar no começo da fila por uma bebida.

Ruby não respondeu. Agora não era a hora, e a garota aprendera sua lição pelo que vira esta noite. Contudo, Ruby sempre vivera de acordo com a regra de que era melhor chegar atrasada neste mundo do que adiantada no próximo. Teria uma conversa com Maisie mais tarde.

Maisie continuou.

— Fomos os primeiros a chegar. Havia alguns caras deitados na rua, então David foi checar, mas não podia fazer nada. Eu podia ver pelo que sobrou das janelas do Running Horses. Pessoas estavam sentadas em uma mesa parecendo bem. Fui olhar, mas... estavam todos mortos. Não tinham uma única marca, mas estavam todos mortos. — Ela mordeu suas unhas pintadas, as mãos ainda tremiam enquanto contava o que vira.

— Ouvi dizer que pode acontecer — George disse. — Se serve de consolo, deve ter sido tão rápido que nem perceberam.

— Foi um choque, senhor. Vi algumas coisas desde que a guerra começou, mas isso foi realmente terrível — David disse a George.

Freda sentiu-se enjoada.

— Esses pobres, pobres coitados. Onde encontraram Maisie? — perguntou a Ruby.

— Na hora que chegamos na avenida, não estavam deixando as pessoas passarem, mas eu conhecia o guarda da ARP que estava no comando e disse que a gente estava procurando a Maisie. Meu coração quase saiu do peito quando ele disse que a tinha visto, juro. Ao vê-la com David, nunca fiquei tão feliz na vida.

— Sei que o uísque caiu bem, mas acho que ainda precisamos de uma xícara de chá — Sarah anunciou.

— Dou-lhe uma mão — David disse, se levantando e seguindo-a para fora da sala.

Depois de colocar a chaleira no fogão, Sarah abriu um armário e entregou xícaras e pires para David, que os colocou em uma bandeja.

— Então é amigo da Maisie? — Sarah perguntou.

— Pode-se dizer que sim. — Ele sorriu para ela. David era mais alto que Alan e tão moreno quanto Alan era claro.

Sarah achou o sorriso dele maravilhoso. Iluminava seu rosto.

— A conhece há muito tempo? — Ainda estava preocupada que Maisie voltasse a seu comportamento arisco, como logo após a morte de Joe.

— Oh, temos muita história. Poderia dizer que somos quase família.

— Sério? — Sarah não queria parecer curiosa, por mais que as palavras dele a intrigassem. Ela colocou a água fervendo em um grande bule e o tampou com uma aconchegante malha marrom antes de colocá-lo na bandeja de chá preparada.

— Devo levar isso? — David disse quando Sarah também fez menção de pegar a bandeja. As mãos fortes de David cobriram as suas e por um momento Sarah sentiu como se o tempo parasse. Ela olhou diretamente em seus profundos olhos castanhos e sentiu uma conexão imediata. Não sentia isso desde que conhecera Alan. Um arrepio percorreu Sarah e lembrou-a de como se sentira quando se apaixonou, mas ao mesmo tempo a assustava. Sentia-se tão confusa.

— **VEM MESMO NOS** visitar no Natal, não é, David? — Ruby perguntou. Ela gostava do oficial da RAF, mesmo que pensasse que a neta estava se afeiçoando demais a ele. Ainda não fazia um ano que Alan esteve com eles no jantar de Natal e apenas meses desde que ouviram que ele estava desaparecido, presumidamente morto, mas David se tornara uma visita regular no número treze desde que Maisie o trouxera para casa pela primeira vez. Estando na base de Biggin Hill, frequentemente entrava no carro, quando estava de folga, e convidava as garotas para irem ao cinema ou beber no pub.

— Certamente, Sra. Caselton, e obrigado novamente. Na verdade, tenho algo para a senhora em meu porta-malas.

— Mas, David, você acabou de pagar o cinema para todas nós. — Ruby ainda cantarolava a música de *O Rei da Alegria* no dia seguinte ao passeio ao Erith Odean, e Freda estava mais do que um pouco apaixonada pelo astro americano Mickey Rooney. Mesmo com a preocupação de que a Luftwaffe estragasse a noite com outro bombardeio, haviam se divertido. Bem, o filme não foi interrompido para avisar que deveriam ir para o abrigo público, então era mais um motivo para celebrar.

Contudo, Ruby pensou, a preparação para o Natal de 1940 fora festiva, considerando que era o segundo desde que o país entrara em guerra com a Alemanha. Ela ainda aproveitava seu trabalho de meio período na cozinha dos funcionários da Woolworths. Seu Eddie riria por vê-la trabalhando naquela idade, mas ela sabia que ele aprovaria. Nunca fora um desses homens que pensava que o lugar de uma mulher era atendendo o marido. Sem dúvidas, se ainda estivesse com eles, estaria ajudando como um guarda antiaéreo ou faria sua parte defendendo a cidade como guarda nacional. Não, os Caselton não eram o tipo de família que fugia das responsabilidades. Ele também teria orgulho de Sarah voltar ao trabalho tão rápido após dar à luz a Georgina e de todos que se juntaram para ajudar cuidar do bebê. Ora, até Georgina fazia sua parte na guerra, sendo a criança mais deliciosa que jamais teve a graça de existir nesta Terra. Vera do final da rua concordava que a criança era um anjinho e ela quase nunca dava voz às opiniões positivas. Até mesmo cuidara do bebê quando todas foram ao cinema com David. Ruby saiu de seus pensamentos quando David entrou novamente carregando um grande cesto de vime.

— Céus, David. O que tem aí?

— Apenas algumas coisas da minha mãe, Sra. Caselton. Ela não gosta que eu coma tanto na sua casa quando tanto está sendo racionado.

— Mas onde ela conseguiria tudo isso quando tanta coisa está racionada? — Ruby perguntou — Desculpe se pareço intrometida, mas não gosto de pensar que alguém está ficando sem alguma coisa.

— Está certa, Sra. C. Não vai faltar nada para a família do David, eles têm terras — Maisie anunciou, enfiando a mão no cesto e comemorando ao tirar de lá uma grande torta de porco. — Não vejo uma dessas há um bom tempo. Uma fatia de torta e alguns dos picles que você conservou antes da guerra vão cair muito bem com o chá da noite de Natal.

— Meu Deus — Ruby disse ao avistar um ganso embrulhado em musselina sobre um monte de palha, rodeado pelo que parecia um pudim de ameixa, uma garrafa de porto e um bolo gelado. Exceto pela emoção de pensar em um presente maravilhoso vindo de pessoas que nem conhecia, já estava preocupada em como cozinhar o ganso. Era uma ave que ela nunca encontrara, exceto pelo bando que vagava na fazenda onde sua filha, Pat, morava com o marido lavrador. É isso, pensou aliviada, perguntarei à Pat quando for levar os presentes das crianças mais tarde. Ela já deveria ter cozinhado alguns dos patifes desde que se mudou para lá. — Me lembrem, por que vocês dois são parentes, mesmo? — perguntou a Maisie e David.

— Não somos exatamente parentes de sangue — Maisie explicou. — A mãe de David e o pai do meu Joe eram primos.

— Joe costumava nos visitar quando éramos crianças e mantivemos contato durante esses anos. Procurei-o novamente quando vim para a base na região e conheci Maisie logo depois de terem se casado. Quando ouvi sobre Joe, procurei Maisie para oferecer meus pêsames. O resto vocês já sabem. — Ele olhou na direção de Sarah e ofereceu um sorriso caloroso.

Ruby ergueu as sobrancelhas para a explicação e Maisie percebeu.

— David e meu Joe eram como água e óleo. Apesar disso a família de David é a nata da sociedade.

E a mãe de Joe, Doreen, é o leite azedo de três dias, Ruby pensou.

Sarah e Maisie embalaram a comida e as garrafas e tentaram insistir para que David devolvesse o cesto de vime à sua mãe. Ele recusou, dizendo que ela tinha vários e Sarah ficou encantada em ficar com o cesto para guardar algumas das roupas de bebê de Georgina. Espaço era um luxo no número treze com tantas pessoas vivendo ali. Maureen, sogra de Sarah, insistira que Sarah usasse sua casa perto da Crayford Road enquanto ela ficava com sua irmã, mas Sarah preferia viver na Alexandra Road com a avó, então fora alugada por uma família local cuja casa ficara inabitável após os bombardeios.

David voltara para Biggin Hill. Sarah sabia que seu trabalho já não envolvia pilotar, mas como Ruby continuava lembrando a todos que "conversas descuidadas custam vidas", achou melhor não perguntar muito, embora fosse amar saber mais sobre a vida de um piloto da RAF, para contar a Georgina quando esta fosse mais velha.

Quando Ruby foi visitar a filha, Pat, perto de Slade Green, Sarah aproveitou a oportunidade para conversar com

Maisie sobre algo que estava em sua mente desde que conhecera David.

— Maisie, se importa se eu perguntar algo pessoal?

Maisie notou que Sarah estava séria e se sentou no sofá, sobre suas longas pernas.

— Desembucha.

— É o David. Sinto-me tão tola por perguntar, mas acho melhor deixarmos claro. Odiaria brigar com você.

— Caramba, é sério mesmo. O que quer saber? Não sei dizer exatamente quanto dinheiro eles têm, mas é bastante — Maisie riu.

Sarah corou.

— Céus, não. Não é nada disso. Eu nem sonharia em perguntar tal coisa — balbuciou.

Maisie soltou uma gargalhada.

— Não fique tão preocupada, sua boba. Eu estava brincando.

— Graças a Deus. — Sarah sorriu e respirou fundo antes de vocalizar seus pensamentos. — Estou tão nervosa que não percebi que era brincadeira. É o seguinte... bem, estive me perguntando se existe alguma chance de você e David ficarem juntos algum dia. Sei que são bons amigos e eu não queria te magoar. — Pelo menos dissera o que estava em sua mente pelas últimas semanas, desde que conhecera David. Houve um calor entre eles, e embora ele ainda não a tivesse beijado, ela sabia que não se importaria se o fizesse. Ele procurara sua mão no cinema e seu toque a arrepiara. Contudo, se houvesse alguma chance de que Maisie tivesse alguma intenção com David, então ela se afastaria e tentaria não ficar decepcionada. Sua amizade com Maisie valia demais para que brigassem por um homem.

O sorriso desaparecera do rosto de Maisie enquanto ouvia à pergunta de Sarah.

— David é um amigo. Nada mais. Estou surpresa que você precisou perguntar. Não faz nem um ano que eu perdi o Joe. Talvez eu devesse perguntar o mesmo, Sarah. Seu Alan pode nem estar morto e parece que você apagou qualquer memória dele. — Ela deu a Sarah um olhar fulminante. — Não brinque com David só porque está infeliz. Ele significa muito para mim e não quero vê-lo magoado.

— Mas é diferente. Seu Joe a amava. Alan não me amava. Não no final. — Sarah estava triste por Maisie ter sido tão rude. A amiga certamente sabia o quão chateada ela ficara por Alan ter mudado tanto em sua última visita. Ainda doía pensar no último Natal. Maisie esperava que ela ficasse só e nunca mais amasse, como Betty?

Maisie pegou uma revista e abriu.

— Se pensa assim, então é uma boba, Sarah Gilbert. — Ela começou a ler a revista. A conversa terminara.

— É TÃO BOM vê-la de volta ao trabalho, Betty, mesmo que só por alguns dias. — Sarah, inclinada no batente da porta do antigo escritório de Betty, sorriu para a chefe. — Verá que deixei tudo como era antes do acidente.

— Não foi um acidente, Sarah; foi uma ação inimiga que acarretou a morte de vários civis.

Sarah fechou rapidamente a porta, olhando para trás para se certificar de que não havia ninguém no corredor ouvindo as palavras de Betty. O que acontecera na Woolworths ainda era segredo. Ninguém falava no assunto por conta da segurança nacional.

— Eu sei, Betty, mas não se esqueça de que devemos ter cuidado com o que dizemos — disse gentilmente.

Dois meses depois do ataque aéreo, Betty ainda estava um tanto fraca e tendo pesadelos sobre o ocorrido. Irene esteve tomando conta da amiga, o que agilizara sua recuperação, mas ainda levaria muito tempo antes que ela voltasse a ser a eficiente gerente da Woolworths que todos conheciam e amavam. George e Irene vieram a Erith para passar o Natal com a família e trouxeram Betty com eles. Por mais que Betty insistisse que preferia voltar para sua própria casa, Irene pretendia levá-la de volta para o Oeste, para mais um mês de recuperação.

— Você está certa, Sarah — não pensei nas consequências. Preciso mesmo voltar ao trabalho antes que eu esqueça tudo. — Observou a papelada à sua frente e passou os dedos pelo cabelo distraidamente. — Apenas não sei por onde começar.

Sarah, que tivera os próprios pesadelos com a chefe aparecendo e descobrindo a equipe relaxada, se assegurara de que tudo que precisava ser feito no escritório de Betty estivesse dentro do prazo encaminhado. Ela percebeu que Betty ainda não estava pronta para retornar ao trabalho em tempo integral, mas iria agradá-la por enquanto.

Sarah olhou no relógio.

— Por que não vem ao andar da loja um pouco? Provavelmente haverá clientes querendo cumprimentá-la e ainda temos funcionários da filial de Bexleyheath trabalhando aqui. Estou certa de que gostariam de falar com você. Esta noite fecharemos no horário, já que teremos a festa dos velhos soldados. Você sabe como adora tocar o piano quando temos cantoria.

Betty se iluminou visivelmente.

— Havia me esquecido da festa. Será muito estranho sem o Sr. Benfield e vários dos antigos funcionários conosco. Maureen Gilbert se juntará a nós?

Sarah balançou a cabeça.

— Não, ela está com a irmã, por enquanto. Não consegue encarar Erith no momento. — Sarah não quis acrescentar que estava aliviada com a ausência de Maureen, já que a fazia se lembrar muito de Alan e essa era uma parte de sua vida que desejava esquecer. —Vamos até a loja, que tal? Também gostaria de saber sua opinião sobre a disposição da vitrine. — Sarah guiou Betty para fora do escritório até as escadas. — Se lembra da cavala enlatada do Natal passado e de como tinha gosto de borracha?

Betty riu.

— Não foi uma de nossas melhores exposições na vitrine, mas vendeu bem. Não parei para olhar quando entrei, pois a névoa já estava espessa.

— Vamos olhar rapidinho agora antes que piore. Espero que não esteja muito escuro.

— Pelo menos manterá a Luftwaffe longe — Betty estremeceu.

— Quanto a isso, não sei. Vera do final da rua estava contando como às vezes os condutores de guindaste nas docas trabalham na névoa. Parece que fica como um cobertor e por cima o céu está claro.

— Pode ser, mas os pilotos ainda precisam saber para onde vão e, se puderem ver apenas névoa, podem ir na direção errada — Betty argumentou.

Sarah não estava tão certa de que era simples assim, mas não estava pronta para discutir. Além disso, gostava de pensar na Luftwaffe indo na direção errada e não podendo jogar suas bombas. Isso permitiria pelo menos que eles dormissem em suas próprias camas no Natal, em vez de passar o feriado no abrigo antiaéreo. Os Caselton precisariam de outro abrigo para acomodar todos no número treze.

— Está encantador, Sarah. Bom trabalho. Gostei particularmente do tema patriótico com vermelho, branco e azul na arvorezinha de Natal. É de verdade?

— Sim. É da Maureen e como ela não está usando esse ano, desenterramos e plantamos em um vaso na janela. — Sarah respondeu, satisfeita por a chefe gostar da exibição de Natal. — Consegue ver as castanhas na cesta ao lado do fogo de mentirinha? Pegamos do Frank's Park no outono. Freda fez a lareira de papelão com a ajuda da tropa da Girl Guides.

— É mágico — Betty declarou. — As meias penduradas acima do fogo — são obra da Maisie?

— Sim. Iremos doá-las para o hospital na véspera de Natal, para as crianças que não podem ir para casa passar com a família.

— Magnífico. Preciso escrever para a matriz e contar o quão criativa a equipe da filial de Erith tem sido. Agora, conte-me, alguma chance de Freda voltar a trabalhar conosco em breve?

Sarah abriu a porta para Betty, e elas voltaram para dentro da loja.

— Acho que não. Ela vê seu trabalho como um dever de guerra.

— Céus. Aquela garota nunca para de trabalhar pela guerra. É uma inspiração, com a Girl Guides e o tricô que ela faz para mandar para os serviços oficiais. Veja como compartilha suas habilidades conosco também.

— Freda ainda passa para ajudar quando estou no combate a incêndios e estará conosco hoje à noite para a festa — Sarah acrescentou. Também ficava constantemente surpresa pela resiliência da amiga. Ela nem sequer ficou perturbada recentemente quando recebeu um cartão de Natal do irmão, Lenny. Embora Lenny não dissesse onde estava, ambas sentiram que ele não estava longe, e Freda pelo menos sabia que ele estava a salvo, mesmo que ainda se escondesse da gangue pela qual mentira.

Betty sorriu quando um cliente a reconheceu e acenou do outro lado da loja antes de acrescentar:

— Freda é uma verdadeira garota da Woolworths.

A NOITE ACABOU sendo um evento maravilhoso. Mesmo com o constante medo de bombardeio e pensamentos sobre entes queridos no exterior, todos tiraram um tempo para fazer uma noite memorável para os soldados aposentados. Sarah reconheceu vários rostos das festas anteriores da Woolies, e os homens reconheceram-na também. Alguns perguntaram se estava gostando da vida de casada e ela achou mais fácil sorrir do que explicar sobre Alan. Irene e George ficaram de babá, e Ruby chegou acompanhada de Maisie e David. Todos arregaçaram as mangas e se juntaram quando uma sopa de peixe e batatinhas foi servida. Fora ideia de Sarah não servir sanduíches e bolos, como de costume. Devido ao racionamento, eles não poderiam servir a quantidade de costume, mas peixes e batatinhas não apenas estavam disponíveis aos montes, como também eram mais fáceis de preparar pelos funcionários, deixando outros no combate a incêndios e entretendo os convidados.

Betty logo estava sentada ao piano, acompanhando Maisie, que interpretava uma versão empolgante de "Bless 'Em All".

Quando terminou a canção, agarrou Sarah pela mão e acenou para Betty, que começou a tocar. Após um início hesitante, Sarah logo perdeu o nervosismo e cantou. Ao redor do salão, os homens abaixavam seus copos de cerveja e escutavam. Alguns tinham os olhos vidrados e perdiam-se em memórias, enquanto a doce voz aumentava:

— *...and a nightingale sang in Berkeley Square.*

Os homens brindaram e, os que conseguiam, levantaram-se e aplaudiram Sarah. Ela sentiu as bochechas começarem a esquentar de constrangimento e ficou grata quando David tomou-a nos braços na hora que Betty começou a tocar uma valsa. Ao redor deles, outros se juntaram e a festa continuou.

— Não sabia que você cantava — David disse enquanto a segurava perto.

— Não costumo cantar em público, mas estamos com tão poucos funcionários disponíveis para entreter os convidados este ano que seria grosseiro de minha parte não me oferecer. Tivemos festas adoráveis nos últimos anos.

— Essa parece perfeita para mim — ele disse, puxando-a mais para perto.

Era bom estar nos braços de um homem bonito. Ela fechou os olhos e aproveitou a sensação de ser abraçada e desejada novamente. Estava alheia ao que se passava a seu redor até a música terminar e outra começar. Sarah congelou, então se afastou de David.

— Algo errado, Sarah? — David perguntou, mostrando-se preocupado.

Sarah sentia o sangue pulsando através de seu corpo. Se não tivesse cuidado, desmaiaria.

Ao redor dela, os velhos soldados se juntaram à canção.

— *If you were the only girl in the world...*

Parecia ontem que Alan puxou-a para seu joelho e cantou a mesma canção para ela, quando de fato havia sido há dois anos — no Natal de 1938, quando o país ainda não estava em guerra e ela estava se apaixonando por Alan.

— Ficarei bem. Apenas preciso de um copo d'água. Estou com muito calor. — Tudo o que Sarah queria era fugir de suas memórias. Ela precisava seguir em frente e esquecer que seu sonho de viver feliz para sempre com o homem que amava não se realizaria. Poderia ter estado apaixonada, mas agora entendia. Alan não sentia o mesmo. Ele fizera questão de mostrar no último Natal. Sempre se sentiria triste por Georgina não conhecer o pai, mas talvez um dia houvesse um homem para o qual ela poderia olhar como um segundo pai. Esqueça Alan, disse para si mesma; comece uma nova vida com Georgina. Contudo, por mais que dissesse a si mesma para seguir em frente, as memórias de sua breve e feliz vida com Alan não paravam de assombrá-la.

David guiou Sarah até um assento e voltou com a bebida da qual ela tanto necessitava.

— Como está se sentindo? — perguntou, após observá-la engolir a água fresca.

— Ficarei bem — assegurou — por que não resgata Maisie dos velhos? Estou certa de que ela preferiria estar dançando com você.

David não precisou de uma segunda dica e foi procurar Maisie, que ficou satisfeita em se juntar a ele em um foxtrote na ala dos funcionários.

A noite terminou cedo demais. Maisie e David acompanharam a equipe da Woolies enquanto levavam os convidados para casa. A essa altura, a névoa estava densa e, somando-se o blecaute, era quase impossível enxergar um palmo à frente do rosto. A equipe pretendia entregar até o último homem na porta. Sarah ficou para trás para auxiliar Ruby e Betty a limparem os resíduos da festa. Enquanto ela varria o chão ao redor do piano, Betty largou a partitura e encarou Sarah.

— Sarah, espero que não se importe se eu fizer uma pergunta.

— De maneira alguma, Betty. Não tenho segredos.

Betty franzia ligeiramente o cenho e não fazia contato visual com Sarah. Parecia preocupada.

— Quem é aquele homem usando uniforme da RAF com quem estava dançando?

Sarah sorriu.

— Aquele é David Carlisle. Era primo do marido de Maisie, Joe. Ele se juntará a nós no jantar de Natal. Gostará dele.

— Parece que gosta dele, Sarah, certo?

— Oh, sim, ele é muito bacana. A vovó também gosta. Mais ainda desde que ele trouxe um cesto de sua mãe para que celebrássemos o Natal em grande estilo.

— Estou certa de que é um jovem agradável. O que quero dizer é, gosta dele de uma maneira específica?

Sarah sentiu o rosto esquentar.

— Se quer saber se estou saindo com ele, então a resposta é não. Contudo, se ele me pedisse, minha resposta seria que eu ficaria mais do que feliz. — Notou Betty franzir os lábios em uma linha de desaprovação. — Não tenho mais marido e posso fazer o que quiser. David seria um pai adequado para Georgina e ela é minha única preocupação agora.

Sarah correu para o vestiário para pegar seu casaco, não permitindo que Betty terminasse a conversa. Do outro lado do salão, Ruby ergueu as sobrancelhas em simpatia ao observar o desconforto de Betty Billington. Betty havia perguntado o que ela mesma vinha retumbando por sua própria mente. A resposta de Sarah não foi o que ela gostaria de ouvir.

— **NÃO TENHO UMA** sensação como essa há muito tempo. Você deve ter bons contatos, entende o que eu quero dizer? — Vera piscou para Ruby.

Ruby ficou irritada.

— Já vou avisando que cada pedaço de comida na minha mesa foi conseguido de forma totalmente legítima. Se pensa o contrário, Vera, estou surpresa por nem sequer ter colocado uma garfada daquele ganso na boca. A mãe do David me mandou gentilmente uma cesta pela qual fiquei muito agradecida. Agora, quem quer creme no pudim?

Vera deslizou sua tigela para frente.

— Então, David, você e Maisie estão se cortejando?

Maisie soltou uma gargalhada e sorriu para David.

— Francamente, Vera. David é um velho amigo da família. Tenho certeza de que não está interessado em alguém como eu. Não, é da nossa Sarah que ele gosta.

Um silêncio caiu sobre a mesa de jantar. O único som era o de Ruby enchendo as tigelas com colheradas do espesso creme.

— Cuidado com as moedinhas de prata — ela disse, tentando quebrar o silêncio sepulcral. — Não quero ninguém engasgando.

— Vocês ouviram o anúncio no rádio de que não devemos usar moedas de níquel, porque podem nos matar? — Vera perguntou, observando os presentes como um falcão. Algo interessante acontecia e era mais importante do que qualquer pudim de ameixa ou uma fatia de um saboroso ganso.

— É mais provável alguém se engasgar do que se envenenar, Vera — George respondeu enquanto observava a filha, que olhava para o próprio colo. — É uma boa quantidade de metal. Agora, Vera, foi à igreja esta manhã?

— Não, não fui. Eu disse ao vigário que não parecia correto os sinos não tocarem no Natal. Aposto que Hitler deixa os sinos tocarem na Alemanha. — Ela bufou em desgosto.

Freda sorriu para a mulher mais velha.

— Mas, Vera, imagine como várias pessoas se assustariam se ouvissem os sinos tocando. Poderiam pensar que estávamos sendo invadidos.

— Tenho certeza de que até Hitler comemora o Natal e não vai mandar nenhum avião hoje — Vera disse.

— Mesmo que ele mande, ainda podemos aproveitar o Natal no abrigo antiaéreo. Maisie me ajudou a pendurar alguns enfeites lá para deixá-lo um pouco mais festivo.

Irene, que estava sentada ao lado do belo piloto e estava alheia à crescente tensão na mesa, segurava seu braço de forma possessiva.

— Sei que se a oportunidade surgisse, eu ficaria mais do que orgulhosa em aceitar David na família. Agora, George, vai nos servir uma bebida para que brindemos ao rei? Deve estar quase na hora de seu discurso.

Sarah observou enquanto o pai enchia os copos e ensinava Maisie a ligar o rádio. Ela sentia os olhos de Vera queimando-a e sabia que mais de uma pessoa naquela mesa se perguntava o que se passava em sua vida. Não se envergonharia de sua crescente amizade com David, não importava o que pensassem.

— *...O futuro será difícil, mas estamos com os pés plantados no caminho da vitória e, com a ajuda de Deus, atingiremos a justiça e a paz.*

Todos ficaram parados enquanto o hino nacional era tocado ao final do discurso do rei.

George ergueu seu copo quando as últimas notas se extinguiram.

— Aos amigos ausentes.

Ruby enxugou os olhos e brindou com sua família e seus amigos.

— Foi um ótimo discurso.

— Está tudo bem com eles lá em Londres em suas casas chiques. Aposto que não está lhes faltando nada. Podem ter permitido que a gente tenha mais algumas gramas de chá e açúcar no Natal, mas o que dão com uma mão, vão tirar com a outra quando cortarem a carne em algumas semanas.

— Mas, Vera, isso é o governo, não a família real e, além disso, se tentarmos com afinco, vamos conseguir.

Vera bufou.

— Acredita em qualquer coisa que eles dizem, Ruby Caselton.

Sarah sentiu-se sufocada. Precisava de ar fresco, não que o nevoeiro lá fora estivesse muito fresco.

— Acho que vou caminhar, se estiver tudo bem. Ajudo a lavar a louça quando voltar. — Embora não quisesse companhia, iria se sentir mal se ao menos não perguntasse se alguém gostaria de acompanhá-la. — Quem mais quer esticar as pernas?

— Vou começar a limpar — George respondeu. Sua perna ainda não estava muito boa para uma caminhada, mas ele conseguia ficar em pé na pia da copa. Ruby começou a se levantar. — Sente-se, mãe e descanse. Trabalhou duro hoje para nos promover este banquete. Por que não abre uma garrafa de porto e toma um ou dois copos com Vera e Irene?

— Não vou, se não se importar. — Maisie disse. — Meus pés ainda estão doendo de trabalhar até tarde ontem. Sei que foi muito divertido, mas ainda estou exausta, e Betty também está quase dormindo na cadeira.

— Admito que estou um pouco cansada —Betty disse. — Ficarei aqui cuidando de Georgina. Ela tem sido um anjinho.

— Vai ser diferente ano que vem. Ela vai estar andando e mexendo em tudo, não tenho dúvidas — Ruby acrescentou, mexendo com a bisneta, que gorgolejava feliz em seu carrinho.

— Isso se não tivermos sido todos assassinados em nossas camas pela Luftwaffe — Vera comentou com bom humor.

Sarah pegou seu casaco e suas luvas e saiu em direção à porta da frente quando a sala se encheu de risos pelo comentário de Vera.

— Você anima a gente — ela ouviu Maisie retrucar.

— Espere — Sarah se virou no portão para ver David seguindo-a, ao mesmo tempo em que vestia seu casaco. — Você não quer ficar lá fora sozinha. Está escurecendo e a névoa pode estar se deslocando, mas a visibilidade não está tão boa. Além disso, quero dar-lhe algo. — Ele passou o braço de Sarah pelo seu e caminharam a passos largos em direção ao rio.

Sarah estremeceu.

— É um pouco assustador na escuridão, não é? — No rio, podiam ouvir os lamentos das buzinas dos navios em meio ao nevoeiro, bem como um sino tocando tristemente em uma boia que balançava nas ondas ali perto. Sarah encostou-se numa parede e observou as ondas baterem no cais.

— Sempre amei o Tâmisa. Quando papai me trazia para visitar a vovó e o vovô quando eu era criança, sempre vínhamos ao rio. Às vezes, caminhávamos rio abaixo até os pântanos. É lindo lá no verão.

— Estou certo de que é — David disse, enfiando a mão no bolso do casaco. — Tenho um presente para você. Queria que estivéssemos a sós quando lhe desse. — Ele entregou a ela uma caixinha quadrada.

Sarah tirou suas luvas quentes e pegou a caixa da mão dele.

— Obrigada, David, mas não precisava. O cachecol de seda que me deu foi mais do que o suficiente.

David dispensou o comentário dela e a encorajou a abrir a caixa.

— Era da minha avó. Ela me disse que eu saberia quando dar a alguém especial.

Sarah ergueu a tampa e ao puxar o pequeno pedaço de algodão que havia dentro, engasgou.

— David, não posso aceitar isso. É lindo e deve ser muito valioso.

Ela passou os dedos pelo pequeno broche prateado em formato de laço que estava dentro da caixa. Uma fileira de pérolas contornava a delicada joia.

— É adorável — suspirou.

David alcançou a lapela do casaco dela e removeu o broche que colocara ali de enfeite para as festas.

— Assim que vi isso, soube que o broche da vovó seria o substituto perfeito. Sem bijuterias para você, meu amor. — Ele prendeu o laço prateado em seu casaco.

Sarah conseguia apenas encarar o local onde David colocara o outro broche, na parede atrás deles. Lembrava-se tão bem da primeira vez que vira a joia, quando abriu uma caixa parecida e descobriu com alegria o broche de Alan guardado lá dentro. Colocou-o no bolso de seu casaco, sentindo-se repentinamente triste. Contaria a história a Georgina quando ela fosse mais velha.

26

— **QUEM IMAGINARIA QUE** os funcionários da Woolies poderiam comprar dois Spitfires para a RAF? — Sarah disse enquanto pregava o anúncio na parede do refeitório da equipe.

— O quê? Onde vamos colocar? — Maisie deu uma gargalhada. — Não imagino eles pousando na High Street.

Sarah riu.

— Não seja boba. Veja, aqui diz que as doações que fizemos de nosso salário semanalmente não apenas deram para comprar um avião, mas que a matriz completou o dinheiro e comprou outro. Me deixa orgulhosa pensar que lá no céu, em algum lugar, nossos aviões estão lutando contra os inimigos. — Seu olhar ficou distante.

Maisie parou de rir quando viu a mudança na expressão da amiga.

— Ainda sente falta dele, não é? — perguntou delicadamente, colocando a mão no braço de Sarah.

Sarah assentiu.

— Sempre haverá um lugar para Alan no meu coração, mas nos casamos muito depressa. Deveríamos ter aproveitado enquanto nos apaixonávamos, em vez de casar logo. Sei disso agora. "Quem casa muito prontamente, arrepende-se muito longamente", minha avó diria. Deveríamos ter esperado e namorado por mais tempo, em vez disso. Teria sido melhor. — Então, eu teria percebido que ele não me amava de verdade, pensou consigo mesma.

— Mas aí você não teria a Georgina. Pense em como nossas vidas seriam vazias sem sua linda filha e o quão feliz ela deixou Maureen.

Sarah teve que concordar.

— É ótimo ver Maureen em casa novamente, ainda que apenas por algumas semanas até que alguém alugue a casa.

Ela era quase a mesma novamente. Sabia que Betty pediu que ela considerasse voltar a Erith e trabalhar na Woolworths novamente?

— Bom para a Betty. Seria ótimo ver o velho time junto de novo.

— Receio que ainda seja muito cedo para Maureen. Muitas coisas lembram Alan em Erith. Estou certa de que ela não conseguiria lidar com isso — Sarah disse.

— E você? Erith e a Woolworths não fazem você lembrar do Alan?

Sarah pensou por um momento.

— Eu consigo viver com isso, mas Maureen era mãe dele e isso é completamente diferente. Eu superei o que aconteceu, duvido que ela supere um dia.

Maisie franziu o cenho ao dar espaço para os colegas lerem o anúncio.

— Sua "superação" inclui o David?

Sarah tentou encontrar as palavras certas antes de falar. Desde que Maisie deixara clara sua opinião sobre uma corte entre Sarah e David, o assunto não fora mais mencionado.

— Gosto muito de David. Ele adora Georgina e fico feliz na companhia dele.

Maisie encolheu os ombros e foi até o balcão pegar seu chá.

Talvez Maisie tivesse sentimentos por David, afinal, Sarah pensou enquanto pegava seus arquivos da mesa e voltava para o escritório.

— **Parece cansada, Betty.**

Betty Billington levantou o olhar de onde estudava uma escala de funcionários.

— Estou apenas tentando reorganizar a escala de meio-período agora que a loja de Bexleyheath reabriu. Devo dizer que fico feliz de não precisar ir e voltar da cidade agora que temos a loja a todo vapor novamente.

Sarah achava que Betty ainda não estava completamente bem desde outubro passado, quando fora ferida.

— Algumas noites em que pudéssemos dormir sem um ataque aéreo ajudariam.

Betty assentiu.

— Concordo, mas devemos pensar naqueles que perderam seus entes queridos e suas casas. — Ela endireitou-se na cadeira. — Devemos prosseguir com coragem. Afinal, o que é o sono?

Ambas riram.

— Agora, Sarah, andei me perguntando, será que poderia fazer algumas horas extras até eu encontrar mais funcionários? O jovem Simon do armazém se alistou na semana passada e perdi duas garotas que se juntaram ao Exército da Terra. Nos últimos tempos, a Woolworths parece uma pia, com tantos funcionários descendo pelo ralo.

Sarah pensou por um momento. Recentemente, sentia-se puxada em tantas direções. Como mãe, seus deveres estavam com sua filhinha, mas também precisava trabalhar, e Betty contava com seu apoio. Ela também gostava de ajudar no número treze, pois a avó trabalhava o dia todo, não apenas cuidando de Georgina, mas também fazendo algumas horas no refeitório dos funcionários da Woolies. A avó estava fazendo muita coisa, e a tensão começava a se mostrar. E havia David. Ele vinha sendo uma visita constante em sua casa e queria levá-la para sair para passarem algum tempo juntos. Havia falado mais de uma vez que nunca tiveram tempo suficiente a sós. Ele era bom com Georgina e quando o tempo estava bom, agasalhavam-na bem em seu carrinho e saíam para longas caminhadas, embora Sarah estivesse ciente de que poderia haver um ataque aéreo e temesse que não encontrassem um abrigo.

Seus poucos passeios foram ao cinema, onde David segurava sua mão enquanto assistiam ao filme. Ela gostava de seus beijos na porta da frente ao dizer boa noite, mas percebia que ele estava ficando mais exigente. Por que resistia quando admirava David e pensava nele como um pai substituto adequado para sua filha? Esperava pela magia inebriante que sentia com Alan ou seria pedir muito? Seu dever para com Georgina vinha primeiro. Sentia-se tão confusa.

— Não tenho certeza, Betty. Isso significaria vovó cuidando de Georgina por mais tempo e não gosto de sobrecarregá-la. Ela não é nenhuma mocinha, como diria Maisie.

— Eu entendo, Sarah. Ruby tem sido uma santa nos últimos meses. Não devo tirar vantagem da generosidade dela.

— Se é apenas por um tempo até que você encontre mais funcionários, talvez possamos chamar Maureen Gilbert, mas dependeria de como ela se sente, sem Alan aqui. Receio que ela não seja forte o suficiente para lidar com isso agora.

— Sei que tem boa intenção, mas acho que não seria justo que ela a visse saindo com David Carlisle. O vi encontrando-se com você na porta em algumas ocasiões e poderia magoá-la. Afinal, ainda é casada com o filho dela.

Sarah respirou fundo. Estava farta de pessoas metendo o nariz em sua vida.

— Betty, não é da conta de Maureen com quem sou vista. Quanto a David, gosto dele e preciso pensar no futuro. Não quero acabar uma velha solteirona depois que minha filha crescer.

Assim que as palavras saíram de sua boca, Sarah soube que dissera a coisa errada. Podia ver a mágoa no rosto de Betty.

— Betty, eu sinto muito. Não quis dizer isso. Apenas não sei mais o que fazer. — Sarah sentou-se na cadeira em frente à de Betty e afundou a cabeça nas mãos. — Está tudo tão confuso — soluçou.

Betty alcançou a primeira gaveta de sua mesa e pegou um lenço de algodão limpo. Saiu de seu assento e ajoelhou-se ao lado da amiga.

— Pronto, chore o quanto quiser. Não sou boba. Tenho te observado e sei que está profundamente infeliz desde que Alan veio para casa pela última vez. Naquela época você já parecia inquieta.

Sarah pegou o lenço e assoou o nariz nele, mas não conseguiu falar. Estava profundamente envergonhada do que havia dito. Betty era uma boa amiga e não merecia suas palavras cruéis.

— Sarah, algo aconteceu para que se sentisse assim? Não me refiro ao desaparecimento de Alan, mas antes?

Sarah assentiu. Respirando fundo, explicou sobre a forma como Alan falara com ela e como temera que ser um piloto de Spitfire o tivesse mudado, já que estava tão distante quando veio para casa.

— Ele não pode ter estado distante o tempo todo — Betty acrescentou, erguendo as sobrancelhas.

Sarah corou antes de continuar.

— Mas ele nunca respondeu minhas cartas quando contei sobre o bebê, então deve ter odiado a ideia.

Betty ficou em silêncio por um tempo.

— Pensei que Alan tivesse falado com você. Juro que ouvi Maureen falando sobre isso quando ela estava trabalhando no refeitório.

Sarah pareceu envergonhada.

— Desculpe. Eu menti. Não queria que Maureen se preocupasse.

Betty deu uma palmadinha em seu ombro.

— Esta guerra tem muito a nos responder. Se servir de consolo, eu provavelmente faria o mesmo. Nunca queremos ver as pessoas que amamos sofrerem. — Ela se levantou. — Que desgraça.

Sarah concordou. Era bom contar seus problemas a alguém.

— Sinto muito, Betty. Parece que sempre estou chorando em seu escritório.

— E pense: por que estava chorando e o que aconteceu depois?

Sarah sorriu.

— Eu estava chorando por causa de Alan. Ele costumava me chamar de "Curtida" porque nos conhecemos na Woolies.

Betty sorriu.

— E onde estava Alan...?

— No corredor, e você o chamou para conversar comigo.

— Sim e logo depois tivemos um casamento adorável. Sarah, aquele homem a amava loucamente. Aquecia meu coração vê-los juntos e isso não acontece muito com essa velha solteirona. — Ela riu. Levantou a mão quando Sarah ia se desculpar — Agora, mais alguém sabe disso?

— Apenas minha avó.

— Deixemos assim, tudo bem? Porém preciso saber como se sente em relação a David Carlisle. Ele é um homem muito gentil e não precisa ser levado por uma jovem que não conhece os próprios sentimentos. Seria injusto de sua parte ficar com alguém que não ama. Deduzo que essa seria a conclusão dessa relação, não?

— Nada aconteceu, se é o que quer dizer.

— Sinceramente, não quero saber, Sarah, mas conhecendo seus pais e sua avó tão bem, sei que foi criada para se dar ao respeito o suficiente para não fazer nada que envergonhasse a si mesma e à sua família.

— Eu jamais faria isso, Betty. — A amiga podia ser antiquada no modo de falar às vezes, mas estava certa.

— Também notei que outra pessoa admira o Sr. Carlisle.

— Maisie, você diz? Pensei o mesmo, mas ela negou.

Betty anuiu sabiamente.

— O tempo dirá. Agora, pelo que vejo, precisa dizer a esse jovem como realmente se sente; então talvez possa seguir com sua vida sem decepcionar aqueles a quem ama.

— Farei isso, Betty. — Sarah se levantou. — Ele me encontrará após o trabalho e me levará para beber. Farei o possível para dizer como me sinto. Falarei com Maureen também e perguntarei como ela se sentiria em voltar para o trabalho por um tempo. Nunca se sabe, talvez eu esteja errada sobre isso também. Voltarei mais tarde, pois estou no combate a incêndios hoje à noite.

Sarah passara a tarde ajudando no balcão de utensílios domésticos. Ela amava atender os clientes e embora sua promoção para gerente assistente viesse com mais responsabilidades e um aumento bem-vindo, sabia que se dependesse de sua escolha, preferiria ficar o dia todo em um balcão. Foi enquanto embrulhava uma panela que se lembrou de Alan pedindo-a em casamento no exato lugar onde se encontrava agora. Oh, Alan, que saudades, pensou consigo. Talvez Betty estivesse certa, mas mesmo assim, lá no fundo, ainda temia que Alan estivesse muito mudado durante sua última licença para que fosse o mesmo homem que acreditava ser seu marido. O que quer que tivesse acontecido com ele, talvez devesse se esquecer de Alan, o piloto de Spitfire e se lembrar de Alan, o assistente gerente da Woolworths. Ela sempre seria sua Sarah Curtida.

David estava de bom humor quando andaram a curta distância até o Prince of Wales. Após guiar Sarah até uma mesa em uma parte quieta do pub, ele foi pegar suas bebidas.

— Receio que não tenha gim, então lhe trouxe uma cerveja.

Sarah assentiu. Não gostava de bebidas fortes, na maioria das vezes, e uma poderia durar a noite toda.

— David, tenho algo a dizer.

— Primeiro eu. Tenho novidades.

— Mas...

Ele ergueu a mão para impedi-la de falar.

— Sem "mas" — isso é importante. Ficarei fora por um tempo e gostaria de esclarecer as coisas antes de ir. Deve saber que gosto imensamente de você, Sarah.

O coração de Sarah pulou uma batida. Era hora de explicar seus sentimentos a David.

— David, por favor...

— Deixe-me terminar, Sarah. — David pegou sua mão do outro lado da mesa. — Quando voltar, acho que poderíamos levar nossa amizade a um nível mais formal. Gostaria de cortejá-la de maneira apropriada, se possível.

Sarah se afastou.

— David, por favor, ouça-me. Descobri algo hoje. Ainda amo Alan. — Ela repentinamente se lembrara da felicidade na Woolworths quando ele a pedira em casamento e depois, em seu vigésimo primeiro aniversário, quando, apesar do início da guerra, eles se casaram. — Sei que Alan provavelmente está morto, mas o amarei até morrer, não importa o que ele achasse de mim. Quero poder pensar nos poucos meses que tivemos juntos com alegria e isso não seria justo com você ou com qualquer outro homem com quem me casasse. Contudo, sinto que há outra mulher para você. Não importa o que nossa Maisie diga, ela gosta de você, David, e daria uma esposa muito melhor do que eu jamais daria.

David parecia triste.

— Eu gosto de você, Sarah, mas compreendo. Deve ter certeza, no entanto. Sabe que será um longo tempo para viver apenas com uma memória?

Sarah apertou sua mão.

— Sempre pensarei em você com carinho, David, mas para mim será sempre Alan. O que quer que tenha acontecido com ele, espero que seus pensamentos estivessem com a família e com o que poderia ter sido. Nossos últimos dias juntos não foram bons como poderiam, mas uma boa amiga me disse para não me apegar a isso.

David mostrou interesse.

— Nunca me contou sobre os últimos dias de Alan. Apenas sabia que ele estava desaparecido, dado como morto. Não me parecia certo bisbilhotar enquanto eu estava quase saindo com sua esposa.

Pela meia hora seguinte, Sarah explicou a David o quão distante Alan estivera em sua última viagem para casa e o que aconteceu quando os oficiais da RAF chegaram com a notícia de que o marido estava desaparecido.

— Até então eu estava convencida de que ele não me amava, já que sequer respondeu minhas cartas sobre nosso bebê.

David franziu o cenho.

— Não parece certo. Não tenho liberdade para lhe contar sobre meus deveres na RAF, mas talvez possa fazer uma investigação. Confia em mim para fazer isso?

— Oh, David, seria maravilhoso. Não sei como agradecer. Sei que Alan se foi, mas saber mais traria um pouco de paz a todos nós.

— Então deixe comigo. Pode demorar, mas esteja certa de que farei o melhor por você.

Sarah sentiu um peso ser tirado de seu coração.

— Há mais uma coisa que eu gostaria que fizesse por mim.

— Com certeza. O que é?

— Mantenha contato com Maisie. Por favor, não se afaste dela. Sei que ela gosta de você.

— Acha mesmo? Ela disse... — ele parou no meio da fala, dando-se conta do que dissera. — Isso é tão indelicado de minha parte. Por favor, não pense que me senti atraído por você porque Maisie me rejeitou.

Sarah riu de seu desconforto.

— Oh, David, eu amo você — mas como um irmão. Maisie amava Joe, mas conheço bem minha amiga. Ela é diferente quando você está por perto. Ainda não estou certa de que sabe dos próprios sentimentos por você, mas aposto que ela logo perceberá.

Ele se inclinou sobre a mesa e beijou sua bochecha.

— Então ficarei por perto.

— Por favor, fique, e pense no número treze como sua casa sempre que estiver nessa parte do país. Sempre haverá um lugar para você em nossa mesa. Agora, preciso ir embora e ver minha filha antes que ela se esqueça do rosto da mãe. Estou no combate a incêndios esta noite, junto com Maisie, então talvez queira nos acompanhar até em casa depois?

— Será um prazer. Chegarei mais cedo e ajudarei vocês a operarem as bombas de estribo se as coisas se complicarem.

Sarah estremeceu.

— Por favor, não tente o destino.

— **DEPRESSA, AQUI!** — **SARAH** gritou para Maisie. — Precisamos de mais água se não quisermos que a loja sucumba às chamas.

Maisie lutava para chegar a uma parte plana do telhado, equilibrando dois baldes de água até onde Sarah e outro funcionário trabalhavam incansavelmente nas bombas de estribo para abafar os destroços em chamas conforme caíam no telhado.

— Caramba, está pior do que nunca. Parece que metade da cidade foi atingida. Cadê um caminhão de bombeiros quando se precisa?

Sarah esticou as costas doloridas, usando as costas da mão para limpar o suor e as manchas de fumaça da testa sob o capacete de metal que a Woolies forneceu para a equipe realizar as tarefas de combate a incêndios.

— Mas parece que a pior parte do fogo está indo em direção à Burndept's. Acho que é onde os bombeiros estão. Só temos que pensar pelo lado positivo.

Maisie abaixou-se quando uma rajada de faíscas passou por sobre sua cabeça.

— Tem certeza de que nenhuma bomba está sendo lançada?

— Não exatamente. Parece que o inimigo foi em direção às fábricas no final da rua, mas é ruim do mesmo jeito para nós. O vento está soprando as brasas e a fumaça nessa direção. O que está acontecendo lá embaixo?

— Tenho quatro pessoas enchendo baldes na cozinha dos funcionários e levando-os à base da escada. Estamos nos revezando para trazê-los aqui em cima. Meus músculos estarão maiores do que um marinheiro até apagarmos o incêndio.

Se apagarmos o incêndio, Sarah pensou consigo mesma. Era sorte a equipe ainda estar no prédio quando o bombardeio começou. Graças aos céus por Betty que, percebendo que as fábricas por perto foram atingidas, decidira pedir que voluntários fossem checar a loja. Todos deixaram a segurança do porão e começaram a apagar os pequenos focos de incêndio no telhado e nas ruas ao redor.

— Será uma longa noite, Maisie. Apenas espero que todos estejam a salvo em seus abrigos... lembra-se em qual turno Freda estava na Burndept's?

— Oh meu Deus, acho que estava no turno das duas às dez. Isso significa que pode ter sido pega. — Maisie apontou para onde um brilho no céu noturno era a única coisa a ser vista da grande fábrica.

Sarah passou-lhe a bomba de estribo.

— Assuma aqui, e verei o que está acontecendo na loja. David disse que nos acompanharia até em casa, então talvez ele esteja lá embaixo com notícias. Enviarei mais algumas pessoas para ajudarem. Parece que levará algum tempo para que tudo se acalme. — À distância, viam os holofotes perfurando o céu escuro, enquanto no rio, armas antiaéreas eram ouvidas.

Descendo as escadas e entrando pela janela da ala dos funcionários, esbarrou em David.

— Estava subindo para dar uma mão. Parece uma noite agitada. Como está indo?

— Tudo sob controle, porém estamos preocupadas com Freda. Ela estaria trabalhando hoje à noite e pode ter sido pega pelo fogo. Sabe se ela conseguiu voltar ao número treze?

— Estive lá há menos de meia hora. Todos estão a salvo, mas Freda não está em casa. Procurarei por ela. — Ele espiou pela janela aberta onde o brilho do prédio em chamas iluminava a noite.

— Espere. Não acho que deva ir sozinho.

— Não vou levá-la. É muito perigoso e você tem uma filha na qual pensar.

Sarah queria ficar e ajudar Betty. Era sua responsabilidade como gerente assistente cuidar da equipe.

— Não posso deixar a Woolworths enquanto está em risco. Conseguirei alguém para ajudá-lo. — Ela rapidamente subiu as escadas pela janela e chegou onde Maisie supervisionava o funcionamento da bomba de estribo. — Maisie, preciso de sua ajuda — chamou enquanto acenava para que a amiga a seguisse.

Maisie estava atrás de Sarah quando ela passou pela janela.

— Caramba, esse sobe e desce não é brincadeira.

David segurou em seu braço quando ela cambaleou para dentro do cômodo.

— Preciso de sua ajuda, Maisie.

Maisie corou, tirando seu capacete e tentando arrumar o cabelo, alheia a uma grande mancha preta em seu nariz.

— Olá, David. Qual o problema?

— Vou procurar Freda e preciso de sua ajuda. Sarah não me deixa ir sozinho. — Sorriu.

— Certo, sou quem você procura. Só espere enquanto pego meu casaco e vamos indo — Maisie disse.

Sarah tocou o braço de David.

— Cuide dela, David. Ela não é tão forte quanto finge ser.

David apertou sua mão.

— Ela estará segura comigo, Sarah. Vou tratá-la como uma joia.

ERA MAIS DE meia-noite quando Sarah chegou ao número treze. Convencera Betty a voltar com ela, já que a Alexandra Road era mais próxima que a casa de Betty. Elas estavam cansadas, famintas e extremamente sujas, mas acima de tudo, estavam preocupadas com Freda.

— Nenhuma notícia é uma boa notícia — Betty dissera a Sarah enquanto cambaleavam pela rua escura apenas sob a luz de uma tocha.

— Queria apenas que alguém tivesse pensado em nos dizer o que houve — Sarah murmurou. Estava irritada com David e Maisie por não pensarem em passar na Woolworths e dar notícias de Freda. Pelo que sabiam, ela poderia ter morrido no incêndio. Tentou impedir que os pensamentos negativos emergissem enquanto fechavam a porta e certificou-se de que as cortinas blecaute estavam no lugar antes de acender a luz. Ouviam vozes vindas da sala da frente, mas acharam melhor ir direto até a copa e lavar a maior parte da sujeira antes.

Sarah esfregou o rosto e os braços o melhor que pôde, com Betty apontando algum pedaço que perdesse. Fizeram o melhor na Woolworths para se limparem, mas com a baixa pressão da água e outros funcionários querendo limpar seus rostos manchados de fumaça e as mãos, decidiram terminar de se limpar no número treze.

Sarah colocou a chaleira no fogo enquanto Betty se secava.

— É uma ótima ideia. Eu mataria por uma bebida quente — Betty disse.

— É apenas chocolate quente. Estamos sem chá no momento — Sarah desculpou-se.

— Para mim está ótimo. Nada como um chocolate quente antes de dormir. Devo ver se mais alguém aceita?

— Boa ideia, Betty. Estou surpresa por vovó ainda não ter vindo nos encontrar.

Sarah colocou as xícaras e pires em uma bandeja. Seguiu atrás de Betty até a sala da frente, quase trombando com suas costas quando Betty parou de repente exclamando:

— Ah meu Deus! — Betty tentou impedir Sarah de entrar no cômodo.

— O que há de errado, Betty? Deixe-me entrar, esta bandeja está pesada.

— Entrem, vocês duas, não sejam bobas — Maisie chamou.

— Bem, se tem certeza — Betty disse, surpresa.

Ambas entraram e encontraram Maisie sentada no colo de David. Seu batom, geralmente aplicado à perfeição, estava borrado e a gravata de David estava solta. Betty olhou receosa de Sarah para o casal.

— É o que estou pensando? — Sarah sorriu.

— Pensei que ficaria zangada, Sarah. Por isso tentei impedi-la de entrar. — Betty sentou no sofá. — Estou um pouco confusa.

Sarah apoiou a bandeja em uma mesa lateral.

— Não há motivo para confusão, Betty. David e eu tivemos uma conversinha mais cedo. Pode-se dizer que coloquei um pouco de senso em sua cabeça, embora não esperasse por isso. Deixem-me pegar o chocolate quente e podem nos dizer tudo o que aconteceu desde que foram procurar Freda.

— Então ninguém foi morto na Burndepts? Incrível — Betty disse enquanto bebiam o resto do chocolate quente.

A essa altura, sabiam que Freda estava deitada em sua cama, a salvo, considerando sua experiência, embora seu cabelo parecesse ter sido chamuscado quando voltou correndo para o prédio para ajudar um colega mais velho. Maisie prometeu dar-lhe um corte na manhã seguinte.

— A pobrezinha estava mais nervosa por não ter mais um trabalho.

— Mas ela tem. Eu já disse várias vezes que a aceitaria de volta à Woolworths a qualquer momento, então se ela desejar, e quando tiver superado o choque, pode voltar ao antigo trabalho. — Betty disse.

— Amanhã é muito cedo? — uma voz baixa disse do corredor. — Ouvi vozes e quis me certificar de que estavam todos inteiros. Ouvimos dizer que as pessoas estavam tentando apagar incêndios na cidade enquanto voltávamos para casa.

— Foi onde encontramos Freda — Maisie acrescentou. — Ela estava no final da High Street ajudando os colegas a voltarem para casa. A gente foi com ela para ter certeza de que todos estariam a salvo, daí voltamos e a colocamos na cama. Foi um longo dia.

Betty deu uma batida a seu lado no sofá.

— Venha e sente-se, Freda.

Freda sentou-se, recusando o chocolate quente que Sarah disse que faria para ela. Nelson trotou a seu lado. O cachorro rastejara para sua cama à noite e foi acordado pelas conversas no andar de baixo.

— Apenas quero saber do que estavam falando. Perdi alguma coisa?

— Para começar, David me pediu em casamento — Maisie declarou para as amigas surpresas. Encarou suas expressões estupefatas. — Não precisam me olhar assim. Ver a destruição na cidade essa noite nos fez perceber que a vida pode acabar a qualquer momento. David já me contou sobre a conversa de vocês, Sarah. Ele me disse como se sentia sobre mim, mas como não podíamos ficar juntos, enterrou seus sentimentos. Essa noite os sentimentos vieram à tona.

David, que ficara em silêncio e deixara Maisie falar, disse:

— Parece que quando Maisie nos viu juntos, Sarah, percebeu como se sentia sobre mim.

— Por favor, não pensem que vou esquecer meu Joe. Ele foi parte muito importante da minha vida. Com David e

Joe crescendo juntos, parecia natural que fôssemos próximos. Compartilhamos várias lembranças.

— Estou tão feliz por vocês — Sarah disse, e correu para abraçá-los. — Então, quando é o casamento?

— Logo. Achamos que no final de junho seria ótimo.

— Isso já é daqui a dois meses — Betty disse. — Precisa ser tão cedo?

— Estamos em guerra — as três garotas disseram em uníssono, e caíram na gargalhada.

— **BEM, ESSE FOI** um dia e meio e tanto — Vera disse enquanto seguia Ruby pelo caminho até o número treze e esperava a amiga destrancar a porta. — Não tomo sorvete há um bom tempo. Como conseguiram?

— Não faço ideia, Vera. Achei muito bacana a Woolworths oferecer sorvete aos funcionários e clientes depois de todos trabalharem juntos para apagar o incêndio que queimou a Burndept's. Só quero saber de colocar os pés para cima por um tempo. Estou acabada. E passar metade da noite no abrigo não ajudou.

— É hora de largar mão daquele trabalho na Woolworths. Você está muito velha para essas coisas. Seu Eddie se viraria em seu túmulo se estivesse aqui.

Ruby tentou não rir das palavras de Vera, mas sabia que de certa forma a mulher estava certa. Estava achando cansativo cuidar da pequena Georgina, que agora estava com oito meses, e fazer seus turnos na loja. As garotas ajudavam quando podiam, mas com Freda de volta a seu trabalho na Woolies, isso significava que Ruby já não a tinha por perto durante o dia para ajudá-la entre seus turnos. Havia um boato sobre Maureen voltar para Erith, então talvez ela reassumisse seu trabalho na cantina do Woolworths? Ruby decidiu que conversaria com ela a próxima vez que viesse visitar a neta. Sim, faria isso.

Ruby sentou-se para tirar os sapatos.

— Ponha a chaleira no fogo, Vera. Já vou procurar algo para comermos. — Esfregou os pés e bocejou. Com sorte, a noite seria tranquila hoje e ela recuperaria o sono atrasado. Suas pálpebras começaram a se fechar. Talvez apenas cinco minutos...

— Ruby!

Ruby acordou assustada. Qual o problema com Vera? Calçou seus chinelos e se apressou até a cozinha, onde esperava que Vera estivesse fazendo o chá. Parou bruscamente ao ver que Vera não estava sozinha.

— Lenny, o que está fazendo aqui?

O irmão de Freda não era visto desde que fugira no último verão. Ruby achou que o rapaz tivesse voltado para a prisão, mas não era o caso. Seu estado era deplorável, o rosto estava sujo e as roupas rasgadas. Lenny continuou a olhar para a porta por sobre o ombro.

— Desculpe, Ruby. Ouvi um barulho na porta dos fundos e pensei que fosse Nelson querendo entrar. O rapaz entrou como se o diabo o perseguisse. Está fedendo um pouco.

— Tem vivido mal, rapaz? — Ruby perguntou.

— O garoto está bem. Estive cuidando bem dele. Não é, Lenny?

Um homem alto com cabelos escuros penteados para trás usando um terno cinza listrado entrou pela porta aberta. Ele tinha um lenço de seda em volta da mão esquerda, que pingava sangue.

— Encontrará seu cachorro trancado no abrigo antiaéreo, Sra. Caselton. Ele não é muito amigável, não é? — disse com um forte sotaque de Birmingham.

— Ele é bom para os amigos. Você deve ser Tommy Whiffen. O que faz aqui onde não é bem-vindo? — Ruby perguntou, imaginando se seus capangas estariam por perto.

Tommy chutou a porta para fechá-la e virou a chave na fechadura. Isso respondia à pergunta. Estava sozinho.

— Pode-se dizer que você tem algo que eu quero, Ruby.

— Sra.Caselton para você, filho.

— Ora, ora, Ruby. Não tem motivo para ser hostil. O rapaz aqui disse que você tem algumas informações sobre meus negócios. Vou pegar e vou embora.

— Não tem nada aqui que te interesse. Agora, vá embora antes que o resto da minha família chegue. — Olhou para o relógio no consolo da lareira na sala atrás dela, rezando para que Maisie e Freda tivessem saído da Woolworths no horário e chegassem logo para ajudar. Graças aos céus Sarah pegara a pequena Georgina e fora ao açougue comprar algo para o chá. Não queria que o bebê se machucasse e não tinha como saber do que esse sujeito seria capaz.

— Vou quando me der meus papéis — Tommy falou com desprezo, olhando ao redor do cômodo.

— Ruby, quem é esse homem? — Vera perguntou receosa.

— Esse, Vera, é Tommy Whiffen, um vigaritsta mesquinho que trouxe o irmão de Freda aqui para pagar pelos seus erros quando não fez nada de errado. — Virou-se para encarar Tommy. — Eu disse que não tem nada para você aqui, então saia da minha casa.

— Isso não é bem verdade, não é, Ruby? Lenny me contou o que escreveu para você.

Ruby arfou. Como o rapaz pudera ser tão estúpido?

— Sinto muito, Sra. Caselton. Tommy descobriu onde eu estava e quis me levar para casa para ajudar ele com outros trabalhos. Ele disse que se eu não fizesse isso, sabia onde Freda morava e viria machucá-la.

Ruby zombou do homem alto.

— Por "trabalhos" imagino que se refira a roubos ou talvez matar outro vigia?

Vera prendeu a respiração quando Tommy ergueu a mão para acertar Ruby. Lenny parou entre eles.

— Eu pensei que se dissesse a Tommy como tínhamos escrito tudo e daríamos para a polícia se machucasse Freda, ele iria embora e nos deixaria em paz.

Ruby pensou que o rapaz era idiota por ter dito o que dissera, mas no final estava apenas pensando na segurança da irmã.

— Não tem nada aqui para você. Me livrei de tudo.

— Não acredito em você, velha. — Tommy empurrou Ruby para o lado. Ela cambaleou contra o fogão.

Ele se dirigiu ao aparador da sala de estar, onde abriu as gavetas e jogou o conteúdo no chão enquanto procurava por algo parecesse escrito à mão. Em meio à raiva, varreu o topo do aparador com o braço, mandando a preciosa foto de Ruby, que mostrava Eddie, para o chão. Ruby sentiu a raiva crescer dentro de si. Ninguém entrava em sua casa sem ser convidado e destruía sua propriedade. Ela olhou a seu redor e viu a grande frigideira de metal no fogão. Agarrando a alça, rastejou por trás do homem, então, rugindo como um leão, balançou a panela no ar e acertou-o na cabeça. Tommy caiu no chão ao mesmo tempo em que ela ouvia uma chave girar na porta da frente.

— Que diabos está acontecendo aqui? — Maisie exclamou ao entrar na sala, seguida por Freda e David.

— Deixem-me apresentá-los Tommy Whiffen — Ruby disse enquanto examinava o amassado em sua melhor panela. — Maisie, você vai encontrar um varal no armário embaixo da escada. É melhor amarrar esse indivíduo antes que ele desperte. Freda, iria até a delegacia e deixaria uma mensagem para o Sargento Jackson? Diga a ele que o homem sobre o qual eu falei está sendo amarrado que nem um peru na minha sala de estar neste momento.

Freda pareceu confusa.

— Mas não fomos à polícia. Lenny fugiu, então nem nos demos ao trabalho.

— Ah, você contou aos policiais, Sra. Caselton — Lenny disse, parecendo miserável.

— Sim, Lenny, contei aos policiais. Algo que você ainda não entende, porque é muito jovem, é que fazemos bons amigos ao longo da vida. O Sargento Jackson conhece minha família desde que era um garotinho. Eu sabia que podia confiar nele, então depois que você fugiu, fui pedir seu conselho e mostrei o que você e sua irmã tinham escrito sobre esse fulano desagradável. — Ela deu uma cutucada em Tommy Whiffen com o pé. — Então coloque um sorriso no rosto, porque acho que em breve você vai poder parar de olhar por sobre o ombro. Vera, feche a boca — está parecendo um peixe. Alguma chance de tomarmos aquele chá que nos prometemos um tempo atrás?

Freda começou a chorar e abraçou o irmão.

— David, talvez você queira deixar o Nelson sair do abrigo antiaéreo antes que ele morra de tanto uivar; então eu conto tudo.

SARAH CHEGOU ENQUANTO Tommy Whiffen era levado, protestando aos gritos que Ruby tentara matá-lo. Ela empurrou o carrinho até a entrada e pegou a filha no colo.

— Parece que vocês estiveram ocupados enquanto estive fora.

O Sargento Jackson assentiu para Sarah. Conhecia-a desde que era bebê, tendo frequentado a escola com o pai dela.

— Vou apenas levar Lenny até a delegacia para esclarecer algumas coisas, Sra. Caselton — ele gritou para Ruby no andar de cima.

David acompanhou-os até a porta e voltou para onde Sarah estava parada parecendo confusa.

— A última hora foi meio agitada por aqui. Fizemos a sua avó se deitar um pouco. Está exausta. — Sarah fez menção de subir, mas ele a impediu. — Deixe-a por enquanto,

Sarah. Vera e as garotas estão cuidando de tudo. Quer ir até a sala da frente comigo para termos alguma privacidade?

Sarah franziu o cenho.

— Privacidade?

— Tenho notícias de Alan.

Sarah sabia que chegaria o dia em que a morte de Alan seria confirmada. Ela seguiu David até a sala, apertando Georgina sobre seu peito. Deixou que David a ajudasse a se sentar e acalmou o bebê, que murmurava durante o sono.

— São más notícias, não são? — perguntou receosa.

David ajoelhou-se na frente de Sarah e olhou em seus olhos.

— São boas notícias, Sarah. Alan está vivo.

— **ORA, O SOL** realmente brilha para os justos — Vera disse antes de morder o sanduíche de salmão. — Devo dizer que não pouparam.

Ruby tinha que concordar. A noiva estava radiante em seu vestido marfim de seda enquanto caminhava pelo corredor em direção a seu belo marido em um elegante uniforme da RAF. Raios de sol brilhavam através dos vitrais coloridos enquanto pronunciavam seus votos. Ao lado estavam sua neta, Sarah, e Freda. O jovem Lenny, agora um novo homem, vestindo um terno novo, sentara-se no banco observando orgulhosamente a irmã. As duas damas de honra estavam lindas de rosa claro, carregando flores cultivadas no jardim de Irene e George, cuidadosamente trazidas de Devon no dia anterior. Até a pequena Georgina usava um vestido combinando, embora estivesse sentada no colo da avó Irene gorgolejando contente.

Ruby ficou satisfeita por conhecer os pais de David e agradecê-los pela cesta de Natal. Pareciam pessoas boas, considerando seus sotaques afetados. Foi a mãe de David quem insistiu em cuidar do café da manhã do casamento na ausência dos parentes de Maisie. Nem um casamento poderia restaurar uma família despedaçada. Foi um momento de orgulho quando Ruby observou George levar Maisie até o altar para entregá-la. Ele estava se recuperando bem do ferimento, embora sempre fosse mancar ligeiramente. Poderia ter sido pior, pensou consigo mesma.

A recepção do casamento estava sendo no salão do Prince of Wales. A Sra. Carlisle sugeriu um hotel local, porém Maisie insistira que o pub era parte importante de suas vidas e queria que a recepção fosse no grande salão nos fundos do prédio. Colegas da Woolworths estavam lá para celebrar a felicidade da amiga, incluindo Maureen, que retornara a Erith quando descobriu que Alan não havia morrido servindo o país. Até Hitler não conseguira estragar o evento enviando seus aviões para o casamento.

— Quer outro sanduíche? — Vera perguntou ao se levantar.

— Para mim, não. Obrigada, Vera. Vou pegar um ar fresco lá fora antes que a banda comece a tocar. Maureen irá cantar uma música especial para a Maisie e não quero perder isso.

Ela foi até o pequeno jardim, onde o dono da propriedade colocara alguns bancos para os convidados. Embora fosse o começo da noite, ainda estava quente e ela se abanava com a bolsa. Seria sufocante quando tivessem que fechar as portas e cortinas. Fechou os olhos e aproveitou o calor do sol no rosto.

Ruby ouviu a banda começar a tocar e então a voz de Maureen cantando para o casal feliz.

— ...*I found a million-dollar baby in a five-and-ten-cent store.*

Sorriu para si mesma. A canção era sobre uma *loja de utilidades*. Como eram chamadas as lojas do tipo da Woolworths na América. Maureen fora tão esperta escolhendo aquela música. Ela cantarolou junto enquanto David tomava Maisie nos braços para a primeira dança como marido e esposa.

Pela porta aberta, Ruby via Sarah, com Georgina nos braços, balançando no ritmo da música. A felicidade estava contagiante, e Ruby se viu cantarolando até sentir uma palmadinha no ombro.

— Me concede a próxima dança, Sra. Caselton?

Ruby virou-se surpresa ao reconhecer a voz de Alan.

— Ah, meu Deus. Alan, é você. Depois de todo esse tempo. — Ela tremia violentamente com o choque, e Alan conduziu-a de volta ao banco do qual saíra para ver Maureen cantar. Ela ergueu a mão e tocou o jovem para se certificar de que ele estava de fato ali. Alan beijou-a na bochecha. — Sua mãe sabe que está em casa? E Sarah?

Alan riu.

— Mamãe sabia que eu viria. Lhe escrevi, pois queria que ela fizesse algo para mim. E juramos que não diríamos nada.

— Isso explica o sorriso no rosto o dia todo. Por que ela não contou?

— Pedi que guardasse segredo.

— Ela com certeza guardou. Eu estou pasma. Entre para ver Sarah. Ela está ali dentro segurando sua filha, Georgina.

Alan andou até a porta para olhar a esposa que não via há mais de um ano e a filha que ainda não conhecia. Virou-se para Ruby.

— Se importaria de chamá-la para mim — e não contar a ninguém?

Ruby assentiu e foi até o salão. Alan observou enquanto ela cochichava na orelha de Sarah e pegava o bebê. Sarah deixou a pista de dança e foi até onde o sol iluminava, procurando a razão de a avó tê-la mandado ir até lá.

— Sarah?

— Alan? Oh meu Deus, Alan! — Ela correu para seus braços e ele abraçou-a forte, inspirando seu cheiro familiar, mal acreditando que estava em casa novamente. Pegou-a pelo braço e levou-a para a lateral do edifício, sem querer que ninguém soubesse que estava ali até que tivesse um tempo a sós com a esposa.

— Por que não contou que vinha para casa hoje? — Sarah perguntou quando se recompôs do choque.

— Eu não tinha certeza. Tem havido tantos questionamentos, pessoas com quem conversar e não volto à Inglaterra há tanto tempo.

— Não entendo. Não o vejo há dezoito meses... — olhou para seu rosto pela primeira vez. Algumas linhas emolduravam seus olhos. Suas bochechas estavam mais magras. — O que houve com você, Alan? Sabia que iria embora quando nos vimos pela última vez?

— É melhor nos sentarmos. É uma longa história. — Guiou-a até uma parede baixa que cercava o jardim. Sentaram-se próximos.

— Pensei que não me amasse mais. Nunca respondeu às minhas cartas. Você estava tão distante... diferente, até.

Alan olhou através do jardim, perdido em pensamentos.

— Alan, por favor, conte-me o que houve.

— Eu sabia que seria mandado para longe no último Natal que passamos juntos. Sabia que seria perigoso. Teria lhe dito, se pudesse, mas conhece as normas. Para mim, era demais ver todos tão felizes e ter que lidar com a guerra, me distanciar de vocês e voltar para Deus sabe onde.

— Eu deveria ter percebido. Fui egoísta. Não sou uma esposa muito boa, sou?

Alan virou-se para ela quase com raiva.

— Nunca diga isso. Eu jamais poderia fazer metade do que fez estes últimos meses e lidar com tudo o que lidaram. Então ficou sozinha com nossa filha e eu deveria estar com você. Nem sequer vi suas cartas por conta de alguma confusão no quartel. Se tivesse visto, saberia que tínhamos uma filha. Algum dia poderá me perdoar? — Tomou suas mãos e olhou para ela, que via em seus olhos que ele implorava perdão.

Sarah afastou as mãos.

— Eu deveria pedir seu perdão. Alan, quase o deixei por outro homem.

Alan afastou o olhar.

— Eu sei. David me contou.

— Você falou com David?

— Sim. Ele foi fundamental na minha volta à Inglaterra. Conseguiu mexer uns pauzinhos. Tem amigos em posições privilegiadas.

— Voltar à Inglaterra? Onde você estava?

— Na França. Era para eu deixar algumas pessoas em território inimigo, mas fomos abatidos. Não fosse pela Resistência Francesa, eu não estaria aqui agora. Esconderamnos por meses. Era muito difícil às vezes. Temi que nunca mais fosse vê-la.

— Graças aos céus David pôde ajudá-lo. Onde quer que estivesse, todos o queríamos de volta. Eu não amava David, Alan. Não houve nada entre nós. Ele ama Maisie, de verdade.

— Não a culparia se algo tivesse acontecido. Essa guerra está fazendo o inferno na vida de muitas pessoas. Se eu não estivesse tão desagradável naquele Natal, nossa despedida teria sido mais fácil.

— Não, Alan. Acho que talvez o fato de eu estar tão brava com você me deixou mais forte.

Ele acariciou sua bochecha.

— Então, onde estamos agora?

Ela suspirou.

— Quero o velho Alan de volta. Ele ainda está aí? Não acho que suportaria perdê-lo de novo.

Alan ajudou Sarah a se levantar.

— Venha, deixe-me provar.

Ele a guiou até o salão, parando apenas para abraçar a filha antes de se dirigir à pista de dança, onde Maureen ainda cantava com a banda. Seu rosto se iluminou ao ver o filho. Ela assentiu quando ele acenou.

— Senhoras e senhores, por favor, permitam que uma mãe muito feliz dê as boas-vindas a seu filho.

Sob os aplausos de todos no salão, Alan abriu os braços.

— Dança comigo, Curtida?

A banda começou a tocar e Maureen cantou uma música familiar.

— *Goodnight, sweetheart...*

— Meu Deus, Alan, é a música que dançamos na festa de Natal da Woolworths.

Maureen continuou.

— *Goodnight, sweetheart...*

— Acha que eu me esqueceria? — Sussurrou em seu ouvido.

A multidão na pista de dança se separou enquanto o jovem casal, alheio ao que acontecia ao redor, revivia a noite em que Alan segurou Sarah em seus braços pela primeira vez.

Colocando a mão no bolso, ele puxou uma fina corrente de prata de onde pendia uma pequena moeda e colocou-a ao redor do pescoço dela.

Maureen enxugou uma lágrima. O filho estava em casa e a salvo. Era difícil para ela continuar cantando.

— *...Goodnight, sweetheart...*

— Oh, é uma moeda de seis pence. Um curtido de prata.

— *...Goodnight, sweetheart, goodnight.*

— Posso acompanhá-la até em casa, Curtida?

— Sim, por favor, Alan.

Agradecimentos

Há tantas pessoas que preciso agradecer por me ajudarem a transformar *As Garotas da Woolworths* em mais do que uma ideia. Primeiro, gostaria de agradecer minha agente, Caroline Sheldon, que, diante de alguns rabiscos em uma única folha de papel, decidiu me dar uma chance. Daí a ser aceita pela Pan Macmillan e ter minha amada editora, Natasha Harding, e seus colegas, guiando-me durante até a data da publicação é um sonho inacreditável. Obrigada a todos.

A região londrina de Bexley, onde Erith se encontra agora, possui um arquivo maravilhoso, e a equipe não apenas compartilha imagens e histórias locais online, como também contribui com os grupos de Erith no Facebook. Perdi a conta de quantas vezes uma imagem ou história despertou minha imaginação ou esclareceu um detalhe sobre a cidade onde eu nasci e cresci — e onde a família Caselton reside em *As Garotas da Woolworths*. É uma alegria estar nesses grupos virtuais e o número de membros mostra como as pessoas ainda gostam da região onde Sarah e sua família viveram durante a Segunda Guerra Mundial, embora o tempo e o planejamento urbano tenham praticamente feito a área que lembramos com tanto carinho desaparecer.

Meu trabalho se tornou muito mais fácil com a descoberta do Woolworths Museum (www.woolworthsmuseum.co.uk) e as informações que encontrei lá. Não tenho como agradecer o suficiente o Sr. Paul Seaton, curador do museu online, pela informação detalhada que me forneceu sobre a Woolworths de Erith e a equipe que trabalhou lá durante a Segunda Guerra Mundial. Ele ajudou a dar vida à história e fazer dela um lugar onde eu poderia assentar minhas garotas em segurança sabendo que se tornariam verdadeiras funcionárias da Woolworths.

Apoio e feedback são importantes para todos os escritores e tenho sorte em ter tantos amigos solidários que também escrevem e estão lá para ajudar a resolver um problema quando eles ocorrem. Os alunos e amigos no The Write Place em Dartford, Kent, onde dou aulas de escrita, são um pessoal talentoso e sempre prontos a ajudar quando as coisas ficam difíceis. Nós nos apoiamos. Um agradecimento especial a Natalie Kleinman por suas habilidades de revisão e à Nats Nits!

Tenho certeza de que meu caminho até aqui não teria sido possível não fosse pela Romantic Novelists's Association. Embora já uma escritora estabelecida, pude me juntar à New Writers'Scheme, já que escrevia contos de ficção, apresentações e livros de não ficção. O conhecimento compartilhado de forma tão generosa por tantos autores renomados e as amizades ganhas desde que me tornei membro valem mais que todo o chá da China.

Nota da autora

Se eu apenas soubesse que meu primeiro trabalho aos sábados me levaria a escrever esse livro, teria feito anotações! Sim, eu fui uma garota da Woolworths, assim como Sarah, Freda e Maisie. Era 1969, eu tinha quinze anos e três meses, estudando para as O-levels, e como a maioria das garotas da minha idade, descobri que eu poderia me registrar para um cartão do Seguro Nacional e um trabalho aos sábados.

Eu morava em Slade Green, Kent, na época, que é uma vila entre Erith e Dartford. Se eu apenas tivesse me candidatado a uma vaga em Erith, teria minha própria "informação privilegiada" sobre a filial da Woolies mostrada em *As Garotas da Woolworths*, já que a história onde Sarah e as amigas trabalhavam ainda estava de pé na época (a Woolworths original foi substituída por uma loja mais moderna no começo dos anos setenta após um incêndio). Em vez disso, segui minhas colegas de escola até Dartford, uma loja muito maior. Lá, eu soube o que era ser empregada por F. W. Woolworth. Descobri o que cada campainha que ressoava pela loja a intervalos regulares significava. Eu ansiava pelas campainhas do intervalo para o chá e do almoço, embora a "loja fechada" fosse o som mais doce de todo o dia. Descobri que seríamos dispensadas se encurtássemos nossos macacões verdes ou usassem muito batom. Descobri que cabelo na altura da cintura tinha que ser enrolado em um coque e escondido por uma rede ao trabalhar no balcão de biscoitos e que não deveria me voluntariar para trabalhar no balcão de vegetais no auge do inverno, já que batatas enlameadas continham vermes e outras coisas medonhas.

Fui transferida para o balcão de equipamentos elétricos, onde tinha que medir comprimentos de cabos enrolados acima da minha cabeça e até hoje me dá branco quando o assunto é conectar um plugue. Também vendíamos lâmpadas. Cada uma tinha que ser testada antes de ser colocada em uma sacola de papel pardo e entregue ao cliente. Testar significava colocar dentro de uma caixa e virar para que acendesse. Algumas não acendiam; algumas estouravam. Eu temia que os clientes pedissem por uma lâmpada e faria qualquer coisa para não ser a funcionária a atendê-los.

Olhando para trás, sei que tive sorte por minha primeira experiência de trabalho na Woolies. Onde mais eu teria aprimorado minhas habilidades mentais em aritmética? Tínhamos que somar cada item em um bloco de notas amarrado no cós de nossos macacões. Aprendi a contar o troco a ser devolvido a cada cliente e a ajudá-los a colocar os itens que haviam comprado em suas sacolas de compras. Tudo era parte do trabalho. Aprendi que não importavam meus sentimentos, o cliente sempre estava certo e que colocando um sorriso no rosto, frequentemente até o cliente mais desagradável ficava simpático. Aprendi que me mantendo ocupada o dia passava mais rápido, então quando não estava vendendo baldes de laranja e tampões de borracha para a banheira, pegava meu espanador de pó e tirava o pó dos rolos de papel higiênico empilhados nas prateleiras de vidro. Aprendi a não questionar meus superiores, pois tinham mais experiência do que eu e haviam escolhido uma carreira na Woolworths, quanto a mim, era o primeiro passo em um caminho para um trabalho de período integral em outro lugar.

No final do expediente, formava uma fila com meus colegas para pegar meu pacote de pagamento de papel pardo e checar seu conteúdo. Uma libra menos três pence pelo cartão do Seguro Nacional. Eu estava rica!

Nunca mais, nos anos seguintes, trabalhei para uma empresa que incutisse éticas de trabalho tão estritas em sua equipe ou inspirasse memórias tão alegres em funcionários e clientes. Então, ao escrever meu livro sobre um grupo de amigas que se passa na cidade de Erith, não havia lugar melhor que a Woolworths para as garotas passarem sua vida profissional, se apaixonarem e viver a Segunda Guerra Mundial.

Cresceu conhecendo a Woolies de Erith. Era onde, quando criança, eu comprava os presentes de aniversário e Natal dos meus pais. Onde eu procurava minhas canetas e cadernos de escolas e minhas primeiras meias e depois meias-calças quando eu era adolescente. Minha mãe comprou até mesmo meu primeiro sutiã na Woolworths. Tantas memórias felizes de tempos há muito passados.

Contudo, minha memória não alcança a Segunda Guerra Mundial. Para informações sobre esse período, consultei o Woolworths Museum online. O contato com o Sr. Paul Seaton trouxe não apenas suas próprias memórias do local como também histórias das pessoas que trabalharam na Woolies durante a guerra e do que elas fizeram para ajudar nos esforços de guerra. Quem diria que a equipe de Erith ajudou quando a filial de Bexleyheath, nas proximidades, foi devastada pela ação inimiga ou que, como a tragédia na estação de metrô de Bethnal Green, foi mantida em segredo por razões morais? Os moradores sabiam guardar segredo naquela época. Conversas descuidadas poderiam muito bem custar vidas!

Conforme a escrita desse livro continuava, fiquei surpresa por quantas amigas e parentes me disseram que também foram Garotas da Woolworths e que encontraram lembranças de seus tempos trabalhando na versão britânica das lojas de utilidades. Todas dividimos várias lembranças alegres graças à F. W. Woolworth.

Playlist para As Garotas da Woolworth

Me diverti tanto escolhendo as músicas para *As Garotas da Woolworths*. "Música para um livro?" Devem estar se perguntando. Sim. Para mim, meus personagens teriam que poder murmurar uma melodia e aproveitar uma cantoria.

Cresci ouvindo meu pai e seus irmãos cantando em eventos da família. Não apenas "My Way" e "Delilah" do final dos anos 1960, mas composições antigas da época das duas guerras mundiais e de antes. Eu sorria e chorava enquanto dava às minhas garotas Woolies algumas das minhas lembranças. Uma que não pude compartilhar no livro foi ver meu tio Nobby cantar "My Way" na festa de aniversário de noventa anos do meu tio Cyril, há muitos anos. Tio Cyril se juntou a ele no palco e, sentadas ali perto tia Doll, tia Joan e tia Maureen se juntaram. Tive que afastar o olhar e enxugar os olhos, já que meu pai não estava mais conosco. No meu pensamento, pude vê-lo, cantando juntamente com outros membros da família que também haviam falecido. Olhando para cima, vi dois dos meus primos e compartilhamos um sorriso lacrimoso. Tantas memórias felizes divididas para nos lembrarmos.

O tempo passou e fomos dando adeus a mais membros da família, mas para mim, basta uma melodia, ouvir alguns trechos de canções, e as memórias começaram a fluir. Citando Irving Berlin *"A canção terminou, mas a melodia continua..."*

Aqui estão algumas das canções que escolhi para *As Garotas da Woolworths*. Encontrei várias interpretadas pelos cantores originais no YouTube, uma rica fonte de memórias musicais.

"Over My Shoulder"
(HARRY WOODS)

Ruby canta para as meninas na cozinha do número treze antes de elas irem ver a conhecida atriz e cantora Jessie Matthews em um filme no Erith Odeon. A canção é do filme *Evergreen* (1934) e Jessie era conhecida pelos chutes altos, que Ruby tenta imitar, para diversão de Maisie e Freda.

"By a Waterfall"
(SAMMY FAIN *e* IRVING KAHAL)

Betty Billington toca no piano na festa de Natal da Woolworths de 1938 para os velhos soldados e diz a Sarah que gosta da música. "By a Waterfall" vem do filme extravagantemente coreografado de Busby Berkeley, *Belezas em Revista* (1933) e gostei de pensar que a tão certinha Betty tinha um lado levemente ousado. Gosto de pensar que Betty teria ido ao cinema em seu dia de folga e aproveitado filmes de Busby Berkely.

"The Man Who Broke the Bank at Monte Carlo"
(FRED GILBERT)

Alfie, o velho soldado na festa de Natal em 1938, canta uma versão bastante longa dessa canção. Um número famoso em um salão de música de 1982 pode ser encontrado no YouTube em francês e inglês.

Coloquei essa música no livro porque tenho minhas próprias memórias dela quando criança, no começo dos anos 1960. Me lembro de meu avô, em sua poltrona no Boxing Day, um copo de cerveja na mão e chapéu de papel na cabeça, cantando toda a letra. O presente de Natal da minha mãe para meu pai era um gravador de rolo e o microfone estava colocado no braço da poltrona para que as palavras do vovô fossem pegas com clareza. Abaixo minha cabeça de vergonha e confesso que gravei por cima disso quando peguei a máquina emprestada e gravei Julie Andrews cantando "Thoroughly Modern Millie".

"Hello, Hello, Who's Your Lady Friend?"
(HARRY FRAGSON, WORTON DAVID *e* BERT LEE, 1914),

"Take Me Back to Dear Old Blighty"
(ARTHUR J. MILLS, FRED GODFREY *e* BENNETT SCOTT, 1916),

"Bless 'Em All!"
(FRED GODFREY, 1917) *e*

"Down at the Old Bull and Bush"
(RUSSELL HUNTING, PERCY KRONE, ANDREW B. STIRLING
e HENRY VON TILZER, 1903)

Quatro canções muito lembradas do passado que parecem aparecer em shows de salão antigos. Nossas garotas Woolies as teriam cantado em várias ocasiões ao redor do piano em casa, no pub e em festas de famílias.

"I'll See You In My Dreams"
(ISHAM JONES *e* GUS KAHN, 1924)

Eu apenas sabia que essa música teria deixado Maisie melancólica na ocasião em que ela foi ao pub Prince of Wales lamentar a morte de seu marido, Joe. Essa é uma das cenas em *As Garotas da Woolworths* que eu chorei enquanto escrevia. A essa altura, eu conhecia Maisie tão bem que senti sua dor e sua perda. A letra a atinge tanto que ela cai de joelhos aos soluços. Para sentir com força, escute a versão dessa música interpretada por Joe Brown no concerto em memória de George Harrison.

"I Found a Million-Dollar Baby
(In a Five-and-Ten-Cent Store)"

(HARRY WARREN, MORT DIXON *e* BILLY ROSE, 1931)

Essa música foi cantada pela primeira vez por Fanny Brice no musical da Broadway *Billy Rose's Crazy Quilt*. Loja de variedades é o nome americano da F. W. Woolworth. O que poderia combinar mais para ser cantado por Maureen para Maisie quando ela se casa com seu David? *"I found a million-dollar baby in a five-and-ten-cent store..."*

"Goodnight, Sweetheart"
(RAY NOBLE, JIMMY CAMPBELL *e* REG CONNOLLY, 1931)

É uma música muito romântica e, para mim, a música perfeita para Alan e Sarah dançarem na festa de Natal da Woolworths em 1938. O romance deles estava apenas começando e Sarah não sabia ao certo se Alan gostava dela tanto quanto ela gostava dele. Essa canção foi fundamental para o romance deles e, além disso, os reuniu na cena final de *As Garotas da Woolworths*.

Questões para Leituras Coletivas

1) Por que decidiram ler *As Garotas da Woolworth* e o que mais te chamou a atenção na capa e no acondicionamento?

2) Qual seu personagem favorito em *As Garotas da Woolworth*?

3) Você gostou do cenário de *As Garotas da Woolworth*?

4) Fale sobre o estilo de escrita da autora.

5) Do que mais gostou em *As Garotas da Woolworth*?

6) Como o final de livro fez você se sentir?

7) Já leu algum livro similar à *As Garotas da Woolworth*?

8) Quais suas próprias lembranças da Woolworth?

9) Se pudesse fazer uma pergunta à autora sobre o romance, qual seria?

10) Você leria o próximo romance da autora, *Natal na Woolworths*?

Próximo Lançamento da série

WOOLWORTHS LIVRO 2

Ainda que haja uma guerra, as garotas da Woolworths trouxeram a alegria de Natal a seus clientes

As melhores amigas Sarah, Maisie e Freda foram reunidas por seus empregos na Woolworths. Com seus entes queridos longe na linha de frente, seus laços de amizade se fortalecem a cada dia.Betty Billington, a gerente da Woolworths, é uma rocha para as meninas, e desistiu do amor. . . Até que um dia um misterioso estranho aparece - será que ele conseguiria reacender uma faísca em Betty?

À medida que o ano está chegando ao fim, e o Natal se aproxima, as garotas devem confiar umas nas outras para atravessar os dias sombrios que se aproximam...

Com tantas mudanças, sua amizade conseguirá sobreviver à guerra?

Seguindo seu best-seller As Garotas Woolworths, Natal na Woolworths é o segundo livro da série Woolworths de Elaine Everest.

Sobre a Autora

Elaine Everest nasceu e foi criada na região noroeste de Kent, onde se passa *As Garotas da Woolworths,* tendo sido ela mesma uma garota *da Woolworths* um dia.

Elaine escreveu muito para revistas femininas, redigindo contos e matérias antes de passar para os romances. Quando não está escrevendo, Elaine administra a escola de escrita criativa The Write Place em Dartford, Kent, e o blog da Romantic Novelists' Association.

Hoje vive com o marido, Michael, e com Henry, o pastor-polonês-da-planície deles, em Swanley, Kent.

Você pode seguir Elaine no Twitter @ElaineEverest ou no Facebook **www.facebook.com/elaine.everest**

Informações Leabhar Books®

NOS ACOMPANHE E FIQUE POR DENTRO DAS NOVIDADES

 https://www.leabharbooks.com/

 https://www.facebook.com/leabharbooks/

 https://www.instagram.com/leabharbooksbr/

 https://twitter.com/LeabharE

 https://br.pinterest.com/leabharb/

 https://onne.link/leabharbooks

Quer receber marcador do livro gratuitamente? Envie o print da compra para o E-mail leabharbooksbr@gmail.com